LIZ H RICHARDSON

SORTILÈGES & RÉVÉLATIONS

LES EUMÉNIDES
TOME 2

LES EUMÉNIDES

Liz H.Richardson

LIZ H RICHARDSON

SORTILÈGES & RÉVÉLATIONS

LES EUMÉNIDES
TOME 2

Crédit

Design de couverture @thibault.graphiste
Correction @dani.artacky.correction
Mise en page @sienna_pratt_over_dark

Editions Plumes et Pétillances

ISBN : 9 782 488 785 020

Edition : février 2026
Dépôt légal : février 2026
Première édition : mai 2021

Résumé du tome précédent

Alexandra, métamorphe par son père Marius, roi des garous, mais surtout sorcière par sa mère Cassandra, rejoint l'équipe des *Guardians*, l'unité d'élite des métamorphes. Elle doit, avec l'aide de sa meilleure amie Isabella, vampire de son état, former la nouvelle garde. En effet, à la suite de disparitions dans le camp des métamorphes, l'état d'urgence a été décrété. Il faut augmenter rapidement le nombre de *Guardians* pour faire face à ces nouvelles attaques. Alex retrouve toute son ancienne équipe, dont Adrien, le commandant.

Ils avaient commencé une relation tous les deux, deux ans plus tôt, jusqu'à ce qu'Adrien, voulant la protéger, mette Pedro en danger. Alex ne l'avait pas accepté et avait préféré partir. Elle était retournée auprès de son peuple, les Euménides, et obéissait aux ordres donnés.

Adrien, lui, n'a pas fait une croix sur elle. Lors d'un rendez-vous, il essaye de la marquer contre son gré. Il veut accéder au trône et Alex est la clef qui lui ouvrira les portes. Mais elle est bien trop puissante pour se laisser faire. Elle le neutralise et avertit son père. Adrien est emprisonné et devra être jugé. Personne ne comprend son comportement, Alex se met à douter de ses capacités de jugement. Heureusement, James, un des aspirants est à ses côtés. Clairement attirée par lui, petit à petit, elle le laisse approcher. Ils finissent par devenir amis.

Pendant ce temps, Isabella craque pour deux des *Guardians* : Luc et Gabriel. Après quelques accrochages, ces trois-là décident de se mettre ensemble.

La vie au camp se poursuit, mais de nouveaux drames surgissent : Jason, un des aspirants et ami de James échappe à plusieurs tentatives de meurtre. Tonton, le remplaçant du commandant, prend les choses en main. Après enquête, les coupables sont découverts et arrêtés par les *Guardians*.

Entre-temps, Adrien s'est évadé et a échappé au contrôle de Marius, l'Alpha de tous les alphas. Tous sont à sa recherche, mais ils ne comprennent pas comment cela a été possible.

Alexandra est perdue ; elle voit régulièrement dans ses songes, et pendant ses transes, une femme magnifique qui lui parle. Elle s'en ouvre auprès de sa mère Cassandra, qui la rassure. Rien n'est dû au hasard, elle saura quand il le faudra. Tout s'accélère quand elle doit revenir au village, au chevet de sa grand-tante mourante ; cette dernière veut lui parler. Pour ne rien arranger, ses parents lui imposent la présence de James à ses côtés, car Cassandra l'a vu dans un songe.

Elle retrouve sa sœur, Tisha, convoquée elle aussi. Les relations entre sa sœur et James sont assez explosives au démarrage, mais ils apprennent à s'apprécier. Alex, trop occupée à combattre son attirance pour lui, ne voit pas que James a été intégré au clan grâce à Cassandra. Heureusement, Tisha veille. Leur tante leur révèle un pan de leur passé et les deux sœurs apprennent qu'elles avaient retrouvé leur sœur Megan, disparue dix ans plus tôt, grâce à la magie et au soutien d'Athéna. Alex comprend que c'est cette dernière qu'elle voit. Les deux sœurs commencent à changer, à vouloir des réponses.

Elles fomentent un plan : retrouver les disparus grâce à un sort de localisation. Elles savent dorénavant qu'elles ont la puissance requise. Ensuite, elles retrouveront leur sœur. Avec l'aide de leur mère, elles convainquent le conseil des Euménides et lancent le sort. Athéna les guide et elles trouvent, enfin, les deux entrepôts dans lesquels sont gardés les garous kidnappés.

Chacune de leur côté, elles rejoignent deux équipes de *Guardians* et attaquent simultanément.

Malheureusement, James est gravement blessé en protégeant Alex. Ils font face à une très grande résistance. Alors que tous les ravisseurs sont à terre, un décompte se met en route dans l'entrepôt où se situe Alex. Tous sont évacués à temps, sauf elle. Alors qu'elle pense mourir, elle lance un dernier appel télépathique pour dire au revoir à sa sœur, Tisha.

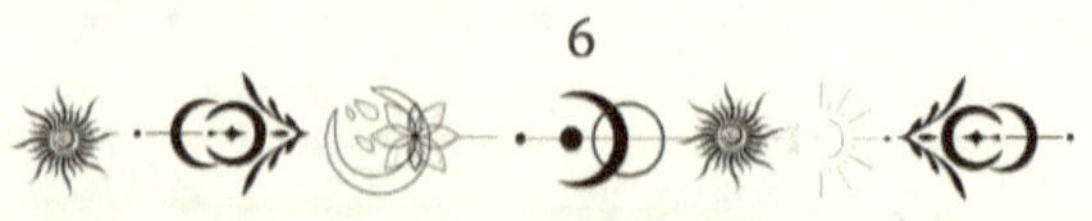

Surprise ! Megan répond aussi à cet appel ! Elle est en vie. Sur le point de se faire ensevelir sous les décombres de l'entrepôt, Isabella, soutenue par Athéna, vole au secours de son amie et l'extirpe juste à temps. Épuisée, Alexandra s'évanouit.

Chapitre 1

Tisha

— Assure-moi qu'elle va bien, Isabella. Elle ne s'est toujours pas réveillée ? Que disent les médecins ?

— Ils affirment qu'il n'y a rien de visible. Elle dort. Profondément. Pas moyen de la sortir de son sommeil. Écoute, on sera chez ton père d'ici une petite heure avec l'hélico. Tu verras par toi-même.

— Et James ?

— Il a perdu beaucoup de sang, mais ils ont pu lui retirer toutes les balles. Avec son allergie à l'argent, c'est un miracle qu'il soit en vie !

Oui, plutôt de la magie... Les actions de ma mère n'étaient jamais gratuites... Si cela avait permis à James de survivre en sauvant ma sœur, eh bien, j'allais devoir revoir un peu ma position actuelle.

— OK, on se rejoint là-bas.

J'enlevai le casque de communication, un brin plus rassurée. J'accompagnais cinq blessés métamorphes dans la résidence sécurisée de notre père via hélicoptère. Ils se serraient les uns contre les autres, encore sous le choc de notre intervention. Je croisai le regard de l'un d'eux, je vis des questions dans ses yeux.

— Oui ? lui demandai-je.

— Où nous emmenez-vous ?

— Dans un lieu protégé avec des médecins qui vont se charger de vous remettre en forme. Le roi Marius a mis en place un hôpital pour vous tous. Vous êtes à l'abri, je vous le garantis.

— Qui êtes-vous ? Vous n'êtes pas des nôtres, pourtant vous étiez avec les *Guardians* ?

Ouille, ça fait mal, même encore maintenant...

— Disons que je suis leur joker. Je suis proche de votre peuple, vous aviez besoin d'aide alors... Ne vous faites pas de soucis, tout cela sera bientôt derrière vous.

J'eus très envie de l'interroger, mais la consigne avait été donnée d'attendre que tout le monde soit sur place. C'était de la perte de temps, j'étais sûre que ceux à l'initiative des enlèvements étaient en train d'effacer leurs traces. Plus les heures passaient, moins nous aurions de chance de les retrouver.

— Ils y prenaient plaisir, vous savez...

— Quoi ? Vous parlez de vos ravisseurs ?

— Oui, les gardes étaient morts de trouille alors, pour se rassurer, ils nous envoyaient des décharges électriques, surtout au début. Mais les médecins... ceux-là étaient les pires, ils nous traitaient encore plus mal que du bétail. Ils faisaient des prélèvements de sang, de cheveux, même de sperme... Ils nous découpaient pour voir à quelle vitesse nous cicatrisions. Certaines femmes ont été violées, celle qui est morte l'a été. Ils ne l'avaient apparemment pas suffisamment droguée et elle s'est réveillée pendant que... enfin, vous comprenez. Elle a commencé à se transformer alors ils lui ont tiré dessus. J'étais dans la salle d'à côté, j'ai tout entendu...

Son regard était hanté, il revivait la scène en m'en parlant. J'aurais aimé être de nouveau en face de ces soi-disant médecins afin de leur présenter la note, en prenant mon temps cette fois.

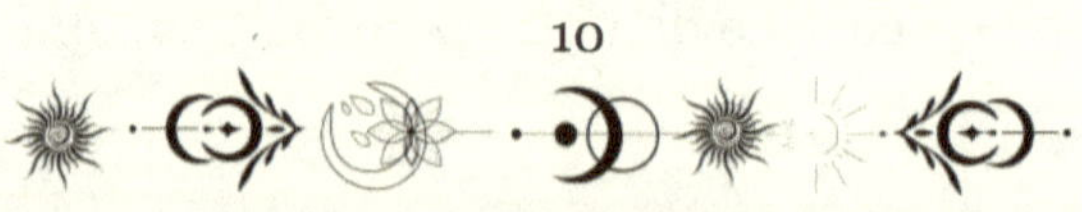

— Je vous promets que je mettrai tout en œuvre pour retrouver tous ceux qui ont participé de près ou de loin à ça, et que la sentence sera définitive !

Il releva la tête et me tendit la main.

— Vous me le jurez ?

— Je vous le jure, ils ne s'en sortiront pas.

— Je compte sur vous.

Il s'adossa contre la paroi de l'hélicoptère et ferma les yeux. Qu'Athéna me vienne en aide, je n'avais jamais ressenti autant de colère en moi.

Je respirai profondément afin de reprendre le contrôle. Le pilote me tapota l'épaule en me montrant son casque. Je remis le mien.

— Oui ?

— Tisha, c'est moi. Comment vas-tu ? Tu n'es pas blessée n'est-ce pas ?

— Je vais bien, papa, je n'ai même pas une égratignure. Le système d'autodestruction ne s'est pas déclenché dans l'entrepôt.

— C'est bien, je ne sais pas ce que je ferais si je vous perdais, vous aussi... Ta mère sera sur place avec la guérisseuse du clan pour Alexandra. Elle m'a assuré que nous ne devions pas nous inquiéter. Facile à dire, ajouta-t-il dans sa barbe.

Je ris à sa dernière remarque, pauvre papa.

— Si elle l'affirme, c'est que c'est vrai. Elle était à plat, elle ne pouvait plus communiquer par télépathie avec moi. Elle a été au-delà de ses forces pour sauver son équipe et les blessés.

Je n'ajoutai rien concernant Megan, nous devions en discuter avec Alex. Et puis, il y avait trop de monde autour de moi.

— Notre arrivée est prévue dans trente minutes, nous nous voyons à l'atterrissage.

— J'avais besoin d'entendre ta voix.

— Et j'adore entendre la tienne, papa.

Je mis fin à la conversation. Le contraste était singulier entre mon père et ma mère. Sans notre ascendance métamorphe, je n'aurais pas connu la chaleur d'un câlin.

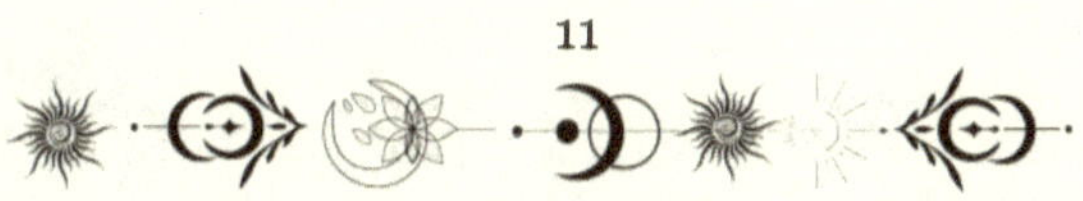

L'amour inconditionnel qu'il nous vouait était à l'opposé des règles des Euménides. Nous étions des soldats, nous sauvegardions la paix. Oh, nous n'étions ni battues ni malheureuses. Le clan pourvoyait à tous nos besoins, mais les démonstrations d'affection n'étaient pas monnaie courante. Ma mère avait dû s'imposer auprès du conseil pour qu'il puisse participer à notre éducation et nous voir régulièrement. Mais pouvait-on dire non à un roi ? Il semblait que non, heureusement pour nous.

Même notre mère était différente loin du village. Lorsque nous passions les vacances d'été chez lui, elle nous rejoignait. Et là, elle souriait, nous prenait dans ses bras. Elle montrait son affection. Le carcan du clan sautait pour notre plus grand bonheur. Nous adorions ces moments particuliers, tous ensemble, mais ils étaient plus rares depuis dix ans...

La discussion avec mon père m'avait calmée. Que m'aurait dit Alex : « Nous sommes vivantes et la mission est un succès, alors quoi ?! » Il me tardait de m'occuper des médecins et des surveillants que nous avions laissés en vie. Ils allaient le regretter, j'allais m'en charger personnellement !

Deux hélicoptères avaient atterri avant nous, ces derniers convoyaient les blessés les plus graves. En descendant, je fus attrapée par un grand roux aux yeux bleus.

— Coucou petite sœur !

— Louis ! Papa ne m'avait pas dit que tu serais là !

— Eh oui, Anthony aussi est présent. Il est en train d'organiser notre hôpital de fortune.

Ouais, hôpital de fortune, tu parles. J'observai l'immense tente mise en place sur le terrain jouxtant la demeure royale, cela ne ressemblait pas à une infirmerie de seconde zone...

J'aperçus Anthony marchant vers nous, son regard me rappela que nous n'étions pas isolés et que nos propos pouvaient être captés par des oreilles indiscrètes.

— Nous ne sommes pas seuls, Louis, officiellement, je ne suis pas ta sœur, chuchotai-je.

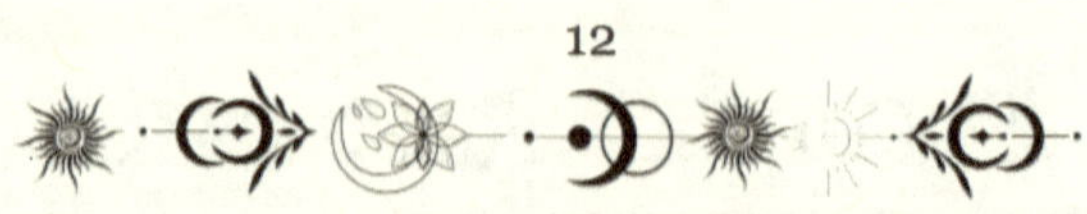

— Si tu savais comme cela me gonfle ces secrets, me rétorqua-t-il.

Mais il me relâcha quand même, la raison d'État avant tout. J'observai mon demi-frère arriver, il donnait ses directives tout en se pressant vers nous. Je me retournai vers mes passagers afin de les aider à descendre.

— Vous pouvez venir, vous allez pouvoir vous nourrir, vous reposer et vous laver ; tout cela dans l'ordre de vos préférences, bien sûr. Un médecin se présentera aussi à vous afin de vous ausculter. Si vous ne vous sentez pas bien, dites-le-nous. Nous accélèrerons la visite du docteur.

Anthony arriva sur ces entrefaites. Celui qui m'avait parlé pendant le trajet ouvrit grand ses yeux, affolé.

— Votre Majesté !

Il commença à esquisser une révérence que mon frère interrompit immédiatement.

— Il n'y a pas de « majesté » ici. Je suis Anthony, nous allons prendre soin de vous tous. Nous sommes heureux de vous voir. N'hésitez pas à nous solliciter, nos équipes et moi, pour tout ce dont vous auriez besoin. Nous savons que vous avez vécu une expérience traumatisante et nous tenons à ce que vous repartiez de chez nous en pleine forme. Louis ?

— Accompagnez-moi s'il vous plaît.

Louis fit signe aux quatre infirmiers qui avaient accompagné Anthony, ces derniers s'empressèrent auprès des blessés afin de leur faciliter l'accès à l'hôpital.

Je les suivais encore des yeux quand mon grand frère m'enlaça aussi sec.

— Majesté, nous ne sommes pas seuls ! lui rappelai-je un peu moqueuse.

— M'en fous ! J'ai eu peur ! J'en ai marre de devoir faire des câlins à mes sœurs en douce.

— Hé, tu es censé être le plus sérieux...

Je perçus le soulagement qu'il ressentait en me tenant dans ses bras, j'appréciai ce moment pour ce qu'il était : l'inquiétude d'un frère à l'égard de sa sœur. Je savais que notre éloignement de la cour lui pesait. Il s'en était ouvert auprès de moi et d'Alex à de nombreuses reprises. Il était

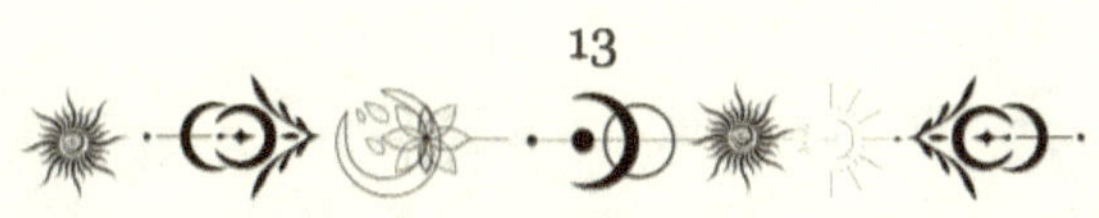

persuadé que Megan serait encore parmi nous si elle avait été protégée comme membre officiel de la famille royale. Avec des « si »...

— Les gens autour de nous vont croire que j'ai une relation avec les deux fils du roi, ça craint ! Allez, Anthony, on se fera un gros câlin dans l'intimité de la maison, avec Alex au milieu.

Il finit par se détacher de moi.

— Elle arrive dans dix minutes avec ce James. C'est qui celui-là ?

J'adorais quand il faisait son protecteur. Je l'observai, les sourcils froncés, la moue boudeuse ; tu m'étonnes qu'elles craquent toutes. Il était le portrait craché de notre père.

— James est un homme génial qui aime notre sœur et qui a pris des balles pour elle. Donc, tu vas être charmant avec lui et te comporter en grand frère civilisé.

— Je jugerai sur place ! Après tout, le précédent a été un véritable échec alors...

— Je t'arrête tout de suite ! Aucun commentaire sur Adrien quand Alex est là. Elle tient déjà James à distance à cause de ça alors que ce mec est très bien.

Il me regarda, sûr de lui. Le message disait : « Je ferai ce que je veux ». Je fronçai les sourcils et pris mon air sérieux. Il n'était pas question que ce grand nigaud en rajoute encore dans la relation James-Alex. Moi, je l'aimais bien et j'étais certaine qu'il n'allait faire que du bien à ma sœur.

— Je ne plaisante pas Anthony, il a tout pour plaire et il est fou d'elle. Elle l'aime beaucoup, tu le verras par toi-même. Ne complique pas les choses.

— Tu es sérieuse ?

Il pouvait lire sur mon visage que je l'étais.

— D'accord, je m'engage à prendre le temps de le connaître avant toute chose et à ne pas faire de commentaires déplacés.

— Je suis fière de toi, on va peut-être finalement faire quelque chose de toi...

— Sale petite peste ! fit-il, en m'attrapant par les bras et en me frictionnant la tête.

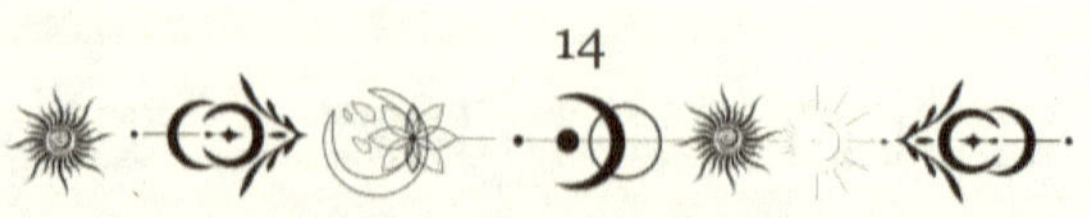

— Hé, j'ai plus dix ans, tu ne peux plus me faire ça !

— Je fais ce que je veux, je suis le futur roi, rétorqua-t-il, un sourire niais sur les lèvres.

— On n'est pas sorti de l'auberge...

Je levai les yeux au ciel et aperçus trois autres hélicos.

— Alex arrive, allons-y !

Je sus instinctivement celui dans lequel elle se trouvait. Lorsqu'il fut enfin à l'arrêt, j'ouvris rapidement la porte latérale, pressée de constater de visu l'état de ma sœur.

Anthony s'approcha aussi et interrogea le docteur qui les accompagnait.

— Comment se portent-ils ?

Le médecin fut surpris de le voir, mais répondit sans poser de questions.

— La jeune femme, Alexandra, je crois, dort paisiblement. Ses constantes sont bonnes. Je pense qu'avec du repos, elle se remettra. Le *Guardian*, lui, n'est pas encore sorti d'affaire. Il a beaucoup saigné et il est faible. La cicatrisation est lente. S'il passe la nuit, il devrait s'en tirer.

J'accusai le coup, je n'avais pas imaginé que James pouvait mourir. Je m'étais attachée à lui et le perdre n'était pas envisageable. Ma sœur serait dévastée.

— Que pourrions-nous faire pour que son état s'améliore ? Un transfert de force ? demandai-je.

— Il est lui-même très puissant, je ne vois pas qui pourrait lui en apporter en plus...

Je regardai mon frère, un peu désespérée.

— Pourrais-tu ?

Il m'attrapa par les épaules.

— Tu sais très bien que je le ferais sans discuter. Mais suis-je assez dominant ? Nous devrions en parler avec père. Et ta mère est là avec une guérisseuse de ton clan. Elle peut aussi avoir une idée.

Il appela deux infirmiers.

— Ces deux-là doivent immédiatement être installés dans la résidence du roi. C'est prévu. Tu me donnes la main pour transporter Alex ? ajouta-t-il en se tournant vers moi.

— Bien sûr.

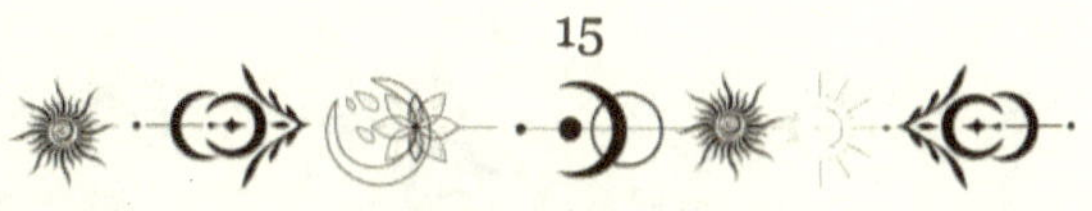

Le médecin nous aida à porter correctement la civière sur laquelle elle reposait et nous prîmes la direction de la demeure.

Deux infirmiers nous suivirent avec James.

— Attendez-nous !

Je n'eus pas besoin de me retourner pour comprendre qu'Isabella nous avait rattrapés. L'équipe d'Alex au complet nous rejoignit. Je les présentai rapidement à Anthony : Tonton le commandant, Pedro le spécialiste des armes blanches, Gabriel le dieu de l'informatique, Luc le sniper et Jason, le petit dernier, futur sniper apparemment. Anthony connaissait déjà Isabella. Je fronçai les sourcils en voyant de quelle façon il observait cette dernière. Auparavant, j'avais eu des doutes sur l'intérêt qu'il lui portait, mais là, il la dévorait du regard. Aïe, problème en perspective, car, ce coup-ci, mon grand frère n'a pas un, mais deux soupirants à battre. L'instant passa et il se recentra sur l'installation de nos blessés.

Notre père arriva, suivi de près par notre mère. Chose étonnante, ils se tenaient la main. Leur expression montrait clairement leur inquiétude, ils en avaient oublié leur distance habituelle.

— Alors ? nous demanda-t-il.

— Le médecin est confiant pour Alex, il pense que du repos suffira. Par contre, James est dans un sale état. Il ne cicatrise pas assez vite et il a perdu beaucoup de sang. Maman, ne peux-tu pas l'aider ?

Ma mère me regarda surprise. Eh oui, je savais que la cérémonie avait été plus complexe qu'un simple serment, il y avait forcément une raison à cela.

Elle s'approcha de lui.

— Je ne comprends pas, j'avais fait le nécessaire pour qu'il soit protégé, avec le soutien d'Athéna. Il ne devrait pas être dans cet état.

Elle écarta les draps qui le recouvraient et défit les pansements ensanglantés. Cela suintait encore, ce qui n'était pas normal pour un métamorphe en voie de guérison.

— Papa, le médecin a parlé de lui conférer de la puissance, mais nous devons forcément faire appel à quelqu'un de plus dominant que lui... ajouta Anthony.

— Quel était son niveau, Tisha ? Lorsque je l'ai rencontré, son aura était forte.

— Le problème, papa, c'est que son passage chez nous a aussi contribué à lui donner plus de force. Demande à maman si tu souhaites des détails, mais ce que vous avez pu constater est encore en dessous de son potentiel actuel. Si tu veux que la personne qui l'aide survive au processus, il faut en tenir compte.

Mon père se tourna vers ma mère.

— Cassandra ?

— Nous avons fait de lui un « amicus vigilem ».

Il laissa échapper un grognement.

— Tu as fait quoi ?

— Au lieu de simplement prêter serment afin de connaître une partie de nos secrets, j'ai proposé au conseil qu'il devienne un ami sentinelle. L'assemblée a accepté, James aussi.

— Mais cela fait plus de cent ans que vous ne l'avez pas pratiqué, il aurait pu en mourir !

— Oui, et il en était conscient, mais il a fait son choix, et a été accueilli par Athéna. Tisha a raison, son aura est largement supérieure à celle d'un métamorphe, que celui-ci soit un alpha puissant ou non.

— Et moi ? Je pourrais l'aider. Après tout, je suis l'alpha suprême.

— Tu l'es en effet. Et tu pourrais certainement agir, mais je doute que tes conseillers te laissent faire sachant que tu lui confèrerais aussi une partie de ta force...

Ma mère avait vu juste, prendre le risque, qu'à terme, James ne devienne plus dominant que mon père... Non, ses conseillers allaient assurément refuser.

— Je suis le roi et je peux me passer de leur accord. Cet homme a sauvé ma fille. Je l'ai rencontré, j'ai parlé avec lui. Il est loyal et honnête, j'en suis certain.

J'adorais mon père, passer outre le danger que cela représentait. C'était dans ces moments-là que je l'aimais

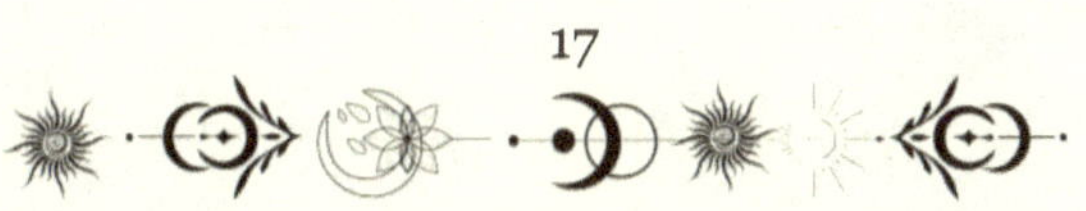

encore plus, il était vrai. Son peuple avant tout, même avant lui.

Ma mère prit son visage entre ses mains.

— J'aime quand tu fais ton grand roi décisionnaire, mais c'est un risque que je ne suis pas prête à te faire courir. Il est plein de qualités et mérite notre aide, mais tu ne sais pas ce qu'il pourrait devenir d'ici cinquante ans.

Mon père commença à vouloir objecter.

— Non, permets-moi d'essayer autre chose avant. Je crois que son lien avec Alex peut le sauver.

— Tu penses ? Mais si tu as tort ? Je ne vais pas laisser cet homme mourir par peur de perdre mon statut. Je ne suis pas comme ça et tu le sais.

— Je le sais. Donne-moi quatre heures. Si dans quatre heures, nous ne voyons pas d'amélioration, nous essayerons ta méthode.

Mon père échangea un regard avec Anthony, il me concerta ensuite.

— Laisse faire maman, papa. Elle a raison, nous devons d'abord tenter son idée. En plus, vu le lien qu'il a avec Alex, il se battra si maman trouve un moyen de discuter avec lui.

— Oh, ce n'est pas moi qui vais communiquer avec lui, ce sera ta sœur. Je vais les aider à se situer, c'est tout.

Sur ces paroles sibyllines, elle se dirigea vers un meuble et commença à en sortir des bougies et des sacs d'herbes diverses.

— Tisha, viens m'aider. Une fois le sort lancé, nous devrons les laisser seuls dans la pièce sans dérangement.

Isabella se précipita vers ma mère.

— Je peux vous être utile ?

— Apporte tout cela vers James. Les garçons, rapprochez-les tous les deux, qu'ils puissent se toucher la main. Tisha, dispose les bougies autour d'eux, à un mètre de distance en cercle.

Tout le monde se mit en branle afin d'obéir à ses directives. Nous étions tous tendus et placions tous nos espoirs en elle.

Chapitre 2

Alexandra

J'étais bien. Allongée dans un lit moelleux, chaudement recouverte, j'étais en paix. Il était étrange de me sentir aussi bien. Où étais-je ?

J'ouvris les yeux et me retrouvai dans une chambre inconnue. J'entendis frapper à la porte et criai « entrez » sans y réfléchir. J'étais de nouveau en présence d'Athéna.

— Déesse ?

— Bonjour, Alexandra, tu nous as fait peur. Tes proches sont dans tous leurs états.

J'avais les idées embrouillées, les disparitions, le sauvetage, James !

— James ?

— Entre la vie et la mort d'après ce que je sens. Il hésite encore. À croire que ce garçon n'a pas assez de motivation dans ton monde pour y rester.

Était-ce un reproche ?

— Pourquoi suis-je là ?

— Tu as consommé ta magie sans compter, et tu as failli en mourir. Sans mon intervention et celle de ton amie Isabella, tu serais ensevelie sous les décombres.

Sa voix était chargée de colère.

— Je voulais juste les sauver.

— Et en finir ? Tu as des choses à accomplir Alexandra, et mourir n'en fait pas partie dans l'immédiat !

— Aurais-je pu faire différemment ? J'ai fait au mieux avec les informations que j'avais.

Elle commençait à me chauffer, toute déesse qu'elle était. Je n'avais pas consciemment mis ma vie en danger, je n'étais pas suicidaire.

— Bien, j'ai eu peur pendant un moment. Ton mauvais caractère apparaît, je croyais que seule Tisha en était pourvue.

Cette fois, la voix était moqueuse. Purée, je ne savais vraiment pas sur quel pied danser avec elle. Et cette lumière me filait mal au crâne.

— Déesse, serait-il possible que vous baissiez la luminosité ? J'ai les pupilles qui vont exploser, et mon cerveau avec.

— Et l'humour revient ! Ne pousse pas le bouchon trop loin. Je vous aime bien toutes les trois, mais n'oublie pas à qui tu parles.

Elle fit quand même le nécessaire et la lumière s'atténua. Je pouvais enfin la contempler.

Elle était magnifique : un visage fin et pâle avec des pommettes saillantes, des yeux multicolores encadrés de grands cils ; une chevelure qui oscillait entre le noir et l'auburn et qui lui arrivait à la taille. Elle avait un corps mince et musclé. Sa tunique laissait entrevoir une poitrine généreuse. Un coup à changer de préférence sexuelle.

— Je te plais ? me demanda-t-elle tentatrice.

— Vous êtes d'une beauté irréelle.

— Merci, j'apprécie le compliment.

Elle s'arrêta de parler et se mit à sourire dans le vide.

— Cassandra a décidé d'aider ton ami. Elle aime bien brouiller les cartes, vous tenez d'elle là-dessus, pas de doute.

— Ma mère ? Que fait-elle ?

— Elle cherche une motivation pour que James souhaite rester sur ton plan d'existence. Il va falloir que tu y mettes du tien aussi. Prends la bonne décision. Les hommes ne

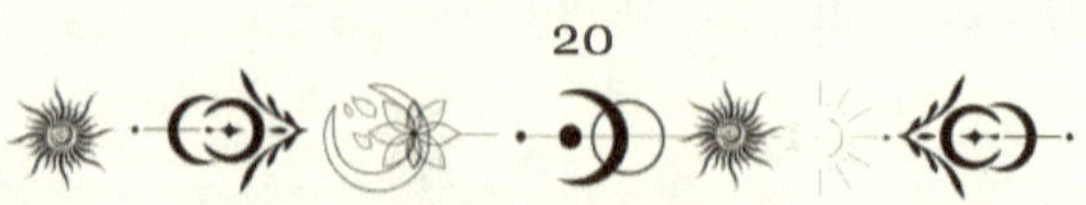

sont pas tous des profiteurs et il est parfois agréable de ne pas être seule. Je parle d'expérience, Alexandra.

Elle s'éloigna vers la porte et m'adressa un dernier message avant de partir.

— Nous nous reverrons ma fille, veille à ne plus dispenser ta magie à outrance. Elle est pourtant infinie pour qui sait la manipuler.

Elle allait me faire tourner zinzin avec tous ses messages fumeux. J'entendis de nouveau toquer à la porte, elle avait oublié de me dire quelque chose ?

Cette fois, je me levai et constatai ma tenue quelque peu inhabituelle. J'étais affublée d'un déshabillé blanc qui laissait plus voir ma peau qu'elle ne la cachait. Je décidai de ne pas m'en préoccuper, après tout, seule une déesse pouvait me rendre visite en ce lieu.

J'ouvris la porte pour me retrouver face à James, torse nu, vêtu d'un jean taille basse. Loupé ! OK, c'était clair, j'étais en plein fantasme.

— Alex ? C'est bien toi ?

Il m'enlaça aussi sec. Je humai son parfum si particulier, que j'avais appris à lui associer.

Super ce fantasme, plus réaliste tu meurs.

Il me tint à bout de bras et son regard glissa sur mon corps. Je me sentis piquer un fard.

Stupide de rougir alors que je dors non ?

— Je rêve, c'est ça ?

— Euh non, c'est moi qui rêve, lui dis-je. Tu ne peux pas être avec moi dans le royaume d'Athéna.

— Eh bien, l'impression est la même que lorsque j'y étais la dernière fois donc… nous y sommes peut-être tous les deux. Et dans ce cas-là, j'avoue que j'apprécie énormément le code vestimentaire.

Il assortit ce commentaire d'un regard enflammé et ses mains descendirent le long de mon dos.

— De quoi te souviens-tu James ?

Il soupira, me lâcha et s'éloigna vers le lit que je venais de quitter. Il sembla épuisé d'un seul coup et s'écroula, plus qu'il ne s'assit sur ce dernier.

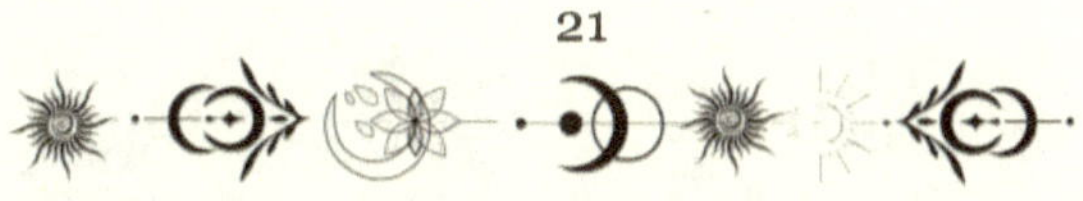

— Nous étions en train de nous battre contre ces humains, un groupe est apparu derrière nous. Ils allaient te tirer dessus, je me suis interposé. Après, c'est le trou noir.

Il ferma les yeux, éteint et s'allongea complètement sur le lit. Je ne distinguais plus son aura. Je m'approchai rapidement de lui et m'assis juste à côté.

— Athéna m'a dit que tu étais entre la vie et la mort, que tu hésitais. Arrête de tergiverser et fonce vers la vie, James. Je vois ta puissance qui décline.

— Écoute, je fais un petit somme dans ce lit si confortable et après on discute. Une heure ou deux, et tu me réveilles d'un baiser version le bel au bois dormant, OK ?

Sa voix s'éteignait, comme son aura. Qu'avait dit Athéna ? Qu'il avait besoin de motivation, que je devais y mettre du mien. Je posai ma main sur son torse et entrepris de le caresser.

— Chérie, j'adore, mais là je n'en peux plus. Laisse-moi une petite heure d'accord ?

L'heure était grave, je commençais à comprendre. S'il dormait, il mourrait. À moi de le réveiller suffisamment pour qu'il survive. Il était hors de question que je le perde.

Je lui grimpai dessus et me mis à l'embrasser, ses pommettes, sa bouche. Je m'attardai sur cette dernière, lui mordillant les lèvres afin de me laisser entrer. Il comprit le message et nos langues se mêlèrent enfin. C'était bien, mais insuffisant. Ses mains ne bougeaient pas, il ne me caressait pas. Je dégrafai mon déshabillé de manière à lui donner accès à ma poitrine, et me frottai contre lui. Ses yeux se rouvrirent lorsqu'il sentit mes seins se presser contre son torse. Ses mains entourèrent ma taille, j'étais sur la bonne voie. Je descendis le long de son corps, tout en continuant à l'embrasser. Je mordillai ses pectoraux tout en déboutonnant son jean. Son souffle s'était accéléré, ses yeux brillaient de désir, j'avais toute son attention.

— Plus envie de dormir ?

— Tu plaisantes ? Cela fait des semaines que je ne rêve que de toi. Je me reposerai plus tard, bien plus tard.

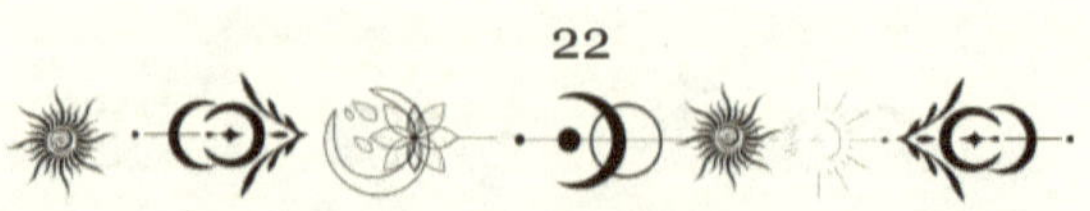

Alors que ma main droite glissait dans son jean afin de le caresser, les siennes déchirèrent violemment mon petit déshabillé. Il retira ma main de son jean et me renversa. Il me dominait maintenant, ses intentions étaient claires et me firent trembler d'excitation.

— Si c'est un rêve, ne me réveille pas surtout.

— Ce n'est pas exactement un rêve et je doute que nous soyons dérangés dans l'immédiat. Montre-moi ce que tu voulais me faire, tu as carte blanche.

— Putain Alex, tu n'aurais pas dû me dire cela.

Il se débarrassa de son jean en deux secondes et finit de retirer les lambeaux de ma tenue. Sa bouche trouva la mienne, tandis que ses mains partaient à la rencontre de mes seins.

Il les pinça légèrement, m'envoyant une décharge de plaisir dans tout le corps. Je me balançai, je le voulais tout de suite, je n'avais pas besoin d'être plus excitée que je ne l'étais déjà.

— Sois un peu patiente.

— Aucune envie de l'être, je te prends maintenant.

Je glissai mes mains sous ses épaules et, d'un mouvement lent, le retournai sous moi. Nos souffles se mêlèrent, chauds et pressés, tandis que je m'abandonnais à lui, centimètre par centimètre. Le temps sembla suspendre son vol. Je cherchai son regard, y plongeai, et commençai à m'animer avec une douceur calculée, comme pour savourer chaque frisson qui naissait entre nous.

Mon corps ondulait, presque imperceptiblement, traçant des cercles qui faisaient trembler l'air autour de nous. Je saisis ses mains, les guidai vers ma poitrine, et sentis ses doigts se refermer sur moi, d'abord hésitants, puis plus assurés, comme s'il redécouvrait chaque courbe. Ses paumes étaient brûlantes, presque trop, mais je ne voulais pas qu'il s'arrête. Nos yeux restaient rivés l'un à l'autre, deux miroirs où se reflétaient le désir et la promesse de l'instant.

Un gémissement s'échappa de mes lèvres, étouffé, tandis que le plaisir s'insinuait en moi, sournois et envoûtant. Je me mordis la lèvre inférieure, sentant mes sens s'embraser, chaque mouvement amplifiant cette chaleur qui nous enveloppait. Puis, soudain, ses mains quittèrent ma peau pour encadrer mes hanches, et d'un geste ferme, il prit le contrôle. Le rythme changea, devint plus exigeant, plus profond. Je perdis pied, emportée par une vague qui montait, inexorable.

Ses yeux, d'un noir profond, s'assombrirent encore, comme voilés par une brume sauvage. Je reconnus cette lueur, ce moment où l'homme cédait la place à l'animal, où la retenue volait en éclats. Un cri me traversa, déchirant le silence, tandis que mon corps se tendait, puis se libérait enfin, submergé par une extase qui me laissa sans voix. Il me suivit dans cet abîme, un gémissement rauque s'échappant de sa gorge, et je m'effondrai contre lui, haletante, incapable du moindre mouvement, le cœur battant à l'unisson du sien.

— D'accord, tu as des arguments pour empêcher un homme de dormir, tu as toute mon attention.

Il me renversa de nouveau, ses deux bras posés sur le lit, encadrant mon visage. Il m'embrassa doucement, profondément. Je sentis dans ce baiser toute l'affection qu'il éprouvait pour moi.

— Je ne sais pas pourquoi tu as changé d'avis, mais je vais en profiter tant que cela dure.

— J'aime quand ça dure...

— Vos désirs sont des ordres majesté, tu ne pourras plus te passer de moi après cette nuit.

— Qui t'a dit que je pouvais déjà me passer de toi ?

Il sourit à ma réponse et reprit son exploration. Je le laissai faire, la réalité allait bien finir par nous rattraper et je voulais savourer chaque instant.

Chapitre 3

James

J'étais en plein rêve, je la tenais dans mes bras, nue. Je connaissais enfin son corps, j'avais bu ses gémissements de plaisir. Elle avait fini par s'endormir, épuisée. Je me sentais étrangement en pleine forme alors que j'étais au bord de l'écroulement quelques heures plus tôt.

J'entendis frapper à la porte et vis entrer la déesse. Elle était magnifique, vraiment spectaculaire. Je vérifiai qu'Alex et moi étions bien couverts, il était inutile qu'Athéna nous trouve à poil, non ?

— Tu sembles en meilleure forme, James ? Je suis contente de constater qu'Alexandra a su te diriger vers la bonne route.

— Me diriger ? Je ne comprends pas !

— Sur ton plan d'existence actuel, tu oscillais entre la vie et la mort. Il semble que tu manquais de motivation pour vivre. Cassandra a fait ce qu'il fallait pour que vous vous retrouviez ici et qu'Alex t'aide à prendre la bonne décision. Tu es tiré d'affaire maintenant. Vous n'allez pas tarder à vous réveiller.

— C'était un rêve alors ?

J'étais déçu, cela m'avait paru tellement réel.

— Non, il ne tient qu'à vous que cela se prolonge... Elle est têtue, mais je pense qu'elle a admis à quel point tu es important pour elle. Les Érinyes ne sont pas simples, elles ont du caractère, mais surtout elles ont une mission. Cette dernière l'emporte souvent sur toute autre considération, qu'elles soient amoureuses ou pas. Tu es des nôtres maintenant, il te sera plus facile de l'assimiler.

— Je suis des vôtres, oui. Mais Alexandra reste la plus importante pour moi.

— Et je le comprends, malheureusement elle a été élevée différemment. Le conseil se montre dur dans l'éducation des enfants, mais cela peut s'expliquer, car elles ont accès à des pouvoirs qui pourraient conduire à la fin du monde.

Je contemplai ma belle endormie, je connaissais ses sentiments maintenant. Elle n'allait plus pouvoir me tenir éloigné d'elle.

— Je vois que tu as compris. Vous avez d'autres choses à accomplir, bonne chance.

Elle sembla s'évanouir dans l'air, Alexandra s'effaça aussi.

Retour à la réalité !

Je me réveillai avec le visage d'Alexandra au-dessus de moi. Plaisante ma résurrection. Sa main caressa mes joues.

— Comment te sens-tu ?

— Merveilleusement bien avec toi près de moi.

Elle me sourit et se pencha afin de m'embrasser. Elle se redressa et me fit un clin d'œil.

— Ceci afin que tu saches précisément où nous en sommes dans notre relation.

— Et où en sommes-nous dans notre relation, Majesté ?

Elle pouffa à ce surnom, et me regarda droit dans les yeux.

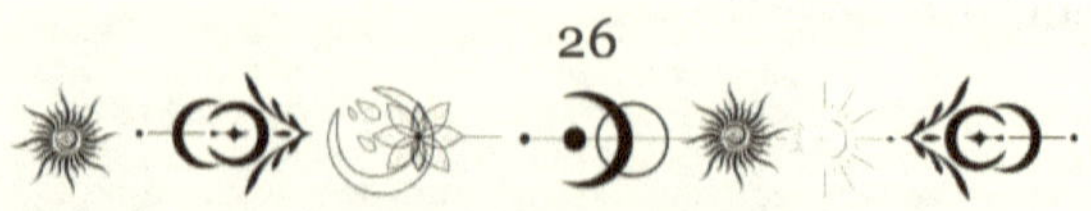

— Nous pouvons dire que nous sommes ensemble, je crois. Par contre, pas de promesses. Vivons l'instant présent.

Elle se mordait de nouveau les lèvres, cela me renvoya des flashs d'elle quelques minutes plus tôt, abandonnée dans mes bras. J'avais toujours envie d'elle.

— Pas encore James, tu n'es pas en état. Nous allons devoir patienter un peu.

Ses yeux pétillaient, elle semblait détendue et pas du tout inquiète du tournant qu'avait pris notre relation.

— Moi qui pensais que j'allais devoir à nouveau me battre pour rester avec toi...

— Non, je suis longue à me prononcer, mais une fois que la décision est entérinée, je m'y tiens. Je suis bien avec toi.

Elle parut absente deux secondes, puis sourit.

— Nous allons avoir de la visite, comporte-toi bien.

Au même moment, la porte s'ouvrit devant Tisha, Cassandra, Marius et notre équipe. Deux hommes accompagnaient le mouvement, vu l'air de ressemblance avec Marius, je compris vite que l'un des deux, au moins, était son fils.

— Alex !

Tisha se précipita sur sa sœur et la serra dans ses bras.

— Si tu me fais ce coup encore une fois, je te jure que je te rejoins aussi sec là où tu seras pour t'étriper !

Sa voix était chargée d'émotions, je ne savais pas ce qui s'était déroulé après mon évanouissement, mais il semblait qu'Alex avait, elle aussi, failli y passer.

Tisha laissa sa place à ceux qui attendaient patiemment leur tour et se tourna vers moi. Elle m'observa attentivement, je commençai à m'inquiéter, cette fille n'avait pas toute sa tête. Elle se pencha vers moi et me colla un baiser sur la bouche.

— Merci James. Je suis vraiment contente que tu sois entré dans la vie de ma sœur. Merci de l'avoir protégée.

J'étais gêné, j'avais réagi à l'instinct, je ne cherchais pas sa reconnaissance.

— Tu pourrais arrêter de m'embrasser ? Je ne suis pas de ce genre-là moi, tu sais. Je suis avec ta sœur alors, terminé les bisous sur la bouche OK ?!

Je râlais pour le plaisir, elle me rendait dingue avec ses remerciements. Je sentais bien la peur qu'elle avait eue, mais j'avais du mal à la voir… désemparée. Cela ne collait pas avec la Tisha que j'avais appris à connaître.

Son sourire s'agrandit, elle avait compris et était contente de me savoir mal à l'aise. Je n'étais pas au bout de mes peines, car tous eurent le même discours. Isabella me chuchota que j'étais maintenant autorisé à réduire son prénom. Le choc me coupa presque le souffle.

Marius s'approcha à son tour, j'essayai de me redresser, mais je m'écroulai aussitôt.

— Ne bougez pas mon garçon, vous allez devoir être un peu patient.

Sa main sur mon épaule, il continua sur sa lancée.

— Je vous avais dit que votre grand-père et votre père étaient de mes amis, considérez-vous comme en étant un vous aussi. Je ne vous remercierai jamais assez d'avoir sauvé Alex, au mépris de votre propre vie. Je suis heureux de vous voir en meilleur état. Vous allez bénéficier d'excellents soins et ne repartirez d'ici qu'une fois que vous m'aurez prouvé être en parfaite santé. J'ai convié votre famille à vous rendre visite, j'attends leur retour.

— Papa, laisse-le respirer. Il vient d'échapper à la mort et nous sommes tous là à lui tourner autour. Je pense qu'un peu de nourriture serait la bienvenue, et il faut qu'il s'hydrate aussi. Autrement qu'avec une perfusion…

J'observai attentivement celui qui s'était exprimé, il devait s'agir d'Anthony, le fils aîné si je me souvenais bien. Il avait le même regard que son père, en un peu moins bienveillant que lui dans l'immédiat. Je pouvais comprendre, nous venions de nous rencontrer, il devait s'inquiéter pour sa sœur.

— Je suis Anthony, le frère de ces deux sauvageonnes, et voici Louis. Nous vous remercions aussi pour ce que vous avez fait.

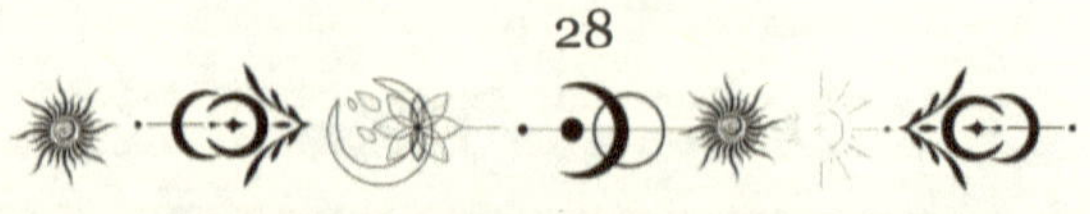

— Je n'ai fait que ce qu'un *Guardian* devait faire. Alex était la seule à pouvoir nous tirer tous de là. Sans elle, l'équipe et les prisonniers auraient été foutus.

Je vis à son faciès que ma réponse lui avait plu.

— Un peu d'eau ?

Louis me tendait un verre. Lever mon bras me demanda un effort incroyable. Cela dut se lire sur mon visage, car l'homme s'approcha encore plus afin de m'aider à me redresser et à boire.

— Merci, je ne pensais pas être aussi mal.

— Nous allons laisser Alex s'occuper de vous. Un médecin devrait passer d'ici quelques minutes, même si Cassandra nous a assuré que vous étiez sur la voie de la guérison.

Je l'observai plus attentivement. Il devait avoir mon âge et faisait approximativement ma taille. Ses cheveux roux formaient une tignasse qui lui donnait un air espiègle, mais ses yeux bleus qui me fixaient, me montraient bien que cet homme n'était pas inoffensif. Il était plus discret que son frère, dont l'aura vibrait autour de moi, mais sa puissance était réelle. Il reposa le verre et s'éclipsa sur un hochement de tête à sa sœur. Anthony suivit.

Jason s'approcha de moi, Luc, Pedro et Gabriel en firent autant.

— Pouvez-vous me raconter ce qui s'est passé ? J'ai l'impression que j'ai manqué quelques épisodes.

Luc prit la parole et m'expliqua les évènements survenus pendant mon évanouissement. Je remerciai Pedro et Gabriel d'avoir pris soin de moi. Je cherchai Alex du regard, je la vis un peu à l'écart en train de discuter avec sa mère. J'entendis le mot « conseil » et « cela aurait pu le tuer ». Je compris qu'elle savait pour la cérémonie et qu'elle enguirlandait Cassandra.

— Finalement, tu as bien mené ta barque, fit Luc.

— Quoi ?

Je me recentrai sur lui, j'avais les yeux qui se fermaient tout seuls.

— Les choses semblent s'être améliorées entre Alex et toi, vous formez un beau couple. Je suis content pour vous.

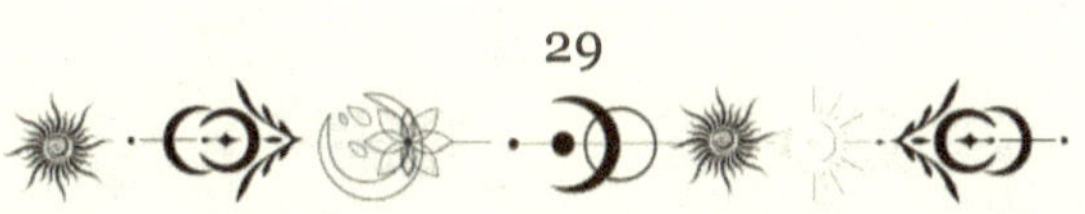

Je ne pus rien lui répondre, la fatigue me tomba dessus et je m'endormis aussitôt.

Chapitre 4

Isabella

Je serrais Alexandra dans mes bras. Elle allait bien, il fallait que je me calme.

Tu m'as fait peur, j'ai cru que je t'avais perdue.

Et te laisser sans personne pour te taquiner ? Je ne pouvais pas te faire ça.

Je te jure Alex, j'irai avec ta sœur t'étriper, où que tu sois, si tu me refais un coup pareil. Si Athéna n'était pas intervenue...

J'avais les larmes aux yeux en la serrant, maintenant que je la savais saine et sauve, la pression tombait.

Je suis trop chiante pour disparaître comme cela. Allez, ma pote, sèche tes larmes sinon je vais devenir une vraie fontaine moi aussi, et tes mecs vont m'en vouloir parce que tu pleures.

Je me redressai afin de laisser les autres se rassurer, Gabriel m'attrapa et m'encadra le visage de ses belles mains.

— Je n'aime pas quand tu pleures, elle va bien, James également.

— J'en suis consciente, c'est du soulagement.

Il m'embrassa tendrement, m'apportant tout le réconfort dont j'avais besoin. Je perçus la main de Luc dans mon dos.

— Tu te sens bien ?

— Juste un petit coup de mou, la certitude de savoir tout le monde sain et sauf, lui répondit Gabriel.

— Je pense que nous devrions trouver un lit, et tous aller nous reposer.

— Je vais m'en occuper, mais avant je dois dire un mot à James.

Je m'approchai de ce dernier, il était pâle et avait les traits tirés, mais il souriait. Je compris qu'il s'était enfin passé quelque chose entre mes deux amis et j'en étais heureuse.

Je l'embrassai sur la joue et lui chuchotai mon message.

— À partir de ce jour, tu es autorisé à raccourcir mon prénom. Tu as sauvé mon amie, James, je ne sais pas ce que j'aurais fait sans elle.

Il me regarda, les yeux agrandis par la surprise. C'était drôle.

— D'après ce que j'ai appris, c'est plutôt à moi de te dire merci, c'est toi qui l'as secourue.

Je lui fis un clin d'œil avant de m'éloigner. Anthony se rapprocha de moi.

— Je suis heureux de te voir Isabella, merci à toi aussi pour ma sœur. Elle a de la chance d'avoir des amis tels que vous.

— Anthony.

Je ne savais pas sur quel pied danser avec le frère d'Alex, il était impressionnant et prenait son rôle très au sérieux. Il était magnifique en plus, et il en était conscient. Il s'était légèrement laissé pousser la barbe, ce qui mettait encore plus en valeur ses yeux bleus et ses pommettes. Et ce corps, *mamma mia*, ce type faisait mouiller les petites culottes rien qu'en contemplant son propriétaire.

— Il n'y a rien que je ne ferais pour ta sœur.

— Je sais, tu es une amie loyale et courageuse. Je vois que tu as de nouveaux acolytes, aussi ?

Son regard se porta sur Luc et Gabriel, qui me surveillaient de loin. OK, la discussion dérapait ou cela venait de moi ?

— Oui, en effet. Je suis avec deux hommes exceptionnels, tu as été présenté ?

— J'ai eu ce plaisir, fit-il sarcastique, nous ferons plus ample connaissance plus tard. Excuse-moi.

Le ton était sec, d'accord, nos relations n'avaient jamais été très poussées. Ce mec était bien trop sérieux pour que j'aie envie de le côtoyer. En plus, il faisait partie de la famille royale, une bonne raison pour ne pas se rapprocher.

Il échangea quelques mots avec James et suivit son frère hors de la pièce en m'accordant un dernier regard que je ne sus pas comment interpréter. Je sentis la fatigue me tomber dessus.

— Je vous ai fait préparer une chambre, Isabella, avec un grand lit, ajouta Marius en souriant.

Je souris également à ces mots, j'adorais ce roi capable de s'adresser à tout un chacun sans être pédant.

— Merci, Majesté, j'avoue que cette nuit aura été longue.

— Marius, Isabella, appelez-moi Marius, je vous l'ai déjà dit. Vous avez été formidable vous aussi, vous pouvez me demander n'importe quoi, je me ferai un devoir de vous satisfaire.

— Je me contenterai de quelques heures de sommeil dans l'immédiat, savoir Alex et James tirés d'affaire a donné l'information à mon corps qu'un peu de repos était nécessaire.

— Un valet vous attend dehors et vous conduira à vos chambres. J'en ai fait préparer une également pour Alex, mais je ne suis pas certain qu'elle veuille quitter James pour le moment.

J'observai mon amie, elle caressait les cheveux de James endormi.

— Je pense qu'il serait plus adéquat d'amener la chambre à Alex.

— Nous allons attendre le feu vert du médecin, je vais leur trouver un endroit où ils seront tranquilles.

Je le vis se diriger vers Cassandra, cette dernière contemplait sa fille aînée avec gravité. Il la prit dans ses bras et lui chuchota quelques mots à l'oreille.

Cassandra rougit en lui répondant. Ils étaient mignons tous les deux, quel dommage qu'ils ne puissent pas vivre ensemble constamment.

— Nous allons nous détendre ? me demanda Luc.

J'acquiesçai tout en faisant un signe au reste de la troupe. Il était temps de les laisser entre eux.

À tout à l'heure, Alex, prends soin de lui.

Repose-toi bien.

Je suivis le valet qui nous conduisit à nos appartements, les chambres étaient toutes situées les unes à côté des autres. J'entrai dans celle qu'il nous avait désignée, elle était immense.

— Un lit à baldaquin, on va pouvoir s'amuser, dit tout de suite Gabriel.

— Waouh, il n'est pas standard celui-là, on pourrait dormir à six là-dedans.

— Tu as prévu d'inviter du monde ma belle, nous ne te suffisons plus ? demanda Luc. Peut-être que Sa Majesté aimerait participer...

Luc sarcastique, madame Jalousie pointait son nez.

— Tu veux convier Marius ? Il est un peu vieux, non ?

L'humour désarmait tout, non ?

— Ne fais pas l'idiote Isabella, je parle d'Anthony. Depuis quand il a le béguin pour toi ?

Bon, ben non, pas tout en fait.

— Anthony n'a pas le béguin pour moi et nous ne nous fréquentons pas. J'ai dû le croiser quatre ou cinq fois depuis que je connais Alex et nos conversations n'ont pas dû excéder la minute. Arrête de faire ton jaloux, il peut me parler sans qu'il soit attiré par moi. J'apprécie que tu me croies irrésistible, mais n'exagère pas.

— Je sais ce que j'ai vu, il en pince pour toi !

— Et il peut avoir toutes les nanas qu'il souhaite, entre sa belle gueule, son physique et son statut. Je ne suis pas intéressée. Si tu cherches une engueulade, va faire un tour dehors. Moi, je suis fatiguée et je veux juste me reposer.

Je filai vers le lit tout en me déshabillant. Je posai délicatement mes armes sur la commode, alors que j'avais fortement envie de m'en servir sur lui.

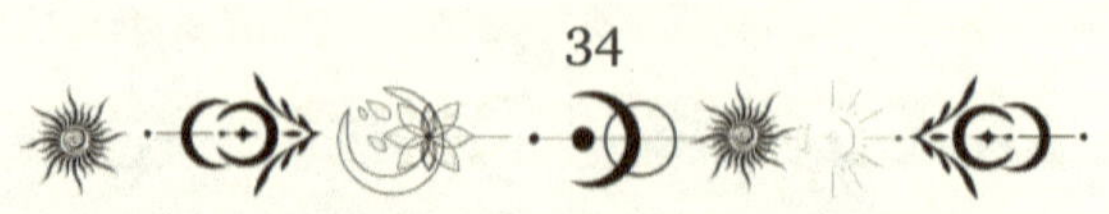

— N'empêche que tu le trouves beau gosse !

Je me retournai, clairement énervée.

— Oui ! Je ne suis pas aveugle non plus ! Il est beau gosse ! Mais il ne m'intéresse pas ! Je suis avec toi et Gabriel.

Je sentis une migraine poindre et me massai les tempes.

— Qu'est-ce qui te prend Luc ? Ai-je eu le moindre geste déplacé envers lui ? Non. Tu inventes des problèmes. Nous sommes tous les trois fatigués, dormons s'il te plaît.

Gabriel s'approcha de Luc et lui mit la main sur l'épaule.

— Relax, Luc, c'est la pression qui parle là, pas toi. Tu sais très bien qu'Isabella ne nous ferait pas ça. Elle nous dirait tchao avant d'entamer une nouvelle relation. Elle a raison, nous sommes debout depuis plus de vingt-quatre heures, nous avons cru perdre Alex et James, il nous faut du repos.

Luc sembla entendre Gabriel et commença à se déshabiller. J'étais déjà au lit, j'avais hésité à me mettre sur le côté pour ne pas être en contact avec Luc, ses accusations m'avaient blessée, mais je devais être plus adulte que ça. Je discernai son embarras à se coucher à côté de moi alors que Gabriel se glissait sous les draps et m'attrapait par la taille. Il me donna un baiser langoureux pour me souhaiter une bonne nuit. Je lui rendis et fermai les yeux. Luc finit par s'allonger, mais ne s'approcha pas de moi. Tant pis pour lui s'il voulait bouder, je n'avais pas à me sentir coupable de quoi que ce soit. Je ne sus pas s'il se serra contre moi, je dormais déjà.

Lorsque je me réveillai, il était quatorze heures et j'étais seule dans le lit. Mon humeur ne s'était malheureusement pas améliorée, la crise de jalousie de Luc restait dans ma tête. Je décidai de profiter de la salle de bains, espérant qu'une bonne douche me remettrait les idées en place. C'était notre première engueulade, j'étais un peu paumée.

Lorsque j'entrai dans la pièce, la vue de la baignoire me fit changer d'avis. Elle était immense, avec de l'espace pour au moins quatre personnes. Je repensai à la petite phrase du roi sur la chambre et le lit. Il savait recevoir les gens, et les mettre à l'aise. Le décor était contemporain et détonnait avec le lit à baldaquin de la chambre. Elle était dans les teintes béton et bois. La baignoire était noire, placée dans un coin, en contraste avec un mur blanc, robinetterie argentée. Rien d'ostentatoire. Deux sèche-serviettes étaient accrochés de chaque côté, des serviettes épaisses, de couleur prune, chauffaient doucement dessus. La double vasque reposait sur un meuble en bois avec des poignées métal noir. Sur la droite, une douche à l'italienne de trois mètres carrés au moins vous promettait de joindre l'utile à l'agréable, vu les pommeaux massants visibles. Le parquet était assorti au meuble, tout cela était agréable à regarder. Je fis couler le bain et aperçus l'option jacuzzi, soyons fous ! J'ajoutai aussi un peu de savon pour que tout mousse ! Une enceinte connectée était branchée, super, je lui demandai de me mettre du rock français.

Je me déshabillai rapidement et m'observai dans la glace. Je n'avais pas trop mauvaise mine, mais mes cheveux avaient décidé de vivre leur vie et étaient emmêlés au possible. Je fouillai et finis par trouver une brosse. Un peu d'énergie et les nœuds se démêlèrent. J'enjambai la baignoire et m'allongeai dans l'eau moussante. L'odeur était agréable, j'en fermai les yeux. Je me repassai la scène d'hier, cherchant à quel instant l'attitude d'Anthony, ou la mienne, avait pu donner ce résultat. Anthony m'avait interrogée sur mes deux compagnons, mais il ne savait sans doute même pas à ce moment-là que nous étions ensemble. C'est moi qui lui avais laissé entendre. Non, décidément, j'avais beau tout revoir, rien ne démontrait un attachement particulier. Et puis, je l'aurais remarqué si Anthony avait voulu me draguer à un moment ou à un autre. Nous nous étions croisés, et ce que j'avais dit à Luc était exact. Il ne restait jamais bien longtemps près de moi et ne m'adressait que peu la parole.

Louis était plus bavard, mais ils avaient leurs préoccupations, leurs tâches à réaliser, et les rencontrer était rare. Je voyais plus le roi que ces deux-là.

J'entendis frapper à la porte. J'étais bien où j'étais, tant pis pour celui qui voulait me parler. Je demandai à Alexa

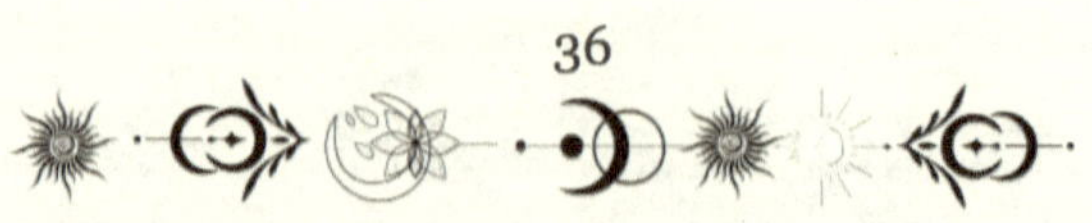

de monter le son et me laissai couler au fond de la baignoire. Je faillis m'étouffer en remontant, stupéfaite de découvrir Anthony. Il me détaillait tranquillement, de l'entrée de la salle de bain.

— Ne te gêne pas surtout !

Je vérifiai bien que la mousse me cachait, inutile de lui dévoiler mon corps.

— Désolé, la musique était forte et je me suis dit que tu ne m'avais pas entendu frapper.

— Et tu ne t'es pas dit non plus qu'une femme dans une salle de bain était potentiellement nue ? Sors de là Anthony !

— J'aurais aimé que nous discutions tous les deux, et comme tu es constamment avec tes deux compagnons...

— Si tu souhaitais un entretien privé, tu pouvais le demander ! Tu n'as pas à t'inviter dans ma chambre et encore moins dans ma salle de bains !

— La vue est agréable, je t'ai toujours trouvée remarquablement belle, Isabella.

Bon, c'était clair, il fallait que je répare mon radar à emmerdes, visiblement il avait déconné avec celui-là. Il commençait à me courir sur le haricot avec son attitude. L'épaule tranquillement adossée contre la porte, les bras croisés devant son torse, ce qui faisait ressortir ses biceps et ses pectoraux. La pose était bien trop étudiée, s'il pensait que cela allait me gêner de le foutre dehors, même en étant à poil, c'est qu'il ne me connaissait pas. Et d'ailleurs, c'est vrai, il ne me connaissait pas !

— Anthony, tu as deux minutes pour me donner un créneau pendant lequel nous pourrions discuter de ce que tu souhaites, après, je risque de devenir désagréable.

— Quel caractère, tu ressembles tellement à Tisha. Sauvage et sexy, j'aime bien quand tu mords. Et d'ailleurs, tu les mords, eux ?

— Tu dépasses les bornes, je pense que ton père ne m'en voudra pas si tu récoltes quelques bleus...

Il leva les mains en l'air et s'approcha de la baignoire.

— Désolé, je te taquine, mais te voir dans ce bain m'a fait oublier le pourquoi de ma visite. Tu as besoin d'aide ? Je peux te frotter le dos si tu le souhaites ?

Je le regardai droit dans les yeux, il était sérieux. Sa méthode de drague était déplorable, ou il ne devait fréquenter que des femmes intéressées ou pressées de se faire sauter. En tout cas, il avait dépassé mes limites. Je disparus devant lui pour réapparaître juste derrière et le poussai dans la baignoire. Ça allait refroidir ses ardeurs. J'attrapai une serviette pour me couvrir, hors de question qu'il en profite pour mater. Je le laissai râler de tout son soul et me dirigeai rapidement vers mon sac afin de m'habiller. Cet idiot m'avait gâché mon bain.

J'avais mis ma culotte, mon jean et mon soutien-gorge quand la porte de la chambre s'ouvrit, faisant apparaître Luc et Gabriel. Là, j'étais dans la merde !

— Déjà prête mon ange, nous voulions te réveiller en douceur, commença Gabriel.

Je vis Luc renifler et se diriger vers la salle de bain.

— Stop !

Je me posai devant lui, le bras en avant.

— Oui, Anthony est dans la salle de bain, non, je ne l'y ai pas invité et c'est pour ça qu'il est toujours habillé, mais tout mouillé. Je ne sais pas ce qu'il lui a pris et je m'en fous.

Gabriel s'avança, je voyais que mon explication n'avait pas suffi. Journée de merde ?

Je sentis Anthony derrière moi. Je lui jetai un regard, il était en colère et semblait avoir envie de passer ses nerfs sur quelqu'un. Je pariai à dix contre un que je n'allais pas pouvoir les empêcher de se taper dessus.

— Pousse-toi de devant Isa, nous allons devoir discuter avec Sa Majesté sur l'importance de respecter l'intimité d'une femme, dit Luc.

— Je lui ai déjà expliqué, d'où Sa Majesté toute mouillée... Allez, les gars, utilisez votre cerveau s'il vous plaît...

Mes supplications semblaient restées vaines et ils se regardaient en chiens de faïence. Après tout, s'ils voulaient se taper dessus...

— OK, vous avez envie de vous battre, faites donc ! Moi, je vais prendre mon petit déjeuner, ou plutôt mon déjeuner.

J'attrapai un tee-shirt, le passai et sortis sans un regard pour les trois hommes. Pourquoi tout devait toujours se compliquer ? Je captai en partant des bruits évidents, ils avaient déposé leurs cerveaux, c'était clair. J'espérais que cela n'allait pas apporter de problèmes à mes deux idiots, mais, d'un autre côté, ils le méritaient.

Alexandra, tu es réveillée ?

Je suis à la cuisine, tu me rejoins ? Tu te souviens où c'est ?

Pas de souci.

Je visualisai l'endroit et me téléportai là-bas.

Alex sourit en me voyant arriver. Tisha était avec elle en train de manger un burrito.

— Tu ne t'es pas séché les cheveux ?

— Pas eu le temps, que penses-tu si je t'annonce que Luc et Gabriel sont en train de casser la gueule à votre frère aîné ?

Tisha faillit cracher son burrito, et Alex arrêta de tartiner son pâté.

— Tu as dit quoi ? me demanda-t-elle.

— Ton frère Anthony, tu vois, cette espèce d'appel au sexe ambulant ? Il a décidé qu'il était intelligent de s'inviter dans ma salle de bain pendant que je prenais mon bain. Devant son insistance, j'ai dû lui laisser la baignoire. Je ne savais pas qu'il aimait se baigner habillé d'ailleurs, drôle de mœurs. Bref, j'étais en train de me vêtir quand mes deux imbéciles se sont présentés, ils n'ont pas apprécié de croiser Anthony et, malgré mes explications, ont préféré se taper dessus. Tu me fais une tartine de rillettes ?

Tisha explosa de rire à la fin de mon exposé, au moins une que cela faisait marrer.

— Je savais que cet imbécile craquait pour toi, mais là, il a cherché, et il a trouvé, me dit-elle.

— Tu savais hein ? Et ça aurait été trop te demander de me prévenir ?

— Cela aurait changé quelque chose au fait qu'il est entré sans ta permission ? dit-elle, moqueuse.

D'accord, elle marquait un point. Mais je détestais ne rien avoir vu venir. Alex ne pipa pas un mot. Elle me fit ma tartine et me la tendit.

— Bon, ils vont bien finir par se calmer, cela fera un peu d'entraînement à Anthony, ajouta-t-elle.

Cette famille était complètement timbrée.

— James va bien ?

Elle se mit à rougir, visiblement, il avait dû récupérer une partie de sa force.

— Il s'est levé et prend une douche. Je vais lui monter un plateau pour qu'il se repose.

— Oui, il ne faudrait pas qu'il fasse trop d'exercices physiques, hein, grande sœur. Tu dois le ménager.

Elle lui tira la langue et continua ses tartines tranquillement.

— Les filles, vous n'auriez pas vu Anthony par hasard ? Nous avons une vidéoconférence dans dix minutes et je ne le trouve nulle part.

Tisha sourit à son père.

— Il est en pleine séance d'entraînement avec Luc et Gabriel, dans la chambre de ces derniers.

— Un entraînement dans une chambre ? Tu plaisantes j'espère ? Pourquoi feraient-ils cela dans une chambre ?

Je me sentis un peu mal, même si Tisha et Alex l'avaient bien pris, je ne savais pas si le roi allait laisser passer ça.

— Euh, Marius, comment vous dire...

— Isabella ? Pourquoi sembles-tu si gênée ?

Alex eut pitié de moi.

— Anthony s'est invité dans la salle de bain d'Isabella en l'absence de ses deux compagnons. Quand ils sont arrivés, et bien qu'Isa ait déjà réglé le problème, ils en sont venus aux poings.

Marius se passa la main dans les cheveux.

— On pourrait croire qu'à 50 ans, ce ne sont plus des gamins, mais non. Si je m'étais comporté comme cela avec

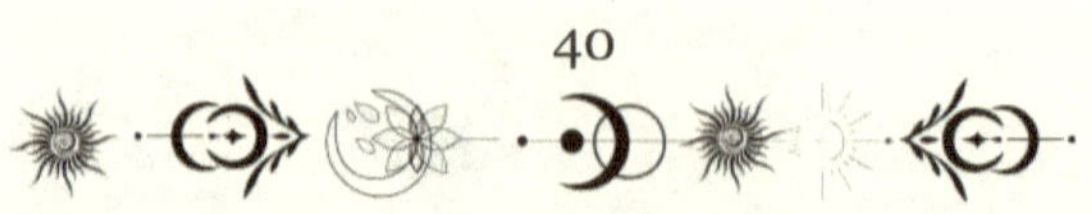

mon père, il m'aurait mis la branlée de ma vie. D'ailleurs, c'est ce que je vais faire ! Ne t'inquiète pas Isabella, je vais ramener tous ces idiots dans le droit chemin.

Et il partit à grandes enjambées, en bougonnant.

Je relâchai ma respiration pendant qu'Alex me tendait une nouvelle tartine.

— J'irais bien voir, cela va être drôle.

— Nous n'avons pas le même humour Tisha, j'espère que tout va bien se passer.

— Au pire, papa va se jeter dans la bagarre et nous aurons des plaies et des bosses en plus à soigner.

— Qu'ils ne comptent pas sur moi ! Quel est le programme ?

— Nous nous réunissons dans un peu plus d'une heure afin de faire le point. Veux-tu que nous allions nous aérer Isabella ? Un entraînement avec moi ? me proposa Tisha.

— Pour l'instant, j'ai faim. On mange et on va se promener. Pour l'entraînement, après la réunion si cela te dit toujours ? Je préfèrerais éviter de me changer à nouveau.

— Pas de soucis, un petit burrito ?

— Toi, tu sais comment me parler. Jacquouille[1], passe-moi la gourdasse, j'ai grand soif !

— On se calme, Isa. Tiens ! Prends donc un verre de jus de fruits, ça va te faire du bien.

[1] Les visiteurs bien sûr

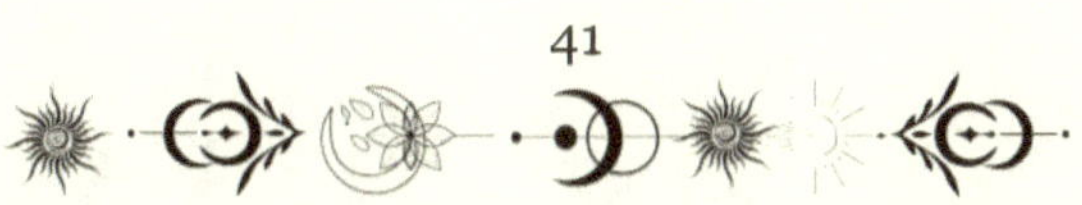

Chapitre 5

Marius

Mon fils était un imbécile ! Quelle idée lui était passée par la tête, aller rejoindre Isabella dans sa salle de bain. Il savait bien pourtant qu'elle était avec les deux *Guardians*.

La porte était fermée, mais j'entendis qu'ils ne s'étaient toujours pas calmés. J'espérais qu'Anthony ne serait pas trop abîmé, notre vidéoconférence risquait de poser problème.

Lorsque j'ouvris, je faillis recevoir une chaise dans la figure. Ces idiots avaient saccagé la chambre. Le lit à baldaquin s'était écroulé, les voiles blanches pendaient lamentablement sur les côtés. Les lampes de chevet gisaient par terre en morceaux. Les tables n'étaient pas mieux. La commode semblait tenir le coup, ah non, plus maintenant, Gabriel s'était écrasé dessus, elle ne l'avait pas supporté. Je décidai de mettre le holà et libérai mon aura.

Les deux *Guardians* stoppèrent net, mais mon fils continua le mouvement et s'apprêtait à cogner Luc.

— Anthony !

Il s'arrêta enfin, baissa le bras et se retourna vers moi.

— Je n'y croyais pas quand ta sœur m'a averti de ce qui se passait ici. Tu as vu l'état de cette chambre ?

Tous les trois prirent conscience des dommages occasionnés, Luc et Gabriel échangèrent un regard.

— Nous sommes désolés, Majesté, nous vous rembourserons les frais, me dit Luc.

— Et pourquoi devriez-vous le faire ? D'après ce que je sais, c'est mon fils qui est entré là où il n'était pas attendu !

Anthony ne semblait même pas gêné par tout ça.

— C'est en effet ma faute papa, je vais d'ailleurs demander pardon à la dame.

J'entendis les deux autres grogner, ils ne voulaient pas qu'il s'approche de leur femme, je pouvais le comprendre.

— Et je vais d'abord m'excuser auprès de vous, fit mon fils en levant les mains. Je n'avais pas à entrer dans la chambre et la salle de bain, étant certain que vous n'y étiez pas et qu'elle allait probablement être en tenue légère. Comment vous l'expliquer… elle m'a toujours plu, mais c'est une vampire, amie de ma sœur… Je voulais encore la remercier pour Alex, mais quand je l'ai vu comme ça… La savoir avec vous m'a énervé et j'ai voulu tenter ma chance ou me faire jeter une bonne fois pour toutes, je n'en sais rien. On dirait que j'ai vingt ans à nouveau, non ? Putain quel con !

Je m'aperçus que mon fils ne comprenait même pas pourquoi, ou comment il en était arrivé là. C'était bien la première fois que je le voyais aussi perdu. Luc et Gabriel semblèrent plus détendus, les explications d'Anthony, bien que confuses, avaient porté leurs fruits.

— Je suis vraiment désolé, messieurs, je n'ai aucune excuse.

Il leur tendit la main, Gabriel fut le premier à la saisir.

— Excuse acceptée, je pense que les derniers évènements nous ont tous tapé sur les nerfs et que nos réactions sont excessives. Isabella avait réglé le problème, nous n'aurions pas dû nous en mêler.

— Oui, et maintenant, il va falloir ramer pour qu'elle nous pardonne, ajouta Luc. Elle est avec nous, j'espère que le message est compris ?

— Cinq sur cinq, Luc, j'ai enregistré et elle a, elle aussi, été claire là-dessus. Puis-je vous aider d'une quelconque façon à récupérer la dame ?

— Nous allons nous débrouiller, ramper et implorer devrait fonctionner... peut-être.

— Bien, je suis content de voir que tout cela est terminé. Maintenant, cher fils, nous avons une vidéo dans quatre, non trois minutes et tu n'es pas présentable. Donc...

— J'ai compris, je fonce me changer et je te rejoins dans la salle de réunion.

Anthony les salua d'un coup de tête et se précipita hors de la chambre. Il n'avait pas fière allure avec son tee-shirt déchiré, la lèvre en sang ainsi que son visage tuméfié.

Je regardai les deux *Guardians*, même état, globalement. Heureusement, ils ne s'étaient pas transformés. Ils étaient donc tout à fait conscients que le jeu n'en valait pas la chandelle.

— Je vais vous donner une autre chambre, celle-ci demande quelques travaux...

— Nous vous renouvelons nos excuses, Majesté, c'était stupide, me dit Luc.

— Je peux comprendre votre énervement face à l'attitude de cet idiot. Si Isabella l'intéressait, il aurait dû tenter le coup plus tôt, tant pis pour lui. Ne vous inquiétez pas, ce n'est pas la première pièce qui subit une crise de jalousie entre métamorphes. Je vous abandonne, j'ai ma vidéoconférence qui m'attend. Pour information, Isabella était avec mes filles dans la cuisine.

Je les laissai se débrouiller avec cette information et me dirigeai vers la salle de réunion. Cela avait été drôle et m'avait rappelé ma jeunesse.

Arrivé dans la pièce, je vis Henri, sirotant son café.

— Henri, tu es déjà là ? As-tu vu ton petit-fils ?

— Je l'ai aperçu rapidement, il était entre de bonnes mains, celles de ta fille. Je ne savais pas qu'ils se fréquentaient tous les deux.

— C'est récent, la conséquence de cette mission, d'après ce que j'ai compris. Alex a rendu les armes devant le sacrifice de ton James. Il est bien ce garçon, tu peux être

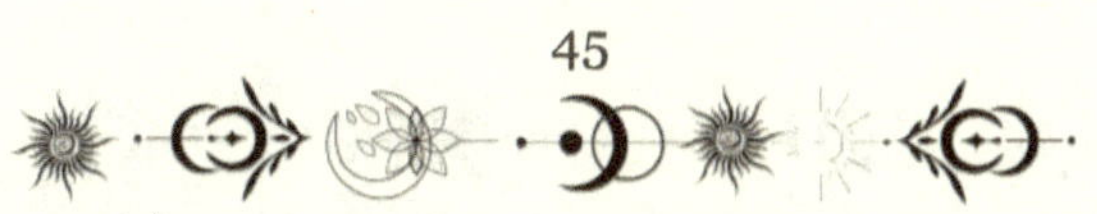

fier de lui. Il l'a sauvée et indirectement, il a épargné de nombreuses vies.

— Je le suis et il a l'air heureux. C'est le plus important pour moi.

— Anthony va arriver, ne fais pas attention à sa tête, une discussion un peu appuyée avec deux *Guardians*.

Je souris en lui disant cela, qui pouvait croire que l'on s'ennuyait ici ?

— Une discussion appuyée, hein ? Une femme là-dessous, j'imagine. Tu te rappelles quand tu avais voulu piquer Amanda à Niels, ce que nous pouvions être stupides parfois.

— Pas stupides ! Impétueux et passionnés.

— Je suis là, père. Henri, quel plaisir de te voir !

— Je suis content d'être là mon garçon, et surtout de constater que James va bien.

— Il a l'air d'être quelqu'un de bien, je n'ai pas encore eu le temps de discuter avec lui, mais je compte bien faire plus ample connaissance.

— Ne va pas chercher des ennuis encore une fois Anthony, ta sœur ne te le pardonnerait pas.

— Je n'ai pas l'intention d'être désagréable, je peux avoir envie de mieux cerner l'homme qui sort avec Alexandra quand même.

— Bonjour tout le monde, nous sommes les derniers, désolé. Nous vérifiions comment se portaient nos blessés.

— Bonjour Tonton ! Alors, Louis ?

— Le gosse reste le cas le plus préoccupant. Physiquement, son état s'améliore, mais psychologiquement, je suis plus inquiet. J'ai demandé à Claire de venir, elle est la meilleure en tant que psychologue pour enfants.

— Tu as bien fait fiston, installons-nous, la réunion va commencer.

Tous les alphas se devaient d'être présents à cette réunion. Nous devions débriefer les évènements de la nuit passée et annoncer les pertes, les esprits risquaient de s'échauffer.

— Bonjour à tous, heureux de vous voir.

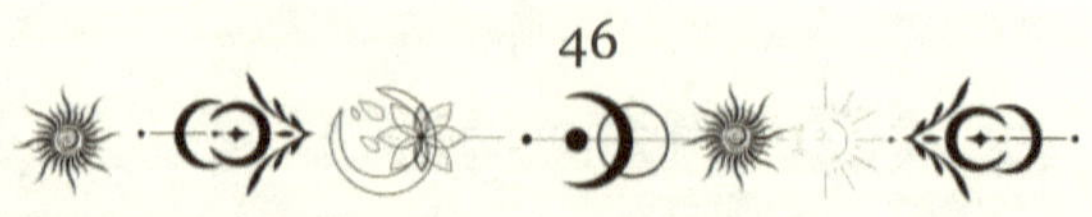

Je laissai le temps à tout le monde de se saluer. Les 59 écrans en face de moi s'allumaient les uns derrière les autres. Nous allions pouvoir commencer.

— Mesdames, Messieurs, nous sommes ravis de vous confirmer l'information que vous avez déjà dû avoir sur votre boîte mail, à savoir que nos disparus ont été retrouvés et sont actuellement sous surveillance médicale près de moi. Louis vous fera un résumé de leur état. J'ai le regret de vous annoncer le décès de trois métamorphes, Luna de la meute Vallejo, Xavier de la meute des Ases et Trey de la meute des Vanes.

— Comment ? me questionna Dina, l'alpha de la meute Vallejo.

— Elle était morte avant notre intervention. D'après nos informations, les drogues utilisées par les médecins n'ont pas suffi à la maintenir tranquille et, alors que l'un de ces tordus la violait, elle s'est transformée. Ils lui ont tiré dessus pour se protéger. Concernant les deux autres, nous n'avons pas encore interrogé tout le monde. Nous tenions à ce qu'ils se sentent en sécurité avant tout et qu'ils soient soignés.

— Donc c'est bien des humains ! Comment est-ce possible Marius, comment de simples humains peuvent avoir enlevé 72 des nôtres ? Ils ont réussi à se cacher pendant plus de quatre mois.

— Je sais Arthur, et nous avons beaucoup de questions à poser aux huit prisonniers. Je dois malgré tout contacter le président humain afin de lui faire part de leur présence parmi nous.

À ces mots, les alphas se mirent à grogner et à gesticuler : pas de pitié pour ceux qui avaient attaqué et tué ! On ne s'entendait plus.

— Silence !

Ma voix apporta de nouveau le calme.

— Je vous ai dit que j'allais informer le président, pas que j'allais lui demander sa bénédiction ou son avis ! Je ne ferai preuve d'aucune clémence envers ces hommes et je vous jure que tout sera mis en œuvre afin qu'ils parlent. Je cède la place à Louis, il va vous donner des nouvelles de nos amis. Louis ?

— Un mail va partir de suite afin que vous ayez le compte-rendu des médecins sur chacun. Je suis heureux de vous dire que tous sont hors de danger physiquement, notre inquiétude porte plus sur le psychisme. Les tortures infligées vont laisser des traces et vous savez, tous, le danger que représente un métamorphe instable. Les deux enfants nous préoccupent énormément. J'ai demandé à une spécialiste de venir, elle va s'occuper personnellement d'eux. Arthur, si cela t'est possible, nous aimerions que tu nous rejoignes ici, tu es leur alpha et cela pourrait aider.

— Je planifie cela dès la fin de la réunion, répondit-il.

— Une fois le bilan psychologique fait, nous contacterons chaque alpha afin de décider si certains peuvent ou non revenir chez eux. Il faudra bien sûr leur trouver un spécialiste et ils ne devront pas se retrouver seuls.

Je vis les alphas acquiescer, nous allions tout faire pour que tous s'en sortent.

— Tonton, bilan de l'opération ?

— Il y a dix-sept heures de cela, grâce aux Euménides, nous avons enfin pu localiser les deux lieux de détention. Nous avons décidé d'agir rapidement afin d'éviter toute fuite. Deux équipes de *Guardians* ont attaqué à une heure du matin, simultanément. Nous avons eu des blessés et avons même cru perdre trois des nôtres, mais tout va bien maintenant. Un dispositif d'autodestruction s'est déclenché dans l'un des deux entrepôts. Comme l'a signalé Marius, nous avons huit prisonniers, dont trois médecins et un infirmier. Les autres sont des gardes.

— Ils ont parlé ? demanda Philippe, nouvel alpha de la meute d'Oura.

— Nous les laissons mariner un peu, nos gardes se font un plaisir de leur expliquer ce qui pourrait leur arriver, leur imagination est débordante...

Tonton avait le sourire aux lèvres en disant cela, j'étais certain qu'ils devaient être morts de trouille.

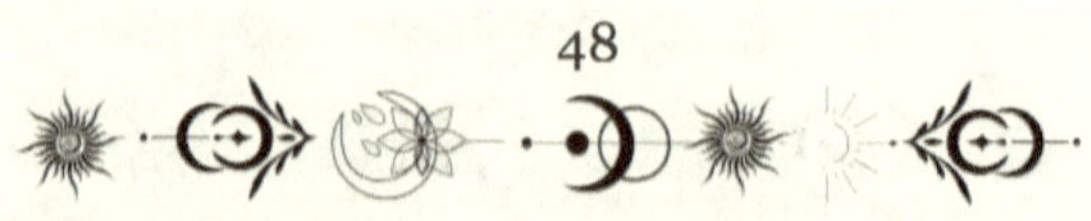

— Avons-nous un risque politique en vue ? ajouta Arthur.

— Je ne sais pas comment va réagir le président français, mais nos rapports ont toujours été courtois jusqu'à maintenant. Il n'est pas fou ! Il ne peut me demander de punir sévèrement ceux des nôtres qui dérogent à leurs lois, et qu'il n'y ait pas de réciprocité. De toute façon, je ne lui laisserai pas le choix ! D'autres questions ?

— Aucun risque que les vampires ou certains surnaturels soient derrière tout cela ?

— Aucune preuve ne va en ce sens, Isaac. Lucius, le roi des vampires, nous a même dépêché un de ses meilleurs éléments pour nous aider. Je ne sais pas, pour le moment, qui tire les ficelles, mais j'ai un sérieux doute sur leur implication. Ce ne serait pas à leur avantage. Les humains ont encore plus peur d'eux que de nous.

— Et ta sangsue, tu ne crois pas qu'elle soit là pour nous espionner ? enchaîna Isaac.

Anthony, silencieux jusque-là, ne put s'empêcher d'intervenir.

— Nous connaissons ce vampire depuis longtemps et il a toute notre confiance. Il a accessoirement sauvé plusieurs de nos *Guardians* pendant l'opération ! Il est temps d'arrêter de ressasser les vieilles rengaines, Isaac. Ne te trompe pas d'ennemis, nous n'avons pas le loisir de nous disperser en chassant d'hypothétiques anciens adversaires, Lucius nous a démontré sa bonne volonté. Nos peuples sont en paix.

— Mon fils a raison, Isaac, seuls les humains sont dans mon collimateur à ce jour. Tant que je n'aurai pas la preuve contraire bien sûr.

Je vis bien qu'Isaac était mécontent, mais cet imbécile continuait régulièrement à me poser des problèmes avec la communauté vampire près de chez lui. Il les détestait et faisait tout pour mettre à mal nos relations. J'avais eu d'autres chats à fouetter jusqu'ici, mais un rappel à l'ordre devenait indispensable.

— Que je n'apprenne pas que certains d'entre vous profitent de cette situation pour contrarier nos alliés, ma réaction serait immédiate et définitive ! Nous avons dû récemment opérer à quelques ajustements dans la meute d'Oura suite à la position de son alpha, je n'aurai aucune difficulté à renouveler ce changement si j'estime que c'est nécessaire !

Le message était passé, je vis Isaac baisser les yeux devant moi, parfait.

— D'autres questions ? Non, bien. Nous ferons un nouveau point rapidement. Arthur, à tout à l'heure.

— Je fais au plus vite Marius.

Les écrans s'éteignirent au fur et à mesure. Voilà, une bonne chose de faite.

— Cet Isaac est un imbécile papa, il va nous causer des problèmes.

— Je sais Anthony, nous nous en occuperons plus tard. Je suis surpris qu'aucun n'ait mis Adrien sur le tapis. Sa disparition reste alarmante.

— Ne t'inquiète pas, cela leur reviendra lors de la prochaine réunion, me dit Henri en souriant.

— Est-ce qu'il pourrait être la taupe ? demanda Louis.

— Je t'aurais répondu non sans hésiter il y a quelques semaines, aujourd'hui, cela m'est plus difficile, lui rétorqua Tonton. L'absence d'indice le rendait tout aussi dingue que chacun d'entre nous, et c'est lui qui a évoqué en premier la présence plausible d'un espion chez nous. Peut-être a-t-il simplement perdu la tête du fait de son ambition ?

— Cassandra m'a proposé de nous octroyer une sentinelle afin de le retrouver.

— Il est vrai que la magie a certainement joué un rôle dans sa disparition, se défaire de son lien avec toi, c'est du jamais vu !

— Henri a raison, papa. Une sentinelle pourrait l'attraper et nos *Guardians* sont bien occupés actuellement.

— Nous allons en parler avec les *Guardians*. Anthony, notre prochaine réunion est dans dix minutes avec les troupes au complet, Tonton ?

— J'ai demandé à l'équipe 1 de venir ainsi qu'à Liam et Hugo de la 2. Les autres sont retournés aux entrepôts superviser les recherches d'indices et la récupération éventuelle de données informatiques. L'équipe 3 est en soutien, je préfère éviter les mauvaises surprises.

— Et tu as raison.

On toqua à la porte, deux valets nous apportaient de quoi nous rafraîchir.

— Merci messieurs, posez cela sur la table, nous nous servirons.

Je vis arriver mes filles, accompagnées d'Isabella. Elles encadraient James qui avait bien meilleure mine.

— Te voilà bien entouré, mon garçon, lui dit Henri.

— Que veux-tu, aucune ne me résiste !

Ce trait d'esprit lui occasionna un léger coup de poing sur l'épaule de la part de Tisha, pendant que les deux autres levaient les yeux au ciel. Leur complicité faisait plaisir à voir. J'observai Anthony. Après un moment d'hésitation, il se dirigea vers Isabella. Arrivé devant elle, il sembla avoir perdu la parole.

— Alors frérot, le chat a pris ta langue ! lança Tisha.

Anthony l'assassinat du regard et se tourna de nouveau vers Isa.

— Puis-je te parler deux minutes ? Un peu plus loin ?

— Tu vois que ce n'est pas si difficile, tu aurais dû attendre que je sois habillée la dernière fois. Je te suis.

Mon fils piqua un fard, cette femme était incroyable. Elle avait un aplomb que rien ne semblait pouvoir faire disparaître.

Chapitre 6

Isabella

Je suivis Anthony, j'avais adoré le faire réagir. J'étais curieuse de savoir ce qu'il me voulait. Des excuses ? Ou m'expliquer pourquoi il avait voulu me voir plus tôt ?

— Je te demande pardon, Isabella.

— Sympa ces marques, elles te vont bien au teint ! Je m'en fous de tes excuses, je tiens à comprendre pourquoi tu as jugé bon de jouer le séducteur de base, ou plutôt le connard, dans ma salle de bain. Tu n'es plus un gamin, Anthony, alors ?

Ses pupilles s'étaient rétrécies, pensait-il réellement que j'allais passer à autre chose, comme ça, mais oui, bien sûr, pas de problème. Nous n'étions plus des gosses ni l'un ni l'autre, je voulais avoir le fin mot de l'histoire.

— Franchement ?

— Oui, franchement !

Nous nous étions déplacés au fin fond de la salle de réunion afin que notre discussion reste entre nous. Il me fit reculer derrière une armoire et se pencha vers moi.

— Tu me plais !

— J'avais cru deviner à ton comportement récent que c'était en effet le cas, merci. Maintenant, nous nous connaissons depuis plus de deux ans, tu n'as jamais eu le moindre geste me démontrant ton... attachement...

pourquoi là ? Alors que tu sais que je suis en couple avec deux hommes.

Sa mâchoire se contracta, ses yeux me foudroyèrent, sérieusement ?

— Anthony ?

Il se passa la main dans les cheveux, gêné apparemment.

— Tu m'as toujours plu, Isabella, mais entre ton amitié avec ma sœur, le fait que tu sois un vampire et mes responsabilités, je t'ai évitée. Les récents évènements, la peur de perdre Alex, t'observer entourée de ces deux hommes, je pense que mon instinct a pris le pas sur ma raison et j'ai dérapé.

— Donc, tu as réagi à l'instinct quand tu es venu dans ma chambre. Tu tentais ta chance ou tu avais autre chose à me dire ?

— Au départ, je souhaitais te remercier et peut-être aussi, tâter le terrain, tu vois ? Je voulais découvrir si c'était sérieux avec tes deux *Guardians*. C'est clair que pour eux, ça l'est ! fit-il en passant la main sur un de ses hématomes.

Je souris à son commentaire.

— Alors, Anthony, bien que tu te sois comporté comme le dernier des cons, j'accepte tes excuses. Nous allons les mettre sur le compte d'un excès d'émotions et d'une abstinence peut-être trop prolongée. Depuis quand tu ne t'es pas détendu en bonne compagnie, hein ? J'imagine que les propositions ne manquent pas ? Un beau gosse comme toi ! Tu me vois flattée par ton intérêt, mais j'ai déjà deux imbéciles à gérer, trois, ce serait au-dessus de mes forces.

Il sourit à ces mots, tout n'était donc pas complètement perdu, monsieur avait de l'humour.

— Amis ? me demanda-t-il en me tendant la main.

— Amis, lui répondis-je en la prenant. Et ne t'avise plus de t'inviter dans ma chambre !

— Sauf si tu m'y convies !

Ces derniers mots assortis d'un sourire à me mettre le feu au corps, il n'y avait pas à dire, il dégageait du sex-appeal.

— Qui sait ? Je ne prédis pas l'avenir.

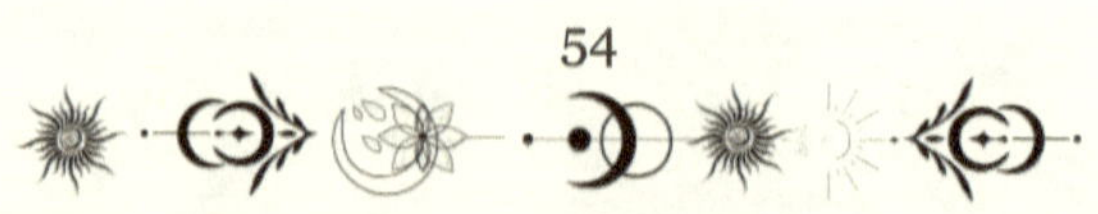

Et hop, un partout, non mais ! Je vis arriver Pedro et Jason, mes deux loustics n'allaient pas tarder. Inutile d'ajouter de l'huile sur le feu, je m'éloignai d'Anthony pour rejoindre mes deux copines.

— Et donc, tu as décidé d'essayer du sang bleu ? me demanda Tisha.

— Je suis actuellement avec deux hommes, certes stupides par moment, mais absolument adorables. De plus, ce sont des dieux au lit, ou ailleurs ! Alors, non, pas de rapprochement avec ta famille, ma belle.

— Il paraît que mon frère ne se débrouille pas mal non plus, tu sais. Enfin, deux, c'est mieux qu'un, peut-être.

— Je te le conseille, Tisha, mais tu dois avoir une bonne condition physique. Ce type d'activité nécessite de l'endurance, et de l'organisation aussi, parce que...

— Isa ?

— Quoi ? Ta sœur me demande des infos, je réponds !

— Penses-tu que ce soit le moment ? Peut-être pourrais-tu baisser d'un ton ?

Je regardai autour de moi, oups, je n'avais pas été discrète. Beaucoup m'observaient, amusés plus que fâchés ou choqués. Même Marius semblait avoir suivi ma conversation et se retenait de rire.

— Euh, nous reprendrons cette conversation une autre fois, Tisha, je crois qu'Alex a raison.

— Quel dommage, c'était tellement passionnant, me rétorqua-t-elle sarcastique, comme à son habitude.

J'allais lui répondre quand je vis arriver Gabriel et Luc. Leurs visages étaient aussi amochés que celui d'Anthony, bien fait pour eux.

Je m'installai de suite entre les deux sœurs afin d'éviter toute discussion. Leur comportement m'avait énervée, j'avais vraiment du mal avec cette attitude de macho.

Nous devrions discuter, m'envoya Gabriel.

De quoi ? N'avez-vous pas tout réglé avec Anthony ? Entre hommes !

Chérie, tu sais bien que... fit Luc.

Je ne sais rien du tout. Je n'ai pas envie de vous parler maintenant, comme vous n'aviez pas envie de m'écouter cet après-midi !

— Nous allons pouvoir commencer, annonça Marius.

Ceci mit fin à notre discussion, cela m'arrangea bien. Tout le monde prit place. Cassandra aussi était présente, j'étais surprise qu'elle ait accès à autant d'informations.

— Tout d'abord, un grand merci aux *Guardians* pour ce sauvetage. Tonton, je te laisse féliciter en mon nom tes équipes. Ils ont été incroyables, comme d'habitude. Maintenant, venons-en au principal. Nous avons, un peu plus tôt, fait un compte-rendu succinct aux alphas. Tout est sous-contrôle, les blessés ont été soignés. Notre prochain challenge va être de gérer le traumatisme psychologique des victimes, nous en sommes tous conscients. Parlons plutôt des tortionnaires. Nous avons huit personnes susceptibles de nous donner des informations. Nous allons la jouer à l'ancienne dans un premier temps. Si nous n'obtenons pas de réponses satisfaisantes, Cassandra a apporté des potions de vérité. Les humains réagissent assez mal en général, mais nous n'hésiterons pas à les utiliser.

— As-tu vu cela avec leur gouvernement papa ?

— J'ai un call programmé avec le président dans une heure Alex, mais comme je l'ai dit aux alphas, aucune ingérence de leur part ne sera acceptée. Nous avons des vidéos en notre possession montrant ce que ces hommes ont fait aux nôtres. Il est hors de question que qui que ce soit nous empêche d'obtenir vengeance.

Ton père est furieux, je ne l'ai jamais vu comme ça.

Moi non plus, je n'ose imaginer ce qu'il y avait sur les films dont ils parlent.

— Maintenant que nous avons retrouvé nos disparus, je change vos missions. Les équipes 1 et 2 sont réaffectées ici, vous arriviez de toute façon au bout des huit semaines de formation prévues. Les trois autres équipes vont revenir au camp et finir le travail. Combien reste-t-il d'aspirants Tonton ?

— 43, mais certains ont déjà demandé une affectation différente, des postes plus casaniers. Au total, j'ai 30 volontaires qui pourraient continuer l'apprentissage.

— Parfait ! C'est plus que ce que j'avais espéré. Tu passes à l'étape 2 avec ces trente-là. Vois cela directement avec Louis s'il te plaît.

Tonton acquiesça et fit un signe à Louis qui le lui rendit.

— Parfait, nous allons trouver ceux qui sont derrière tout cela. Anthony, tu t'en charges avec les *Guardians*. Vous devez réunir tous les indices et vous occuper de nos prisonniers. Nous devons faire au plus vite afin que notre espèce retrouve une vie normale. Et ceci ne sera possible que lorsque tout danger sera écarté.

Tout le monde opina du chef. Anthony en tant que responsable des *Guardians*, j'espérais que tout allait bien se dérouler.

— Dernière chose : Adrien ! Adrien reste un élément que je n'arrive pas à positionner sur notre échiquier. Cassandra nous a proposé l'aide d'une sentinelle, j'ai accepté. Tisha, je veux que tu le retrouves et que tu me le ramènes.

Je vis Tisha marquer le coup, visiblement, elle n'avait pas été mise au courant de sa nouvelle mission.

Les deux sœurs se regardèrent, elles échangeaient, c'était clair.

— Papa, une autre sentinelle pourrait s'en charger ? Nous n'avons pas eu le temps de vous en informer, mais, alors qu'Alex était sur le point de mourir, elle m'a envoyé un dernier message d'adieu. J'y ai répondu, mais je n'ai pas été la seule, Megan nous a parlé aussi papa. Maman, Megan est vivante et nous avons pu l'entendre, nous devons la chercher.

Marius et Cassandra se figèrent, je vis Anthony et Louis écarquiller les yeux. L'émotion était palpable, j'étais stupéfaite. Marius reprit la parole.

— Qu'a-t-elle dit ?

— Elle a demandé qui nous étions et pourquoi elle nous entendait dans sa tête. Elle semblait ne pas comprendre ce qui lui arrivait, répondit Alex.

— Nous avons réussi à repérer les métamorphes, nous pourrions faire de même avec Megan. Nous pouvons la retrouver ! ajouta Tisha.

La perspective de pouvoir la situer changeait la donne.

Marius et Cassandra se regardèrent, leur expression étonnamment sombre.

— Je comprends votre impatience à vouloir tenter ce sort, les filles, mais nos responsabilités sont ailleurs.

— Mais papa...

— Je sais Tisha, crois bien que je ne prends pas cette décision de gaieté de cœur, mais Megan a disparu depuis dix ans, une semaine ou deux n'y changeront rien. Nous nous devons de faire passer les autres avant nous, nous devons mettre toute notre énergie et nos capacités à résoudre cette énigme. Je reste sur ce que j'ai dit, tu pars dès demain à la recherche d'Adrien, et ta sœur travaille avec son équipe pour découvrir qui est à l'origine de ces attaques. Cassandra ?

— Je suis d'accord avec votre père les filles, terminons cette affaire. Nous retrouverons Megan après.

— Mais...

— Notre décision est prise, Tisha, nos devoirs avant tout !

Je vis bien qu'Antony et Louis se retenaient aussi, ils regardaient leur père méchamment. James avait saisi la main d'Alex, elle semblait au bord de l'explosion.

— Je vous convie tous à un dîner ce soir, rendez-vous à dix-neuf heures trente pour l'apéritif.

Je me levai aussitôt, comprenant que la discussion n'était pas terminée, mais qu'elle devait rester dans le cercle familial.

Tout le monde eut la même intuition, la salle se vida jusqu'à ne laisser que la famille royale avec Tisha, Alex et Cassandra.

Chapitre 7

Louis

J'attendis patiemment que tout le monde sorte, la réponse de mon père ne me convenait pas, vu les poings serrés de mes sœurs et la tête d'Anthony, je n'étais pas tout seul.

Dès que la porte fut fermée, Anthony se leva.

— Je ne comprends pas ta décision, papa ! Cassandra, pourquoi tu ne dis rien ? C'est de ta fille, aussi, que nous parlons !

— On se calme, fiston, inutile d'agresser Cassandra, nous sommes tous dans le même bateau !

— Je n'en ai pas l'impression !

Je me levai et tapai du poing sur la table.

— Il y a dix ans, Megan a été enlevée. Si elle avait été considérée comme faisant partie de la famille royale, elle aurait eu plus de protection et serait encore avec nous. Aujourd'hui, son appartenance à cette même famille fait qu'elle doit passer en second, après notre peuple ! C'est intolérable !

J'étais fou de rage, je ne pouvais pas accepter que ma petite sœur ne soit pas secourue aussi vite que possible. Enfin un espoir, enfin une chance de pouvoir de nouveau la serrer dans mes bras, et on me demandait d'attendre. C'était hors de question !

— Calme-toi Louis, asseyez-vous tous les deux ! nous intima Cassandra. Pensez-vous que nous ne préférerions pas tout envoyer paître pour ne nous préoccuper que de Megan ? Nous sommes dévastés, mais nous avons des responsabilités.

Sa voix s'était enrayée, ses yeux reflétaient toute la douleur qui la consumait. Cassandra cachait continuellement ses émotions, mais pas cette fois.

Lorsqu'elle s'était rapprochée de notre père il y a maintenant presque trente ans, je n'avais pas compris. Il avait toujours été un bon vivant, il était accessible et il aimait les gens. Cassandra présentait constamment un masque, elle semblait froide et intouchable. J'avais eu l'occasion de constater, depuis la naissance des triplées, que ce n'était pas sans cesse le cas ; mais elle ne montrait pas ses émotions facilement : la faute certainement à l'éducation transmise et imposée au sein de leur clan. Heureusement que les filles n'étaient pas comme ça.

Mon père se leva afin de la rejoindre et l'entoura de ses bras. Je ne savais pas où en était leur relation aujourd'hui, mais ils se soutenaient et s'appréciaient toujours autant.

— Ça va aller Cassandra, ils n'ont pas toutes les informations. Laisse-moi leur expliquer. Peux-tu insonoriser la pièce ?

Elle acquiesça et il s'assit à côté d'elle en lui prenant la main.

— Adrien n'est pas un traître, il n'a jamais voulu te marquer Alex.

Mon père regarda Alex, elle semblait perdue.

— Qu'est-ce que tu racontes, papa ? Bien sûr que si, il me l'a dit. Je l'aurais su s'il mentait.

— Non, car nous lui avions administré une potion.

Tisha attrapa la main de ma sœur, elle était au bord de l'explosion.

— Vous allez certainement m'en vouloir...

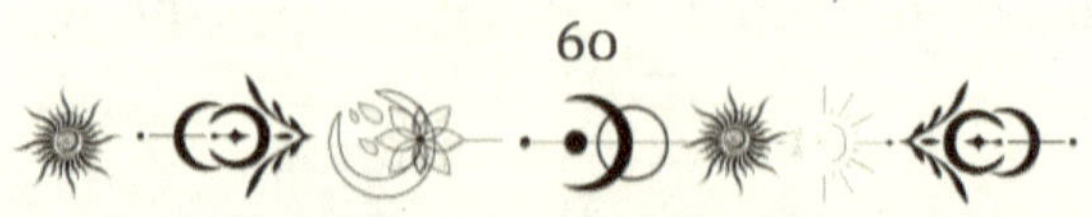

— Nous en vouloir, Marius, j'ai aussi donné mon accord et fourni le philtre, entre autres... ajouta Cassandra qui s'était reprise.

— Nous en vouloir, ajouta mon père après un signe de la tête, c'était une idée d'Adrien. Nous avons une taupe, quelqu'un de bien placé, à coup sûr, qui communique des informations à ceux qui sont derrière tout ça. Le problème, c'est que nous n'arrivons pas à savoir qui ! Adrien a pensé qu'en attaquant la royauté, en se faisant passer pour un opportuniste avide, il aurait toutes les chances d'être contacté et intégré à cette organisation.

Mon père regarda ma petite sœur dans les yeux.

— Cela nous a rendus malades, Adrien autant que nous, chérie, de te faire cela. Mais nous ne pouvions pas te mettre dans la confidence sans prendre le risque que quelqu'un comprenne. Il fallait que tu sois dévastée par sa trahison, que les *Guardians* lui tournent le dos, que les Alphas le condamnent...

Alex pleurait, je n'en pouvais plus et me levai afin de l'entourer de mes bras. Anthony m'avait suivi, son aura flamboyait et tourbillonnait autour de nous. Pour la première fois de ma vie, je me pris à détester mon père, comment pouvait-il avoir accepté que notre sœur, sa propre fille, subisse cela ?

Je le vis se mettre debout afin de s'approcher, mais Anthony se dressa face à lui. Il leva les mains devant ce dernier.

— Je suis désolé, mes enfants, je comprends votre colère.

Il se rassit et tenta d'intercepter le regard d'Alex.

— Si Adrien n'est pas un traître, pourquoi veux-tu que je parte à sa recherche ? Son évasion prouve que votre piège a fonctionné, non ?

Tisha avait raison, si l'idée était de donner le change, il était inutile de la lancer à ses trousses. N'importe quelle sentinelle pouvait jouer ce rôle.

— Dans un premier temps, ça a été efficace, en effet. Adrien a bien été approché. Ils l'ont libéré, et plus étonnant, ils ont réussi à couper notre lien de meute. Cela,

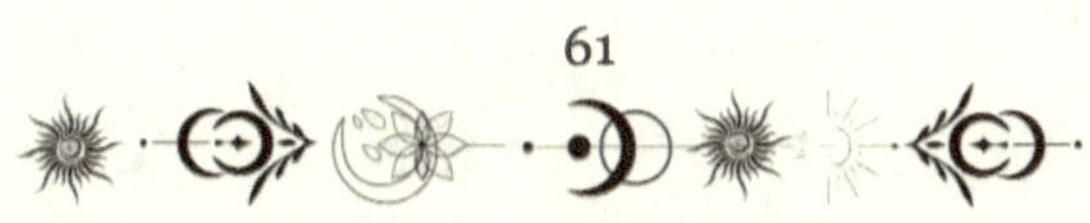

nous ne l'avions pas anticipé. Il n'a malheureusement pas pu me communiquer beaucoup d'informations, car il était très surveillé. Le problème est que je n'ai plus de nouvelles de lui depuis plusieurs jours. J'ai peur que notre ruse ait été éventée et qu'il soit entre les mains de nos ennemis.

Cette nouvelle nous calma tous. Voilà pourquoi il voulait que ce soit Tisha qui s'en occupe. Elle n'avait pas de lien de meute avec nous, sa part d'Euménide avait toujours été plus importante que son côté métamorphe. Elle était aussi la meilleure des sentinelles.

— Je comprends pourquoi vous avez fait tout cela, mais vous auriez pu me le dire après l'évasion d'Adrien. Je me suis mise à douter de moi, de ma capacité à cerner les personnes autour de moi. Vous le saviez tous les deux, vous auriez pu...

— Nous avons failli le faire. Mais tu semblais aller de mieux en mieux, tu as laissé James s'approcher de toi et devenir ton ami. Nous avons préféré nous taire afin d'éviter un nouveau changement d'attitude qui aurait pu être remarqué.

— Qui est au courant ? demandai-je.

— Nous n'étions que trois dans la confidence : Adrien, Cassandra et moi.

— Penses-tu que même les *Guardians* aient été infiltrés ? Je connais ces hommes, je sais que tu peux compter sur eux. Tonton ?

— Alex, même si mon cœur me dit que je peux faire confiance à ton équipe et à certains de mes Alphas comme Henri ou Arthur, je ne prendrai pas le risque. La vie d'Adrien est en jeu.

Tisha se leva, tout en gardant la main sur l'épaule d'Alex.

— Je comprends, je remplirai donc cette mission. Adrien est prioritaire. Mais je veux que vous assimiliez quelque chose, c'est la dernière fois que je fais passer quelqu'un avant ma sœur. Je savais déjà que notre clan ne nous considérait que comme des outils, des soldats, mais je pensais que tu étais différent papa. J'étais certaine que jamais tu ne te servirais de nous. Ce que tu as fait à Alex, jamais je ne pourrai te le pardonner.

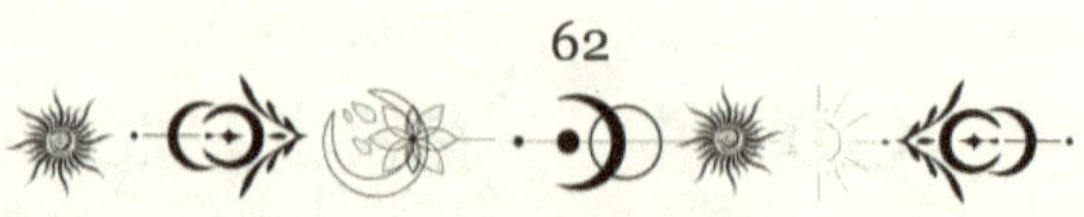

Mon père voulut parler, mais elle l'arrêta d'un geste. Elle utilisa sa magie sur lui, elle ne l'avait jamais fait.

— Inutile de te chercher des excuses ! Même si je comprends la raison d'État, vous aviez d'autres moyens de parvenir à vos fins sans manipuler l'une d'entre nous.

Alex se leva, elle lança un regard mauvais à ses parents. Elle me fit froid dans le dos.

— Je ne parlerai à personne de votre plan, je m'y engage. C'est la dernière fois que nous obéissons à vos ordres, que cela vienne des Euménides ou des Métamorphes. Nous ne serons plus utilisées, si le conseil décide de nous retirer nos pouvoirs, je leur souhaite bonne chance.

Elles quittèrent toutes les deux la pièce, jamais je n'aurais pu imaginer une fin pareille.

Cassandra se mit à pleurer, mon père restait scotché à sa chaise, anéanti par le départ de mes sœurs.

— Quel gâchis ! dit mon frère.

Il tendit un paquet de mouchoirs à Cassandra.

Mes émotions tournoyaient, je ne savais plus quoi penser. Je comprenais le ressenti des filles, après tout, être manipulé de la sorte ne m'aurait pas plu non plus. Mais je discernais également la raison de cette action. Anthony semblait aussi perturbé que moi. Nous n'étions plus en colère, seulement embrouillés, détraqués. J'avais mes sœurs, mon frère et mon père. Ils étaient mes rocs, mes racines. Tout venait de partir en éclats, allions-nous devenir une de ces familles explosées ? Je ne pouvais pas envisager une vie sans eux à mes côtés, sans cette unité.

Je me levai. Je passai près de mon père et de Cassandra et mis mes mains sur leurs deux épaules.

— Laissons-nous du temps pour digérer tout cela. On se voit ce soir.

Je n'écoutai pas leur réponse, je ne sais même pas s'ils m'entendirent. Je sortis de la pièce, conscient qu'une page venait d'être tournée et que je n'allais peut-être pas apprécier la suivante.

Mes pas me conduisirent dans le parc, j'avais besoin d'être seul.

— Louis ! Louis, attends-moi !

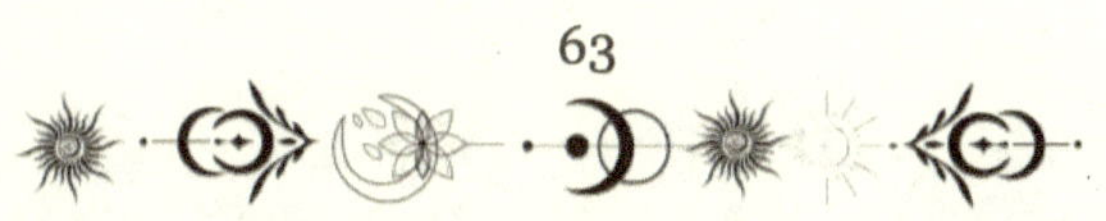

Je me retournai pour voir arriver une magnifique jeune femme. Elle me souriait, ses cheveux dorés resplendissant au soleil. Elle sautillait en avançant, courir n'était pas digne d'une fille de bonne famille, d'après elle. Je ne pus m'empêcher de sourire en retour.

— Claire ! Déjà là ! Je ne t'attendais pas avant demain matin.

Elle m'enlaça, me communiquant immédiatement sa chaleur. Ses mains jouèrent avec mes cheveux tandis qu'elle me plantait deux baisers sur les joues, elle adorait m'asticoter.

— Dis donc, vous n'avez pas de coiffeur ici ? Je pourrai bientôt te faire une couette si tu continues comme ça.

Ses beaux yeux chocolat me taquinaient, je me sentis mieux d'un seul coup. Cette femme apportait la joie partout où elle passait.

— Tu serais trop contente, j'avoue ne pas m'en être préoccupé ces dernières semaines. Mais cela ajoute à mon charme naturel, n'est-ce pas ?

Sa bouche fit une moue adorable, cela me donna envie de l'embrasser.

— Toujours aussi imbu de toi-même à ce que je constate. Laisse-moi voir de quoi tu as l'air.

Elle se recula et m'observa attentivement. Je me dandinai sur place, elle était l'une des rares personnes à pouvoir me mettre mal à l'aise.

— Ouais, pas trop mal... ce ne serait pas des bourrelets que j'aperçois sous ce tee-shirt ? On se laisse aller, majesté...

Je savais qu'elle plaisantait, moi, des bourrelets, et pourquoi pas un double menton pendant qu'elle y était. Je soulevai mon haut.

— Où les vois-tu ? Que du muscle, ma belle, que du muscle.

Elle me surprit en tâtant mes abdominaux, la tête penchée. Elle la releva ensuite et se mordit les lèvres. Un pic de désir me traversa le corps.

— Tu as de beaux restes, chuchota-t-elle.

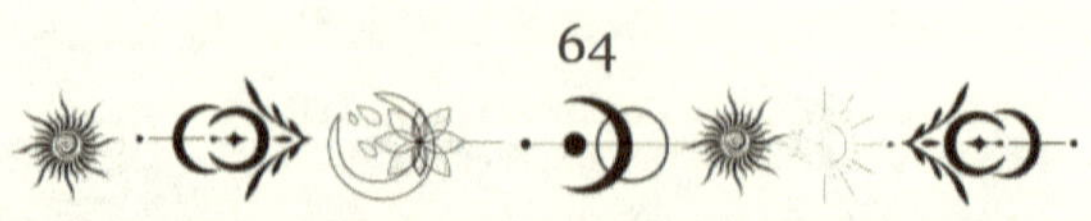

Que se passait-il donc ? Nous étions amis depuis notre enfance, elle faisait partie de la famille. On ne ressent pas de l'attraction pour sa sœur. Je retirai délicatement sa main de mon ventre, et la lui embrassai légèrement.

— Madame est trop bonne, je suis heureux de voir que mon examen physique est validé.

Elle se mit à rire, la tension se relâcha. Je retrouvai ma Claire espiègle.

— Pour le cerveau, je sais qu'il n'y a plus rien à faire alors... Bon, parle-moi donc de mes futurs patients. À quoi dois-je m'attendre ? As-tu les détails de ce qu'ils ont subi ?

La psy était de retour, je la dirigeai vers notre hôpital afin de lui montrer nos dossiers.

— Ils ne s'expriment pas. La petite fille, Amanda, a un peu communiqué avec Alexandra lors de l'intervention, mais depuis plus rien. Le garçon, Théodore, n'a pas dit un mot. Tu veux consulter les rapports ?

— Non, je souhaite les voir d'abord. Tu m'accompagnes ?

— Vos désirs sont des ordres, mademoiselle.

— Si seulement... répondit-elle.

Euh, ça venait de moi où il y avait un double sens dans ce commentaire ? Elle me tira à sa suite, fidèle à elle-même. Bon, ça devait être moi.

Chapitre 8

Tisha

J'en aurais pleuré. Même notre père. Étions-nous donc indignes de tout, ne pouvions-nous pas, pour une fois, passer en premier ? Avant les missions, avant la raison d'État...

Arrivées dehors, nos loups chéris nous attendaient. Cassandra avait pensé à les amener avec elle. Malin se rapprocha aussitôt de moi, je glissai mes doigts dans son poil soyeux. Cela m'apaisa un peu. Ils semblaient comprendre quand nous avions besoin d'eux. Alex, après avoir câliné Gwendal et Terwur, me prit la main et m'emmena plus loin. Mon île me paraissait distante, notre promontoire me manquait. Elle se dirigea vers le parc, après dix minutes de marche, nous ne croisions plus personne. Je savais où elle me guidait, dans notre cabane. J'espérais que cette dernière avait résisté aux intempéries, cela faisait au moins trois ans que je ne m'en étais pas approchée.

Arrivée devant notre arbre, je levai les yeux et constatai que nos frères avaient construit du solide. La cabane était toujours présente. Alex commença à grimper, je la suivis. Les loups s'allongèrent tranquillement sur le sol. Une fois là-haut, il était clair que cela faisait un moment que personne n'était venu.

Ils avaient fait simple à l'époque, une seule pièce encadrée de planches de bois avec deux fenêtres. Bon, on ne distinguait plus grand-chose à travers, vu la saleté qui les recouvrait. Ma sœur s'installa sur une des trois petites chaises entourant la table, à ses risques et périls.

— Tu ne t'assieds pas ?

— Je ne suis pas certaine que ce soit une bonne idée. Tu vas te retrouver par terre dans une minute.

Sa bouche s'étira en un sourire.

— Le danger est mon métier.

Je lui souris en retour, tirai un des sièges et pris place. La chute n'allait pas être de trop haut dans tous les cas.

— Te sens-tu aussi en colère que moi, peut-être même plus ? Après tout, c'est à toi que l'on a menti.

— Merci de me le rappeler, je crois que je suis... déçue, triste ? ... et énervée, ajouta-t-elle devant ma grimace. Je m'attendais à ce type de comportement de la part de maman et du conseil, pas de sa part à lui.

J'acquiesçai, je ressentais la même chose.

— Tu étais sérieuse ?

Elle savait de quoi je parlais, l'annonce de la fin de notre coopération, que ce soit pour notre clan ou pour d'autres : le risque de perdre nos pouvoirs.

— Oui, je n'en peux plus de ces mensonges, je n'en peux plus d'être utilisée. Nous méritons mieux, tu ne crois pas ?

— Bien sûr que oui, mais je ne peux pas envisager mon existence sans magie. Je... Je ne suis pas comme toi, tu as une sorte de détachement vis-à-vis de ça, tu te lies facilement avec les gens, moi pas. Je n'ai pas de véritables amis, tu sais. Les sorts, les incantations, mes missions c'est ce qui fait que ma vie est intéressante.

— Pour les amis, c'est parce que tu ne laisses personne t'approcher suffisamment pour en avoir. Et puis, je ne suis pas d'accord, Isabella te considère en tant que telle, même si elle reste MA meilleure amie, fit-elle en souriant. De plus, je ne suis pas certaine que le conseil puisse réellement nous retirer nos pouvoirs.

— Pourquoi penses-tu cela ? Il y a eu des cas où elles l'ont fait.

— En es-tu sûre ? Aucune des personnes que nous connaissons depuis vingt-cinq ans n'a subi cela. Et si tu interroges les plus anciennes, celles qui ne font pas partie de l'assemblée, elles sont incapables de te donner des noms. C'est un bruit de couloir, une rumeur, un bon moyen pour que nous nous tenions à carreau. Ne nous défiez pas ou vous deviendrez humaines ! Bien joué, non ?

— Comment ? Mais quand ? ...

— J'ai commencé à me poser des questions quand je me suis plongée dans nos chroniques. Tu sais bien que notre histoire m'a toujours passionnée alors, je m'y suis mise, entre deux missions. En tant que diplomate, j'avais le temps. Au début, cela ne m'a pas frappée, tu lis et tu analyses ce qu'il y a, pas ce qui manque. Et puis, cela m'a finalement sauté aux yeux, aucune chronique ne relatait de cérémonie concernant un retrait de pouvoir. Alors que cette menace, cette épée de Damoclès, revenait souvent dans nos interactions avec le conseil, aucun récit ? Non. En plus, elles ne nous donnaient jamais de noms. Et ensuite, je me suis dit, et si ce n'était pas vrai ?

— Tu es un génie, grande sœur ! Tu penses donc que nous pourrions garder nos pouvoirs ?

— Je pense que ce sera une question à poser à Athéna lorsque l'une de nous la verra de nouveau. Dans l'immédiat, nous avons une dernière mission à effectuer. Tu dois retrouver Adrien, Tisha, j'espère qu'il ne lui est rien arrivé de grave.

— Et voilà, tu recommences !

— Quoi ? Qu'est-ce que j'ai fait encore ?

— Ta rébellion ne dure pas bien longtemps, ce mec t'a trompée, il t'a fait douter de toi et tu me pousses quand même à aller le sauver. Tu es indécrottable !

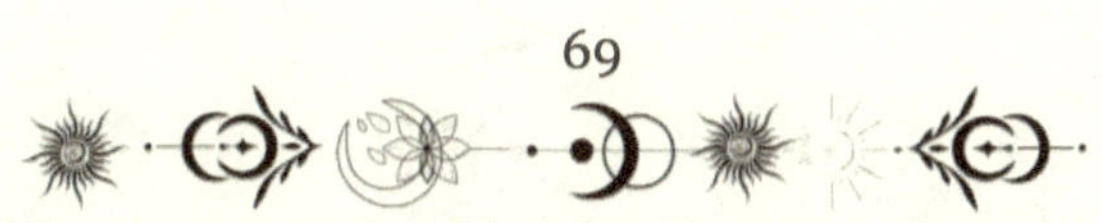

— Nous avons eu de bons moments tous les deux, et même si son comportement me reste en travers de la gorge, il est, peut-être, celui qui nous conduira à la tête de cette organisation. Nous ne serons pas tranquilles tant qu'elle ne sera pas tombée, tu le sais aussi bien que moi.

Je me doutais bien qu'elle avait raison, mais, purée, cela me faisait flic de devoir encore céder.

— Ce sera la dernière fois ? Tu me le jures ?

— The last one ! Après notre priorité sera de retrouver Megan et de prendre soin d'elle.

— Et de châtier les coupables !

— Et de détruire toute personne qui aura touché à un cheveu de sa tête !

— OK ! Tu vas en discuter avec James ?

— Non, pas dans l'immédiat. Je vais profiter de lui. Si je trouve le bon moment pour lui parler de notre décision, je le ferai. Mais je ne veux pas lui donner la moitié des infos, donc...

— J'ai confiance en lui, tu pourrais lui dire, pour Adrien.

— J'ai fait une promesse en quittant la salle, je vais m'y tenir.

Je l'observai attentivement, ma sœur avait grandi. Je l'avais moins vue depuis deux ans, mon activité de sentinelle me prenait du temps. Quand je revenais au village, elle était souvent en déplacement. Certes, nous discutions par télépathie ou par téléphone, mais nous ne nous parlions pas réellement. Comment c'était possible ? À quel moment avions-nous dérapé et accepté cette distance entre nous ? Nous étions sœurs, triplées en plus. Elle et Megan étaient mes racines, mon cœur.

— Tu te rends compte que nous n'avons plus véritablement conversé ensemble depuis au moins deux ans ? Je ne connais pas tes rêves, je ne sais même pas si tu as, un jour, envisagé d'être autre chose qu'une Euménide. Voudrais-tu te marier ? Avoir des enfants ?

— Que des questions ! Je pourrais te les poser aussi.

Je la regardai réfléchir, attendant ses réponses.

— Non, je ne m'étais pas rendu compte de cette distance, mais d'un autre côté, discuter de choses sérieuses nécessite d'être face à face pour moi alors... c'était compliqué. D'accord, nous aurions pu nous voir avec un minimum d'organisation. Je crois que nous nous sommes laissé porter, nous avons fait ce que les autres attendaient de nous, sans nous demander si c'était ce que nous voulions.

— C'est marrant, nous nous estimons supérieures aux humains, mais nous reproduisons les mêmes erreurs.

— Toute existence a ses propres codes, mais suivre la voie que l'on nous destine est certainement plus facile que de se rebeller contre l'ordre établi, tu ne penses pas ? La société, ou nos parents nous enferment dans ce carcan, je suis persuadée que si les super héros existaient, ils auraient des problèmes similaires.

— Les super héros ? Mais c'est nous les super héros ! Pas besoin d'attendre Thor, nous sommes là !

— C'est dommage, j'apprécie beaucoup Thor... Il est sexy.

— Alex, tu sais que l'acteur est vivant, tu n'as qu'à aller le rencontrer.

— Non, j'aime mieux le fantasme de Thor, imagine qu'il ne veuille pas porter son costume à la maison, je serais trop dégoûtée !

J'éclatai de rire, forcément vu comme ça.

— Et puis j'ai James, il a un corps, miam miam, je te raconte pas. Thor peut aller se rhabiller finalement.

— J'ai en effet remarqué... Et il embrasse bien !

— QUOI ?! QUAND AS-TU EMBRASSÉ JAMES ?

Je me bidonnai face à la tête d'Alex, elle était rouge de colère. Houlala, il fallait que je lui dise la vérité avant de me retrouver en train de voler dans les airs, ou pire.

— Je plaisantais, je lui ai juste fait deux petits smacks de rien du tout, et il était tout gêné. C'était trop mignon.

— Tu ne t'approches plus de mon mec compris ? Plus de bisou !

— Mais c'est qu'elle mordrait la coquine. D'accord, c'est promis, lui fis-je voyant ses poings se fermer.

— J'aime mieux ça.

— Tu n'as pas répondu à ma question concernant le mariage et les enfants.

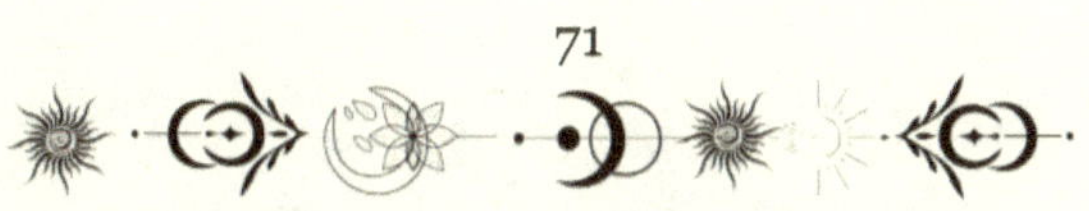

— Franchement, je ne suis jamais allée aussi loin dans ma réflexion. Nous sommes trop jeunes pour y penser, je te dirai oui pour les enfants, le mariage en revanche... Encore une fois, nous avons été formatées par notre clan. Et toi ?

— Pour l'instant, je préfère la quantité à la qualité, et non, l'idée de ne rester qu'avec un seul homme toute ma vie... avec deux, il faut voir. Isa a tout compris !

— Allons la retrouver, je ne sais pas si elle a fini par pardonner à ses deux idiots leur réaction face à Anthony.

— Tu penses qu'Anthony est réellement accro ?

— Je trouve tout cela très bizarre, nous sommes venus ensemble à de nombreuses reprises, pas longtemps, mais il aurait pu tenter quelque chose. Là, il la voit avec deux mecs et il la rejoint aussi sec dans sa salle de bain. En plus, bonjour l'approche, il l'a joué macho sexy. Il suffit de deux secondes avec Isa pour savoir que cette stratégie ne peut pas fonctionner.

— C'est vrai, idée nulle. Il voulait se faire casser la gueule ?

— Peut-être, une façon originale de décompresser, mais après tout, j'en connais d'autres que ça amuse.

— Je ne vois pas de qui tu parles. Allez, retournons à la maison, nous allons devoir nous changer pour le repas de ce soir.

La chaise avait finalement tenu bon, la cabane aussi et cette discussion à cœur ouvert avec ma sœur m'avait fait du bien. Qu'importaient, en fin de compte, les attentes de notre entourage. Nous allions prendre notre destin en main. Nous allions de nouveau être trois et tous ceux qui voudraient nous en empêcher allaient le payer cher, de leur vie si cela s'avérait nécessaire.

En revenant vers la maison, toujours accompagnées de nos gardes du corps, nous croisâmes Claire et Louis.

— Claire, tu es déjà là ! Comment vas-tu ?

Je laissai Alex à ses embrassades et observai Louis. Il semblait aller mieux que tout à l'heure, j'avais apprécié que nos deux frères nous soutiennent. Après tout, nous n'avions pas la même mère, ils auraient pu se ranger du côté de notre père, raison d'État avant tout.

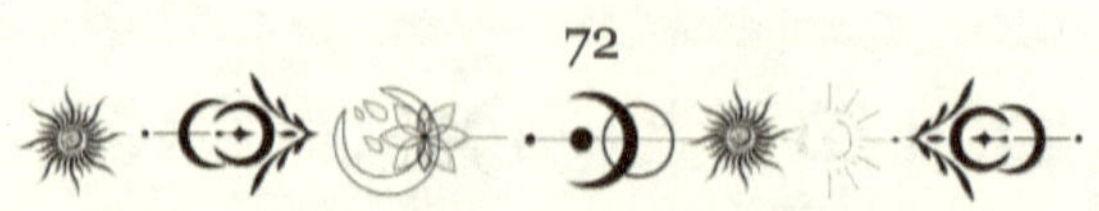

Ils avaient toujours été là pour nous, prenant du temps pour jouer quand nous venions passer les vacances ici. À l'inverse de notre demi-sœur qui ne nous supportait pas, mais c'était réciproque.

— Tisha, j'adore ta coupe, et ce noir ma belle, c'est tout toi !

Claire me charriait. Elle, c'était couleurs et joie de vivre alors forcément nous n'avions pas les mêmes goûts vestimentaires.

— Je vois que tu as mis ta couleur fétiche, un beau top bleu sur un short blanc. Dis donc ils doivent tous vouloir se faire soigner la tête dans ton hôpital. Ce n'est pas trop dur de les empêcher d'entrer dans ton cabinet ?

Louis fronça les sourcils. Tiens, aurait-il enfin pris conscience que sa meilleure amie était une femme sexy ?

— Cela ne se bouscule quand même pas à ce point, mais j'avoue que j'ai de nombreuses demandes.

— Tu me rassures, j'en viendrais à m'inquiéter sur l'avenir de votre espèce s'ils n'étaient pas capables de voir un joyau en face d'eux. J'en connais quelques-uns qui ont de la peau de saucisson devant les yeux...

Elle lança un petit œil rapide vers Louis, qui n'avait encore rien compris.

— J'espère que ta cour de prétendants ne va pas trop te manquer pendant que tu seras là, rétorqua-t-il.

Jaloux, notre grand frère ?

— Je trouverai bien quelqu'un pour m'occuper, tu ne crois pas ? J'ai vu quelques *Guardians*... Sexy.

— Nous avons un large choix à vous proposer très chère, insista Alex qui entra dans notre jeu. Je pourrai même te les présenter.

— Tu es une véritable amie Alex, me voilà rassurée.

— Je pense que ta mission va te prendre tout ton temps Claire, tu seras certainement fatiguée le soir.

— Ne t'inquiète pas Louis, j'ai une très bonne endurance. Même si, en effet, je risque de rester ici pendant un long moment. L'état de ces enfants est préoccupant, j'espère que vous mettrez la main sur tous ceux qui ont participé de près ou de loin à ça.

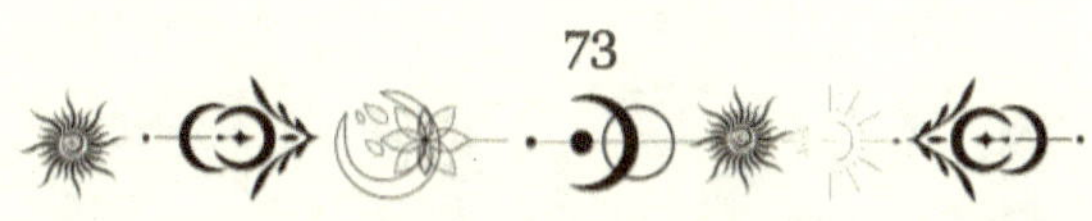

— Nous allons faire tout notre possible, dis-je.

— Je sais, vous êtes les meilleures !

— Hé, je suis là moi aussi !

— Toi mon Louis, tu n'es qu'un homme. Ne donne pas à un homme le travail d'une femme, tu serais déçu.

Louis se retrouva tout seul dans l'allée pendant que nous emmenions Claire à l'intérieur. Énerver notre grand frère était un passe-temps comme un autre.

Nous allions mettre Claire sur son 31, avec tous les *Guardians* chez nous, Louis allait certainement réagir. Et si cela ne marchait pas, elle allait pouvoir se faire consoler très vite. Ce petit intermède avait eu du bon.

Nos loups restèrent à l'extérieur même si j'aurais aimé qu'ils nous accompagnent. Je suivis Alex et Claire, cette dernière lui fit un compte-rendu de son premier contact avec les deux enfants.

— Je pense pouvoir atteindre Amanda plus rapidement que Théodore. Elle m'a observée, alors que lui n'a montré aucun signe. On aurait dit qu'il n'était pas présent. Je dois lire les premiers rapports que les médecins ont écrits, je suis là pour un moment.

— Je sais que si quelqu'un peut y arriver c'est toi !

— Tu es adorable Alex, je vais en tout cas faire mon maximum. Je déteste quand on s'en prend aux enfants, ça me donne des envies de violence.

Je souris en les suivant. Claire agressive ? Cette femme était la douceur incarnée, la générosité, l'empathie suintaient par tous les pores de sa peau. Je savais qu'elle avait toujours craqué pour mon imbécile de frère, ce dernier avait, comme de coutume, préféré papillonner à gauche et à droite. Pourtant il l'appréciait, c'était plus que visible.

— À part ça, comment vont tes amours ?

— Mes amours Alex ? Parle plutôt de relations éphémères, et encore. Je ne me plains pas, j'ai des besoins comme tout le monde, mais j'approche des cinquante ans et j'aspire à autre chose.

— Louis finira bien par voir ce qu'il a sous les yeux, lui dit-elle.

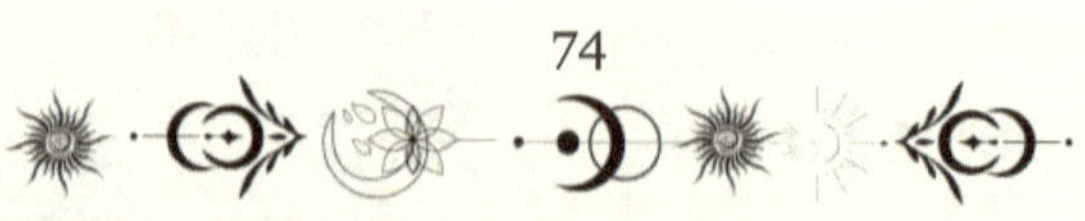

— J'aime ton frère, mais je dois me faire une raison. Sa vie est toute tracée. D'ici trente à quarante ans peut-être, il cherchera sa moitié, ce sera certainement une union politique plutôt que sentimentale. Je n'attends plus rien de lui. Je dois trouver un homme qui me voit vraiment. Je resterai une de ses plus fidèles amies.

— Ne sois pas défaitiste, nous pouvons le faire réagir. Il t'a regardée différemment tout à l'heure, et il n'appréciait pas que tu sois demandée, ainsi que le fait de vouloir te présenter aux *Guardians*.

— Restons plutôt sur ces derniers, ce sera plus simple.

— Allez mesdames, assez papoté, allons donc nous préparer ! leur dis-je. Se caser, mais quelle idée !

Chapitre 9

Luc

— Isabella, attends-nous. Nous devons discuter !

Elle ne me répondit pas, pressée de quitter la salle de réunion. Il est vrai que la tension et l'émotion ne me donnaient pas envie de rester non plus.

J'accélérai le pas et finis par lui attraper le bras.

— Ne me touche pas !

Ses cheveux balayèrent ma main, ses yeux lançaient des éclairs. Qu'elle était sexy !

Je la lâchai et levai les mains en l'air en signe d'apaisement.

— Nous devons prendre un moment tous les trois Isabella, tu dois nous offrir une chance de nous excuser.

— Et pourquoi devrais-je faire cela ?

— Parce que tu sais que nous nous sommes comportés comme des imbéciles, mais que nous sommes fous de toi ? répondit Gabriel.

Sa colère sembla baisser d'un cran, peut-être devrais-je laisser Gabriel parler. Elle était plus encline à l'écouter. Jaloux moi ? Mais non !

— Pouvons-nous trouver un endroit pour discuter ? S'il te plaît ? renchérit-il.

Elle hocha la tête et se dirigea vers le grand escalier. Elle connaissait la résidence comme sa poche, je savais qu'elle y était venue plusieurs fois avec Alex. Elle prit à droite au second étage, elle ne regardait même pas si nous la suivions. J'observai un peu les lieux en avançant. Les couloirs étaient peints en blanc crème, la décoration était sobre. Des tableaux apportaient çà et là une note de couleur, je crus reconnaître un Matisse, *Les Baigneuses à la tortue*, mais cela devait être une copie.

Un Monet aussi, j'allais quand même demander à Alexandra à l'occasion. Je n'avais pas le temps de vérifier, elle venait d'entrer dans une pièce.

Il s'agissait d'une salle de jeux apparemment. Un billard ancien trônait au centre, il était en bois massif, ses pieds représentaient des pattes de guépard. Il était finement décoré des armoiries royales sur les côtés, sa feutrine était d'un beau rouge bordeaux. C'était une pièce magnifique, je la caressai du bout des doigts en passant à côté.

Isa s'était installée dans un fauteuil à gauche, Gabriel lui proposa un verre qu'elle refusa.

— Et toi, Luc ?

— Je veux bien un whisky.

Je pris place en face d'elle, attendant que Gabriel ait fini de nous servir un verre. Il me le tendit et prit le siège face au mien.

— Je vous écoute, nous lança-t-elle.

Je ne savais plus quoi dire, ma langue était collée à mon palais.

Tu essayes ? J'ai l'impression qu'elle t'écoutera plus que moi.

Gabriel se pencha en avant.

— Tout d'abord, nous sommes désolés que notre réaction t'ait offensée. Nous avons réagi à l'instinct. Ce n'est pas parce que nous arrivons à brider nos pulsions entre nous que nous pouvons faire de même quand il y a un autre métamorphe. Surtout si ce dernier est aussi puissant qu'Anthony.

— Comment te comporterais-tu si tu trouvais une femme dans notre salle de bain et nous, à moitié nus ?

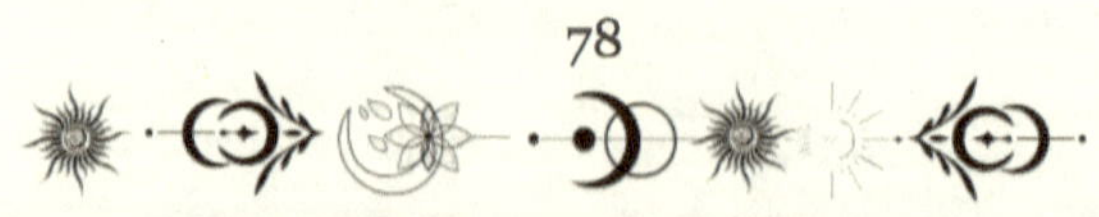

Ses yeux se portèrent sur moi.

— Tu étais déjà prêt à te battre avec lui alors que rien ne le justifiait Luc, n'essaye pas de jouer sur ma possible jalousie face à la même situation. Je ne vous ai pas fait de scènes lorsque les aspirantes vous tournaient autour et vous faisaient les yeux doux. Je vous ai fait confiance.

— Nous fais-tu confiance ou ne nous aimes-tu pas assez pour être possessive ? lâchai-je.

J'aurais voulu rattraper cette dernière phrase, son visage choqué me montra que ça n'allait pas arranger nos affaires.

— Tu doutes de mes sentiments à votre égard ? Toi aussi, Gabriel ? Tu penses que je ne m'implique pas assez dans notre relation ?

— Non, non, ce n'est pas ce que Luc a voulu dire, Isa... C'est la première fois que nous nous retrouvons face à un homme pouvant t'apporter plus de choses que nous, nous avons paniqué tout simplement. C'est la peur de te perdre qui lui fait dire ça, pas autre chose.

— C'est vrai Luc ? Tu penses que je suis le genre de femme à regarder ce que l'autre peut me procurer avant de me lier à lui ?

Je me pris la tête entre mes mains, cette discussion n'allait décidément pas dans la bonne direction. Je me levai et me mis à faire les cent pas.

— Non Isabella, ce n'est pas ce que je crois. Je suis jaloux, j'ai peur que tu nous quittes. Je... Putain Isa, tu ne veux même pas nous mordre alors que tu as dit que c'était important pour ton peuple. J'ai lu ce que je pouvais sur les tiens. Mordre l'autre c'est créer un lien, et tu ne souhaites pas le mettre en place avec nous...

Elle se leva à son tour, je me détournai, je n'osais la regarder de peur de lire la décision qu'elle pouvait prendre, nous quitter ! Je sentis ses bras m'entourer.

— Je ne veux pas vous mordre parce que nous sommes ensemble depuis moins de deux mois et que c'est court. Je ne veux pas vous mordre parce que je ne sais pas ce que cela aurait comme conséquence sur deux métamorphes. Même si je suis folle de vous deux et que ce n'est pas l'envie

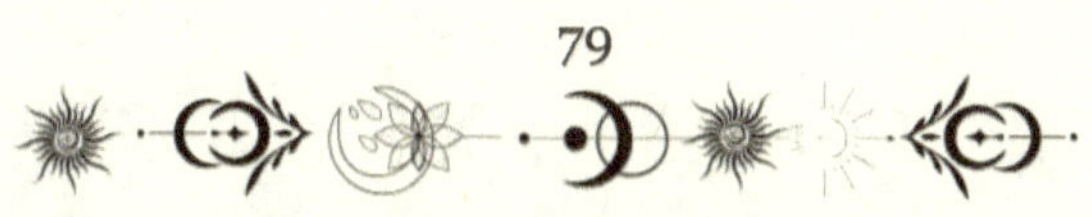

qui me manque ! Tu as lu quelques chroniques Luc, mais tu n'as pas pris les bonnes. C'est un lien qui ne meurt que lorsque l'un des deux décède. C'est définitif !

Je me retournai pour l'enlacer.

— Et si c'est ce que nous voulons ? Du définitif ?

— Je suis heureuse que vous envisagiez du durable entre nous, mais je ne vous mordrai pas, Luc. Nous avons le temps, ce lien n'est pas là pour juguler ta peur, il est là pour prouver un engagement. Tu dois passer outre tes angoisses et comprendre que je suis bien avec vous deux. Je me sens aimée, chouchoutée, acceptée. Je n'éprouve pas le besoin de regarder ailleurs.

Gabriel nous rejoignit.

— Nous ne sommes plus fâchés ? lui demanda-t-il.

— Non, nous ne sommes plus fâchés, mais vous allez devoir ramer un peu. Je vous aime tous les deux et je ne veux pas que vous en doutiez.

Je respirai de nouveau, elle restait. Gabriel se glissa dans notre étreinte, j'allais devoir travailler sur moi-même pour ne pas renouveler ce genre d'éclat.

— Une petite partie de billard ? proposa-t-elle.

— Pourquoi pas ? Tu vas voir ma maîtrise ! lui dit Gabriel.

Je la serrai encore un peu dans mes bras, heureux de constater que nous nous comprenions de nouveau.

— Je lui ai tout enseigné.

Gabriel s'offusqua.

— Que dalle oui, JE lui ai tout appris.

— Messieurs, messieurs, un peu de calme. Je vais vous mettre la pâtée de toute façon, billard français ou américain ?

— Américain ! C'est plus drôle...

— Comme tu veux Luc, mais nous essayerons aussi le français pendant notre séjour. J'apprécie énormément la précision qu'il faut avoir sur ce jeu.

— Tes désirs sont des ordres, Isabella.

Gabriel se positionna pour casser le jeu, Isabella avait le sourire. Tout était revenu à la normale.

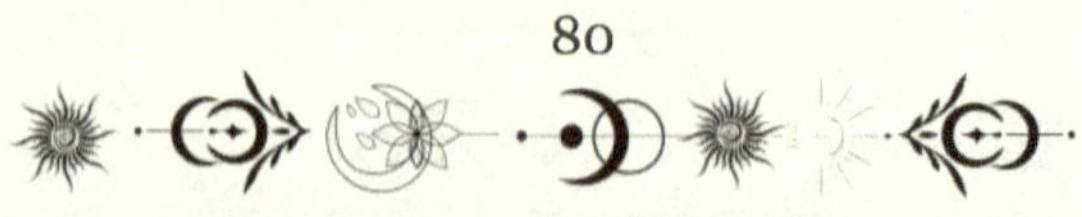

Chapitre 10

Alexandra

— Tu es parfaite ! Cette robe te va à merveille.

J'admirai Claire dans la tenue que nous avions choisie avec Tisha. La robe était asymétrique avec les épaules dénudées, le haut était finement brodé, la taille marquée par une ceinture, elle allait tous les mettre KO en deux secondes.

— Tu es faite pour porter du rouge bordeaux, Claire, tu es magnifique ! ajouta Tisha.

— Ce n'est pas un peu trop ?

Elle se regarda dans la glace, tout étonnée du rendu de sa tenue.

— On voit trop ma poitrine, je trouve.

— Lorsque l'on a des atouts, on les montre. Tu es ce que les hommes appellent une femme pulpeuse, assume ! Je pense que cela va se battre tout à l'heure.

— Tisha a raison, il n'y a rien d'indécent dans cette robe, rassure-toi. Nous allons d'ailleurs aller passer les nôtres. Tu devrais relever tes cheveux en un chignon lâche et accentuer un peu tes yeux niveau maquillage. On revient te chercher dans vingt minutes ?

— Merci, les filles, c'est adorable ce que vous faites pour moi.

— Tu plaisantes, tu vas me fournir un spectacle de choix ce soir entre Louis et les *Guardians*, lui répondit Tisha.

Le visage de mon amie rayonna d'espoir à ces mots, pour finalement se ternir.

— Il ne me voit pas comme ça.

Elle s'observa un instant et changea d'attitude.

— Mais l'océan est rempli de poissons, et ce soir, je vais pêcher ! C'est décidé !

— Voilà, bien parlé !

— On est 100 % avec toi, Claire, je vais te présenter à tous ces hommes magnifiques. Tu n'auras que l'embarras du choix. À tout à l'heure.

Tisha la salua et se dirigea vers sa chambre. Je fermai la porte, et me rendis dans la mienne. Enfin, notre chambre, vu que je la partageais avec James. Lorsque je l'ouvris, je restai béate d'admiration devant lui. Il se retourna à mon arrivée et sourit face à ma réaction.

— Je te plais ?

— Euh, mon mutisme soudain ne t'a pas renseigné ?

Il prit la pose, un sourire suffisant sur les lèvres.

— Je sais, un rien m'habille. Tu m'as dit que c'était soirée classe alors...

— Que cela ne te monte pas à la tête, c'est vrai que cela te change de tes tenues habituelles.

J'avais très envie de le dévêtir, là tout de suite. James en costume ! On pouvait dire ce que l'on voulait, mais un homme bien habillé, ça faisait son effet.

— Tu m'aides pour la cravate, ou je peux m'abstenir ?

— Tu peux oublier, mon père déteste ça.

Après avoir fermé la porte, je m'approchai de lui. Ma démarche dut le renseigner sur mon intention.

— Non Alex, tu vas t'habiller et nous allons devoir y aller.

— Un petit baiser de rien du tout, cela ne va pas nous mettre en retard.

Petite mine de chien battu, yeux implorants, il n'allait pas pouvoir me le refuser.

Il se recula et se cacha derrière le canapé de notre suite.

— Hors de question, femme lubrique ! Cela ne s'arrêtera pas à ça, je commence à te connaître. Et même si je

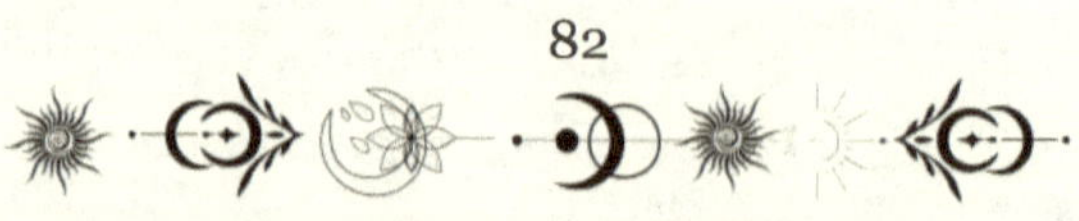

préfèrerais de loin passer la soirée et la nuit à te faire l'amour, nous avons des obligations.

Je stoppai à quelques mètres de lui.

— Je n'ai pas envie d'y aller.

J'allais être face à mes parents. J'étais toujours en colère malgré ma discussion avec Tisha et notre décision commune.

— Je comprends Alexandra. Je sais à quel point tu veux retrouver ta sœur. J'imagine que ton père n'a pas changé d'avis ? Tisha doit partir à la recherche d'Adrien ?

Il contourna le canapé afin de me prendre contre lui.

Je me contentai de hocher la tête.

— Viens donc là.

Je respirai son odeur, entourée de ses bras.

— Je suis avec toi et je suis désolé de ce nouveau délai imposé entre vous et Megan. Nous allons tout mettre en œuvre afin que les coupables des enlèvements soient retrouvés et punis, le plus rapidement possible. Comme ça, nous pourrons rechercher ta sœur très vite. J'ai hâte de la connaître, je me demande si elle a le mauvais caractère de Tisha ? Il faudra aussi que je me batte contre elle pour qu'elle commence à m'apprécier ?

Je ris légèrement, je savais ce qu'il tentait de faire.

— Peut-être... Merci James.

Je reculai un peu et l'embrassai. Le désir m'embrasa immédiatement, le baiser se fit plus profond. Ses mains glissèrent vers mes fesses et il appuya son bassin contre le mien. Je commençai à défaire les boutons de sa chemise quand il m'interrompit.

— Qu'est-ce que j'avais dit ? Chérie, tu me rends dingue, mais nous devons être en bas dans dix minutes et tu sais très bien que cela ne sera pas possible si nous continuons.

— Oups, j'ai glissé chef.

— C'est malin, je fais comment moi maintenant ? Je ne peux même pas prendre une douche froide.

Je l'embrassai sur le coin de la bouche et fonçai vers mon placard afin de sortir ma tenue.

— Je suis désolée, je me rattraperai, c'est promis.

Son regard s'enflamma.

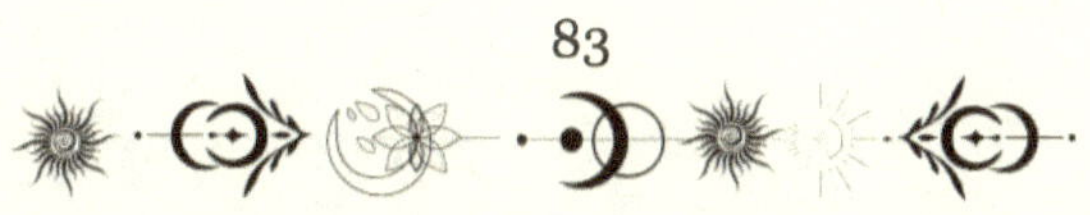

— Je veillerai à ce que tu n'oublies pas cette promesse.

Je me retournai et balançai mon tee-shirt, puis mon short devant lui. Il ne me quitta pas des yeux. Mes sous-vêtements suivirent. Nue, je reculai nonchalamment vers la salle de bain.

— C'est mesquin ce que tu fais là.

— C'est vrai, mais je ne respecte plus les règles du jeu, c'est une amie qui me l'a appris. Tu viens me laver ?

— Préviens ta sœur de ne pas nous attendre, on va avoir un peu de retard !

Je souris en le voyant se déshabiller en vitesse et j'envoyai un message à Tisha.

Je comprends, profite ! Je vous couvre. J'aurais bien fait la même chose.

Ma sœur était formidable. J'actionnai le robinet, James me rejoignit à cet instant. J'oubliai immédiatement la soirée pour me délecter de ses caresses.

Trente minutes et deux orgasmes plus tard, nous étions avec les autres. Tous avaient un verre à la main et les discussions allaient bon train.

Tu vois, personne n'a remarqué notre absence.

Si tu le dis chérie, mais j'ai un doute.

— Vous voilà enfin ! Alors James, tu as l'air en pleine forme pour un agonisant !

Pedro était devant nous, sourire aux lèvres.

— Alexandra, tu es… resplendissante !

Je levai les yeux au ciel, j'avais oublié Pedro et sa discrétion.

— Fais attention à ce qui va suivre si tu ne veux pas être changé en crapaud dans cinq minutes !

— Tu ne me ferais pas ça, *ciccina*[2], tu m'aimes trop. Et puis, imagine toutes ces femmes délaissées à cause de toi. Non, tu ne peux pas leur faire ça.

Je ris malgré moi à sa comédie, les yeux implorants, la moue charmeuse. Cet homme savait comment échapper à toutes sortes de situations.

---

[2] Chérie en italien

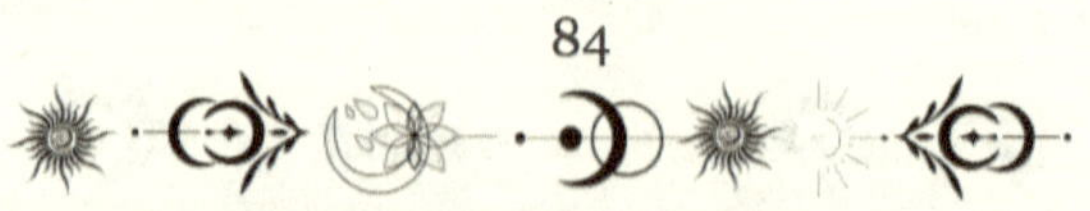

— Dis-moi, ma belle, tu pourrais peut-être me rencarder sur ta sœur ? Est-ce qu'elle aime les beaux bruns, sûrs d'eux et bourrés de charme ?

Je suivis son regard. Tisha se tenait près de Claire et semblait faire son marché. Elle observait attentivement chaque *Guardian* présent et se penchait régulièrement vers notre amie.

— Je vous abandonne un moment, messieurs. Soyez sages. Et Pedro ?

— Oui ?

— Ma sœur est encore plus dangereuse que moi ou qu'Isabella, c'est à tes risques et périls !

— Je suis un *Guardian*, ma beauté, les risques font partie du métier. De plus, la récompense n'en serait que plus... jouissive, si je peux me permettre.

Je ne relevai pas, Pedro avec Tisha, pourquoi pas. Je rejoignis les filles rapidement en attrapant un verre de champagne en passant.

— Ah, voilà la lâcheuse ! Nous avons dû commencer la sélection sans toi.

— C'est ce que j'ai cru observer, Tisha. Alors Claire, des préférences ?

— Tu plaisantes ? Ils sont tous magnifiques physiquement.

Je me retournai et opinai de la tête. Les équipes 1 et 2 étaient présentes, il fallait avouer que ce n'était pas les plus moches.

— Tisha t'a-t-elle avertie que certains étaient en couple ?

— Oui, les deux beaux gosses là-bas qui sont avec ton amie, Isabella. Elle a bon goût, et de l'appétit, ajouta-t-elle en riant. Je sais aussi que le superbe représentant mâle avec qui tu es arrivée est chasse gardée. Belle prise madame, il ne te lâche pas du regard, c'est trop mignon.

— C'est tout neuf ! Mais oui, interdiction de t'approcher. Alors, que recherches-tu ? Une relation sexuelle ou une relation émotionnelle ? Selon, je pourrai t'orienter.

— Une relation sexuelle avec de l'émotion ? Je plaisante. J'ai besoin d'être en confiance pour que les choses deviennent plus poussées, tu vois ?

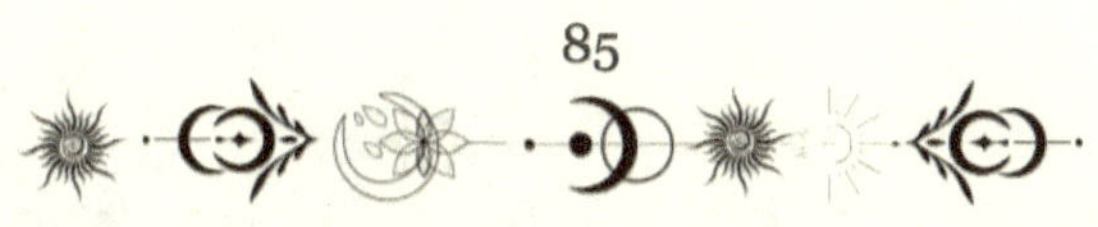

— Donc cela en élimine quelques-uns qui ne sont pas dans ce trip pour le moment. Tu me suis ?

— Si je comprends bien, ceux à qui tu ne vas pas la présenter seront plutôt pour un petit coup vite fait ? Je suis partante moi, ajouta Tisha.

— Tu aimes les beaux bruns, il me semble petite sœur. Va rejoindre James, Pedro n'attend que toi.

Elle tourna la tête dans sa direction.

— Pas mal, en effet. À plus tard, les filles. Je vais faire plus ample connaissance.

J'embarquai Claire avec moi en direction d'Isabella. Liam et Hugo discutaient avec Jason, elle et ses deux hommes, j'étais certaine que ces messieurs allaient être heureux de la rencontrer.

— Isabella, messieurs, puis-je vous présenter une grande amie de la famille, Claire. Claire, voici Gabriel, Luc et Isabella, notre trouple. Ces trois hommes à côté sont Jason, nouveau membre de mon équipe et Liam et Hugo, des *Guardians* de l'équipe 2.

— Enchanté de faire votre connaissance Claire, je suis Hugo.

— Et moi, Liam. Que venez-vous donc faire ici ? Visite de courtoisie ou travail ?

— Travail, je suis pédopsychiatre, je vais m'occuper des deux enfants que vous avez ramenés.

— Elle est la meilleure ! Elle a tout annulé pour venir nous aider. Tu devais partir en vacances, non ?

— Rien d'important qui ne puisse être remis. Les enfants sont prioritaires.

— Je suis d'accord avec vous Claire, ils devraient toujours passer en premier. Vous les avez déjà rencontrés ? demanda Liam.

— On peut se tutoyer, non ? Le « vous » est tellement protocolaire. Nous allons nous voir souvent, Alex m'a dit que vous restiez ici vous aussi. Et oui, Louis me les a présentés, sans grand succès dans l'immédiat, mais je m'y attendais.

La mention de mon frère avait surpris Liam qui avait jeté un coup d'œil vers lui. Je fis de même et constatai que ce dernier ne lâchait pas mon amie du regard.

Tisha, je pense que Louis est en train de réaliser que Claire est une femme.

Alléluia ! Il était temps. Mais vu l'attitude de tes deux Guardians, il va devoir passer rapidement à la phase deux, s'il ne veut pas se la faire piquer sous le nez. D'un autre côté, j'ai peur que Claire ne finisse malheureuse avec Louis, alors autant qu'elle se fasse plaisir.

Pourquoi dis-tu cela ?

Je te rappelle qu'il est second dans l'ordre de succession et que sa future femme devra s'en accommoder.

Tu n'as pas tort. Et que penses-tu de Pedro ?

Chaud bouillant et charmeur, tout pour me plaire.

La conversation se poursuivit autour des dommages psychologiques engendrés par la détention et les tortures infligées à nos compatriotes.

— Le travail qui t'attend est colossal.

— Cela ne me fait pas peur, aider les enfants est une passion plus qu'un boulot. Je pense qu'il en est de même pour toi ?

— C'est vrai, avoir un rôle à jouer afin d'éviter que d'autres souffrent, cela m'apporte beaucoup. J'aime être utile. Je crois que c'est ce qui fait la force des *Guardians*, hein, Hugo ?

— Tout à fait, ça et le fait que nous soyons une famille. Nous sommes solidaires et nous agissons toujours en équipe. Nous n'abandonnons jamais personne.

Hugo regarda James en disant ces mots. Il se fixa ensuite sur moi.

— Il va très bien, Hugo, et moi aussi. Cela aurait pu mal tourner, mais nous nous en sommes tous sortis.

Il sourit et concentra de nouveau son attention sur Claire.

— Puis-je t'apporter un autre verre ?

— Avec plaisir.

Tu joues les entremetteuses, maintenant ?

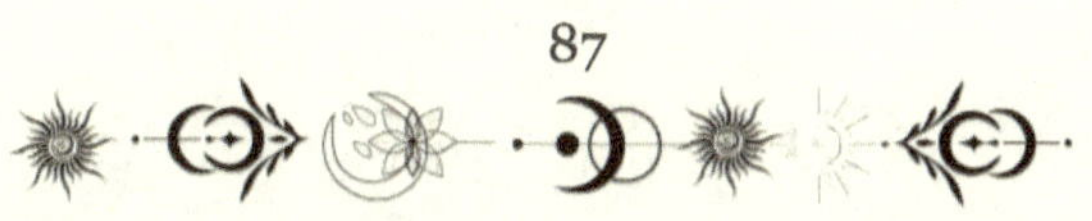

Claire est une très bonne amie et elle a besoin de se changer les idées. Avoue que ma sélection est pertinente entre Liam et Hugo, tu n'es pas d'accord Isabella ?

C'est certain, ils sont charmants tous les deux, peut-être va-t-elle avoir du mal à choisir ?

Tu veux donc que toutes les femmes de ta connaissance gèrent un harem ? Tout va bien avec eux ? Vous avez pu discuter ?

Ils sont moins sûrs d'eux que ce qu'il n'y paraît. Luc en particulier. J'ai été surprise que la petite crise de ton frère ait généré cette explosion. Et pour en revenir à ta question, je pense que toute femme devrait être adulée par, au minimum, un homme, mais deux c'est encore mieux !

Tu es terrible, je reste sur la monogamie en ce qui me concerne.

Vu le temps que tu mets pour te décider, c'est plus prudent, en effet.

Garce !

Moi aussi, je t'aime !

— Mes chers amis, je vous propose de passer dans la salle à manger, le dîner est servi, annonça mon père.

Nous avançâmes tous tranquillement, j'espérai que le plan de table n'allait pas me placer trop près de lui ou de ma mère, je n'étais toujours pas d'humeur. Je fus rassurée en me trouvant entourée de James et d'Arthur, le grand-père de Jason nous avait rejoints afin d'aider les enfants.

— Arthur, quel plaisir de vous revoir ! Vous avez fait vite.

— Bonsoir Alexandra ! J'ai pris un hélicoptère dès que la réunion s'est terminée. Ton père avait tout organisé.

— Avez-vous vu Jason ?

— Oui, nous avons enfin pu discuter tous les deux. Je suis très content pour lui. Il a trouvé sa place et semble heureux. Mon petit-fils, un sniper ! Comme ses parents seraient fiers s'ils étaient parmi nous.

Sa voix s'était chargée d'émotions, je lui pris la main et la serrai.

— Il mérite tout ce qui lui arrive, il a travaillé dur pour l'obtenir.

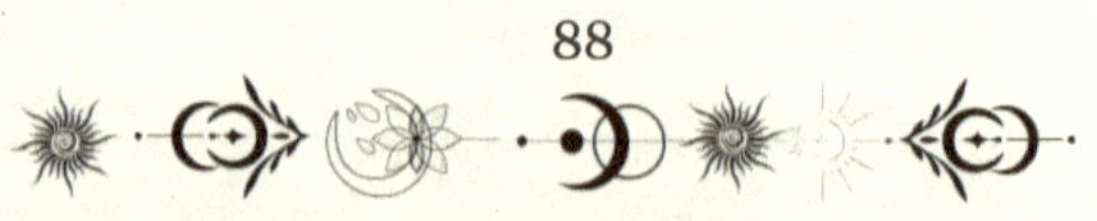

— Tu es toujours aussi belle et attentive aux autres, Alexandra. J'espère que le jeune homme à côté de toi est conscient de sa chance ?

— Tout à fait conscient, monsieur. Alexandra est une perle unique et précieuse. Je me présente James, je sais que vous connaissez bien mon grand-père, Henri ?

— Bien sûr ! C'est donc vous James. Je dois vous remercier, vous avez pris Jason sous votre aile et l'avez beaucoup aidé pendant sa formation. C'est lui-même qui me l'a dit.

— Jason avait toutes les qualités nécessaires à son propre développement, il avait juste besoin de croire en lui, je n'ai fait que lui montrer la voie, lui répondit James.

— Je vois que vous savez manier les mots, jeune homme, et que vous êtes modeste. Ça, vous ne le tenez pas de votre grand-père ! ajouta Arthur, moqueur.

— Je ne peux vous contredire, cela vient certainement des femmes de ma famille.

Tout le monde rit. Pendant ce temps, des valets étaient passés afin de remplir nos flûtes de champagne. Mon père se leva, tous les regards se braquèrent sur lui.

— Mesdames, messieurs, je suis très heureux de vous avoir tous ici ce soir. Nous avons enfin une raison de nous réjouir après ces dernières semaines difficiles. Nos amis sont en lieu sûr et reçoivent les soins dont ils ont besoin afin de pouvoir retourner dans leur meute. Je tiens à remercier pour cela nos amies sorcières qui ont pu retrouver leurs traces. Je sais que Cassandra fera passer le message au conseil, notre amitié et notre entente ont réussi là où tout le reste avait échoué. Je salue aussi nos *Guardians*, qui, encore une fois et au mépris des risques, ont pu ramener tous nos disparus dans notre enceinte. La perte de trois des nôtres entache cette joie, mais nous allons faire en sorte qu'ils soient les derniers à mourir. Je suis fier et heureux de ce dénouement, je vous propose donc, ce soir, de profiter de la vie et de ceux que nous aimons. Nous repartirons en chasse dès demain, mais pour le moment, c'est la fête qui l'emporte. À la vôtre !

Tout le monde leva son verre en répondant en cœur.

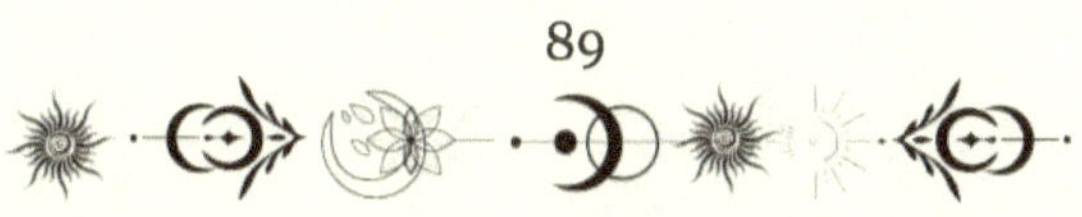

— Je constate que l'ambiance est bonne !

Oh merde, pas elle ! entendis-je de la part de Tisha.

Adieu soirée tranquille, ma demi-sœur chérie venait de faire son entrée. Ses yeux bleus lançaient des éclairs en nous regardant Tisha et moi. J'avais soigneusement évité sa présence les dernières fois où j'étais passée voir notre père et j'avais cru comprendre qu'elle était en Italie. Elle n'avait pas changé. C'était une très belle femme de dix ans notre aînée et elle ressemblait plus à sa mère défunte qu'à notre père. Son visage était fin, sa peau blanche, ses pommettes hautes, ses yeux effilés lui conféraient une grande beauté. Elle avait laissé pousser ses cheveux blonds, ils lui arrivaient à la taille. Ils étaient épais et finissaient en boucle. Elle arborait une robe bleue magnifique, avec un profond décolleté.

Cette femme resplendissait et tous les hommes se retrouvèrent dans l'incapacité de détourner leur regard.

— Victoire, tu es de retour ! Quelle bonne surprise !

Mon père se leva afin de l'embrasser.

— Tu aurais dû m'avertir, nous t'aurions attendue avant de passer à la salle à manger.

— Je ne savais pas à quelle heure j'allais arriver. Je suis partie sur un coup de tête, j'avais envie de rentrer à la maison. Je vois que tout le monde s'amuse bien.

Sa voix se durcit à la fin de sa phrase. Mes deux frères s'étaient aussi approchés afin de l'accueillir. Mon père se tourna vers ses invités.

— Pour ceux qui ne la connaisse pas, je vous présente Victoire, ma fille. Nous avons organisé cette petite soirée en l'honneur des Euménides et de nos *Guardians* qui ont retrouvé nos disparus, expliqua-t-il à l'attention de cette dernière.

Je vis la colère dans ses yeux lorsqu'il évoqua mon peuple. Elle n'avait pas changé, toujours aussi belliqueuse et jalouse. Mon père demanda qu'on ajoute un couvert près de lui, mais pas à côté de ma mère. Il n'était pas fou, il savait les sentiments de sa fille envers nous.

Super, il ne manquait plus que cette peste, m'envoya Tisha.

Fais comme si elle n'était pas là. Finalement, tu as de la chance de pouvoir t'absenter dès demain, tu n'auras pas à la supporter.

Vu comme ça, j'avoue que cette mission me sauve la mise. Enfin, plutôt la sienne. J'aimerais bien pouvoir m'amuser avec la petite princesse.

Elle n'arrive pas à trouver sa place, cela finira par lui passer.

Vu comme elle admire ton James en ce moment même, je doute que ta magnanimité dure très longtemps.

En effet, Victoire avait le regard braqué sur James et semblait le trouver à son goût. Je la fixai, certaine qu'elle allait le sentir. Son attention finit par glisser sur moi, je lui envoyai un message clair en faisant pression sur son mental. Elle marqua un temps d'arrêt. Ce n'était pas trop douloureux, mais assez dérangeant. Elle hocha la tête, la communication était passée. Bien, je connaissais sa jalousie à mon égard, il était hors de question qu'elle s'immisce entre James et moi.

Chapitre 11

Victoire

On m'avait bien renseignée. Ces sales petites arrivistes étaient bien au manoir. Même leur mère était présente, à côté de mon père. Il lui susurrait des bêtises à l'oreille et elle souriait. Comment osait-elle ? Il allait falloir que je mette à nouveau les choses au clair, je ne l'accepterai jamais chez moi. Je reconnus Henri et Arthur, des alphas amis de Marius. Et mes deux demi-sœurs, toujours aussi douées pour se faire passer pour ce qu'elles n'étaient pas. Regardez comme nous sommes gentilles, comme nous aidons les autres... Beurk, cela me donna envie de vomir. Je vis mon père se lever et prononcer son discours, encore des compliments pour ces garces, ah, et les *Guardians*. Eux méritaient toutes les louanges, ils étaient dignes d'être à l'honneur. J'attendis tranquillement la fin de ce discours avant de m'avancer en pleine lumière.

— Je constate que l'ambiance est bonne !

La tête de ces deux arrivistes, c'était jouissif. Eh oui, les filles ! La reine est rentrée, terminée la fête ! Vous allez retourner d'où vous venez, *fissa*. Mon père se leva, heureux de me retrouver. À moi aussi, il avait manqué. Cela faisait quatre mois que j'étais partie en Italie, en délégation pour discuter avec le dirigeant des métamorphes italiens. J'avais passé un bon moment et fait des rencontres intéressantes, une surtout...

Mes deux grands frères adorés m'entourèrent, je ne comprenais pas leurs liens avec les deux monstres, mais je les aimais plus que tout.

— Content de te voir petite sœur, alors, ces Italiens ? Tout s'est bien passé ? demanda Anthony.

— Laisse-la donc arriver, nous en parlerons demain. C'est une excellente surprise que tu nous fais là ! ajouta Louis.

— Vous me manquiez ! Et oui, Anthony, tout s'est bien déroulé. Nos relations avec les Italiens sont au beau fixe.

Mon père me présenta à toute la tablée, je les saluai tous d'un mouvement de tête. Je pris place près de lui, loin de Cassandra, tant mieux. Je n'avais pas envie de déclencher les hostilités de suite, quoique... Alexandra était assise à côté d'un très beau métamorphe. Il était bien à mon goût celui-là. Et si Alex y tenait, cela pourrait être amusant de lui piquer.

Je ressentis progressivement une douleur sourde à la tête, comme si on me comprimait le cerveau. Je jetai un œil à Alex, apparemment elle n'appréciait pas mon intérêt pour son mec. Bien, je savais donc comment l'énerver. La pression s'accentua, cette garce et ses pouvoirs. Je hochai la tête, lui signifiant que j'avais compris la menace, la souffrance s'effaça. Si elle pensait que cela suffisait à m'arrêter, elle se trompait. Je me tournai vers Henri, je l'aimais bien.

— Alors Henri, que nous vaut le plaisir de votre présence chez nous ?

— Mon petit-fils, James, a été gravement blessé suite à la libération de nos amis. Nous avons cru le perdre. Heureusement, Alex l'a sauvé. Tu ne le connais pas, je suppose ?

Je dissimulai une grimace, encore elle, la sauveuse. Tu parles !

— Non, en effet. Je n'ai pas eu ce plaisir.

— C'est le jeune homme à côté d'Alex, ils sont ensemble.

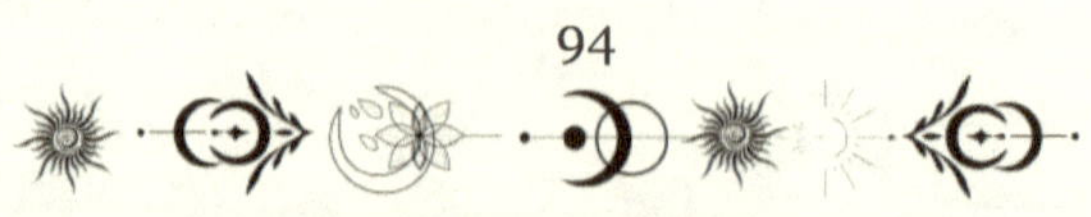

James donc ! Ma demi-sœur avait très bon goût. Une chose que nous avions en commun au moins. Politiquement, le choix était judicieux, bien que je ne pense pas que cette idiote soit allée aussi loin dans sa réflexion.

— Il a l'air charmant, vous me le présenterez, bien sûr. Je vois que nous avons beaucoup de *Guardians* autour de la table.

— Oui, tu as devant toi les équipes 1 et 2. Ils vont rester ici pour sécuriser les lieux et interroger les prisonniers. Je pense que ton père t'expliquera la situation dès demain.

C'est ça, ce serait bien la première fois. Il me cantonnait à des missions diplomatiques, à me montrer aux autres dirigeants.

Regardez comme ma fille est belle, qui la veut en échange de quelques accords ? Je détestais cette mascarade. Les deux Euménides faisaient ce qu'elles décidaient. Elles étaient envoyées pour résoudre des problèmes, pouvaient aller voir qui elles souhaitaient, et en retirer toute la gloire. La différence de traitement entre nous me rendait folle de rage. Qu'importe qu'elles ne soient pas reconnues en tant que filles du roi, elles étaient considérées comme des princesses par ma famille et par tous les alphas de France. Quand la troisième avait disparu, cela avait été pire. Tout le monde ne parlait plus que d'elle, mes frères, mon père, les alphas... Et moi ? J'avais été oubliée. Mon père avait retourné le pays, sans succès, et augmenté la sécurité de ses deux petites bâtardes.

Je savais ce qu'il attendait de moi, je devrais trouver un beau parti d'ici une vingtaine ou une trentaine d'années, peut-être moins, afin d'améliorer les relations avec d'autres royaumes. Ma mission en Italie avait ce but. Ma mère était originaire de ce pays et son décès, présumé vu que nous n'avions pas retrouvé de corps, avait sérieusement entaché l'amitié entre nos deux monarchies. J'avais dû faire du charme à de vieux métamorphes ; et quand je dis vieux, c'est 140 ans ; ainsi qu'à d'autres, plus jeunes, heureusement. Je parlais couramment la langue, mon père y avait veillé.

— Tout va bien, ma chérie ? Tu n'es pas très bavarde.

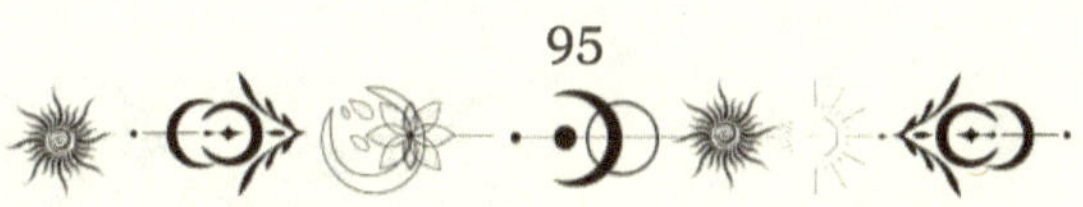

— Tout va bien, je suis surprise de voir autant de monde à la maison, c'est tout. Pourquoi tous ces *Guardians* ? Henri m'a dit que tu les conservais sur place pour la protection des réfugiés ? Ils ne vont pas rentrer chez eux tout de suite ?

— Ce qu'ils ont subi pendant leur détention a sérieusement entamé leur self-contrôle. Nous devons nous assurer de leur état mental avant qu'ils retournent dans leur meute. Claire est là pour s'occuper des deux enfants.

Ah oui, Claire. L'éternelle amoureuse de Louis, qui n'avait jamais rien compris. Elle ne s'ennuyait pas en tout cas, calée entre deux *Guardians* qui se disputaient ses faveurs. Je jetai un œil sur Louis, il n'avait pas l'air d'apprécier.

Il est amusant que les hommes se rendent compte de ce qu'ils ont sous les yeux au moment où ils sont sur le point de le perdre.

— Et les sorcières ? Elles repartent quand ?

— Ne commence pas Victoire !

Son ton s'était durci, il connaissait mes sentiments envers elles.

— Tes sœurs seront toujours les bienvenues. Tisha a une nouvelle mission, elle s'en va demain. Alex reste avec les *Guardians* et son équipe.

J'encaissai la nouvelle.

— Et Cassandra ?

Ses poings se serrèrent, j'allais loin ce soir. Il n'aimait pas que je lui balance au visage sa liaison plus que minable avec cette sorcière.

— Cassandra repart demain aussi, mais elle reviendra certainement quand nous aurons besoin d'elle. Victoire, que les choses soient claires, si tu n'es pas capable de comprendre que les Euménides sont nos alliées, c'est ton problème. C'est grâce à elles que nous avons pu les récupérer, elles sont primordiales pour la paix entre les espèces. Je t'interdis formellement de te montrer désagréable ou désobligeante avec Cassandra et tes sœurs. Tu as passé l'âge des caprices !

Il parlait doucement afin que les autres invités n'entendent pas notre conversation. J'avais envie de hurler ma déception et ma colère. Elles passaient encore une fois avant moi.

– Je vois que tu n'auras pas mis longtemps pour me prouver à quel point je compte pour toi. Si tu préfères, je repars tout de suite ?

Je le fixai, lui exposant tout mon ressentiment.

– Tu es ici chez toi, je ne veux pas que tu t'enfuies, Victoire. J'aimerais juste ne pas avoir à gérer plus de problèmes que je n'en ai déjà. Ma priorité reste mon peuple. Je ne comprends pas ta jalousie vis-à-vis de tes sœurs. Elles ne te menacent en rien, tu es mon héritière, elles, non. Celles qui devraient être envieuses, ce sont elles, pas toi. Leur vie est loin d'être aussi rose que tu te complais à le penser, mais pour t'en rendre compte, il faudrait que tu sortes de ta zone de confort. Et ça, tu t'y refuses. C'est tellement plus facile de détester les autres quand on ne les connaît pas vraiment. Je suis déçu par ton attitude. J'espère que tu vas profiter de la présence d'Alexandra pour apprendre à voir au-delà de ce que tu imagines savoir de son existence de rêve.

Il inspira longuement et ses épaules s'affaissèrent. Je venais de m'en prendre plein la tête pour pas un sou.

– Je suis triste d'avoir une discussion comme celle-ci avec ma fille chérie alors que je suis tellement content de te retrouver. Je ne sais pas quoi faire pour que vous fassiez un pas les unes vers les autres.

Je bouillonnai intérieurement. Je l'avais déçu ? Et moi alors, ne croyait-il pas qu'il m'avait encore plus déçue ?

– Message reçu, papa. Je ferai en sorte d'éviter tes modèles de qualité. Je suis fatiguée, je vais me coucher.

Je me levai, je n'avais pas touché à l'entrée qui avait été servie. Je regardai mes deux sœurs. Tisha fit une grimace sarcastique. Avait-elle entendu ce que notre père m'avait dit ? Elle en était capable avec ses pouvoirs maléfiques. Je lui rendis son sourire, hors de question que je m'avoue vaincue. J'embrassai rapidement mes deux frères, leur expliquant que le voyage m'avait fatiguée. Ils firent semblant d'y croire.

Je sortis avec plaisir de cette salle à manger et décidai de faire un tour dans le parc. J'allais laisser s'exprimer ma bête avant de faire une bêtise. J'entamai la transformation sans enlever ma robe, tant pis pour elle. J'en rachèterais une autre, après tout, j'en avais les moyens. J'embrassai la douleur familière avec bonheur, elle me permit de me calmer un peu. La louve respira les effluves qui saturaient le parc. Les réfugiés avaient amené leurs odeurs chez moi et je n'aimais pas ça. Je partis à l'opposé afin d'éviter toute rencontre.

Alors que je courais et que je rejoignais les bois, la colère s'atténua. Je devins cet être primaire qui ne se posait pas toutes ces questions. Courir, chasser, sentir, une liberté totale ! Cela me fit un bien fou. Je m'arrêtai à trois kilomètres environ de la résidence. Je repérai l'odeur d'un lapin, je n'avais pas mangé, il conviendrait parfaitement pour mon repas.

Je remontai la piste et le débusquai rapidement. Alors que mes crocs se refermaient sur son cou et que son sang éclaboussait ma gueule, je captai une présence.

Je continuai tranquillement à dévorer ma collation, laissant croire à l'intrus que je ne l'avais pas détecté. C'était un métamorphe. Je me retournai à son approche et lui grognai dessus.

Il entama sa transformation en homme, je le regardai faire. Il ne m'avait pas agressé et avec tous les nouveaux gardes dans le coin, il m'était difficile de savoir si c'était un ami ou un ennemi. Il se redressa, nu. Il était grand et très bien bâti. Ses abdominaux étaient sculptés, ses muscles très bien dessinés, des cuisses fermes et puissantes, un soldat sans doute, un *Guardian* peut-être. Il avait la peau mate, les cheveux bruns décoiffés et une barbe légère qui lui allait comme un gant.

— Bonsoir, je ne voulais pas vous effrayer. Je suis Raphaël, de l'équipe 2 des *Guardians*.

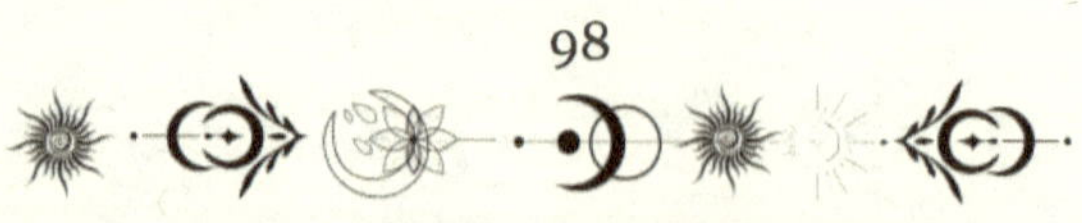

Guardian hein ? Je décidai de me transformer à mon tour et me retrouvai nue devant lui. Il sembla apprécier le spectacle, mais détourna la tête rapidement.

— Bonsoir, vous ne m'avez pas effrayée.

Son regard se cantonnait à mon visage maintenant, un gentleman, donc. Le fait était assez rare pour être souligné.

— Vous faites partie des invités du roi ?

— C'est ça, et vous ? Je croyais que les deux équipes au complet étaient conviées et présentes au repas ?

— Disons que je ne suis pas fan des dîners à rallonge et que mon chef de section a bien voulu accepter que je patrouille à la place, pour mon plus grand plaisir.

Il sourit à ces mots. Il semblait ignorer qui j'étais, c'était étonnant, mais plausible.

— Pourrais-je connaître votre prénom ?

J'hésitai un instant, si je le lui donnais, il allait faire le rapprochement. D'un autre côté, sachant que nous sentions les mensonges...

— Victoire.

— Très beau prénom, je crois que la fille du roi s'appelle ainsi, mais on m'a dit qu'elle était en délégation à l'étranger.

— Elle y était, et elle est revenue. Je suis cette Victoire-là.

Il marqua la surprise et me regarda à nouveau plus intensément.

— Dois-je m'agenouiller ? Je ne suis pas trop au fait du protocole.

— Inutile, je laisse cela à mon père. Maintenant que vous savez que je n'ai pas violé le périmètre, peut-être pourriez-vous continuer votre patrouille ? J'ai un repas à terminer.

Mon ton était un peu sec alors que je n'avais aucune raison d'être désagréable avec lui. Il ne sembla pas s'en formaliser.

— Je vous laisse donc tranquille. Enchanté d'avoir fait votre connaissance Victoire. Peut-être nous croiserons-nous à nouveau dans les jours qui viennent.

Il n'attendit pas ma réponse pour se transformer. Belle puissance, le faire deux fois en quelques minutes était éprouvant pour nous. Il ne se retourna pas et s'éloigna sous sa forme de loup en direction du nord.

Je regardai mon lapin non terminé. Je n'avais plus faim, mais j'étais loin de la maison. Faire le chemin à pied et nue ne me motivait pas plus que cela. Je me changeai à nouveau, la douleur fut plus intense que la première fois. Je me retrouvai à quatre pattes, légèrement essoufflée. Je plongeai ma gueule dans mon casse-croûte et le terminai très vite. Cela m'aida à me reprendre et à accumuler un peu d'énergie.

Je partis en direction de la maison, à petites foulées. Je sentis la présence de Raphaël non loin, il avait certainement voulu vérifier que je regagnais la résidence sans souci. J'appréciai la démarche, me demandant si c'était le fait d'être la princesse qui l'y avait poussé, ou simplement moi. Arrivée devant le perron, je repris forme humaine et j'attrapai ce qui restait de ma robe. Je la nouai autour de mon corps afin de ménager les personnes que je pourrais croiser. Je n'étais pas pudique, aucun métamorphe ne l'était, par obligation, mais j'évitais de me retrouver nue face à des inconnus. Enfin, habituellement. Je regagnai ma chambre sans rencontrer quiconque. Après une bonne douche, je me glissai dans mes draps frais.

Les fenêtres du balcon ouvertes m'apportaient un peu des senteurs du bois. Ses odeurs familières m'aidèrent à tomber dans les bras de Morphée.

Chapitre 12

Tisha

J'adorais la façon dont Alex avait recadré Victoire. Cette femme était un boulet, non un furoncle. Un furoncle énorme et visqueux. Elle ne nous aimait pas, je pouvais le comprendre. Nous avions bousculé sa vie en arrivant il y a 25 ans. Elle n'en avait que 10, elle n'avait pas connu sa mère et notre père avait reporté toute son attention sur elle, ainsi que mes frères pendant cette période.

Mais bon, il y a une limite à ce que je pouvais tolérer, et à 35 ans, elle devait être en mesure de concevoir que ses états d'âme ne nous intéressaient pas. J'avais suivi la conversation qu'elle avait eue avec notre père, il n'avait pas mâché ses mots. Je n'aurais pas aimé qu'il me parle de cette manière, mais je pouvais comprendre la notion de priorité et de responsabilité. C'est pour ça que j'allais remplir cette nouvelle mission bien que tout dans mon être, me portait à retrouver Megan. J'espérai juste que ce délai supplémentaire n'allait pas apporter plus de douleurs à ma sœur.

Pedro me sortit de mes pensées.

— Où es-tu donc partie, *Bella* ? Je te sens à des kilomètres de moi.

— Désolée Pedro, une affaire de famille qui me dérange. Je suis tout à toi.

Ses yeux s'allumèrent à ces mots. Cet homme était charmant et surtout beau gosse. Je n'avais pas dans l'intention de m'impliquer dans quoi que ce soit de romantique et j'avais trouvé en lui le reflet de mes envies. Il avait été clair sur ce fait. Pas de promesses de se revoir, juste celle de passer un très bon moment tous les deux.

— J'ai hâte que ce dîner se termine alors. Mais rien ne t'empêche de me parler, *ciccina*. Je sais écouter aussi, et garder les secrets. C'est l'arrivée de cette Victoire qui t'ennuie ?

— Victoire n'a de l'importance que si je lui en donne. Et cela fait longtemps que ce n'est plus le cas. Je me méfie d'elle surtout, elle nous déteste Alex et moi. Elle va certainement trouver un moyen d'énerver Alex pendant mon éloignement.

Je le regardai un instant. Il m'écoutait sans montrer trop de curiosité.

— Vous vous protégez entre vous, les *Guardians* ?

— Bien sûr, nous sommes une famille plus qu'une équipe.

— Puis-je te demander de surveiller cette peste pendant mon absence ? Pas tout le temps, mais surtout quand elle est à proximité d'Alex ou de James.

— Pourquoi James ?

— Elle sait repérer nos points faibles, et James est actuellement celui d'Alex. Elle s'y est attachée, et elle le montre. Victoire est magnifique et sait comment se rendre irrésistible. Je l'ai vu embobiner des hommes mariés rien que pour le jeu. Elle est dangereuse.

— Eh bien, elle ne m'attire pas du tout en tout cas.

— Tu plaisantes,

— Je connais la vie, *cuore mio*[3], et je connais les femmes. Celles comme Victoire, laissent un parfum de soufre dans leur sillage. Elle t'annonce les ennuis à dix mètres. Très peu pour moi ! Je préfère celles qui sont franches et libres, celles qui ne tentent pas de paraître autre chose que ce qu'elles sont vraiment et qui te disent ce qu'elles veulent. Surtout dans la chambre à coucher...

Je ris à sa plaisanterie et laissai ma main s'égarer sur ses cuisses fermes.

— Je sais exactement ce que je veux, et je me ferai un plaisir de te l'expliquer plus tard.

Ses muscles se tendirent, ses yeux se mirent à briller puis à changer. Son lion me regarda et je vis bien qu'il avait très envie de me dévorer. Il était vraiment attirant. Je comprenais que certaines aient l'intention de le garder.

De l'humour, du sex-appeal, de l'écoute, si en plus, il faisait bien l'amour, c'était le nirvana.

— Tu es de nouveau partie.

— Pas loin, je pensais à toi.

— À moi ? Intéressant, sur quel sujet ?

— Je me disais juste que tu savais bien cacher tous tes bons côtés avec ton allure de playboy libertin. Ne le prends pas pour une invitation, mais pourquoi n'es-tu pas en train de chercher la femme de tes rêves ?

Il sembla surpris. Il me regarda très sérieusement, je ne pensais pas ma question si dérangeante. Son faciès se modifia et le Pedro amusant disparut au profit d'un Pedro plus sombre.

— Tu as été franche avec moi et je sais que tu ne souhaites pas de fil à la patte. Je pourrais te dire que j'apprécie plus la quantité, que les femmes sont bien trop nombreuses en ce monde pour me contenter d'une...

— Mais ?

— Mais la réalité est que j'ai vu les ravages qu'amenait un amour non partagé. J'ai découvert à quel point un homme pouvait devenir une bête, quand celle qu'il aimait

---

[3] Mon cœur en Italien

ne répondait pas à son inclination. Je ne veux pas changer, je veux être libre et conscient de mes actes.

Je n'avais aucune idée de ce qu'il avait subi plus jeune, mais j'étais certaine que c'était du vécu.

— Ton père ?

— Non, il est mort alors que j'avais dix ans. Ma mère ne tenait pas à ce que je grandisse sans image masculine. Elle a rencontré un autre homme, venu d'Italie, d'où mes tendances à utiliser cette langue de temps en temps. Il a été un vrai père pour moi, il m'a appris à pister les animaux dans les forêts, à domestiquer mon lion. Mais, alors que j'avais vingt-cinq ans, il a su que ma mère en aimait un autre et qu'elle le quittait. Mon beau-père, un modèle de maîtrise et de gentillesse, s'est soudainement transformé en une bête d'une jalousie féroce. Pendant que j'étais absent, il est allé voir ma mère. Il voulait la persuader de rester avec lui, il avait même apporté un bouquet de roses blanches, ses fleurs préférées. Je n'ai pas connaissance de ce qu'ils se sont dit tous les deux, je sais juste que quand je suis revenue chez moi, j'ai trouvé ma mère morte, défigurée, baignant dans son propre sang. Lui gisait à côté d'elle, il s'était tiré une balle en argent dans la tête, un bon moyen d'en finir.

— Quelle horreur !

— Il n'était pas venu dans l'intention de lui faire du mal, les fleurs le prouvaient. Mais la douleur, cet amour violent, l'a conduit à tuer celle qu'il aimait par-dessus tout.

— Je comprends mieux ton attitude. Et je pourrais te dire que toutes les histoires d'amour ne se terminent pas si mal, mais je pense que tu l'as assez entendu, non ?

Il hocha la tête et me sourit.

— Seuls mes amis *Guardians*, ceux de l'équipe 1, sont au courant de cela. Tu fais partie de la team maintenant.

— J'en suis honorée, Pedro. Et ton secret restera bien gardé.

Il respira un grand coup et m'embrassa sur la joue.

— Comment gâcher une bonne ambiance, il va falloir que je mette le paquet dorénavant pour que tu m'ouvres ton lit.

— Un beau garçon comme toi, je suis sûre que tu sais comment charmer une femme.

— J'ai deux ou trois petites techniques, ne t'inquiète pas.

Je m'approchai plus près de lui, ma main caressant l'intérieur de ses cuisses.

— Je pense que tu as encore toutes tes chances, Pedro.

Il me l'attrapa avant qu'elle ne se glisse plus haut.

— J'aimerais éviter de t'emmener sur mon épaule façon homme de Cro-Magnon, surtout avec ta famille à côté.

Je lui promis de rester sage. Nous reprîmes un ton plus léger, nous étions là pour nous détendre, pas pour nous raconter nos histoires respectives. J'appréciai énormément la confiance qu'il m'avait montrée. Alex avait raison, il n'était peut-être pas si difficile de se faire des amis, à condition de les laisser entrer.

Arrivée au dessert, j'avais très envie de lui et c'était réciproque. Nous avions parlé, mais tout était sujet à double sens.

J'ai l'impression que Pedro te plait bien, petite sœur. Tu as complètement ignoré ton autre voisin de table.

Je me tournai, c'était Luc, un *Guardian*. Et d'après ce que je voyais, mon manquement ne lui avait pas posé problème. Je lui répondis.

Ton ami est, comment dirais-je... entre de bonnes mains... Isabella prend grand soin de lui.

Non ? La chipie ! En plein repas, en plus. Tu veux dire que...

Je viens de lancer un sort afin d'éviter à tous les métamorphes de sentir l'excitation sexuelle qu'elle a engendrée. Bien que je n'aie pas fait attention avant, alors si ça se trouve, tout le monde est au courant. Elle est vraiment terrible ton amie.

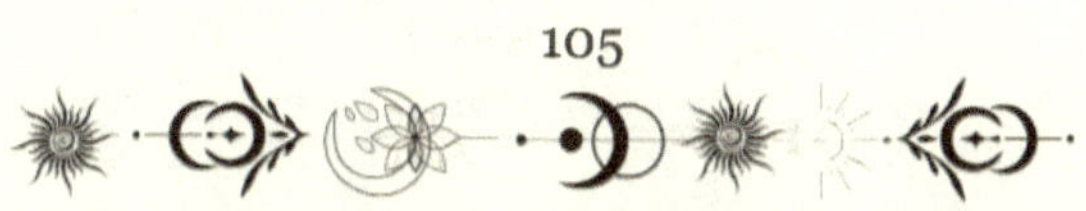

Tu étais bien trop occupée à gérer ta propre excitation avec Pedro.

Pas faux. Je suis faible devant les beaux hommes gentils et sexy.

Gentil ? Hum, Pedro t'en a montré plus qu'aux autres alors ? Parce que normalement, il tient juste son rôle de sex-symbol.

Disons que j'apprécie aussi l'intérieur, mais ne va pas te faire des idées.

Je m'en garderais bien. Papa se lève, nous allons pouvoir passer à autre chose.

— Mesdames, messieurs, je vous propose de prendre le café, le digestif ou tout ce qui vous fera plaisir dans la salle de jeux. Des cartes et le billard nous y attendent. Si vous souhaitez vous retirer, faites-le sans contrainte.

— As-tu envie d'un café, d'un digestif ou d'une partie de billard, Pedro ?

— Ce dont j'ai envie est devant moi, tu me montres ta chambre ?

— Avec grand plaisir.

Je me levai et lui attrapai la main. Mon père fronça les sourcils, mais ne m'arrêta pas quand je passai à côté de lui.

— Je serai dans ton bureau à huit heures, papa, pour la mission, lui lançai-je.

— Entendu Tisha, bonne nuit, me répondit-il.

Nous allions devoir nous pardonner, mais je n'en avais pas encore le courage dans l'immédiat. Pedro salua ses amis, tous avaient bien compris où nous allions. Je m'en foutais, j'étais adulte et célibataire, je ne faisais donc de mal à personne.

Arrivée au premier étage, je poussai la porte de ma chambre et invitai Pedro à y entrer. Il m'entraîna à sa suite et claqua le battant en me collant contre.

Sa bouche se posa sur la mienne, nos souffles s'emmêlèrent. Ses mains firent connaissance avec mon corps, je me surpris à gémir. Je voulais le toucher, sa peau contre la mienne, sans barrage.

— Déshabille-toi !

Je le sentis sourire contre moi.

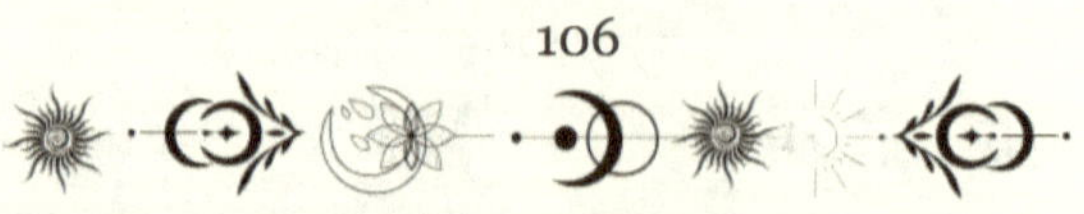

— Je préfère te dévêtir d'abord.

— Alors, dépêche-toi.

— Nous avons toute la nuit, *amore*, pourquoi es-tu si pressée ?

— Tu plaisantes ? Ça fait trois heures que tu me chauffes avec tes paroles à double sens et je devrais rester de glace ?

Je me reculai et enlevai mes escarpins. Chose rare, j'étais en robe, bien plus facile à retirer qu'un jean moulant. Je fis descendre la fermeture à glissière placée sur le côté et la laissai tomber à mes pieds. J'étais en sous-vêtements avec des bas.

— Plus motivé pour te dénuder ?

Il se débarrassa en deux secondes de sa veste, la chemise s'envola littéralement. Il s'approcha et m'embrassa avec passion. Ses mains sur mon corps, que c'était bon ! Je n'avais pas fait l'amour depuis plusieurs mois et ses caresses me rendirent folle. Je déboutonnai son pantalon, fit descendre la fermeture. J'avais enfin accès à son magnifique fessier, dur comme de la pierre. Il recula tout en m'embrassant le cou, son pantalon chutait au fur et à mesure qu'il avançait. Il se prit les pieds dedans, et je basculai sur le lit, avec lui sur moi. J'éclatai de rire.

— Voilà femme, pourquoi il faut prendre son temps. J'aurais pu te blesser.

— Je ne suis pas en sucre, lui dis-je en me redressant légèrement.

Il termina de le retirer, avec ses chaussures et ses chaussettes. Je l'admirai, pas à dire être *Guardian*, ça conserve ! Entre ses épaules carrées, ses pectoraux et ses abdominaux magnifiquement dessinés, je ne sus plus où poser mon regard.

— Ce que tu vois te convient ?

— Il faudrait être difficile pour ne pas apprécier le spectacle, lui répondis-je.

Il s'approcha du lit et attrapa un de mes pieds. Il le massa quelques instants, puis passa à l'autre. Ses mains remontèrent le long de mes jambes, sa bouche suivit le chemin. Il ne s'arrêta pas là où je pensais, mais poursuivit jusqu'à mes seins qu'il mordilla. Une douce chaleur

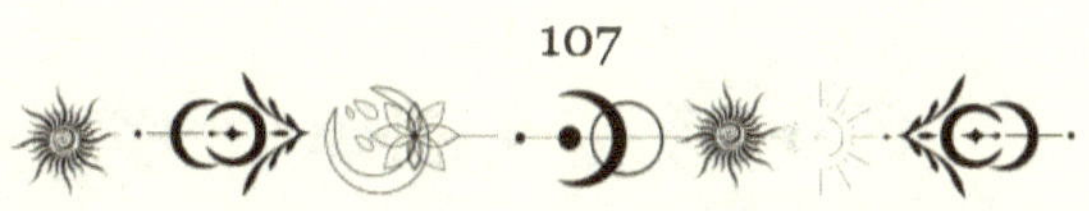

commença à se répandre dans mon corps, j'appréciais le temps qu'il prenait. Son bassin pressé contre le mien me fit onduler. Je le sentis sourire.

— Impatiente, il n'y a pas à dire.

Je l'avais laissé mener la danse trop longtemps, il était temps qu'il comprenne que je n'étais pas du style à abdiquer. J'attrapai ses cheveux afin qu'il relève la tête et basculai pour me retrouver sur lui. À califourchon et admirablement positionnée, je sentais bien son excitation. Je décrochai mon soutien-gorge et me penchai sur lui. La sensation de son torse sur mes seins, peau contre peau me fit monter d'un cran. Je l'embrassai, ses mains s'accrochèrent à mon dos, pour finalement descendre sur mes fesses. Il souleva mon tanga pour les caresser plus intensément et ondula contre moi.

— Alors, qui est impatient maintenant ? lui demandai-je.

Il me fit rouler, ses mains attrapèrent mon tanga et il le déchira. Je n'eus pas le cœur à protester, sa bouche fouillait déjà mon intimité, c'était trop bon. Il continua de me caresser de ses mains, pinçant mes tétons, je me tortillai, le plaisir montait. Il promena sa langue sur ma fente mouillée, doucement, paresseusement, je n'en pouvais plus. L'orgasme était là, prêt à jaillir, mais il s'amusait. Alors que j'allais l'insulter, un coup plus rude sur mon clitoris gonflé me fit gémir. Il introduisit un doigt, puis deux. Il accentua la pression de sa langue, le plaisir montait, de plus en plus vite, de plus en plus fort. L'orgasme me frappa, puissant comme une décharge électrique, je criai.

Il ne me laissa pas le temps de redescendre, il enleva son boxer, se positionna entre mes jambes et me pénétra d'un seul coup.

— Tu es magnifique quand tu jouis, voyons si nous pouvons renouveler l'expérience.

Ses yeux changeaient, le lion me regardait. Il commença à onduler du bassin, lent d'abord, comme pour me laisser le temps de m'accoutumer à sa présence en moi. Puis, peu à peu, son rythme devint plus puissant, plus exigeant. Ses

dents effleurèrent mes seins, juste assez pour me faire frissonner, avant que sa langue ne vienne apaiser la morsure. Chaque fois, je sentais mon souffle s'accélérer, mon corps se tendre vers le sien.

Mes jambes se refermèrent autour de lui, pour l'attirer encore plus profondément, comme pour ne plus jamais le laisser partir. Mes doigts explorèrent son torse, traçant des chemins brûlants sur sa peau, avant de s'y enfoncer légèrement, les ongles marquants leur passage. Il réagit aussitôt : un grognement sourd, un mouvement plus appuyant, plus possessif. Visiblement, il aimait ça.

Je recommençai, plus hardiment cette fois, griffant son dos, ses épaules, comme si je voulais le marquer à mon tour. La chaleur montait entre nous, une chaleur qui me consumait, qui me faisait perdre pied. Mon corps ne m'appartenait plus, il était à lui, offert, soumis à la cadence qu'il imposait.

Je me mis à suivre son balancement, à répondre à chacun de ses coups de reins, comme si nos deux corps ne faisaient plus qu'un. La pression grandissait, insupportable, délicieuse. Je sentis ses muscles se tendre, son souffle devenir plus rauque, plus irrégulier. Et soudain, ce fut l'explosion : un cri étouffé contre son épaule, ses doigts enfoncés dans mes hanches, nos deux corps tremblant dans le même tourbillon de plaisir, emportés par une vague déferlante.

Il se dégagea de moi avec douceur, le souffle court. Cet homme savait comment aimer une femme.

– Je te l'accorde, tu as bien tenu toutes tes promesses, lui dis-je.

Il se mit sur le côté et commença à caresser mes seins avec ses doigts.

– Penses-tu que nous en avons terminé ? Je veux profiter de toi toute la nuit.

Il se leva et passa dans la salle de bains. Je l'entendis faire couler l'eau, il revint rapidement avec un gant humide. Il m'essuya délicatement. Par Athéna, il allait finir par me faire regretter de ne le garder que pour quelques heures. Il balança le gant sur la table de chevet et s'installa

entre mes cuisses. Son souffle effleura mon intimité, je frémis d'impatience.

— Déjà prêt ? Tu ne souhaites pas faire une pause ?

— Quand j'ai une femme comme toi qui me laisse accès à son corps, je ne perds pas de temps. Je sais que tu pars demain matin. Je veux que tu conserves un bon souvenir de ta soirée.

Je ne pus pas lui répondre, sa langue me fouillait déjà.

Chapitre 13

Alexandra

Je souris en voyant Tisha s'éloigner avec Pedro. En voilà deux qui allaient passer un bon moment. Mon père marqua un temps d'arrêt, mais ne fit pas de commentaires. Je crois bien que c'était la première fois que ma sœur affichait aussi clairement sa vie sexuelle devant lui, le choc était rude.

James me prit la main.

— Nous faisons comme eux ?

J'allais opiner quand je vis Claire me faire signe.

— Attends un moment.

Je la rejoignis.

— Un souci, Claire ?

— Qu'est-ce que je dois faire ?

Je la regardai, interloquée.

— À quel sujet ?

— Et bien Liam et Hugo, ils ont été adorables avec moi toute la soirée, mais bon, je ne suis pas prête à en emmener un des deux dans ma chambre. J'ai peur qu'ils ne le comprennent pas.

Mais où avait-elle vécu jusque-là, et quels types avait-elle rencontrés ?

— Claire, tu es libre de faire ce que tu souhaites. Si tu ne veux pas aller plus loin dans l'immédiat, ce n'est pas un souci. Liam et Hugo ne s'attendent certainement pas à ce que tu t'allonges au bout d'une soirée en leur compagnie.

Et, même si c'était le cas, ce serait leur problème, pas le tien.

— Tu crois ?

— J'en suis sûre. Il faudra que nous ayons une discussion toutes les deux sur ce qui est acceptable ou non de faire avec un homme, ou plusieurs, si tu prends modèle sur Isabella.

Elle sourit à ma tentative d'humour.

— Tu peux aller les trouver, les remercier pour cette soirée et aller te coucher. Tu auras de futures occasions de les voir et tu pourras vérifier si un te plait plus que l'autre. Ou pas du tout ! Pas de pression, Claire. En tant que femme, tu te dois de faire ce qui te fait envie, pas ce que te demande un homme, quel qu'il soit.

Elle me regarda, gênée.

— Je suis pitoyable. Mais tu connais ma famille. J'ai été élevée pour devenir une épouse docile, quand je me suis intéressée à la pédopsychiatrie, mes parents n'ont pas protesté. Ils pensaient que cela pourrait me donner plus de valeur aux yeux de mon futur mari, sous-entendu que j'arrêterais de travailler dès mon mariage. J'ai encore du mal à briser ce carcan.

— Tu es une femme magnifique, intelligente et libre, Claire. Ne laisse personne te convaincre du contraire, surtout pas tes parents. Les métamorphes évoluent doucement, et certains, pas du tout. C'est ton combat, ne lâche rien. Je serai toujours là pour t'aider, toute notre famille le sera.

Je la serrai dans mes bras. Il y avait beaucoup de boulot pour la libéralisation de la femme chez les garous, c'était encore pire que les humains. Et pourtant, ces derniers avaient eux aussi leurs dinosaures.

Elle s'éloigna vers mes deux amis, un peu crispée malgré tout. Je surveillai à distance leur discussion. Je n'avais pas de doute sur Liam et Hugo, ils avaient toujours eu un comportement exemplaire avec le sexe opposé. Tout se passa bien, ils l'embrassèrent sur la joue et la regardèrent partir. Ce qui était certain, c'est que tous les deux la trouvaient à leur goût.

— Tu as solutionné le problème ? Nous pouvons aller nous coucher ? me demanda James.

— Mission effectuée, je suis toute à toi.

— J'adore quand tu me dis ce genre de choses.

Il m'attrapa la main tout en m'embrassant dans le cou, je frissonnai.

Demain, la réalité reprendrait ses droits, mais ce soir, j'allais faire comme si tout allait bien dans ce monde de fous.

Après une bonne nuit, j'étais en pleine forme au matin et me préparais à rejoindre Tisha et mon père. Je ne voulais pas laisser ma sœur seule avec lui. Nous devions crever l'abcès le plus vite possible afin de pouvoir avancer.

J'embrassai James, qui somnolait toujours dans le lit. Il n'avait pas encore complètement récupéré malgré tout. À huit heures pétantes, je fus devant le bureau et frappai.

— Entrez !

— Bonjour papa, bien dormi ?

— Bonjour Alexandra, oui et toi ?

— Comme un loir.

— Tisha ne devrait pas tarder, elle a systématiquement un peu plus de mal avec les horaires fixes. Tu veux un café ?

— Je veux bien, merci.

Nous marchions sur des œufs tous les deux, notre dispute de la veille avait fait des dégâts.

— Assieds-toi, donc. Comment se porte James ?

— Plutôt bien, encore un brin fatigué, mais il n'a plus de cicatrices sur le corps. Après un jour ou deux, cela ne sera qu'un mauvais souvenir.

— Tant mieux, je l'aime bien cet homme.

On frappa à la porte et Tisha entra sans attendre d'y être invitée.

— Bonjour, un café ? J'en prendrais bien un moi aussi.

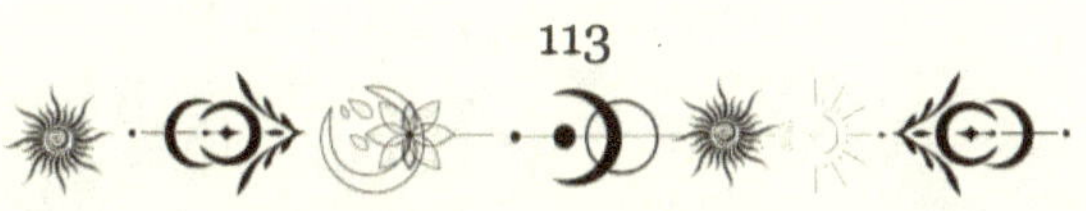

— Pas de problème Tisha, assieds-toi à côté de ta sœur, je t'en sers un tout de suite.

Le bureau de mon père ressemblait à une suite sans lit. On pouvait discuter de façon détendue dans le coin salon, c'était là où nous nous trouvions actuellement. Son bureau en forme de L devait mesurer au moins trois mètres. Un bel ensemble multimédia lui permettait de travailler et de se connecter via vidéo aux alphas. La décoration était épurée, mais élégante ; parquet, bibliothèque et bureau étaient assortis. Les tableaux aux murs apportaient une touche de couleur.

Mais ce que je préférais dans cette pièce, c'était l'immense porte-fenêtre donnant accès au balcon. Étant au deuxième étage, la vue sur le parc était magnifique et on pouvait poser son regard au loin. De plus, cela rendait ce bureau très lumineux, même quand le temps n'était pas forcément au rendez-vous.

— Vous m'en voulez toujours, j'imagine ?

Direct, sans ambages, c'était bien notre père.

— Je ne peux pas parler pour Tisha, mais je comprends pourquoi tu l'as fait. Cela ne m'empêche pas d'être blessée. Tu m'as utilisée, je n'aurais jamais pensé que tu le ferais un jour.

Voilà, c'était dit ! Sans agressivité ni colère. Il me regarda droit dans les yeux, je sentis sa peine.

— J'étais conscient que cela allait te toucher Alex, et cela a été une décision difficile. Mais ta sœur et toi connaissez les responsabilités qui sont les miennes. Notre peuple passe toujours avant nous, même avant notre famille. Je m'en veux terriblement de t'avoir heurtée, ta mère aussi, quoique tu en penses. Nous vous aimons plus que tout. Devoir cette fois encore, envoyer Tisha sur une mission alors que nous pourrions retrouver Megan... J'ai l'impression qu'on me lacère le cœur !

Tisha était restée silencieuse. Elle inspira doucement et prit la parole.

— Je t'en veux de faire passer, encore une fois, les autres avant notre sœur. Adrien est peut-être en difficulté, ou pas. Il connaissait les risques quand il a décidé d'infiltrer cette

organisation, Megan n'a jamais rien demandé, elle. Le temps que je vais perdre à retrouver ce *Guardian* pourrait conduire à sa mort. Quel sera le futur de notre famille si ce choix nous mène à ce résultat ? Nous ne te le pardonnerons jamais, et tu ne te le supporteras pas non plus !

— C'est vrai, tu as raison. Et le savoir me ronge de l'intérieur, cela me donne envie de balancer cette maudite couronne ! Mais si ta sœur était parmi nous, si elle avait vécu ces dix dernières années au sein de notre foyer, la connaissant comme elle était à 14 ans, penses-tu réellement qu'elle souhaiterait passer en priorité ? Elle, plutôt que des métamorphes enlevés, torturés ?

Tisha lui lança un regard noir, nous étions conscientes toutes les deux que la Megan d'il y a 10 ans ne l'aurait pas toléré. Mon père attendit la réponse de Tisha, il se contrôlait, mais je voyais bien à quel point cette décision lui coûtait aussi. Elle dut arriver à la même conclusion, car elle lui fit un signe de la tête.

— Tu as raison. Megan n'aurait jamais accepté que je la privilégie elle plutôt que d'autres. Donne-moi les informations nécessaires et je m'occupe de retrouver Adrien. Alex ?

— Je t'aiderai à le situer si je peux. Nous nous passerons de l'appui du conseil. Nous n'avons de toute façon pas besoin d'elles.

— Merci les filles. Comme je vous l'ai dit pendant notre réunion, Adrien me téléphonait tous les deux jours. Il m'a contacté de Gap le mardi après son évasion. Il ne savait pas comment il avait pu être coupé de moi, il n'en a pas conservé de souvenirs. Il s'est réveillé, après sa fuite, dans une maison. Deux métamorphes le gardaient, mais il pouvait se promener à l'extérieur. Il a réalisé plus tard qu'ils étaient dans les Alpes. Il n'avait pas bien avancé dans l'organisation. Après deux jours, il a été autorisé à rencontrer un des chefs. Il a réussi à les tromper grâce à la potion de votre mère. À partir de ce moment, il a été plus libre de ses mouvements. Il m'a ensuite rappelé jeudi dernier, il devait rejoindre d'autres responsables. Tout donne à penser que des métamorphes sont impliqués dans ce complot. La personne au sommet de cette organisation veut certainement prendre le pouvoir. Montrer mon incapacité à gérer cette crise contre des mortels, c'est bien joué. Il n'y a rien de pire que d'être incompétent face à des humains ! Il devait me rappeler samedi. Je n'ai plus de nouvelles depuis. Je suis inquiet. La potion de Cassandra a une durée de fonctionnement de deux semaines, cela te laisse cinq jours pour lui faire passer une nouvelle dose.

— Et s'il a été découvert ?

— Alors, c'est une mission de sauvetage. Tu n'iras pas seule. Les *Guardians* seront là en renfort.

— Alex, nous devons nous isoler et préparer un cercle de pouvoir pour le situer. Le parc ?

— C'est une bonne idée. Allons-y.

Je me levai, prête à la suivre.

— Tisha ?

— Oui ?

— Si j'avais pu trouver une autre solution vous permettant de vous lancer à la recherche de Megan tout en repérant ceux qui cherchent à nous nuire, je l'aurais fait. Vous êtes mes enfants, je vous aime plus que tout.

Tisha le regarda, les yeux embués de larmes. Je retins les miennes.

— Je sais papa, cela n'empêche pas la douleur, mais je sais.

Nous sortîmes du bureau sans l'embrasser. Je me rapprochai de Tisha et je posai la main sur son épaule afin de la ralentir.

— Ça va aller ? Veux-tu que je parte avec toi à la recherche d'Adrien ? À deux, cela pourrait se faire encore plus rapidement.

— Non, merci grande sœur. Je pense que tu as ton rôle à jouer avec les prisonniers. Plus tu en apprendras sur cette organisation, plus vite nous terminerons cette mission.

Elle s'arrêta dans le patio et se retourna vers moi.

— Je vais chercher des bougies dans le cellier, je sais que maman en laisse toujours. As-tu le reste des ingrédients nécessaires à la création du cercle ? J'aimerais éviter de les lui demander.

— Je vais les récupérer, on se retrouve à la cabane ?

— Va pour notre refuge !

J'attrapai rapidement les herbes et sortis rejoindre Tisha. James n'était plus dans la chambre, il avait dû aller déjeuner. Je le contactai afin de l'informer de mes activités.

James ?

Oui votre Majesté ?

Arrête avec ça, je ne suis pas une princesse !

Tu es ma princesse.

Tu sais que tu peux être un peu niais par moment ?

J'assume, mais vu que tu aimes ça, je vais continuer.

Je souris, il n'avait pas tort.

Je suis avec Tisha dans le parc, nous allons lancer un sort de localisation afin de trouver Adrien. Je te rejoins plus tard.

OK, je suis avec tes frères et quelques Guardians. À tout à l'heure.

À tout à l'heure !

Tisha m'attendait devant l'arbre de notre cabane.

— À l'intérieur ou à l'extérieur ?

— Je préfèrerais dehors. Il n'y a personne aux alentours. Nous devrions être tranquilles.

Tisha disposa les bougies dans l'herbe encore humide de rosée. Je traçai le cercle avec le sel et ajoutai mes plantes dans le récipient qu'elle avait aussi emporté. Tout était prêt. Nous nous positionnâmes au centre, assises. J'allumai la décoction afin de nous aider à nous concentrer. J'étais persuadée que nous n'avions plus besoin de cela, mais c'était ancré dans notre modus operandi, alors...

Nous joignîmes nos mains et laissâmes notre magie s'exprimer. Pas d'Athéna cette fois-ci, j'avoue que cela me rassura. La rencontrer à chaque séance me mettait un peu sur les nerfs. Je me concentrai sur Tisha et visualisai Adrien. Elle me suivit. Je vis des montagnes, les Alpes. Adrien devait toujours être près de Gap apparemment. Sans Athéna, il était plus complexe d'obtenir de la précision, mais cela suffirait à Tisha. Elle le retrouverait sans trop de difficultés. Nous sortîmes de notre transe, Tisha avait le sourire.

— Eh bien visiblement, il ne se promène pas trop. Qu'y a-t-il Alex, tu sembles perplexe ?

— C'est drôle, jeudi dernier, nous étions à Châteauroux-les -Alpes afin de sauver les parents d'une amie avec les *Guardians*.

— Tu penses que ce n'est pas une coïncidence ?

— Le nouvel alpha, Philippe, m'a fait bonne impression, mais je trouve cela étrange. Je te donnerai son numéro de téléphone, tu devras peut-être le vérifier par toi-même.

— Je vais aller en parler avec papa. Je te dis quand je pars ?

— Tu as intérêt ! Et Tisha ?

— Quoi ?

— Si tu as le moindre problème, contacte-moi ! Nous ne savons pas ce qui se trouve en face. Nous serons plus fortes ensemble.

— Je te le promets. Tu es quand même consciente que ce n'est pas mon premier rodéo ?

— Je sais, mais j'ai un mauvais pressentiment. La dernière fois que je l'ai eu, James et moi avons failli y laisser notre peau alors...

— OK, dit comme ça, je m'engage à t'appeler à la rescousse.

Nous ramassâmes rapidement les bougies à peine entamées ainsi que le récipient. Je fis souffler un léger vent afin de disperser notre cercle. Nous prîmes la direction de la maison, le soleil resplendissait et la chaleur commençait à monter.

— Au fait, je ne t'ai pas demandé... Ta soirée avec Pedro, ou plutôt ta nuit ?

— Eh bien, cet homme a fait honneur à sa réputation ! Et c'est tout ce que tu auras comme information, petite curieuse.

— Vous allez vous revoir ?

— Ce n'est pas au programme. Nous avons passé un bon moment ensemble. Aucun de nous ne cherchait autre chose. Je reconnais qu'il est intéressant une fois que tu grattes un peu. Je pense que nous pourrions être amis, ce qui est déjà exceptionnel pour moi.

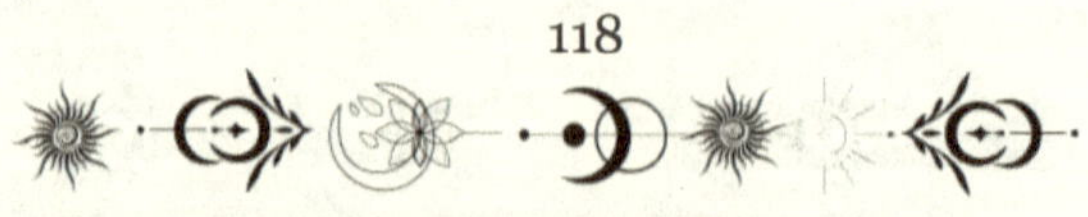

— Waouh ! Mais c'est une vraie déclaration ça ! Ma sœur se fait des camarades. Tu vois que ce n'est pas si compliqué.

— Je l'admets. Mais ne t'emballe pas s'il te plaît.

Je souris, Rome ne s'était pas fait en un jour. Je la laissai rejoindre notre père et partis vers la salle à manger afin de retrouver mon équipe et mes frères.

L'ambiance était détendue lorsque j'arrivai. Anthony tenait son rôle de grand frère et discutait avec James.

Tout va bien ?

Oui, ton frère se renseigne, mais il est plutôt cool. Tu n'as pas besoin de venir me secourir.

Parfait !

Je le laissai à son interrogatoire et me dirigeai vers Claire et Isabella.

— Tout le monde a bien dormi ?

— Comme un bébé, me répondit Claire.

— Cela a pris un peu plus de temps pour moi, lança Isa en me faisant un clin d'œil.

Pas la peine de lui demander pourquoi, j'avais compris. Tout était redevenu rose avec ses deux hommes, tant mieux pour elle !

Anthony se racla la gorge afin de susciter notre attention, il me fit penser à notre père, même façon de faire.

— Je vous propose de nous retrouver dans la salle de réunion du premier étage afin de nous aligner sur le mode opératoire des interrogatoires. D'ici, voyons, quinze minutes ? C'est bon pour vous ?

Tout le monde opina de la tête. Louis se rapprocha de Claire.

— Tu vas aller rencontrer tes patients ?

— Je vais d'abord consulter leurs dossiers en détail. Liam m'a dit hier que vous aviez récupéré des vidéos. Je voudrais les regarder afin de comprendre ce qu'ils ont subi.

Louis fit la grimace.

— Claire, je ne sais pas trop si c'est une bonne idée. Nous n'avons pas encore tout visionné, mais le peu que j'en ai vu est terrible.

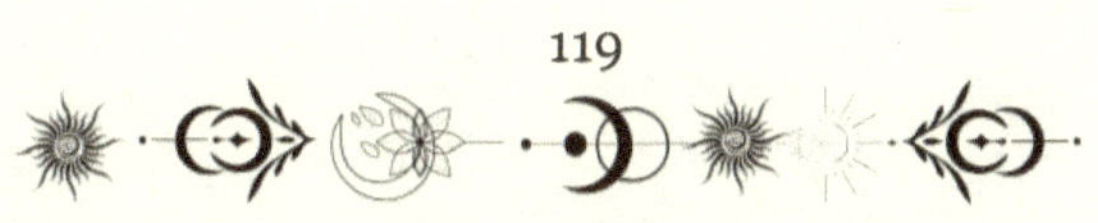

— Je ne suis pas en sucre Louis. Je me doute que, vu leur état, ils ne se sont pas contentés de leur prélever des tissus ou du sang. Mais pour les aider, je dois comprendre. Tant pis si je m'ajoute des cauchemars pour les prochaines nuits.

Son ton était ferme. Dans son boulot, elle savait très bien s'imposer et faire entendre sa voix.

— D'accord. Je vais discuter avec Gabriel afin que l'on te laisse l'accès.

Elle acquiesça simplement de la tête. Je me hâtai de prendre un autre café avec une part de gâteau. Pedro s'approcha de moi.

— Alors *ciccina*, tout va bien ? Vous avez aplani les choses avec votre père ce matin ?

Tiens donc, monsieur Pedro viendrait-il à la pêche aux informations ?

— On l'a vu. On a lancé un sort de localisation sur Adrien et Tisha est avec lui. Ils voient qui doit être averti ou pas de son arrivée.

— OK, alors elle va bien ? Tu sais quand elle doit partir ?

— Non, mais elle doit me prévenir. Tu me fais penser à quelque chose. Je devrais peut-être la lier aux *Guardians*. Ce serait plus facile pour elle si elle a besoin de nous. Elle pourra vous contacter aussi, pas seulement moi.

— C'est une bonne idée. À qui dois-tu demander la permission ?

— Normalement, à notre commandant, et je devrais en toucher deux mots au conseil. Mais je vais me contenter de Tonton.

— Tu en veux toujours à Cassandra ?

— Je sais que c'est stupide et que, vu de l'extérieur, on dirait un caprice. Mais je n'ai pas envie de faire des efforts dans l'immédiat. De toute façon, j'ai annoncé la couleur à ma mère. Elle est au fait que le conseil n'a plus de valeur pour moi. Tisha est dans les mêmes dispositions.

Je contactai Tonton par télépathie, il donna son accord. Il me suffisait de voir Tisha avant son départ. Cela me rassura de savoir que je ne serais pas sa seule porte de sortie en cas de problèmes.

Chapitre 14

Tisha

Pour la deuxième fois ce matin, je me retrouvai dans le bureau de mon père. Il était au téléphone quand j'entrai, mais me fit signe de m'installer. Je préférai lui laisser un peu de confidentialité et allai au balcon.

J'adorais cet endroit, il était plein de souvenirs heureux. Nos parties de cache-cache endiablées avec mes sœurs, et nos frères aussi quand ils le pouvaient. Ici, on respirait. La fin de l'été était censée arriver, mais l'air était chaud, les fleurs embaumaient. Je me sentais bien en ce lieu, presque autant que sur mon promontoire, face à l'océan. J'entendis mon père raccrocher. Je rentrai et m'assis en face de lui.

— Cela a été rapide.

— C'est de plus en plus facile comme sort, surtout quand nous sommes toutes les deux. Il est toujours dans les Alpes. Alex m'a dit qu'elle y était allée il y a quelques jours. Elle se demande si c'est une coïncidence...

— La meute d'Oura ? Je serais surpris que Philippe, le nouvel alpha, y soit pour quelque chose. Autant avant, avec Régis... Tu souhaites aller jeter un œil ?

— Je pense que ce ne serait pas plus mal.

— D'accord. Autre souci, je dois avertir Lucius de ta présence. Tu seras proche de sa résidence et je ne veux pas me le mettre à dos. Nous allons l'appeler ensemble.

— Le roi des vampires ? Je n'ai pas l'intention de m'en prendre à eux.

— On ne sait jamais sur quoi ou sur qui tu peux tomber ! Cela te confèrera un passe-droit supplémentaire.

— Comme tu le désires. Il est réveillé à cette heure-ci ?

— C'est un très vieux vampire, il n'a pas besoin de dormir comme tu l'entends.

Je le laissai saisir le combiné et contacter le dénommé Lucius.

— Bonjour Lucius.

— Bonjour, Marius, que me vaut le plaisir de ton appel ?

Je frissonnai au son de cette voix grave. En effet, pour que son emprise passe même à travers le téléphone, ce Lucius devait être impressionnant.

— Je suis avec Tisha, une des sentinelles des Euménides. Dans le cadre de sa mission, elle va devoir venir dans ton secteur. Je voulais que tu en sois informé.

— Une sentinelle, hein ?J'imagine que tu ne vas pas me dire quel est son objectif final ?

— C'est toujours en lien avec les enlèvements.

— Mais tu les as retrouvés, d'après ce que tu m'as annoncé ?

— Oui, mais pas les coupables, pas la tête pensante derrière tout ça.

Le silence se fit pendant quelques secondes. À quoi pouvait donc bien réfléchir ce vampire ?

— D'accord, je lui octroie un passe-droit, mais je veux la rencontrer avant. Quand sera-t-elle vers moi ?

— Nous n'avons pas encore regardé.

— Alors, donne-lui mon numéro de téléphone. Communiquez-moi son heure d'arrivée et j'enverrai un de mes lieutenants pour la récupérer. Cela te convient ?

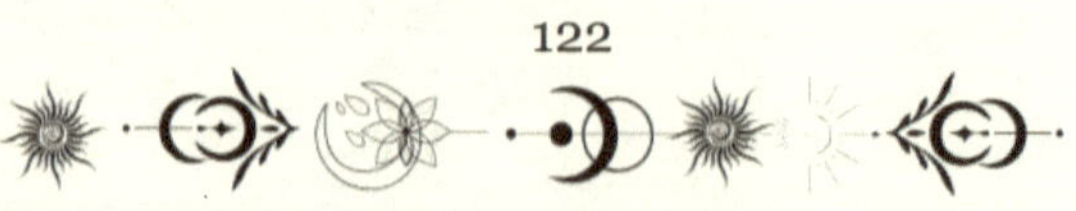

— C'est parfait, merci, Lucius.

— Ah, il va également falloir me renvoyer Isabella à un moment ou à un autre. Rappelle-le-lui, veux-tu ?

— Le message sera passé. Peux-tu attendre que nous en ayons terminé avec cette histoire ?

— Bien sûr, je sais à quel point elle est douée. Je sais aussi qu'elle s'entend merveilleusement bien avec une autre de ces sentinelles, Alexandra, je crois ? Je n'ai pas eu le bonheur de la rencontrer.

La voix s'était faite un peu ironique. Je me demandai dans quelle mesure ce vampire ne connaissait pas tout de nous.

— Je te remercie pour ton aide, Lucius. Nous te confirmons l'heure d'arrivée de Tisha. Bonne journée.

— Bonne journée, Marius, au plaisir.

Je laissai mon père raccrocher.

— Je trouve les questions de ce roi un peu étrange. Ne crois-tu pas qu'il sait qui nous sommes ?

— Au vu de ses commentaires, j'ai eu la même impression. Il faudra que tu sois prudente lors de ta rencontre avec lui. Il est très puissant et son emprise sur les individus est très importante. Je suis surpris de sa demande. Pourquoi veut-il te voir ?

— Une certaine curiosité ? Je sais qu'aucune de nos diplomates n'a pu le croiser depuis plus de 150 ans. Même maman n'a pas eu cet honneur. Il passe par ses lieutenants ou par ses propres ambassadeurs. Cela va être intéressant !

— Intéressant ? Ne le prends pas à la légère, Tisha.

— Je serai prudente. De plus, tes relations avec lui sont plutôt bonnes. Je ne vois pas ce qu'il gagnerait à emprisonner une Euménide. Je te rappelle que nous sommes le croquemitaine des surnaturels !

— Vous l'étiez, beaucoup ont oublié votre puissance.

— Alors, je ferai en sorte de le leur remémorer !

— Même en alliant tes pouvoirs avec ceux de ta sœur, je ne pense pas que tu t'en sortes. Tu le constateras par toi-même, ce roi-là est différent de tous les vampires que tu as pu rencontrer.

— Ne t'inquiète pas, je n'ai pas l'intention de jouer au chat et à la souris avec un suceur de sang de… quel âge a-t-il au fait ?

— Très bonne question, plus de 800 ans au minimum.

— Ah oui ! C'est vieux, même pour nous ! Je te laisse, Alex veut me voir avant mon départ. Envoie-moi les coordonnées de mon nouvel ami. Je lui donnerai mon heure d'arrivée.

— Fais attention à toi et fais-moi des rapports journaliers.

— Journaliers ?

Il me fit ses gros yeux. Je capitulai et l'embrassai avant de partir. Je retrouvai Alex dans la salle de réunion du premier. Mes frères et les *Guardians* discutaient de la meilleure approche à avoir avec les prisonniers ainsi que de la répartition des tâches.

— Anthony, tu ne vas pas t'y mettre toi aussi ! Je suis capable de passer outre les images de ces vidéos. Plus nous serons nombreux à les avoir vues, plus nous pourrons trouver des indices.

Ouille, ma sœur chérie était montée au créneau face à l'attitude quelque peu protectrice de notre frère. Celui-ci prit James à témoin.

— James, aide-moi !

— Désolé Anthony, mais si Alex estime être en mesure de regarder ces films, c'est qu'elle l'est. N'oublie pas qu'elle est à la fois une *Guardian*, une Euménide et une métamorphe. Tu ne penses pas que c'est suffisant ? Tu veux demander à Gabriel s'il se sent de les visionner, lui aussi ?

Quand je disais que cet homme était fait pour ma sœur. Il comprenait qui elle était au fond d'elle. Je la vis lui prendre la main. Comme ils se regardaient tous les deux, c'était mignon tout plein.

— Merci pour le soutien !

— Anthony, James a raison. Nous ne faisons aucune distinction de ce type au sein des *Guardians*. Alex nous a plus souvent sauvé la vie au cours de nos missions que l'inverse. Ta sœur n'est pas une petite nature qu'il faut préserver. Je dirais même qu'aucune de tes frangines ne l'est ! ajouta Pedro en me regardant.

J'appréciai ce compliment et en profitai pour m'avancer.

— Je vois que l'ambiance est bonne par ici. Tu nous joues le rôle du grand frère protecteur Anthony ?

— Super ! Il ne manquait plus que toi. OK Alex. Fais comme tu veux.

— Parfait ! De toute façon, c'était déjà ce que j'avais l'intention de faire. J'accepte de suivre tes ordres lorsque cela entre dans le cadre des *Guardians* Anthony, pas quand tu uses de ta prérogative de frère aîné. Mets-le-toi bien dans la tête !

— C'est enregistré, *Guardian* ! D'autres points à voir ? Non. Alors au boulot !

Anthony se leva et se dirigea vers moi.

— J'imagine que tu viens dire au revoir ?

— Eh oui, nouvelle mission. Je vais faire plein de rencontres, j'ai hâte.

— Fais attention à toi, petite sœur, nous t'aimons.

— Moi aussi je t'aime, mon petit macho !

— Sache qu'il n'y a rien de petit chez moi !

Je fis la grimace, merci pour l'image. Il m'embrassa et Louis suivit le mouvement. Alex arriva, entourée de son équipe au complet.

— C'est l'heure ? me demanda Pedro.

— Eh oui beau gosse, pas de seconde nuit pour nous. Mais je suis certaine que tu ne vas pas t'ennuyer sans moi.

— Qui sait ?

Un léger signe de tête et il s'éloigna. Luc, Gabriel et Isabella suivirent. Je me retrouvai avec ma sœur.

— J'ai discuté avec Tonton, nous allons t'intégrer aux *Guardians*.

— Quel intérêt ?

— Tu pourras communiquer avec nous tous par télépathie. Je ne serai plus ta seule option. De plus, et ça, c'est entre toi et moi, tu pourras t'adresser télépathiquement à Adrien. Nous n'avons pas supprimé

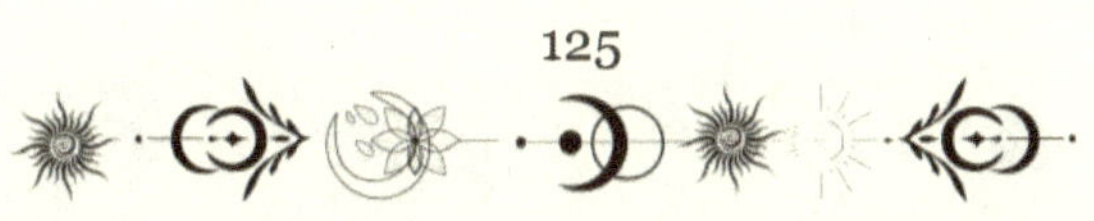

son lien. Cela peut être un avantage, si vous ne pouvez pas vous parler à cause de son entourage.

— Pas bête ! OK, je valide. Tu as averti le conseil, je suppose ?

— À ton avis ?

— J'en étais sûre. Ma sœur, cette rebelle !Vas-y !

Elle fit le nécessaire en trois secondes. Je tentai le coup sur Pedro.

Pedro ?

Tisha ? Je vois qu'Alex t'a intégrée à notre réseau privé.

Je sentis le sourire dans sa voix.

Heureux d'être le premier à qui tu aies eu envie de parler, je suis flatté, ciccina.

Que cela ne te monte pas à la tête, cela marche jusqu'à quelle distance ?

40 à 50 kilomètres, pas plus. Quoique, avec tes pouvoirs particuliers…

Tant pis, je ne pourrai pas te susurrer mes désirs lors de mes longues nuits, esseulée dans mon lit.

Tu sais que le téléphone existe ?

C'est moins sexy.

Je te l'accorde. Fais attention à toi et reviens en un seul morceau.

Je ferai de mon mieux.

— Cela marche ?

— Au poil ! Je vais faire mon sac et en route vers l'aéroport.

— Avion privé ?

— Bien sûr, je suis en mission officielle.

— Bon voyage ! Tiens-moi au courant.

— Promis.

Chapitre 15

Isabella

La réunion était finie. Je devais participer à l'interrogatoire des prisonniers. J'adorais faire peur, j'allais pouvoir m'en donner à cœur joie.

J'avançai, accompagnée d'Anthony et de Luc. Nous étions passés par la dépendance placée à trente mètres de la résidence. Je ne me serais jamais doutée qu'elle cachait un tel arsenal. C'était à la fois, le centre de surveillance du parc, un dojo d'entraînement, une armurerie et des geôles. Ces dernières se situaient au sous-sol. Dans l'escalier, l'espace était étroit, une seule personne pouvait descendre ou monter, pas plus. L'éclairage était limité. Anthony m'expliqua que c'était afin de réduire les risques. Seuls des surnaturels pouvaient voir clair dans ce corridor, et le fait de ne pouvoir avancer à plusieurs permettait une meilleure défense. Arrivés au sous-sol, le passage s'élargit, les cellules étaient situées de chaque côté.

Anthony s'arrêta devant la première porte.

— Nous démarrons par un garde, si cela vous convient ?

— Moi, ça me va.

Luc acquiesça aussi. Anthony fit un signe à la caméra, visible dans le coin du couloir. J'entendis un bip et la porte se déverrouilla. L'endroit était propre : béton au sol, des toilettes dans un angle et une planche avec une couverture dans l'autre. Pas de matelas, on n'était pas à l'hôtel. Une légère lumière permettait à un mortel de voir où il était, pas de fenêtre bien sûr.

L'homme, assis contre le mur, releva la tête en entendant la porte s'ouvrir. Si un regard avait pu tuer, nous serions tombés à ce moment-là. D'un autre côté, il savait bien que ce qui l'attendait n'allait pas être une partie de plaisir.

— Voilà donc les monstres qui viennent me visiter !

— Je pense que vous inversez les rôles. Ceux qui ont éprouvé de la satisfaction à torturer des enfants, c'est vous, pas nous, lui rétorquai-je.

Il ne réagit pas. Il était petit, pas plus de 1,70 m, mais costaud. Brun, le visage marqué par quelques cicatrices, cet individu devait être un mercenaire. Luc lui fit signe de nous suivre, il hésita.

— Sérieusement ? Vous voulez que l'on vous force à venir ? demanda Anthony.

L'homme comprit qu'il aurait tout à perdre à ce jeu-là. Il se leva et s'engagea derrière Luc. Je restai en retrait, avec Anthony. Nous allâmes au bout du couloir, pas un bruit ne filtrait des geôles avoisinantes alors que je savais que les sept autres prisonniers étaient à l'intérieur. Arrivé au fond, un nouveau bip se fit entendre, cela déverrouilla la pièce d'interrogatoire. Elle était conçue pour bloquer les surnaturels, pas les humains : chaise soudée au mur avec des menottes, le tout consolidé en argent. Je vis sur le côté un coffre-fort, je me demandai ce qu'il y avait dedans.

Luc l'attacha et se recula. Anthony avait un dossier avec lui. Il l'ouvrit.

— Vous vous appelez Bertrand Djabovski, vous avez 45 ans. Vous avez eu une belle carrière dans l'armée et vendez depuis cinq ans vos services en tant que mercenaire. Vous avez une ex-femme et un fils de 18 ans qui ne veut plus vous parler. Triste, non ?

Il ne répondit pas.

— Je vous dis tout cela afin que vous compreniez que nous avons aussi des moyens. Vous avez accepté le mauvais emploi, monsieur Djabovski.

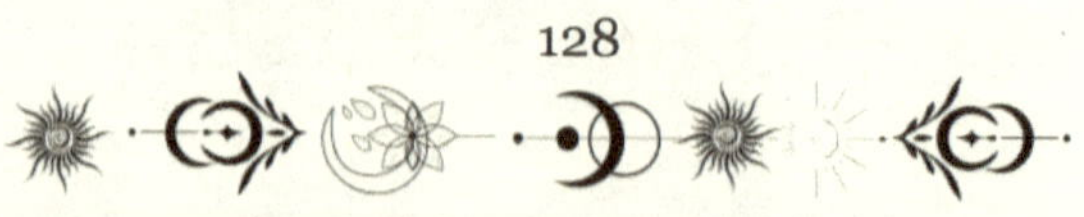

Le dénommé Bertrand laissa voir sa satisfaction.

— Vous pensez réellement que c'était un job ? Non, j'ai pris ce boulot parce que je voulais faire quelque chose pour mes compatriotes, pour ma nation. Vous devez être éradiqués de cette planète !

— Un exalté, mes préférés ! Nous sommes donc l'ennemi, et tout ce que vous avez fait, c'est pour protéger les vôtres. Dis-moi, Superman, qui est ton patron ? lui demandai-je.

— Je ne vous lâcherai rien.

— J'espérais que tu allais déclarer ça. Après tout, nous sommes des monstres, nous aimons causer la douleur. Qu'es-tu prêt à endurer pour garder tes petits secrets ?

— Je ne vous sortirai rien, quoi que vous me fassiez. J'en ai vu d'autres.

Il avait l'air sûr de lui sur ce coup, mais je savais que c'était faux. Il suffisait de trouver le point de craquage. Je lui laissai admirer ma nature vampirique, mes canines jaillirent. Il eut un mouvement de recul. Bien !

— Je te fais peur ? Tu as raison d'être effrayé. Sais-tu que les vampires peuvent s'insinuer dans tes pensées ? Non, dommage. Je peux aller chercher l'information directement dans ta tête. Je peux aussi t'ajouter de faux souvenirs, te faire oublier ta famille... Je pourrais te créer un souvenir qui te rendrait fou, toi en train de torturer ton fils par exemple. Quoi de pire, pour un père, que de faire du mal à son enfant ? Cela te plairait ?

— Vous ne pouvez pas faire ça, c'est du bluff. Nous le saurions.

— C'est drôle, tu penses donc tout connaître sur ce qui peuple notre Terre ? Sais-tu que les vampires et les métamorphes sont loin d'être les créatures les plus terribles qui marchent sur notre terre ? Tout ce que vous avez écrit dans vos contes, une part de vérité y a sa place, flippant non ? Le coup le plus rusé que le diable n'ait jamais réussi, c'est de faire croire à tout le monde qu'il n'existait pas.

— Fais-lui une petite démonstration, Isabella, dit Luc.

Je m'approchai encore plus de lui, il tenta de se reculer, sans succès. Je capturai son regard et entrai dans sa tête. Je l'entendis répéter : ne pense à rien, ne pense à rien. C'était risible.

— Tu imagines que ressasser une phrase peut m'empêcher d'aller plus loin ?

Il fut surpris, il ne croyait pas que j'étais en mesure de réaliser ce que je lui avais pourtant expliqué. Cela me laissa l'accès attendu. Je fonçai chercher mes informations. Je vis notre intervention à travers son souvenir, j'étais badasse en action ! Je remontai le fil de ses pensées, il tenta de se concentrer sur un de ses collègues. Intéressant, notre cher Bertrand m'opposait une résistance considérable. Je pouvais passer outre, mais je ne voulais pas le changer en légume. Le plus simple était de piocher dans d'autres réminiscences, celles qu'il estimait sans importance à me dévoiler.

— Ton ex-épouse est une belle femme, je vois qu'elle a su trouver ailleurs ce que tu ne pouvais lui donner. C'est triste. Oh, mais ton fils est plutôt pas mal. Un peu jeune, c'est certain, mais je pourrais lui rendre une visite, et le transformer ! Qu'en dis-tu, Bertrand ? Qu'est-ce que cela te ferait d'avoir un fils vampire, membre de la communauté des surnaturels ? À moins que tu préfères qu'il devienne un garou ?

— Non ! Ne faites pas ça ! Je vous défends de vous approcher de mon fils !

— Mais tu n'es pas en position de m'interdire quoi que ce soit, mon petit Bertrand. Je peux partir de cette cellule, prendre ma moto, non plutôt un hélico vu qu'il habite à Lyon, et me retrouver devant son appartement.

Je puisai dans ses pensées. La panique de me voir transformer son fils lui avait fait oublier de se protéger. Je connaissais déjà tout de lui, son parcours, sa relation abîmée avec lui, ses études. Pendant qu'il s'égosillait à m'insulter de tous les noms et à me menacer, je remontai le long de ses souvenirs. Je le vis prendre plaisir à maltraiter des métamorphes, prêter main-forte à un de ses collègues, en train de violer une louve-garou, rendue amorphe à cause des drogues injectées.

Je ne devais pas m'arrêter, je me maîtrisais difficilement, ce mec était une ordure. J'accélérai le rythme et trouvai le moment où il avait rejoint cette organisation. Voilà, j'avais le nom.

— Pur'humanité, pas très originale comme idée ! Vous auriez pu faire mieux. Oh, mais j'oubliais, tu ne l'as ralliée que depuis un an. Sympa ton copain Cal de t'avoir invité. Cal, de son vrai nom Cayden. Il a l'air d'avoir une bonne place dans votre secte. Je pense que nous allons faire quelques recherches.

J'étais fatiguée, cet homme avait réellement contré mon intrusion. Son passé de militaire devait y être pour beaucoup. Je ne laissai rien paraître, ou presque.

Ça va, Isabella ?

Oui, mais j'ai besoin d'une petite pause, Luc.

— Viens ! On te reconduit dans ta cellule. Réfléchis bien à ce que tu voudras nous raconter la prochaine fois que tu nous verras. Nous t'amènerons peut-être ton fils transformé, il pourra te tenir compagnie.

Je sortis de la salle et laissai Luc et Anthony gérer le prisonnier. Je devais boire du sang, cette séance avait été plus difficile que prévu.

Je reviens, Luc, vous continuez sans moi ?

Je vais voir avec Anthony. Je pense que nous devons en apprendre plus sur Pur'humanité et le dénommé Cayden. Il sera plus facile d'obtenir des réponses utiles si nous avons les bonnes questions.

OK, à tout de suite.

Je remontai l'escalier, les portes s'ouvraient automatiquement à mon passage. Arrivée à l'extérieur, je me dirigeai vers la résidence et la cuisine. Je savais où les poches de sang étaient rangées, Marius en gardait toujours. Il pouvait recevoir des visites de mes congénères à tout moment. J'attrapai un sachet dans le frigo, il allait falloir que je sois plus raisonnable concernant mon alimentation. Cela faisait seulement trente ans que le sang ne m'était plus

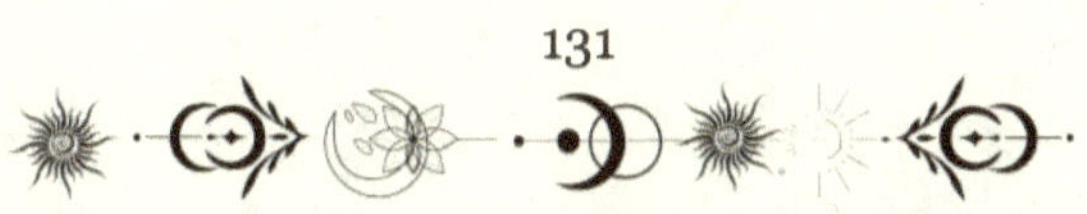

aussi indispensable. J'abusais en privilégiant la nourriture solide plutôt que ce dernier, j'en étais consciente.

Je bus rapidement, je sentis immédiatement l'apport d'énergie que cela me donna. Boire du sang excitait automatiquement tous mes sens, je devenais une prédatrice au sommet de sa forme. Ma part bestiale ressortit : le désir de chasser, d'attaquer, je me contrôlai difficilement. Je ne me nourrissais pas en présence de Luc et de Gabriel. Je ne voulais pas qu'ils me voient comme ça. De plus, notre relation pouvait me donner envie de les mordre, de me les attacher. Il était bien trop tôt pour risquer un tel lien. Je savais aussi que ma mission allait arriver à terme, à un moment ou à un autre. Mon roi allait me rappeler et je n'aurai pas d'autres choix que de lui obéir. Il fallait que je le garde à l'esprit. Quelle idée j'avais eu de me mettre avec ces deux hommes ! Les relations physiques étaient plus simples et moins dangereuses, surtout pour mon cœur.

Nous sommes sous la tente du centre de contrôle, tu nous rejoins ? me demanda Luc.

J'arrive.

Ils avaient donc stoppé les interrogatoires, tant mieux. Je jetai la poche désormais vide et sortis retrouver mes compagnons.

Parvenue sous la tente de surveillance, je vis Alex et Claire devant deux ordinateurs. Elles étaient blanches, leurs yeux étaient embués de larmes. Les vidéos bien sûr ! J'hésitai avant de venir leur apporter un peu de réconfort. Elles avaient dû se faire entendre pour pouvoir les visionner, si mon geste les amenait à craquer, elles auraient l'impression de perdre leur crédibilité. Je décidai de m'abstenir, je m'occuperai d'elles plus tard, à l'abri des regards.

Je rejoignis Gabriel, entouré de Luc et d'Anthony.

— Vous avez trouvé quelque chose ?

— Ce Cayden est intéressant, il bossait comme responsable de la sécurité dans une grosse multinationale. Bon salaire, bonnes appréciations sur son travail, le job rêvé. Il a tout plaqué il y a dix-huit mois. Il a disparu des

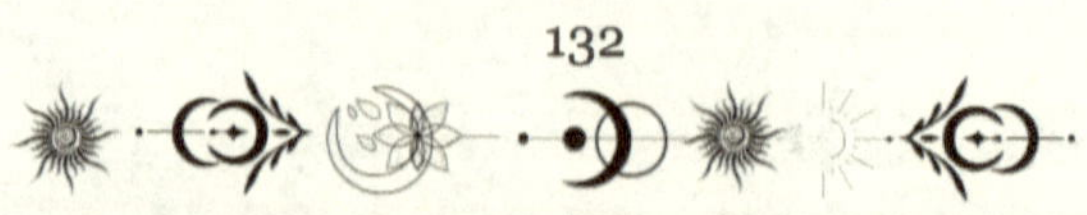

réseaux pendant un mois et on le retrouve à un poste similaire dans une autre compagnie : Cristal.

— C'est un laboratoire de recherche, ils mettent au point des vaccins et des médicaments, me précisa Gabriel.

— Laboratoire de recherche ? Cela expliquerait les matériaux trouvés ainsi que les prélèvements.

— Nous devons effectuer des investigations sur toutes les personnes travaillant dans cette société. Comment puis-je t'aider, Gabriel ? demanda Anthony.

— Il faudrait plus de petites mains si nous voulons aller vite. Axel et Samuel de l'équipe 2 sont doués, James s'en est bien sorti la dernière fois. À quatre, nous gagnerions du temps.

— Pas de soucis, nous devons avancer rapidement.

— Nous devons faire sauter le site de Gouze, l'entrepôt, précisa Luc.

— Pourquoi ? lui répondit Anthony.

— Ils ne savent pas que nous avons des prisonniers, si nous faisons tout exploser, ils penseront être à l'abri. Cela nous donnera un peu plus de temps pour finaliser nos recherches.

— Tu as raison. Tonton, où en sont tes hommes sur ce site ?

— Ils ont récupéré tout ce qu'il y avait à prendre. Je peux leur demander de s'en occuper tout de suite. Par contre, si nous le faisons maintenant, cela ne sera pas forcément très discret. Si je suis ton idée Luc, il faudrait qu'ils pensent que l'explosion a eu lieu dans la nuit de dimanche à lundi. Nous sommes mardi, cela ne collera pas.

— Nous avons besoin d'une sorcière puissante afin de limiter le bruit de la détonation, et de moi pour implanter des souvenirs aux gens habitant dans les environs.

— Alex ? Nous avons besoin de toi, appela Anthony.

Mon amie releva la tête, elle sembla perdue pendant quelques minutes.

— Qu'est-ce qui se passe ?

— Il faut que tu partes avec Isabella. Que te faudrait-il pour contenir le vacarme d'une explosion ?

— Vous parlez de quel type d'explosion ?

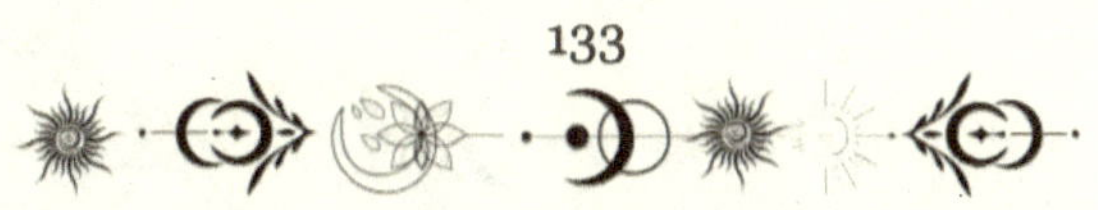

— Le second entrepôt.

— Quelques herbes suffiraient avec une bonne dose de magie, c'est urgent ?

— Oui, nous devons faire croire à cette organisation que tout a sauté et que personne n'en a réchappé.

Elle se leva immédiatement.

— Je reviens avec le nécessaire.

— Parfait, je m'occupe de la logistique. Tonton, avertis tes hommes. Tout doit être nettoyé lorsqu'elles arriveront sur place.

— Je gère.

Chapitre 16

Victoire

Je m'éveillai au son de voix à l'extérieur. Ils ne pouvaient pas se taire, certains avaient envie d'une grasse matinée. Cela s'activait, mais quelle heure était-il ? Je me penchai afin de voir mon réveil, 9 h 30. C'était une plaisanterie ! J'espérais que tout cela allait bientôt s'arrêter et que tout le monde allait retourner chez soi. Quelle idée mon père avait eu de les soigner ici. Comme si nous n'avions pas d'autres résidences pouvant les accueillir. Le pire est que j'allais devoir côtoyer mes demi-sœurs et leur mère, quelle plaie !

Voilà, j'étais trop énervée pour me rendormir. Autant aller sous la douche et déguster un bon petit déjeuner maison. J'hésitai à me le faire livrer dans ma chambre. Non, j'allais descendre afin d'en apprendre plus sur ce qui se passait chez moi et le pourquoi de toute cette agitation.

Soigneusement coiffée et maquillée, je croisai Alexandra en prenant les escaliers. Elle me fit un petit sourire ironique en regardant sa montre. Je la toisai et ne répliquai pas. Qu'elle pense donc ce qu'elle voulait. Nous n'étions pas tous obligés de nous lever aux aurores. Miss parfaite !

Arrivée dans la salle à manger, je constatai, un peu dépitée, que personne n'y était. Une de nos domestiques me salua.

— Bonjour, mademoiselle Victoire, souhaitez-vous que je vous serve votre petit déjeuner ?

— Oui, merci. Un grand thé pour commencer.

— Tout de suite mademoiselle.

— J'imagine que je serai seule ?

— Je crains que oui, mademoiselle. Votre famille et les *Guardians* étaient là à 7 heures, pour la plupart.

Je ne lui demandai pas qui elle considérait comme étant de ma famille, j'étais certaine que cela allait m'énerver. Je lui réclamai quelques viennoiseries, quel bonheur d'être à la maison. Je consultai mes messages et annonçai mon retour à mes amies. Celles-ci me proposèrent immédiatement de me retrouver à la résidence afin de s'échanger les dernières nouvelles. Je validai. Il allait encore faire chaud aujourd'hui, nous pourrions profiter de la piscine. Je terminai mon repas et rejoignis notre intendante en cuisine.

— Bonjour madame Bragon.

— Bonjour, mademoiselle, contente de vous voir à la maison.

— Merci, j'avoue être heureuse de mon retour. Je vais recevoir quelques invitées tout à l'heure, 3 ou 4 pas plus. Pourriez-vous prévoir quelques sandwichs et salades à servir à la piscine ?

— Ce sera fait mademoiselle. J'imagine que vous en avez parlé avec votre père ? Nos consignes de sécurité ont été modifiées et vos amies pourraient avoir des difficultés à entrer.

Je marquai le coup, il allait donc falloir que je demande la permission pour inviter des personnes chez moi. Tout cela commençait déjà à me taper sur le système.

— Merci, madame Bragon, je vais voir cela avec lui.

Je pris la direction de son bureau, en espérant l'y trouver. Je frappai et entrai. Il était au téléphone, rien de neuf sous le soleil. Il me fit signe de m'asseoir, j'obtempérai. La porte du balcon était grande ouverte et la chaleur montante pénétrait intensément. J'entendais aussi des voix au loin, et un hélicoptère en approche. Je croisai les doigts pour qu'une des deux sorcières soit du voyage.

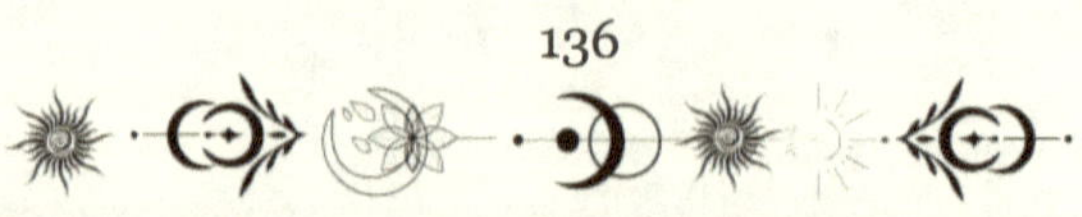

— Bonjour ma chérie, bien dormie ?

— Très bien papa, jusqu'à ce que le brouhaha me réveille.

Je le vis changer d'expression, ma réponse ne lui avait pas plu.

— La vie ici va être un peu plus compliquée, Victoire. Nous devons prendre soin des nôtres et il va y avoir, en effet, plus de bruit qu'habituellement. J'espère pouvoir compter sur toi pour que nos hôtes se sentent à l'aise, tous nos convives, ajouta-t-il en regardant ses autres filles.

OK, la discussion démarrait mal.

— Je ferai mon maximum, bien sûr. Par contre, j'ai mes amies qui viennent me voir d'ici une heure, j'imagine que cela ne posera pas de problème.

— J'aurais aimé que tu m'en informes avant, j'ai augmenté la sécurité et personne ne peut pénétrer dans le parc sans mon autorisation ou celle de tes frères. On parle de combien de tes amies ?

Le ton était sarcastique, mon père appréciait moyennement certaines d'entre elles, il les trouvait futiles et stupides.

— Quatre, maximum cinq, j'attends la réponse de Paméla.

— Envoie-moi leurs noms et je ferai le nécessaire. Je ne veux pas vous voir traîner près des réfugiés. Ils ont besoin de calme et de soins.

— Je comptais rester près de la piscine.

— Bien. Et elles n'ont pas la nécessité de se déplacer ailleurs. Si tu me parlais un peu de nos rapports avec nos amis italiens ?

— Tout va bien. J'ai été très bien accueillie et je me suis montrée là où ils souhaitaient me trouver. J'ai salué l'aristocratie, répondu aimablement aux marques d'attention de tous les vieux croulants qui auraient aimé me voir dans leur lit, bref, que du bonheur !

— À ce point ? Quelqu'un t'a fait une remarque déplacée ? Un geste ? s'énerva-t-il.

— Il est agréable de découvrir que tu tiens suffisamment à moi pour ne pas apprécier qu'un de ces antiques satyres me frôle. Ne t'inquiète pas, je sais me défendre.

Ses sourcils se froncèrent, il soupira et se leva afin de m'approcher.

— Que s'est-il passé entre nous pour que tu en arrives à imaginer cela ? Tu es ma fille, je t'aime plus que tout. Je te sens tellement en colère tout le temps, je pensais que nous te manquions et que c'est pour ça que tu étais revenue plus tôt. Me suis-je trompé ?

— Vous me manquiez, bien sûr. Mais j'en ai marre du rôle que tu me fais jouer. J'ai l'impression de n'être qu'une jolie chose à vendre, un bibelot que tu montres à nos congénères dans le but de conclure des alliances. Je veux être utile, je veux que tu me donnes les mêmes responsabilités que mes frères.

Il s'appuya contre son bureau juste devant moi. Je dus lever la tête pour croiser son regard. Il me dévisagea avant de répondre.

— Tu désires t'impliquer ? Réellement ? Tu es sûre de toi ? Parce que ça nécessite de dire adieu à tes petites soirées mondaines avec tes super amies, tu ne pourras pas décider de travailler quand ça t'arrange !

— Je ne suis pas stupide, je sais bien que mes frères ont une vie sociale en dehors de leur job. Pourquoi cela serait-il différent pour moi ?

— Anthony et Louis ont, quand cela est possible, une vie sociale. Ils essayent de se garder du temps pour eux, en effet. Tu devrais leur demander depuis quand ils ne sont pas sortis avec des amis, pour voir. Je serais plus qu'heureux que tu t'investisses, mais si tu me dis oui, tu devras m'obéir et il n'y aura pas de retour en arrière envisageable. Prends le temps d'y réfléchir Victoire, et donne-moi ta réponse. Une dernière chose, tu ne choisiras pas tes missions, songes-y !

— Tu ne m'en crois pas capable ? Tu penses que je ne suis pas à la hauteur de tes autres enfants ?

— Je ne sais pas d'où te viennent ce sentiment d'infériorité et cette jalousie vis-à-vis de tes sœurs, mais

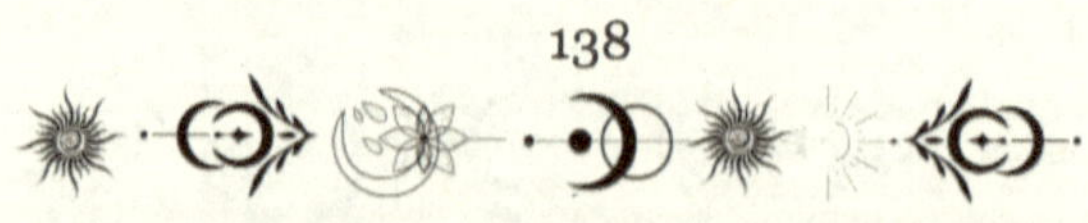

non, c'est faux. Je suis persuadé que tu peux réussir tout ce que tu entreprends, il suffit que tu le veuilles réellement. Tu es intelligente, courageuse et têtue comme une mule, il n'y a que toi qui te mets des limites, ma fille, que toi !

Il se redressa pour reprendre sa place assise, je compris que l'entretien était terminé. Je me levai et sortis de la pièce légèrement sonnée par notre discussion. Pensait-il réellement ce qu'il avait dit, que je pouvais tout réussir ?

Mon téléphone bipa, Paméla serait des nôtres. J'envoyai la liste de mes amies à mon père, afin d'être certaine qu'elles puissent entrer.

Je décidai d'aller me promener un peu dans le parc et d'observer de plus près nos invités. Je n'allais pas pouvoir y aller avec mes copines, il avait été très clair là-dessus. Je croisai Henri qui revenait d'un pas alerte vers la résidence.

— Bonjour Victoire. Tu te dégourdis les jambes ?

— Bonjour Henri. Je voulais aller vérifier si nos réfugiés étaient bien installés.

— Sois rassurée, c'est le cas. Mais que cela ne t'empêche pas d'aller les voir, ils apprécieront certainement la visite de leur princesse préférée, me dit-il en souriant.

— Ils n'en connaissent qu'une, officiellement, ils n'ont donc pas le choix, lui répondis-je sans y réfléchir.

Un éclair passa dans les yeux d'Henri.

— Tu es la seule princesse métamorphe que notre peuple doit connaître, et malgré le mal que tu te donnes à éloigner les personnes qui t'aiment, tu mérites d'être leur préférée. Regarde-moi Victoire.

Il m'attrapa la tête afin de m'observer attentivement.

— Il est temps que tu trouves ta place, ma belle. Je t'ai vue grandir et j'étais proche de ta maman. Le bonheur, il n'arrive pas tout seul. Il faut le chercher pour qu'il te soit révélé. Arrête de regarder ce qu'ont les autres et de les jalouser, demande-toi ce que tu souhaites réellement, et bats-toi pour l'obtenir. Je ne veux plus te savoir malheureuse, c'est compris ?

J'opinai de la tête et le laissai m'embrasser sur la joue. Ce n'était décidément pas mon jour, ou ma semaine. Finalement, je changeai de direction et m'éloignai du

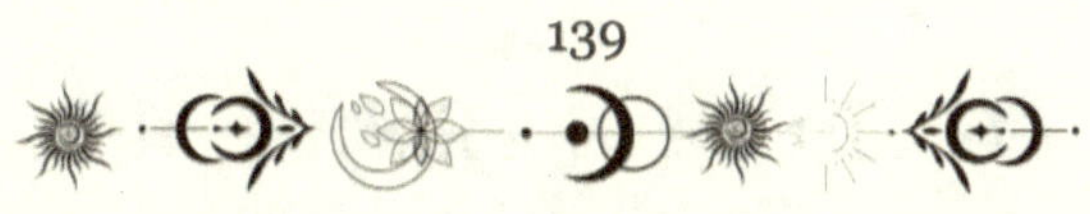

camp. J'aspirai à un peu de solitude. Je marchais depuis un moment, m'abandonnant aux chants des oiseaux et aux odeurs du parc. J'entendis deux voix devant moi, j'hésitai à me cacher dans les fourrés. Il était déjà trop tard. J'aperçus deux *Guardians*, en pleine discussion. L'un était celui qui était assis à côté de Tisha hier soir et le second Raphaël. Ce dernier sourit en me voyant.

— Une envie de prendre l'air de nouveau, princesse ? me questionna Raphaël.

— En effet, Raphaël. Et vous ? Sécurité ou détente ?

— Détente avec un peu de sécurité ? Connaissez-vous mon ami Pedro ?

— Je n'ai pas eu ce plaisir, enchantée, Pedro.

— Majesté, fit-il, en s'inclinant légèrement.

Je l'arrêtai d'un geste, tout de suite.

— Pas de courbette, et pas de majesté. J'ai compris que cela amusait Raphaël de m'appeler princesse, mais mon prénom c'est Victoire, et c'est suffisant.

Il sembla surpris, puis acquiesça.

— Avez-vous eu le temps de rencontrer nos réfugiés, Victoire ? me demanda-t-il.

— J'y allais quand j'ai eu envie de faire un tour avant. Retournez-vous vers le campement ?

— Moi non, mais Raphaël va se faire un plaisir de vous y escorter, n'est-ce pas mon ami ?

— Ce sera un immense bonheur et un honneur, rétorqua ce dernier, un peu moqueur.

— Tout cela rien que pour m'accompagner. Eh bien, je m'en voudrais de gâcher votre joie, Raphaël.

Moi aussi je pouvais manier le sarcasme. Il me présenta son bras, j'hésitai à le saisir. Il patienta en me fixant.

— J'ai pris une douche ce matin, princesse. Vous pouvez me toucher sans risque.

Ses yeux vert foncé me mirent au défi, je ne savais pas pourquoi je tergiversai tellement. Je posai ma main sur son bras et frissonnai. Une simple réaction chimique, sa peau était plus froide que la mienne puisqu'il venait des sous-bois. Élémentaire mon cher Watson !

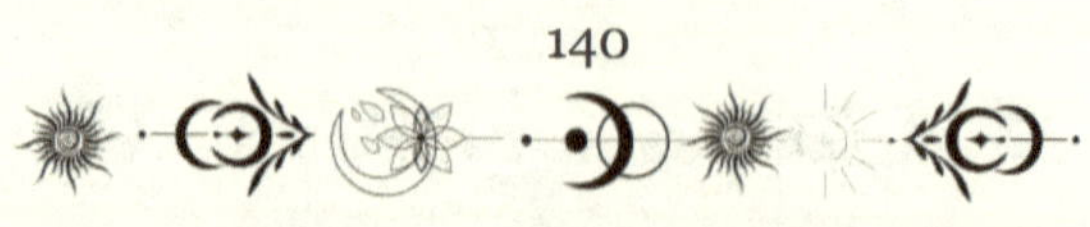

— Alors princesse, qu'avez-vous prévu de faire aujourd'hui ? Shopping, déjeuner entre amis ?

— Vous n'êtes pas loin. J'ai quelques amies qui viennent me voir pour le déjeuner. Et vous ? Promenade dans les bois, garde rapprochée de la royauté ?

— La seule que je n'ai jamais surveillée un tant soit peu c'est vous. Et malheureusement, non, je ne pourrai pas m'assurer que vous ne vous noyez pas dans votre piscine. Je dois participer à l'interrogatoire des prisonniers.

Son ton était abrupt, son bras plus crispé.

— Vous n'aimez pas ça ?

— Quoi ? Questionner des tortionnaires ? Pas plus que ça. Même s'ils mériteraient que l'on oublie nos valeurs et que nous les traitions plus durement, comme ils l'ont fait avec les nôtres.

— À ce point ?

Il s'arrêta net et me regarda, légèrement agressif.

— Vous plaisantez ?

Je ne sus pas quoi lui rétorquer, je ne connaissais pas le détail de ce qui s'était passé. Je croyais juste que des métamorphes avaient été enlevés et que les *Guardians* les avaient finalement retrouvés. Un peu honteuse de ne pas m'être tenue informée, je répondis.

— Je n'ai aucun renseignement sur ce qui s'est déroulé. J'étais en Italie jusqu'à hier, et ce, depuis 4 mois.

Mon explication sembla le calmer et il reprit la marche.

— Vous devriez demander à être débriefée. Aller les voir sans être au fait de ce qu'ils ont subi, je ne pense pas que ce soit une bonne idée.

— Donnez-moi les infos puisque vous les connaissez.

— Je ne suis pas sûr que vos frères ou votre père aimeraient que ce soit moi qui vous fournisse les détails.

— En quoi cela changerait-il quoi que ce soit ? L'essentiel est que je comprenne. Vous savez parler, il me semble ?

J'étais mal à l'aise devant lui. Le pousser dans ses retranchements me permettait de lui faire oublier que je n'avais pas cherché à me préoccuper des miens.

Il s'arrêta et se tourna vers moi.

— En effet, je sais parler, entre autres choses. On va prendre la version courte. 72 des nôtres ont été enlevés sur une période d'environ deux mois. Cette organisation a très bien géré ces rapts et nous n'avons été avertis que lorsqu'ils se sont attaqués à une famille. Leur absence a été remarquée. Nous les avons cherchés partout, mais tous les indices que nous trouvions disparaissaient ou ne donnaient rien. Grâce à vos sœurs, nous avons enfin pu localiser les deux lieux de détention. Nous avons engagé un raid simultané afin d'éviter qu'ils ne fuient ou qu'ils ne tuent leurs otages. Ce sont des humains qui ont mené des expériences sur les nôtres. Trois personnes en sont mortes. Lors de l'attaque, Alex ainsi que James, ont failli y laisser la vie. Voilà, je vous passe le détail sur ce qu'ils ont subi, voyez cela avec vos frères.

Je ne dis rien et repris la marche. C'est grâce à Alex et à Tisha qu'ils avaient été retrouvés. Encore une fois, elles étaient en première ligne ! Et Alex avait failli en mourir, nul doute que nous aurions eu droit à un mémorial en son honneur si cela avait été le cas. J'étais folle de rage.

— Je pense que vous avez raison et que je dois affiner mes renseignements avant de les rencontrer. Je vous laisse Raphaël, merci de m'avoir raccompagnée, et pour les informations.

— Je vous en prie.

Je sentis son regard sur moi. Il ne devait rien comprendre à cette colère subite. Peut-être la mettrait-il sur le dos de ce qu'avaient subi les nôtres. Ma réaction était complètement folle, je le savais. Mais je ne pouvais pas m'en empêcher. Je montai dans ma chambre et pris mon maillot de bain. Nager me calmerait en attendant mes amies. Je devais aussi réfléchir à ce que m'avait proposé mon père et à ce qu'Henri m'avait dit.

Chapitre 17

Raphaël

Cette femme était vraiment étrange. Cette explosion de colère que j'avais ressentie. Pile au moment où je parlais de ses sœurs. Pedro ne m'avait pas menti, il devait y avoir un solide contentieux entre elles. C'était dommage, elle avait un humour particulier et était magnifique. Je m'étais endormi hier en pensant à elle. Il n'y avait rien à jeter chez elle. Même sa démarche, alors qu'elle s'éloignait vers la résidence, était gracieuse tout en restant énergique. Sa louve aussi était sublime, poils blancs cendrés, des yeux bleus intimidants...

Je devais rejoindre le groupe et voir quelles étaient nos options suite aux découvertes d'Isabella, la belle vampire. Encore une femme incroyable. Elle avait pu entrer dans la tête d'un des gardes et lui soutirer des informations. Elle avait également sauvé une grande partie de notre équipe pendant l'intervention. Elle n'aurait pas été en trouple avec Luc et Gabriel, j'aurais tenté ma chance. Il fallait que j'admire une femme pour m'y intéresser, et la beauté du corps ou du visage n'était pas la plus captivante. Ce sont les actes qui montrent ce que vous êtes.

J'entrai dans la tente, l'ambiance était un peu plus détendue. Je savais qu'Isabella et Alex étaient parties faire exploser l'entrepôt de Gouze.

— Alors messieurs, des nouvelles de cette organisation ? Nous en interrogeons un autre ?

Ce fut Anthony qui me répondit.

— Nous allons nous occuper d'un médecin, Cassandra m'a laissé une potion de vérité à n'utiliser qu'en dernier recours. Elle l'a sous-dosé, par rapport à d'habitude, vu que ce sont des humains et que leur seuil de tolérance est bien en dessous du nôtre.

— Je viens, Anthony. Qui participe ?

— Que nous deux. Je veux essayer la méthode douce et ne pas trop l'effrayer. Si c'est un enragé comme le garde, nous changerons notre fusil d'épaule.

— Ça me convient.

Je suivis Anthony à l'extérieur. Il était étonnant de voir comme il s'était intégré à notre groupe. Il avait demandé à tout le monde de le tutoyer et de ne pas hésiter à donner notre avis quand ce qu'il proposait ne nous allait pas. D'après ce que j'avais observé, nos dirigeants étaient plutôt cools, mis à part notre magnifique princesse qui avait l'air d'avoir du mal à côtoyer ses sœurs. Je connaissais Alex depuis ses débuts aux *Guardians*, elle était courageuse, bienveillante et fidèle en amitié. Je ne comprenais pas comment Victoire pouvait lui en vouloir à ce point, juste parce qu'elle était née. Stupide comme raisonnement. Je laissai là mes digressions et m'engageai dans l'escalier à la suite d'Anthony.

Il fit signe à la caméra et la porte 4 s'ouvrit. Un homme était avachi contre le mur d'en face. Il sursauta à notre approche et se mit à trembler.

— Vous devez nous suivre, docteur Dubois.

— Non, non. Je ne veux pas mourir. Je n'avais pas le choix. Je ne savais pas qu'ils me demanderaient ça...

Il aurait pu rentrer dans la paroi, il l'aurait fait tellement il avait peur.

— Ne vous inquiétez pas, si nous avions souhaité vous éliminer, ce serait déjà fait. Nous avons des questions à

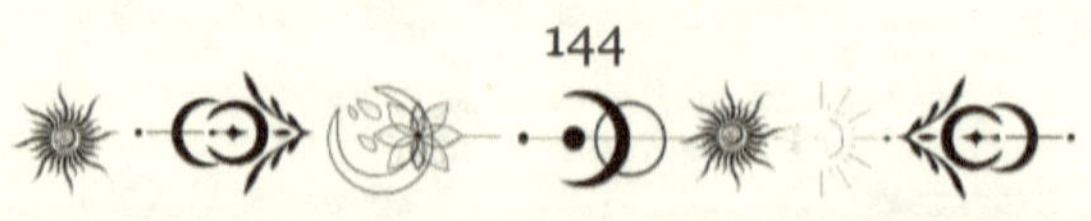

vous poser. Si vous collaborez, vous n'avez rien à craindre de nous. Venez, docteur.

Anthony lui tendit la main, il était calme et sa voix s'était faite aussi douce que possible. Le médecin ne le quittait plus des yeux, il finit par se lever et hocha la tête. Bien, nous allions pouvoir avancer. Je passai devant afin de le conduire à la salle d'interrogatoire. Je lui fis signe de s'asseoir sur une chaise standard : pas de menottes pour le moment, s'il collaborait, c'était plus simple.

Il jeta un œil au fauteuil sur sa droite et sembla comprendre qu'il n'en faudrait pas beaucoup pour qu'il change de place. Il déglutit et me regarda pour la première fois. Je restai stoïque, je faisais le méchant dans notre arrangement.

— Voulez-vous un verre d'eau, docteur ?

— Non merci.

— Bien, j'aimerais que vous me racontiez comment vous en êtes venu à travailler pour l'organisation.

— Oh, bien sûr. J'ai postulé il y a maintenant 7 mois pour un emploi de chercheur dans un laboratoire. C'est l'ami d'un ami qui m'en avait parlé, le poste semblait très intéressant. Je devais analyser des prélèvements de créatures surnaturelles et voir leurs interactions possibles avec nous, les humains, je veux dire. À aucun moment, il n'a été question de personnes retenues contre leur gré, je vous l'assure. D'ailleurs, je n'ai intégré le site où vous m'avez trouvé qu'à fin avril.

— Que faisiez-vous avant ?

— Je travaillais aussi sur des biopsies, mais elles étaient plus limitées. Votre espèce se protège énormément. Il est difficile apparemment, de dénicher des donneurs volontaires. Et, comme vous le savez, les propositions de lois vous y obligeant ont été déboutées.

— L'histoire nous a montré que les hommes se comportent comme des bouchers face à ce qu'ils ne comprennent pas. Nous ne sommes pas des cobayes.

— Je l'entends, mais vous avez peut-être en vous les remèdes à des maladies mortelles. Si ça se trouve, vous pouvez sauver des milliers de gens, des milliards même

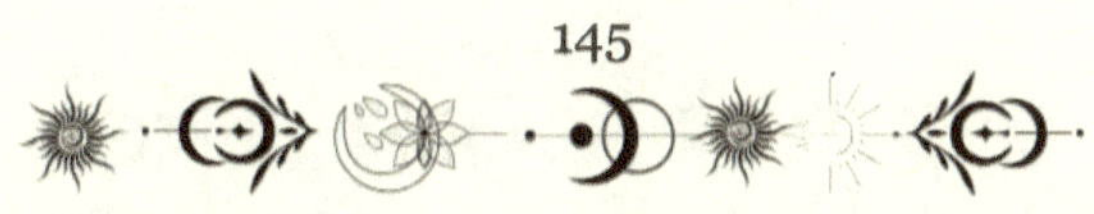

entre le cancer, le sida, et toutes ces maladies orphelines que nos chercheurs oublient, car elles ne sont pas rentables à long terme. J'ai choisi d'être médecin pour soigner les gens.

— Et c'est un très beau métier, docteur, sauf quand vous enlevez des hommes, des femmes et des enfants et que vous les torturez pour obtenir ce que vous voulez. Votre idéologie ne tient plus trop la route face à de tels actes !

— Des enfants ? Mais il n'y avait pas d'enfants sur le site.

— Il y en avait deux dans le second entrepôt, et ce qu'on leur a fait subir...

Les yeux d'Anthony changèrent, son aura augmenta. Le docteur se ratatina sur sa chaise.

— Je vous jure que je ne savais pas. J'étais déjà contre cette façon de procéder, je vous assure que j'ai fait tout mon possible afin d'éviter qu'ils souffrent inutilement. C'est d'ailleurs moi qui ai amélioré le sérum soporifique, pour que les prélèvements soient réalisés sans douleur.

— Nous avons des vidéos montrant les salles, je vais vérifier. J'espère pour vous que vous ne m'avez pas menti. Revenons-en à l'organisation. Que pouvez-vous me dire ?

— Pas grand-chose, j'en ai peur. Je peux vous fournir le nom de celui qui m'a embauché au départ, mais je ne sais même pas s'il était au courant de quoi que ce soit. Une fois sur le site, nous étions en huis clos. Je pense que mon statut de célibataire a également été un des critères à mon envoi sur ce pôle. Quand j'ai compris ce qu'on attendait de moi, il était trop tard. Les gardes nous surveillaient aussi, je n'avais aucune possibilité d'alerter qui que ce soit. C'est pourquoi j'ai essayé, avec mes faibles moyens, de les protéger autant que possible. Je ne suis pas un monstre, je sauve des vies. Je ne torture pas, ni ne tue !

Il ne mentait pas. Il avait été conduit là et avait fait de son mieux pour survivre sans aller trop à l'encontre de ses valeurs. Je comprenais. J'espérais que nous n'avions pas éliminé d'autres personnes qui étaient dans le même état d'esprit. Je pris la parole.

— Tous vos collègues pensaient comme vous ?

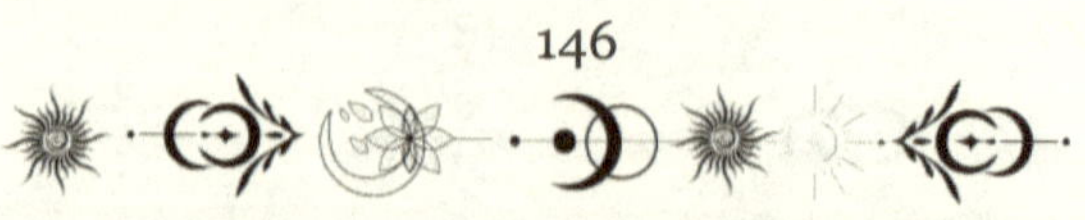

— Malheureusement non. Si cela avait été le cas, nous aurions peut-être pu inverser le rapport de force. Non, j'ai honte de le dire, mais mon confrère et les quatre infirmiers étaient très contents d'être présents et refusaient souvent de se servir de mon sérum. Ces gens-là... je sais que certains sont morts lors de votre attaque. Leur fin était encore trop douce pour eux. Ils auraient dû être jugés et emprisonnés.

— Notre objectif était de sauver les nôtres.

— Je le comprends, et je suis même heureux que vous soyez intervenus.

— Au vu de vos réponses docteur, nous allons améliorer un peu votre détention. Sachez que votre gouvernement est au courant de votre présence. Une fois que nous en aurons terminé avec vous, vous serez remis aux autorités. Vous ne risquez rien tant que vous ne nous mentez pas.

— Je ne vous ai pas trompé.

Je lui fis signe de se lever et le raccompagnai dans sa cellule. Pedro m'y rejoignit avec un matelas et une chaise supplémentaire. Je récupérai une petite table dans une salle annexe.

— Vous avez faim ?

— Je mangerais bien quelque chose, en effet. Avant notre discussion, j'avais bien trop peur pour avaler quoi que ce soit.

— Je vous fais porter un repas, une allergie quelconque ?

— Rien à signaler, merci de vous en préoccuper.

— Nous ne sommes pas des monstres, nous vivons parmi vous depuis bien longtemps.

— Et la plupart des hommes ne vous prennent pas pour des bêtes. Le problème est toujours le même : une minorité qui est effrayée, qui veut du pouvoir et qui trouve des imbéciles ou des détraqués pour les suivre. J'imagine que vous avez également ce type de personne chez les surnaturels ?

— En effet, mais notre justice est plus définitive.

— Vous avez les moyens de savoir quand quelqu'un vous ment, nous devons nous baser sur des preuves, des enquêtes minutieuses, avec le risque de nous tromper. La

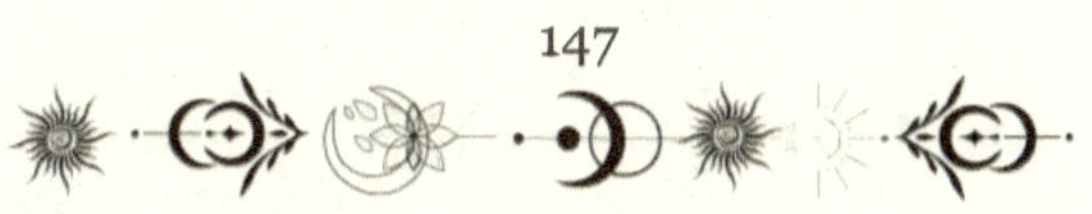

peine de mort a été abolie afin d'éviter les bévues comme celle-ci.

— Pensez-vous sérieusement qu'il soit préférable d'être emprisonné à vie, au contact de meurtriers endurcis plutôt que de périr ? S'il y a une erreur judiciaire, que ce soit l'incarcération ou l'extinction, c'est toujours trop cher payé !

— Aucune étude scientifique n'a prouvé que la peine de mort ait un effet plus dissuasif que les autres en matière de criminalité. Elle nie la capacité à tout homme de s'amender et de devenir meilleur.

— Je vois que vous connaissez par cœur les arguments d'Amnesty International. Je suis en partie d'accord avec vous. Mais certains actes démontrent clairement qu'il ne peut y avoir de rédemption pour ceux qui les ont commis. Le viol par exemple est une pulsion qui pourrait se contrôler, selon la plupart des psychiatres. Alors, que devons-nous faire : enfermer ces personnes à vie dans un asile aux frais de la société tandis que leurs victimes ou leurs familles souffrent tous les jours ? Certains comportements nécessitent une sanction définitive.

— Je pense que nous ne serons pas d'accord, nous avons chacun nos arguments.

— En effet, docteur. Mais croyez que j'admire votre engagement.

— Est-elle toujours en vie ?

— Qui ?

— Celle qui a subi ce viol, je sais reconnaître la douleur quand je la rencontre.

Je restai silencieux, cet homme avait une bonne intuition.

— Elle s'est donné la mort, elle ne s'acceptait plus. Elle détestait son corps qui avait conduit ce monstre à abuser d'elle. Elle se pensait coupable.

— C'est malheureusement le cas de beaucoup de femmes, il y a encore tellement à faire pour elles.

Je décidai de couper court. J'avais une boule dans la gorge.

— Je vous fais porter à manger.

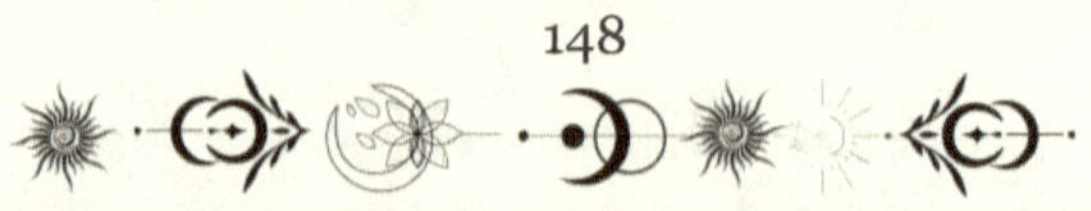

— Merci.

Je fermai la porte derrière moi et découvris Anthony.

— Cela fait longtemps que tu es là ?

— Suffisamment, je ne voulais pas être indiscret.

— C'est une vieille histoire.

— Si tu as besoin d'en parler, bien que nous ne nous connaissions pas beaucoup, sache que je peux écouter. J'ai des sœurs…

Je souris à l'allusion.

— Merci, Anthony, mais comme je te l'ai expliqué, c'est du passé. Que fait-on maintenant ?

— Je voudrais vérifier ses dires. Tu peux t'en charger ?

— Je m'en occupe.

J'avais réussi à éviter les vidéos jusque-là, mais la chance avait tourné. Tant pis, c'était le job !

Chapitre 18

Tisha

La voiture me conduisait à l'aéroport de Saint-Nazaire, là où mon avion privé m'attendait. Un petit vol de moins de deux heures et je rencontrerai le maître des vampires. J'étais curieuse, même mon père ne savait pas grand-chose sur lui. Arrivée sur place, je passai vite la sécurité. Mes joujoux préférés restaient avec moi, il était tellement facile de contrer leurs machines. Je donnai le feu vert au commandant, et attachai ma ceinture. J'aimais bien la sensation du décollage, cette impression que vous laissiez vos tripes en bas. C'était comme les montagnes russes, mais en plus rapides et plus courtes.

Une fois l'appareil stabilisé, je pris mon téléphone afin d'envoyer un message à Lucius. Ce dernier me confirma la présence de son lieutenant, Mathias, à mon arrivée. La nuit ayant été brève, je me décidai à faire une petite sieste, le temps du voyage. Après tout, je ne savais pas quand j'allais avoir la possibilité de me reposer.

Je me réveillai en phase d'atterrissage, la bouche un peu pâteuse. Je bus un peu d'eau et attrapai un chewing-gum, inutile de faire mauvaise impression dès le départ. Descendue au bas des marches de l'avion, je me trouvai seule. Étonnant, mais peut-être mon nouvel ami avait-il pris un peu de retard. J'avançai tranquillement vers le bâtiment central quand un motard arriva sur les chapeaux de roues. Mon taxi ? Il s'arrêta devant moi, coupa le contact et retira son casque.

Waouh ! Les yeux de Chris Pine me fixaient !

— Bonjour, je suis Mathias, votre comité d'accueil. Désolé pour le retard.

Je pris sur moi pour lui répondre, ce mec était un vrai canon. Moi qui étais fan de Star Strek, j'avais devant moi le capitaine de l'Enterprise.

— Enchanté Mathias, je viens juste d'arriver.

— D'après mes renseignements, vous aimez bien la moto. Mais je peux aller louer une voiture si vous préférez ?

— Sans façon, j'adore la vitesse. Vous avez de la chance que j'ai la tenue adéquate.

— Je savais comment vous étiez habillée, nous avons nos sources d'informations.

Cela me refroidit quelque peu, mais je passai outre. Il descendit de la moto afin de m'ouvrir le top case et d'en sortir un casque, des gants et un blouson. Il attrapa mon sac à dos et le rangea à sa place. Je pris le temps de m'équiper pendant qu'il s'installait de nouveau. Il démarra et me regarda de côté. J'enjambai sa YZF R1, une Yamaha sportive, je n'en avais jamais essayée.

— Vous êtes bien calée ?

Ah, un micro était intégré au casque, permettant la discussion entre le conducteur et son passager.

— C'est bon, vous pouvez avancer.

— Si je vais trop vite, n'hésitez pas à me le signaler.

Bien sûr, c'était tout à fait mon genre. Je me doutais bien qu'il risquait de s'amuser à mes dépens. Je serrai bien les cuisses et l'encerclai de mes bras. J'étais certaine qu'il souriait sous son casque. J'aurais fait de même si la situation avait été inversée. Il accéléra doucement, nous étions toujours dans l'enceinte de l'aérodrome. J'avais regardé le trajet, il fallait presque une heure trente pour arriver à Orcières. Je ne savais pas où exactement se situait la résidence de Lucius, cela pouvait donc être long. Il bifurqua sur la N94, la route était relativement droite, dommage. Cela ne l'empêcha pas de mettre les gaz, finalement nous serions peut-être là-bas d'ici une heure, vu la vitesse à laquelle il conduisait. Je faillis lui rappeler que je n'étais pas aussi solide que lui, en cas d'accident, mais j'aimais bien cette sensation alors je laissai tomber.

— Tout va bien ?

— Vous vous amusez bien n'est-ce pas ?

— Pourquoi dites-vous cela ? Je roule trop rapidement ?

Il ralentit l'allure.

— J'adore la vitesse, ne vous gênez pas pour moi. Si nous en avons la possibilité durant mon séjour, nous inverserons les rôles.

— Moi, derrière vous,

— Tout à fait. Inquiet ?

— Plutôt curieux. Ce sera avec plaisir. Pour information, si cette moto vous convient, elle sera à vous le temps de votre passage parmi nous.

— Trop aimable. Je pense que nous pourrons nous entendre toutes les deux. J'aime bien son caractère.

— Et vous n'avez rien vu. Après La Bâtie-Neuve, il y a quelques virages, je vous ferai une démonstration. La musique ne vous gêne pas ? J'apprécie de rouler avec.

— Faites comme vous voulez.

Scorpions se mit à résonner dans mon casque, très bon choix. Il tomba un rapport et accéléra de plus belle. Il ne m'adressa plus la parole et ça ne me dérangea pas. Je profitai du paysage, de la chanson et de la vitesse. Il enquilla les quelques virages signalés à un bon rythme, mais en contrôle, je souris sous ma visière. Nous dépassâmes Orcières, il prit un chemin que je n'avais même pas vu. J'aurais juré avoir traversé une maison. Je me retournai et constatai de visu qu'en effet, nous en avions transpercé une. Un sort de dissimulation assurément, Lucius avait une sorcière puissante en amie. Difficile de masquer une route dans un lieu touristique, et je ne parlais pas des satellites.

Il suivit cette route, tout en virages. Je prenais du plaisir à l'escapade. J'apercevais de temps en temps des hommes, certainement des gardes et donc, des vampires d'un certain âge pour supporter la lumière du soleil de cette façon. Après une dernière montée, mon chauffeur s'arrêta devant un magnifique chalet.

— Nous y sommes, bienvenue chez nous, Tisha. Je vais vous conduire à votre chambre si cela vous convient ?

— Parfait, quand vais-je rencontrer Lucius ?

— Je dois vous faire visiter la résidence, il a prévu de discuter avec vous pendant le dîner. J'ai également demandé que l'on vous laisse un plateau de nourriture. Votre petit déjeuner doit vous sembler loin ?

— Merci, Mathias, j'ai en effet un peu faim. Puis-je utiliser mon téléphone ?

— Vous êtes libre de faire ce que vous voulez, vous êtes une invitée ici, pas une prisonnière.

Toutes ces attentions étaient agréables, mais elles me rendaient aussi méfiante. Je n'avais pas l'habitude d'être si bien accueillie. D'un autre côté, je n'étais pas là pour les tuer, alors....

Il attrapa mon sac à dos et passa devant moi en me priant de le suivre. Je ne le quittai pas des yeux, j'avais son fessier en ligne de mire et franchement, il n'y avait rien à jeter.

— Vous ne vous vexerez pas quand je vous rendrai la pareille ? demanda-t-il en avançant.

— Pardon ?

— Quand je vous observerai, si l'on peut utiliser ce verbe-là, vous ne m'en voudrez pas ?

— Pas du tout, ce sera de bonne guerre. Dois-je m'excuser ?

— Non, il y a plus désagréable que d'être admiré par une belle femme.

— Vous devez avoir l'habitude, et ne faites pas le modeste. Cela va avec la transformation ou vous étiez déjà canon avant ?

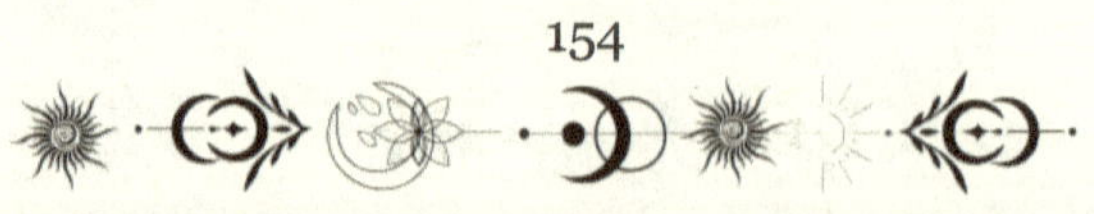

— On m'avait averti que vous étiez directe, mais pas à ce point. La mutation lisse les traits, gomme les imperfections. Mais si vous étiez un petit homme avec des bourrelets et boutonneux, vous le restez, sans la calculatrice sur le visage.

— Intéressant ! Si je dépasse les bornes, dites-le-moi.

— Oh, mais je le ferai, soyez-en certaine.

Sa voix était plus suave, son énergie me frôla. J'eus l'impression de recevoir une décharge électrique. J'avais trouvé bizarre de ne pas le sentir jusqu'à maintenant. Les vampires que j'avais dû rencontrer ou combattre n'avaient pas cette possibilité, aucun n'avait pu me cacher son aura. Je devais m'attendre à toute autre chose visiblement. Il ouvrit la porte d'entrée et me fit signe d'avancer.

— Ne le prenez pas pour une agression. Je vous le répète, vous ne risquez rien ici.

— Cela doit être pratique ce camouflage. Quel âge avez-vous ?

Je m'arrêtai à son niveau. Il était grand, je dus lever la tête pour le regarder dans les yeux.

— Nous en sommes déjà aux confidences ? Vous savez que c'est mal vu, dans la communauté vampirique, de demander notre ancienneté, me répondit-il en souriant.

— J'en suis consciente, mais vous avez l'air moins coincé que ceux que j'ai précédemment rencontrés. À vue d'énergie, je dirai que vous dépassez les deux cents ans.

— Je vous ferai part de ma date d'anniversaire quand nous aurons fait plus ample connaissance, susurra-t-il.

— Vous savez que je ne suis pas en train de vous draguer, là ?

— Je crois que vous êtes en train d'engranger le plus d'informations possibles, au cas où... Par contre, je tiens à le préciser, moi, je vous drague, comme vous dites. Après vous, Tisha.

J'aurais dû poser quelques questions à Isabella sur ses congénères. D'ailleurs, il n'était pas trop tard pour le faire. Dès que je serai dans ma chambre, j'irai à la pêche aux tuyaux. J'avançai et pénétrai directement dans un immense salon. La décoration était... montagnarde et magnifique !

En face de moi se trouvait une vaste ouverture sur un balcon avec une vue sur la montagne. Les murs étaient en lambris. À droite, un canapé démesuré en forme de U était posé sur un tapis blanc qui donnait envie de se rouler dedans, en face se situait la cheminée. Je visualisai la scène immédiatement, le feu en train de crépiter, et moi, allongée sur ce canapé, enveloppée dans un plaid avec un bouquin et un chocolat chaud qui m'attendait sur la table basse.

Par Athéna, quelqu'un était en train de jouer avec mon cerveau. Je me retournai vers mon guide, suspicieuse.

— Qu'y a-t-il ?

— Vous ne faites rien ?

— Que pensez-vous que je sois en train de faire ?

Il avait l'air sincèrement étonné. Je me tournai à nouveau vers ce salon. Je n'avais jamais ressenti cela auparavant, cette sensation de bien-être immédiat.

— Cette pièce est merveilleuse, j'aime beaucoup.

Il sembla surpris par ma remarque, mais poursuivit la visite.

— Vous êtes dans le chalet de Lucius, la porte à droite du canapé conduit à son appartement. Je vous saurais gré de ne pas y aller sauf s'il vous y invite.

— Le chalet de Lucius ? Il convie souvent des gens à venir vivre chez lui ?

— Au risque de vous donner mal à la tête, vous êtes la première à qui cela arrive.

— Ah ! J'imagine que je saurai le pourquoi de cette exception à un moment ou à un autre, donc je vais éviter la migraine. Ma chambre ?

— C'est la porte de gauche. Dans le couloir, vous trouverez trois grandes chambres avec leur salle de bain attenante. Vous pouvez choisir celle qui vous convient, à part celle tout de suite à votre gauche.

— Pourquoi ?

— C'est la mienne. Je vous y inviterais bien, mais je suppose qu'il est encore trop tôt ?

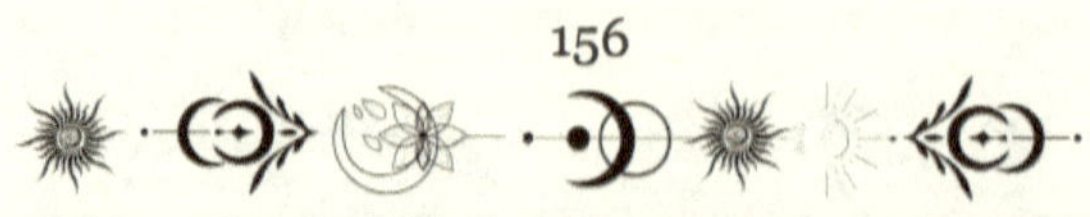

— Vous pensez bien, Mathias. Donc je serai seule avec vous deux ?

— C'est un problème ?

— Non, tant que tout le monde respecte mon intimité.

— Vous pouvez compter dessus. Connaissez-vous les règles qui régissent la communauté vampire ?

— Pas aussi bien que ma sœur, je suis très peu portée sur la diplomatie et je n'ai pas souvent eu affaire à vous.

— Je me demande pourquoi, pour la diplomatie, glissa-t-il moqueur. Nous ne pouvons toucher à un cheveu de nos invités, c'est une de nos lois. Si l'un de nous s'y risquait, il perdrait tout honneur. Lucius ne plaisante pas avec sa réputation, et moi non plus. Questionnez votre sœur, si cela peut vous tranquilliser.

— Je vous fais confiance, si vous le dites.

— J'apprécie. Votre plateau-repas doit être dans l'une des deux chambres, souhaitez-vous que je vous aide à le porter ?

— Ne vous inquiétez pas, Mathias, je vais gérer. Je pense que vous avez mieux à faire ?

— Rien d'aussi plaisant, je le crains. Il est seize heures, puis-je venir vous chercher d'ici trois heures ? Nous prendrons l'apéritif.

— Faisons comme cela.

Il me tendit mon sac à dos, me salua une dernière fois et franchit la porte du couloir. Je respirai de nouveau. Trop d'informations en trop peu de temps. Pourquoi étais-je ici ? Tout cela me semblait inquiétant. J'entrai dans la seconde chambre à gauche, bingo ! Mon plateau-repas y était. Premièrement, manger, ensuite, téléphoner à Isabella et à Alexandra.

Je posai mon attirail de motarde sur une table et balançai mon sac à dos sur le lit. Cette chambre avait aussi un balcon qui donnait sur la montagne. La vue était à couper le souffle. Je pouvais comprendre que l'on puisse vivre ici toute l'année avec un panorama pareil. J'ouvris les portes-fenêtres en grand. L'air se rafraîchissait, nous étions en altitude. Je retournai dans la pièce chercher mon casse-croûte et l'emmenai à l'extérieur. Une table et des chaises avaient été mises à ma disposition, autant en profiter.

J'avais devant moi des mini-sandwichs, des petits gâteaux et des fruits. Je piochai allégrement dans les sandwichs, un vrai délice. Je terminai par un chou à la crème chantilly, mon péché mignon ; voilà, mon cerveau avait de nouveau du carburant. Je retournai à l'intérieur afin de boire un peu, eau ou jus de fruits ? Non, de l'eau c'était bien. Je pris cinq minutes de plus pour ranger mes affaires, je n'avais pas emporté de tenue d'apparat, j'espère que ces messieurs ne pensaient pas que j'allais me mettre sur mon 31.

Mon téléphone à la main, je tentai d'abord de joindre Alex. Elle me répondit aussitôt.

— Oui, Tisha ? Tout va bien ?

— Et pourquoi est-ce que cela n'irait pas ?

— Voyons, tu es au cœur même de la communauté vampire, à deux doigts de faire la connaissance de leur grand maître, que personne n'a aperçu depuis des centaines d'années... je continue ?

— Non, c'est bien résumé.

— Tu l'as déjà rencontré ?

— Non, j'ai été accueillie par un de ses lieutenants, Mathias. Il m'a conduit à moto et je loge chez Lucius, ce qui, semble-t-il, ne s'était encore jamais produit.

— Ah oui, quand même ! Tu te sens en danger ?

— Non. Selon ce Mathias, étant une invitée, je suis en sécurité.

— Oui, c'est l'une de leurs règles, ils risquent le déshonneur s'il t'arrive quelque chose alors que tu es chez eux.

— Me voilà rassurée. J'ai aussi tapé dans l'œil de ce Mathias, un canon d'ailleurs ! C'est Chris Pine, version vampire.

— Carrément ! Attends deux secondes. Isa ?! hurla-t-elle.

— Tu viens de me détruire l'oreille à l'appeler.

— Oups, désolée. Patiente elle arrive, je te mets sur haut-parleur.

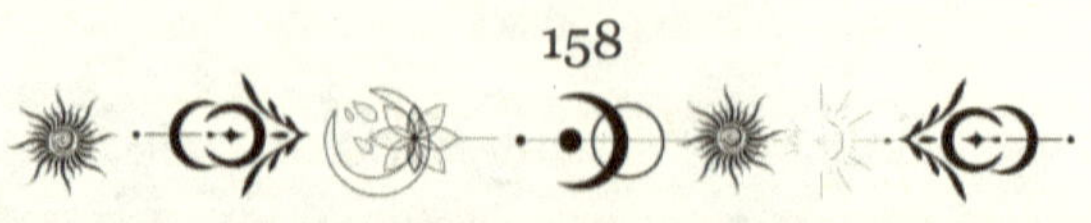

— Tu connais un certain Mathias, lieutenant de Lucius ? demanda-t-elle à Isa.

— Ce canon, tu plaisantes ! Moins bien que ce que j'aurais voulu. Pourquoi ? Tisha a craqué ?

— En l'occurrence, chère Isabella, c'est lui qui a craqué ! Moi, j'ai à peine fendillé.

— Non ?! Tu as un ticket avec Mathias ? Mais qu'est-ce que tu fais encore au téléphone avec nous ? Tu devrais déjà être dans son lit, ou ailleurs, en train de faire la bête à deux dos !

— Ton amie est une obsédée sexuelle, Alex. Je comprends mieux pourquoi il lui en faut deux pour la calmer. Je suis en mission. Bien que j'aime allier l'utile à l'agréable, je ne connais pas les us et coutumes vampiriques et j'apprécierais d'éviter les gaffes.

— Cela s'explique, tu viens à la pêche aux infos, petite coquine. Il t'a quand même tapé dans l'œil. Non, ne réponds pas, tu vas mentir, ajouta Isabella.

— Que sais-tu sur lui ?

— Il doit avoir dans les quatre cents ou cinq cents ans, je crois. Mais arrivé un certain âge, nous n'y faisons plus attention. C'est un ami de Lucius, un vrai et un fidèle. Il est malin et a une puissance phénoménale. Protège ton esprit, ce serait très facile pour lui d'aller chercher ce qu'il veut. Bon, vu que tu es invitée, il ne devrait pas le faire, il ne tergiverse pas avec l'honneur, comme Lucius.

— Je dois dîner avec ces deux-là, un conseil ?

— Mets quelque chose de sexy !

— Isa ! la grondai-je

— Je ne plaisante pas, dit-elle, plus sérieuse. Mathias est canon, mais Lucius... Ceux qui le connaissent disent qu'aucune femme ne peut lui résister. Mets une tenue sexy, ils ne doivent pas être les seuls à avoir du mal à fixer leur attention. En plus, vu que tu seras leur unique invitée, ils vont vouloir te séduire. Sans penser à mal, c'est un peu une règle chez nous. Sois rassurée, tu ne risques rien, à part ta vertu.

— Et on sait toutes que ça fait un moment que tu l'as perdue, ajouta ma sœur.

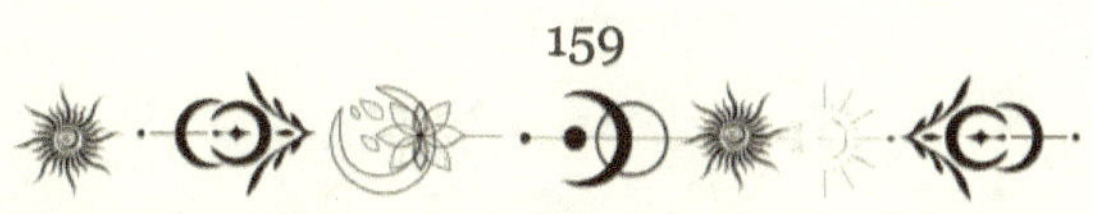

— Merci, Alex, c'est agréable de se sentir soutenue.

— Un juste retour des choses, vu comment tu m'as embêtée avec James.

— J'avais raison en attendant. D'autres infos ?

— Oui, évite l'alcool, cela leur donnera encore un avantage sur toi, s'ils veulent te mettre dans leur lit.

— Tous les deux ?

— Quand tu rentreras, je t'expliquerai deux ou trois trucs sur mon peuple. Je suis sûre que tu seras passionnée. Enfin, si tu n'as pas expérimenté toi-même les spécimens les plus sexy d'ici là.

— Tu me fatigues, on se tient au courant.

— Tu as intérêt, je veux tous les détails, renchérit Alex.

Je raccrochai sans rien ajouter. Isabella déteignait sur Alex à une vitesse inquiétante. Je décidai de réviser le protocole vampirique, afin d'éviter les gaffes.

Chapitre 19

Mathias

J'arrivai près de la porte du bureau de Lucius.

Entre, Mathias.

Je l'ouvris et repérai mon complice, sur le balcon, en train d'observer ses chères montagnes.

— En pleine introspection ?

— On peut le dire. Alors ?

— J'imagine que tu ne me demandes pas comment je vais.

Il se retourna, le sourire aux lèvres.

— Je te trouve bien guilleret, mon ami. Notre sentinelle t'aurait-elle fait des avances ?

— J'ai eu un doute au début, mais non. Elle est aussi directe que nos contacts nous l'avaient décrite. Elle m'a assuré que j'étais canon pour ensuite me demander si cela venait de mon statut de vampire.

— Excellent, tu as trouvé à qui parler, s'amusa-t-il.

Je changeai de ton.

— Elle est puissante, Lucius, l'énergie qu'elle dégage... C'est un véritable appel. Elle a l'air de l'ignorer complètement. Elle n'était pas rassurée quand je lui ai dit qu'elle était ton invitée.

— Et pourtant, le fait qu'elle le soit devrait la tranquilliser.

— Je ne pense pas qu'elle connaisse nos lois, il faudra faire attention. Elle risque de faire des gaffes avec les autres.

— Fais passer le message, il est formellement interdit de la toucher ou de la blesser, même en parole. Je veux qu'elle se sente bien parmi nous.

— Pourquoi ?

— Ah ça, mon ami... Elle a un rôle à jouer et je dois être présent, c'est tout ce que je sais.

— C'est vague ! Enfin, ça a le mérite de te sortir de ton trou.

— Mathias, tu frises l'insubordination, me gronda-t-il.

— Sérieusement ? Tu veux faire le chef avec moi. Je croyais que nous avions dépassé ce stade depuis longtemps.

— Tu as raison. Mais le temps est aussi notre ennemi, j'ai déjà subi tellement de choses... Tu verras quand tu auras mon âge, soupira-t-il.

— Oui papy. Je reste positif, tu me supportes encore, tout n'est donc pas perdu.

Il éclata de rire, j'étais content. La venue de cette sentinelle semblait l'avoir sorti de sa léthargie. Je me doutais qu'elle nous apportait des problèmes, mais regarder mon vieil ami s'esclaffer méritait ces complications. Il reprit son sérieux.

— Que penses-tu réellement d'elle ?

— Je n'ai pas été la sonder, Lucius. Elle est ton invitée, je te rappelle. Elle est forte, mais son énergie est... erratique. On dirait qu'elle ne contrôle rien. Sa puissance forme un caléidoscope de couleurs, assez foncées dans l'ensemble. Elle semble en colère. J'espère qu'elle va se maîtriser et ne pas chatouiller les mauvaises personnes, les dommages pourraient être importants.

— Oui, plus pour les autres que pour elle.

— Tu la crois capable de nous tenir tête ? Tu rêves. Je n'en ferais qu'une bouchée.

— Tu devrais te plonger dans l'histoire, Mathias, plus précisément sur les trois furies à l'origine du clan actuel.

Elles étaient considérées comme des divinités, même les dieux les craignaient. Elles n'avaient aucune pitié.

— Oui, mais depuis leur sang s'est dilué, leurs pouvoirs ont diminué.

— Quelques signes me laissent à penser qu'ils pourraient bien ressurgir.

— Et Tisha serait l'une des détentrices de ce pouvoir ?

— Oui, avec ses deux autres sœurs, Alexandra et Megan.

— C'est cette mission que tu as confiée à Alaric, retrouver la troisième ?

— Bien deviné. En effet, il faut qu'elles soient réunies.

— Elle n'est pas morte ? Tu en es sûr ?

— D'après mes sources, Tisha et Alexandra ont entendu sa voix récemment. Même avant ça, elles la savaient vivante.

— C'est complexe.

— C'est pour ça que c'est amusant. On passe aux affaires courantes ?

— À vos ordres, Maître.

— Ne commence pas.

Nous écoulâmes le reste de l'après-midi à régler les quelques problèmes qui exigeaient l'approbation de Lucius. La sonnette de l'entrée résonna au moment où nous finissions.

— Je n'attends personne, peux-tu t'en occuper ?

— J'ai oublié de t'avertir, Néphélia a demandé une audience. Je la lui ai refusée, mais cette diablesse ignore tout du mot « non » !

Lucius soupira, Néphélia avait été sa maîtresse pendant plus de soixante-dix ans, cela lui laissait un peu plus de passe-droit que les autres.

— Fais-la entrer, j'espère qu'elle est de bonne humeur.

— C'est pas gagné ! J'y vais. Je t'abandonne ?

— Hors de question, je souhaite m'en débarrasser en douceur. Sans toi, cela va durer.

— Heureux de servir à quelque chose, maugréai-je.

Je sortis du bureau et partis ouvrir. Néphélia attendait, magnifique, et la mine renfrognée. Tant pis pour la bonne humeur espérée !

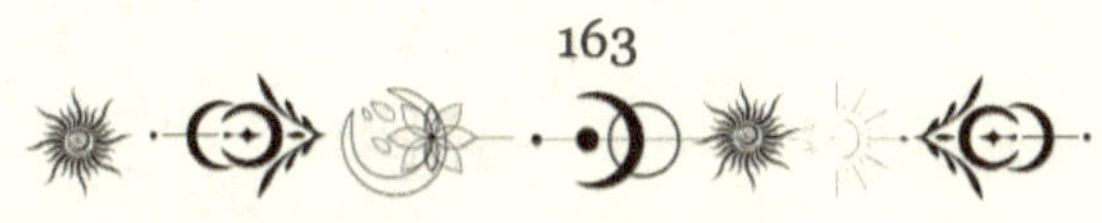

— Je pensais avoir été clair, Néphélia.

— Je veux parler à Lucius, je suis certaine que tu ne lui as même pas demandé, avant de me dire non !

— En effet, car je connais ses priorités actuelles, et tu n'en fais pas partie.

Elle commença à argumenter, je la stoppai immédiatement.

— Mais, comme nous avons fini en avance, Lucius t'accorde dix minutes. Suis-moi.

— Dix minutes, le maître est trop bon, répondit-elle sarcastique.

Je laissai courir, pour moi c'était déjà dix de trop. Je m'effaçai afin qu'elle entre dans le bureau. Lucius s'était installé sur le canapé, un verre à la main.

— Alors Néphélia, qu'y a-t-il de si urgent pour que tu passes outre le refus de Mathias ?

— Tu ne m'embrasses pas ? Où se sont donc enfuies tes bonnes manières, Lucius ?

— Je les oublie au rythme de mes années, tu devrais *ipso facto* faire vite, la menaça-t-il.

— J'ai appris que tu avais une invitée ?

Non, elle n'avait pas demandé un entretien pour ça quand même ?

— Et ? lui répondit Lucius.

— Eh bien, c'est inhabituel. Nous nous posons des questions. Tu te cloîtres depuis plus de deux cents ans, personne ne te croise ou presque, et là, tu ouvres ta porte à une sorcière. Nous sommes inquiets.

— Et par nous, je suppose que tu parles de tous tes amis arrivistes qui n'ont rien d'autre à faire que de spéculer sur mon futur trépas ?

— Lucius, personne ne souhaite te voir disparaître, surtout pas moi. Tu sais que tu me manques.

Elle assortit sa déclaration d'un long regard langoureux et d'une voix charmeuse. Elle prit place à côté de mon frère. Je ne pus m'empêcher d'intervenir.

— Quelle magnifique comédienne tu fais, Néphélia ! Tu es actuellement avec Silas, il me semble.

— Tu n'as rien de mieux à faire Mathias ? rétorqua-t-elle.

— Eh bien, j'attends la fin de ton entretien, d'ici sept minutes, pour te raccompagner, lui répondis-je.

Lucius me fit les gros yeux.

Sois un peu plus gentil.

Il avait dû oublier que je n'avais jamais supporté cette femme, même quand elle était sa maîtresse. Je haussai les épaules en réponse à son message.

— Néphélia, nous avons eu de bons moments tous les deux, mais c'est terminé depuis longtemps. Je suis flatté de ton intérêt. Maintenant, si tu n'as rien d'autre à me dire, je dois me préparer pour mon invitée.

— Et que dois-je dire à nos semblables ?

Lucius se leva et la toisa.

— Penses-tu sérieusement que j'ai des comptes à vous rendre ? Tu ferais mieux de partir, avant que je ne fasse un exemple de toi. Apprends à ce ramassis d'imbéciles de s'occuper de leurs affaires s'ils ne veulent pas que je décide qu'ils m'ennuient.

La menace était claire, Lucius n'était pas réputé pour sa patience. Son absence au sein de son peuple le leur avait peut-être fait oublier. Néphélia sentit le vent tourner et se leva précipitamment. Je lui ouvris la porte, gentleman, et la raccompagnai jusqu'au bout.

— Passe une très bonne soirée, Néphélia. Mes amitiés à Silas, fis-je sarcastique.

Cela la piqua, c'était le but recherché.

— Tu te crois au-dessus de moi Mathias ? Attends un peu, il finira par ouvrir les yeux. De toute façon, je vais avoir le fin mot de l'histoire. Je croiserai bien votre petite protégée à un moment ou à un autre.

Je savais reconnaître une menace quand on l'énonçait devant moi. Je l'attrapai violemment et la plaquai contre le chalet.

— Je ne crois rien Néphélia, je suis plus puissant que toi et j'obéis en tout point à Lucius. Je te déconseille de t'approcher de près ou de loin de Tisha. Ce que je pourrai

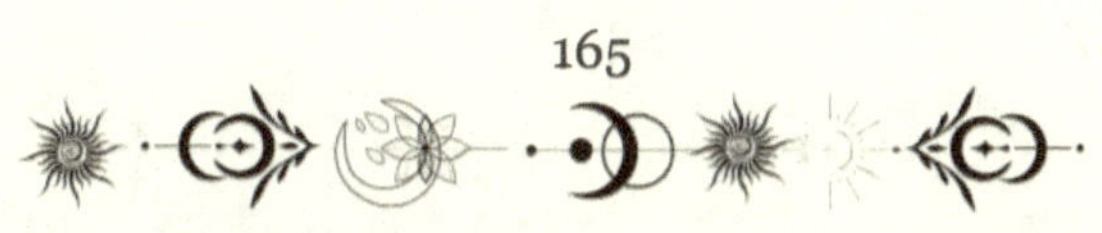

te faire ne sera rien par rapport à ce que te fera Lucius. Rappelle-toi qui il est.

Je la soulevai et la jetai au bas des marches. Elle se réceptionna sans dommage.

— Tu n'es plus la bienvenue ici. Tu devras attendre que ton maître te contacte pour paraître à nouveau devant lui, c'est compris ?

Elle hocha la tête, me fusillant du regard. J'allais devoir avertir Lucius, et peut-être Tisha, de ce léger problème. Je retournai vers Lucius.

— Tu as été long.

— J'ai dû mettre les choses au point. Elle a menacé Tisha. Je lui ai interdit l'accès à la maison.

— Et tu as bien fait. Elle ne prendra pas le risque de me mécontenter.

— Tu sais Lucius, à te tenir en retrait, tu en oublies les sentiments forts qui nous animent. Néphélia n'a que 270 ans, elle est loin d'être aussi blasée que toi. Et elle aimerait regagner sa place auprès de toi.

— Elle me désobéirait ? Je pense que tu exagères, mon ami.

Je ne répondis rien. Lucius ressentait les émotions, mais d'une manière tellement détachée du haut de son millénaire. Âgé de plus de cinq cents ans, je comprenais le problème. Je devais me battre tous les jours pour ne pas m'enfermer dans un endroit afin d'y dormir. L'ennui, la perte d'amis, notre changement de régime alimentaire, tout cela conduisait à une certaine apathie. Si nous nous laissions faire... Il était fréquent que de vieux vampires disparaissent pendant une centaine d'années, fatigués de tout. Lucius l'avait déjà expérimenté, et la Grande Guerre entre surnaturels avait éclaté. Il avait fallu cela pour qu'il sorte de sa grotte et reprenne les rênes du pouvoir.

— Je vois que cela t'inquiète ?

— Je vais charger Jonas de la surveiller, si cela te convient ?

— Fais ce que tu juges bon, Mathias. Il est temps de nous préparer pour notre invitée. À tout à l'heure.

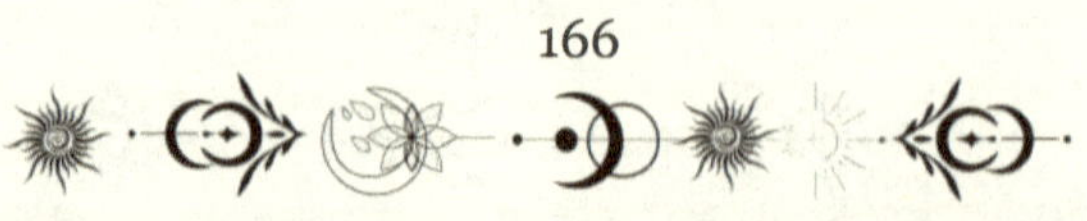

Je quittai mon ami et rejoignis ma chambre. J'avais une demi-heure devant moi, c'était plus que suffisant pour une douche. Je tendis l'oreille, je savais que Tisha avait pris la chambre d'à côté. J'avais pensé qu'elle choisirait la plus éloignée, vu son inquiétude à mon égard. À croire que son orgueil était plus fort que sa peur. C'était silencieux, peut-être se reposait-elle. Je mis ma playlist en route, j'aimais la musique, elle me gardait en vie.

Vingt-cinq minutes plus tard, habillé d'un jean noir et d'une chemise blanche, je toquai à la porte de notre captivante sentinelle. Je restai sans voix devant elle. Elle n'avait pourtant pas enfilé une de ses tenues affriolantes que certaines des nôtres adoraient.

Non, elle était vêtue d'un jean noir slim, taille basse et d'une paire d'escarpins qui la grandissait encore. Mais son haut, un bustier noir en dentelle ajouré, laissait apparaître son nom-bril, orné d'un petit diamant. J'eus du mal à m'en détacher. Je remontai les yeux sur son visage, ses cheveux blonds en brosse, son regard vert charbonné et sa bouche d'un beau rouge rubis. Elle dégageait quelque chose, je me sentis happé.

— Au vu de votre réaction, ma tenue vous convient. Tant mieux, j'avoue ne rien avoir emporté de mieux.

— Vous êtes parfaite comme cela. Nous serons entre nous.

— Alors en avant Mathias, j'ai soif et je suis curieuse de rencontrer le grand maître en personne.

Je la laissai passer devant, me permettant ainsi d'admirer son côté pile, aussi sexy que son côté face.

— Ce profil-ci vous convient également ? me demanda-t-elle.

Je souris malgré moi.

— Si je devais vous noter, ce qui serait indigne d'un gentleman, je vous donnerais un 15/10.

— Seulement ? Je suis déçue. Quoique je ne vous aie pas sorti le grand jeu alors...

— J'espère pouvoir y avoir droit un jour.

Elle se retourna et ses lèvres s'étirèrent en un beau sourire.

— Qui sait Mathias, qui sait ?

Elle semblait bien plus à l'aise, elle avait dû prendre ses renseignements. Je lui fis signe d'entrer, elle s'avança jusqu'au milieu du salon. Ses épaules se baissèrent, son énergie s'apaisa, cette pièce lui faisait visiblement de l'effet.

— Je vous sers à boire en attendant Lucius ?

— Avec plaisir.

Je ne lui demandai pas ce qu'elle voulait. Je savais qu'elle aimait le vin blanc, le Riesling en particulier. Je lui tendis son verre, elle était toujours en train d'admirer la décoration.

— Ce salon vous hypnotise, on dirait ?

Elle sursauta et se tourna vers moi.

— Je vous présente toutes mes excuses Mathias, c'est impoli. Je trouve cette pièce... reposante. C'est harmonieux, et l'ambiance y est très chaleureuse. Avec la vue offerte par le balcon, je comprends que vous aimiez vivre ici.

— Une femme selon mon cœur, capable d'admirer la beauté d'un lieu, dit Lucius. Je suis enchanté de vous rencontrer, Tisha.

Je surveillai sa réaction à la vue de mon ami. Ses pupilles se dilatèrent, son souffle se bloqua pour accélérer ensuite et elle se mordit les lèvres. Elle le trouvait à son goût, une de plus. J'étais déçu, j'aurais aimé qu'elle soit résistante à son charme. Mais d'un autre côté, je n'en connaissais aucune qui n'avait pas succombé, même des hommes.

Lucius mesurait 1,98 m et possédait un corps musclé et bien entretenu. Les femmes craquaient en général devant sa mâchoire carrée, ses yeux, d'un vert presque transparent ou pour ses cheveux, longs et bruns.

— Enchantée Lucius, je peux vous appeler comme ça ou vous préférez un terme plus officiel ? Majesté, Maître ? Quoique ce dernier me semblerait bizarre...

J'étouffai un rire à sa remarque. Visiblement, elle s'était vite reprise. J'étais étonné, et ravi.

— Lucius sera parfait. Vous êtes bien installée ?

– Mathias s'est merveilleusement occupé de moi, la chambre est raffinée et j'adore le panorama. Et ce vin est un délice. Vous savez recevoir.

Je souris en apercevant la tête de Lucius. Il semblait surpris par la verve de notre amie. La soirée allait être intéressante.

Chapitre 20

Lucius

Avant même d'entrer dans la pièce, je sentis son énergie. Quelle puissance ! Je la ressentis dans tout mon corps. Elle ne m'entendit pas arriver pendant qu'elle discutait avec Mathias au salon. C'était aussi ma pièce préférée, j'étais heureux qu'elle l'apprécie.

— Une femme selon mon cœur, capable d'admirer la beauté d'un lieu. Je suis enchanté de vous rencontrer, Tisha.

Elle resta immobile pendant qu'elle m'observait. Je vis tous les signes me confirmant que j'étais à son goût, j'avoue que je la trouvais également fort délectable. Alors que je pensais devoir meubler le silence qui allait forcément s'installer, toutes les femmes avaient cette réaction, je fus surpris de l'entendre me répondre.

— Enchanté Lucius, je peux vous appeler comme ça ou vous préférez un terme plus officiel ? Majesté, Maître ? Quoique ce dernier me semblerait bizarre...

Je la voyais pourtant bien me nommer Maître dans une situation différente, mais je ne relevai pas. Je vis Mathias étouffer un rire. Au moins un que cela divertissait.

— Lucius sera parfait. Vous êtes bien installée ?

— Mathias s'est merveilleusement occupé de moi, la chambre est raffinée et j'adore le panorama. Et ce vin est un délice. Vous savez recevoir.

Elle se tourna de nouveau vers l'extérieur, elle semblait captivée. Alors là, j'étais confus. J'échangeai un regard avec Mathias.

Elle préfère admirer la montagne ? Alors que je suis devant elle ?

Elle est pleine de surprises, intéressante, non ?

Je me concentrai sur ses battements de cœur, légèrement plus rapides que la moyenne, mais rien qui ne montrait une excitation. Mathias vint à mon secours en lui proposant de s'asseoir sur le canapé. Il lui offrit quelques amuse-gueules et s'installa en face d'elle. En temps normal, je me serais posé sur le second fauteuil, afin d'éviter une réaction excessive de sa part. Mais visiblement, j'étais tombé sur la seule femme insensible à mon charme. Je m'assis donc à côté d'elle.

— Alors, Tisha, que pensez-vous de cet endroit ?

— Je ne sais pas ce que donne le reste de votre domaine, mais j'adore votre chalet. La salle de bain est une merveille, je suis restée un temps fou sous la douche à expérimenter tous les jets.

Je la visualisai immédiatement nue, l'eau coulant sur son corps ; les rôles étaient inversés, je réagissais comme un jeune vampire. Je laissai glisser par inadvertance un peu de mon pouvoir, elle se contracta d'un seul coup. Je verrouillai de nouveau le tout en m'excusant.

— Ce n'est pas grave Lucius, Mathias a fait la même chose tout à l'heure. C'est étonnant cette faculté que vous avez de contenir votre puissance. Vous êtes les premiers vampires que je rencontre, capables de le faire. C'est fréquent ?

— Après 400 ans, oui. Nous n'avons plus grand-chose à voir avec ceux que vous avez déjà dû croiser.

— Donnez-moi des détails, fit-elle en se penchant vers moi. J'espère ne pas être indiscrète ?

Je souris à cette tentative toute féminine de me tirer les vers du nez. Je n'avais pas l'intention de lui faire des cachotteries. Si elle voulait en apprendre plus sur moi, pourquoi pas ?

— Partons d'Isabella par exemple. Elle a la particularité, depuis peu, de modifier son régime alimentaire. Son besoin de sang est moins important. Elle est bien en avance sur la moyenne, ceci n'arrive en général que passé 200 ans.

— Je ne connais pas votre âge, et Mathias m'a déjà fait la leçon quand je le lui ai demandé, mais je suppose que vous êtes au-delà de 700 ans ?

— Vous supposez bien, très chère. J'ai dépassé le millénaire.

Sa bouche forma un O de surprise, j'eus envie d'y coller la mienne. Je jetai un œil sur Mathias, il m'observait, étonné sans doute de ce que je lui avouais.

— Mathias va me faire la leçon également, si je continue de vous dévoiler toutes ces informations. Je pensais que vous en saviez plus sur nous, du fait de votre relation avec Isabella.

— Elle est mon amie, pas un moyen de me renseigner. J'imagine qu'elle nous a communiqué ce qu'elle était autorisée à partager, surtout avec les *Guardians*. De plus, nous n'avons jamais rencontré de vampires aussi vieux que vous, sans vouloir vous vexer, Lucius.

— Cela ne me vexe pas, je suis un homme d'expérience, comme vous dites. Ça a ses avantages.

Elle rougit légèrement, je me sentis rassuré. Depuis quand avais-je besoin de l'être ? C'était bizarre. Elle termina son verre. Mathias se leva immédiatement afin de la servir à nouveau.

— Que voulez-vous savoir encore ?

— De quoi vous nourrissez-vous ? Un mélange d'aliments, comme nous, et de sang ? Êtes-vous aussi gourmand qu'Isabella ?

Je ris à cette remarque, elle serra les cuisses, son rythme cardiaque s'accéléra. Elle se maîtrisait merveilleusement bien. C'était passionnant et tellement plus amusant qu'avec les autres femmes.

— Un peu de tout cela.

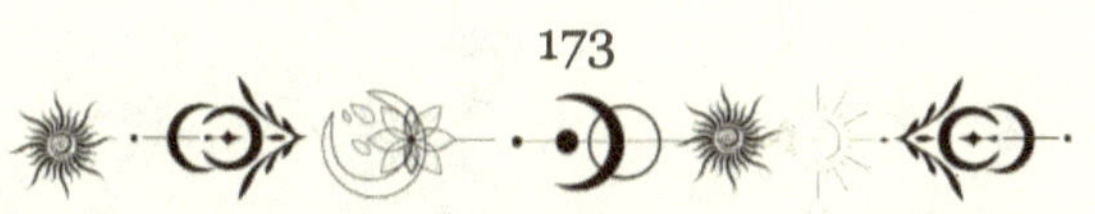

Je ne pouvais pas lui avouer la teneur de mon régime alimentaire, elle risquait de prendre peur. Mathias se rassit en face d'elle. Il était intrigué lui aussi. Tisha lui lançait des regards de temps en temps, le trouvait-elle séduisant ?

— Et vos pouvoirs ? J'imagine que vous en avez plus que le vampire moyen. Vous pouvez lire dans les esprits ? Voler ?

— Je constate que vous êtes friande de films ou de romans… Je ne me transforme pas en chauve-souris, je vous l'assure. Mathias non plus, aux dernières nouvelles, n'est-ce pas, mon ami ?

— Je n'ai rien vu pousser de tel sur mon corps, mais vous pouvez le vérifier par vous-même, Tisha. Nous tenons à la transparence.

Elle planta son regard dans celui de Mathias, j'entendis son cœur accélérer tandis qu'elle lui répondit :

— Merci, je vous fais confiance sur ce point.

Elle était donc attirée par mon ami. D'un autre côté, je ne pouvais le lui reprocher.

— Et les pouvoirs ?

Elle ne lâchait rien.

— Seriez-vous prête à partager avec moi les secrets des Euménides ? lui demandai-je.

— Franchement, non ! Mais je suis certaine que vous êtes très bien renseigné. On doit accumuler beaucoup de connaissances après un millénaire.

— C'est exact, et le savoir est souvent le vrai pouvoir. Nous en resterons là ce soir, pour votre manuel de « tout maîtriser sur les vampires ».

Je me levai et lui tendis la main.

— Nous pouvons passer à table si vous le voulez.

— Avec plaisir.

Elle glissa sa main dans la mienne, mon pouvoir fusa vers elle. Elle dut ressentir une nouvelle décharge.

— L'électricité statique, une vraie plaie, dit-elle en me souriant.

Je la conduisis à la salle à manger, qui jouxtait le salon. Je la plaçai entre nous deux, dos à la montagne. Je voulais avoir toute son attention. Mathias se dirigea, comme

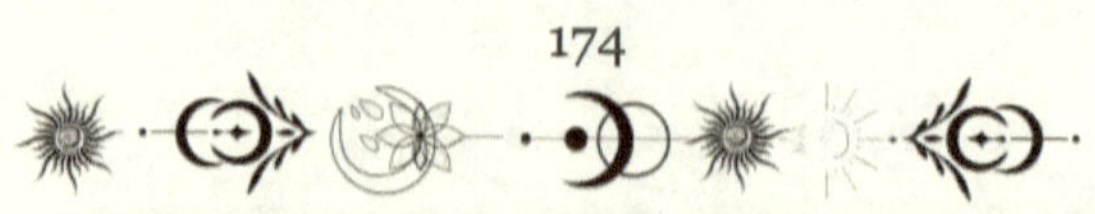

d'habitude, vers la chaîne et lança sa playlist préférée. Il passa ensuite du côté de la cuisine afin d'apporter l'entrée, une mousseline de saumon et Saint-Jacques.

— Ne me dites pas qu'en plus, vous concoctez des petits plats ? lui demanda Tisha.

— Cela m'arrive quand j'en ai l'opportunité. Mais je n'ai pas préparé le repas de ce soir.

— Et vous, Lucius ? Vous cuisinez ?

— Non, pas vraiment. Je suis en mesure de me débrouiller, mais je ne perds pas mon temps à ça. Alors que Mathias est un vrai cordon bleu. Vous aurez certainement l'occasion de goûter à ses talents.

— Ce sera avec plaisir, mais combien de jours voulez-vous que je reste avec vous ? J'ai une mission, vous savez ?

— J'aimerais que vous considériez ce chalet comme votre pied à terre pendant toute la durée de votre expédition. De plus, j'en ai une autre à vous confier.

— Vous avez une mission pour moi ? Mais vous devez passer par le conseil pour cela.

— Je ne veux pas en discuter avec elles. Je pense que votre objectif actuel est en lien avec mon récent problème. Nous sommes bien d'accord que ce que je vous dis ne peut être répété à quiconque ?

Elle plissa les yeux, suspicieuse.

— Si vous sous-entendez que je ne peux pas en parler aux *Guardians* par exemple, je suis au courant. Mais seul le conseil est habilité à me missionner.

— Il me semblait que vous ne désiriez plus rendre de comptes à l'assemblée ?

— Comment êtes-vous au courant ?

Elle se leva, furieuse. Son énergie augmenta et m'entoura de toute part. Mathias se raidit, prêt à agir.

— Je veux savoir, Lucius. Comment pouvez-vous avoir cette information ? Nous n'étions qu'entre nous quand cela a été évoqué !

— Entre vous, oui en effet. La famille royale à l'exception de votre demi-sœur Victoire, il me semble. Calmez-vous, Tisha. J'aurais pu vous le cacher. Je joue cartes sur table avec vous.

— Mais c'est impossible, la pièce avait été insonorisée.

— C'est exact, et je ne l'ai pas appris de cette façon. Je vous assure que vous n'avez pas d'espion vampire autour de vous. Isabella ne me fait aucun rapport sur ce qui se passe chez vous.

— Je ne pensais même pas à elle, je sais que je peux lui faire confiance. C'est notre amie, elle a sauvé ma sœur.

— Et Alexandra l'a également sortie d'affaires à maintes reprises. Pouvez-vous vous asseoir et vous calmer ? Votre magie me tourne autour comme un missile sur le point d'exploser, c'est fatigant.

Elle ouvrit de grands yeux, mais fit ce que je lui demandais.

— Mon pouvoir vous tourne autour ? Je ne le manipule même pas en ce moment.

— Vous pensez que vous ne l'utilisez pas, mais je peux vous promettre que je le vois. C'est magnifique d'ailleurs, n'est-ce pas Mathias ?

— Superbe, mais j'aimerais bien que vous le maîtrisiez un peu plus. Cela fait peut-être sourire Lucius, mais je suis un brin plus anxieux, précisa-t-il, la voix dure.

— Vous ne plaisantez pas ? Comment voulez-vous que je contrôle quelque chose que je ne visualise pas ?

— Je peux vous montrer. Donnez-moi la main.

— Pour quoi faire ?

— C'est incroyable d'être aussi têtue. On m'avait pourtant averti. Donnez-moi votre main et vous verrez !

Elle hésita un moment et interrogea Mathias du regard. Il était énervant de constater qu'elle lui faisait plus confiance qu'à moi. Elle finit par me tendre sa main. Je l'attrapai et laissai couler un peu de ma puissance. Elle remonta le long de son bras, elle frissonna, mais ne la retira pas. Quand ma magie atteint son nez, elle sembla sur le point de paniquer. Mathias agrippa son autre main en lui demandant de nous faire confiance. Elle inspira, ses yeux verts flamboyèrent, elle était magnifique. Elle regarda autour d'elle.

— Par Athéna !

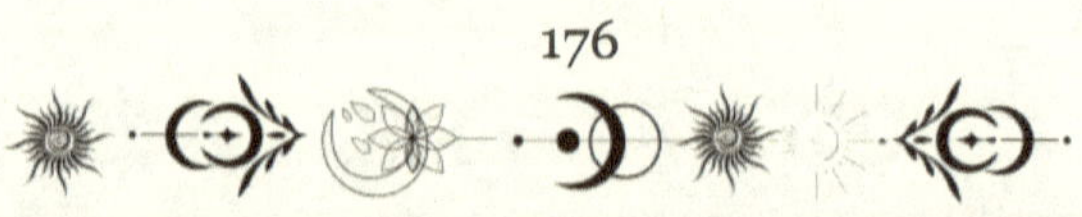

— C'est beau n'est-ce pas Tisha ? Vous avez un potentiel incroyable.

Des vagues multicolores nous entouraient de toute part, elles glissaient et plongeaient, leurs mouvements étaient erratiques.

Je conservai sa main dans la mienne, son contact était agréable.

— Que dois-je faire ?

— Que faites-vous habituellement quand vous devez contrôler votre magie ? Utilisez la même méthode.

Elle ferma les yeux un instant, j'observai son visage si fin, si beau. Elle inspira et expira doucement, son énergie baissa. Les vagues s'apaisèrent. Elle se maîtrisait. Lorsqu'elle les rouvrit, ils étaient redevenus normaux.

Elle resta là, ses deux mains prisonnières des nôtres. Des dizaines de questions dans son regard, elle finit par se lever, et par nous lâcher. Dommage.

— Expliquez-moi ! Qu'est-ce qui vient de se passer ?

Elle était calme, j'étais impressionné. Je ne sais pas si, à son âge, je me serais contrôlé de cette façon.

— Ne vous fâchez pas, Tisha. Nous avons la capacité avec Mathias de visualiser la puissance de tous les surnaturels.

— Seulement vous deux ? Et Isabella ?

— Isabella est bien trop jeune. Certains des miens l'ont aussi, mais vous ne les croiserez pas.

Elle se retourna vers la montagne, je vis nos visages qui se reflétaient dans la vitre. La nuit était tombée.

— Viens donc manger Tisha, j'entends ton estomac grogner d'ici. Nous parlerons après. Lucius ne t'a toujours pas expliqué la mission qu'il voulait te confier.

Elle se tourna et observa Mathias un moment. Il lui sourit, elle l'imita. Son ventre émit un grondement sonore, ce qui nous fit tous rire. La tension baissa aussitôt.

— On se tutoie maintenant ?

— Je t'ai tenu la main afin d'éviter que tu ne nous tues, après ce genre d'expérience, on passe directement au tutoiement, non ? répliqua-t-il en souriant.

— Va pour le tu !

Elle me coula un regard mi-moqueur, mi-interrogatif. Je compris la question.

— Si tu le souhaites, nous pouvons aussi nous tutoyer.

— Eh bien, je n'aurais pas tout perdu ce soir, je suis à tu et à toi maintenant avec le maître des vampires ! fit-elle taquine.

— Que cela ne te monte pas à la tête, lui répondis-je sur le même ton.

— Aucun risque, Lucius. Bon, dégustons cette entrée. C'est vrai que j'ai faim, moi.

Nous passâmes les quelques minutes suivantes à savourer la mousseline. J'en mesurai la texture et le goût. Je n'avais pourtant pas réellement de l'appétit, les émotions récentes m'avaient suffisamment rassasié. Je contemplai Tisha en train de se délecter de son entrée, la voir apprécier son plat était un authentique spectacle.

— Tu es toujours aussi expressive quand tu manges ? lui demandai-je.

— J'aime la nourriture, surtout la bonne. Et je n'ai pas souvent accès à des mets de cette qualité. Donc, quand c'est le cas, j'en profite !

Elle attrapa son verre et le but d'une seule traite. Cela l'avait plus secouée qu'elle ne voulait le montrer.

— Tu cuisines ? lui demanda Mathias.

— Tu plaisantes ? Jamais sans y être vraiment obligée.

La réponse avait fusé, limite s'il ne l'avait pas insulté en lui posant cette question. Elle termina la mousseline, Mathias proposa de lui servir un peu de blanc, elle accepta.

— Je devrais passer à l'eau, je ne voudrais pas perdre ma maîtrise.

Je me demandai si elle parlait de sa magie ou d'autre chose.

— Ton énergie semble sous contrôle, je ne pense pas que tu risques quoi que ce soit en buvant un verre de plus.

— On envisage de me saouler, grand maître de tous les vampires ? Je ne suis pas une fille facile, me taquina-t-elle.

Mes crocs m'élancèrent en songeant à toutes les choses que je pourrais lui faire si elle m'en laissait l'occasion.

— Je n'ai jamais dit ça Tisha. Je sais que tu es une belle femme, avec des besoins. Je sais aussi que tu ne t'engages pas dans les relations que tu as. Tu papillonnes, c'est ça le terme Mathias ?

— Tout à fait.

Tisha nous regarda à tour de rôle, un peu sceptique.

— Il faudra que vous m'appreniez comment vous pouvez connaître autant de détails sur ma vie et celle de mes proches. Je n'aime pas me savoir surveillée.

— Tu ne peux pas nous en vouloir Tisha, vous faites de même, lui dis-je.

— En partie, c'est vrai. Mais nous n'allons pas jusqu'à observer avec qui vous couchez. Cela n'a aucun intérêt.

— Tu ne le fais pas, Tisha, mais je peux t'assurer que ton père ou ta mère sont parfaitement au fait de qui est avec qui, et à quel moment, reprit Mathias.

— Parlons-en de ça. Comment savez-vous qui est mon père ? Je pensais que c'était un secret bien gardé.

— Vos venues régulières enfants nous ont mis la puce à l'oreille. À partir de là, il n'a pas été très difficile de comprendre. Je suis désolé, mais je suppose que tous les surnaturels connaissent cet état de fait, ajoutai-je.

— Cela va énerver mon père.

— Oh ! Marius doit bien s'en douter, non ?

— Je ne pense pas, je ne crois pas. Enfin, nous verrons. Et la mission que tu veux me confier ?

— Tu n'es pas plus curieuse que ça ? Pas d'interrogatoire poussé sur qui nous communique ces renseignements ? la taquinai-je.

— Tu me le dirais ? Non, je sais bien que non. Je ne perds pas mon temps sur les évènements que je ne peux changer. Vous savez qui est mon père. Pas grave, cela ne signifie pas que vous me connaissez moi.

J'appréciais de plus en plus le caractère et la logique de cette jeune femme. 25 ans seulement, et elle était plus mûre qu'une majeure partie de mes vampires de 100 ans. Était-ce la disparition de sa sœur qui l'avait fait grandir de cette façon ? L'éducation des Euménides ? Peut-être un peu de tout ça...

— Je ne demande qu'à mieux te connaître, lui répondit Mathias avec un sourire.

— J'avais bien compris les allusions Mathias, nous pourrions devenir amis, lui répliqua-t-elle, très sérieuse.

J'éclatai de rire à la vue de mon ami, tout dépité. Il n'avait pas plus l'habitude que moi de ce genre de refus.

— Amis ? Tu veux que nous soyons amis ?

Chapitre 21

Tisha

Le rire de Lucius relança mon désir, comment faisait-il ?

— Tes sources ne sont peut-être pas aussi fiables que tu le crois. Je choisis avec précaution ceux avec qui je partage mon lit. Pensais-tu que ta belle gueule allait suffire ?

— Franchement, oui !

— Au moins, tu es direct, j'apprécie. Je suis en pleine mission, je ne te connais que depuis quelques heures. Je ne sais pas exactement ce que tu attends de moi, tu peux me dire noir et vouloir blanc.

— Pourquoi ferais-je ça ? Je peux juste envisager un bon moment avec une belle femme.

— Tu peux, mais ce ne sera pas avec moi. Allons Mathias, je ne suis pas une idiote, c'est l'attrait de la nouveauté qui te plait. Et si nous reparlions de cette mission ?

Je bottai en touche. Il était plus facile de revenir sur un plan professionnel.

— Je vais chercher la suite pendant que Lucius t'explique.

Je me tournai vers ce dernier, attendant d'en savoir plus.

— Des vampires ont disparu. Je crains que ce ne soit la même organisation qui en soit à l'origine.

— Tu parles de combien de personnes ?

— C'est difficile à dire, nous ne vivons pas en meute comme les métamorphes. C'est récent en tout cas. Des vampires relativement jeunes, entre 70 et 100 ans, pas plus.

— Tu plaisantes ? Isabella a 110 ans et je ne pense pas qu'il soit aisé de la capturer, comment des surnaturels de cet âge pourraient l'avoir été ?

— Premièrement, Isabella est loin d'être la norme, elle possède une puissance étonnante au vu de sa jeunesse. Ne te base pas sur elle. Normalement, à 110 ans, on commence à peine à pouvoir supporter la lumière du soleil, on débute tout doucement notre changement d'alimentation...

Je gardai le silence, que d'informations en si peu de temps.

— Tu as quand même une idée du nombre de personnes enlevées ?

— Pour l'instant une vingtaine, mais comme je te l'ai dit, c'est difficile d'avoir un compte juste.

— Ce serait, en tout cas, étonnant que ce soit une simple coïncidence... Mais nous n'avons trouvé aucun vampire dans les deux sites et pas de vidéos, non plus. Il faudra que je demande à Alex de me le confirmer. Tu es d'accord ?

— Tu peux en parler à ta sœur, mais je ne veux pas que Marius soit au courant ni les *Guardians*.

— Pourquoi ? Mon père est ton allié maintenant. Vous avez de bonnes relations d'après ce que j'en sais.

— C'est vrai, mais vous avez un traître chez vous. Je ne tiens pas que cette personne sache que nous le cherchons.

— Comme tu préfères.

Je restai silencieuse un moment. Des métamorphes, puis des vampires. Les sorcières, les fées et les autres surnaturels étaient-ils en danger eux aussi ? Fallait-il

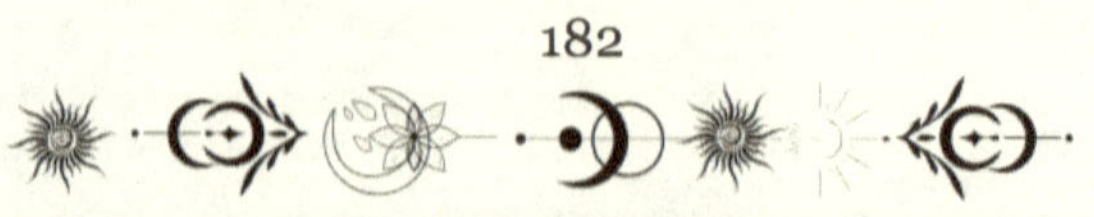

informer les dirigeants de notre monde d'une possible menace ? En en connaissant certains, je me doutais qu'ils allaient ignorer l'avertissement, se croyant supérieurs aux voisins.

— Je ne peux pas éviter d'en parler au conseil Lucius. Si les autres espèces sont en péril, nous devons les prévenir !

— Vous êtes déjà en train de résoudre le problème. Nous avons un accord Tisha.

Ses yeux flamboyèrent, je ressentis une décharge électrique, Lucius montrait son vrai visage.

— Inutile de t'énerver !

Mathias intervint.

— Que dirais-tu de te laisser un délai ? Si, dans une semaine, vous n'avez pas élucidé l'affaire, nous prendrons en compte ta demande.

Je me frottai le bras, là où sa salve d'énergie m'avait touchée. C'était très désagréable. J'étais fâchée contre Lucius. Où était passée cette promesse de ne pas me blesser ! Loi pour les invités, mon œil !

— Je n'aime pas les secrets, ils n'amènent que des complications. D'un autre côté, j'ai l'impression que je n'ai pas vraiment le choix, vu ta réaction Lucius. Tu caches bien ton jeu à faire le gentil depuis le début.

— Je suis désolé, Tisha, je n'ai plus l'habitude que l'on me contredise. Je t'ai blessée ?

Il tendit la main vers mon bras, je l'évitai.

— Rien d'irrémédiable, mais nous allons jouer franc jeu. Arrête de planquer ta puissance, ça vaut aussi pour toi Mathias. Montrez-moi ce que vous avez réellement dans le ventre !

— Ce n'est pas une bonne idée, Tisha, me dit Mathias.

— Pourquoi ? Tu as peur que je m'enfuie ? Je suis une Euménide, je suis formée pour cela.

Lucius ne disait rien. Il se contentait de m'observer, me jaugeant indéniablement. J'étais certaine que ces deux-là pouvaient communiquer sans se parler, ils avaient la même attitude qu'Alex et moi lorsque nous conversions en privé.

— Faisons un marché ! Tu acceptes que je t'aide à maîtriser tes pouvoirs actuels et, une fois cela fait, je te montre qui je suis.

— Je contrôle parfaitement mes capacités, je n'ai pas besoin de ton assistance.

— C'était le cas avant, assurément. Mais il s'est passé quelque chose il y a trois jours de cela. Nous l'avons ressenti avec Mathias. Tu ne peux pas l'avoir ignoré.

Il y a trois jours, c'était donc dimanche. Le jour où Elena nous avait rendu notre mémoire, le jour où nous avions entendu Megan, le jour où j'avais failli perdre Alex ; oui, il s'en était passé des choses ce jour-là.

— Je vois bien que tu comprends de quoi je parle. Quoique ce soit, cela a augmenté vos pouvoirs, à toi et à ta sœur. Megan aussi est concernée.

— Megan n'a jamais eu cette capacité, j'imagine que tu le sais ?

— Je ne suis pas certain que ce soit encore le cas, alors. Nous avons décelé trois pics cette nuit-là.

Si c'était la nuit, je parierais sur le moment où nous avions été de nouveau connectées toutes les trois. Je détestais cette mission qui m'empêchait de la chercher.

— Alexandra aussi ? Elle est en danger ?

— Sans vouloir te vexer, ta sœur a l'air d'avoir un caractère moins emporté que le tien. Je ne dis pas qu'elle maîtrise tout à fait ce qui lui arrive, mais son énergie ne fluctue pas autant que la tienne.

Je souris à cette description, c'est vrai qu'Alex avait toujours été plus posée que moi.

— Excellente nouvelle ! Mais de quoi as-tu peur ? Je pourrais te tuer ?

— C'est possible, si tu parviens à te contenir. Mais dans l'immédiat, tu es un danger pour toi ainsi que pour les autres. Et avec les missions que tu remplis, je ne pense pas que ce soit une bonne idée.

— C'est pour ça que tu m'as invitée ? Tu voulais vérifier ? Tu espères me contrôler ?

Lucius éclata de rire à ces mots.

— Te contrôler ? Je ne conçois pas que qui que ce soit puisse un jour le faire !

Mathias se joignit à son hilarité, je ne savais pas comment je devais le prendre. Je décidai de laisser courir. Je préférais de toute façon garder mon libre arbitre, donc il n'avait pas tort.

— Quand vous aurez fini, vous pourrez peut-être m'expliquer ce que vous prévoyez ?

Lucius s'arrêta de rire. Il avala une gorgée de vin tout en plantant ses yeux dans les miens. Je bloquai mes émotions. Par Athéna, vivement que cette soirée se termine. Il devenait éprouvant de combattre cette attraction. De plus, j'étais fatiguée, l'afflux de pouvoir et ma difficulté à le maîtriser, certainement.

— Tu acceptes le marché ?

— Je n'ai pas le choix. Je ne tiens pas à blesser qui que ce soit, sans que ce soit voulu. Tu as l'air de souhaiter m'y aider.

— Tu me fais confiance ? Je suis étonné.

— Ne t'excite pas, je ne la donne pas aussi facilement. Je te laisse une ouverture. J'espère ne pas le regretter.

— Je te promets que mes intentions sont amicales. Nous commencerons demain matin. J'ai un dojo d'entraînement accolé à mon appartement. Il faudra que tu m'y rejoignes.

— Quelle heure ?

— Huit heures ?

— OK pour moi.

— Parfait. Finissons donc de manger tranquillement. Mathias ?

Ce dernier avait assisté à toute la conversation sans y participer réellement. Il semblait content de notre accord. Il attrapa les trois assiettes dans la cuisine et les posa sur la table.

— Des ravioles de homard, sauce à la truffe, pour madame, nous présenta-t-il.

— C'est alléchant.

— Bon appétit.

Je savourai à sa juste valeur ce plat excellent. Le goût du homard était sublimé par la sauce, j'en fermai les yeux de plaisir.

— Vous féliciterez le chef pour moi, c'est un régal.

Je relevai la tête, n'entendant pas de réponses. Les deux hommes me regardaient d'un air affamé. OK, là ça devient bizarre.

— Vous n'aimez pas ? Je prends votre part autrement.

— Pourrais-tu être moins... expressive quand tu manges Tisha ? me demanda Mathias.

— Moins expressive ? Mais c'est super bon ! Je mets cinq étoiles au cuistot sans discussion.

Une lueur amusée remplaça l'air affamé, je respirai de nouveau.

— Puis-je quand même vous proposer d'aller voir une de vos bonnes amies cette nuit ? Je pense que vos réactions face à une femme qui ne fait que se nourrir ne sont pas très saines.

Je savais que les vampires étaient très portés sur le sexe, mais là, c'était un brin exagéré.

— Cela ne se calme pas avec l'âge ?

J'abusais peut-être un peu avec mes questions, mais j'étais curieuse. Être excité en contemplant quelqu'un manger, c'était tout de même étrange, non ?

Les deux hommes échangèrent un regard. C'est sûr qu'ils se parlaient. Mathias sourit et me répondit.

— Nous n'avons plus les mêmes besoins, nous ne sommes plus attirés par les mêmes choses. Mais, je te tranquillise, nous assurons quand même, malgré notre grand âge. Bref, nous n'avons jamais eu de plaintes.

— Tu m'étonnes, peut-être aussi qu'elles n'ont pas osé vous le dire... Vu votre statut, enfin tu comprends ce que je veux dire.

— Tu cherches les ennuis Tisha ? Tu tiens à ce que l'on te donne des preuves ? Tu désires peut-être essayer ? demanda Lucius.

— Non, non. C'est trop gentil de me le proposer. Je vous crois sur parole. Simple curiosité. Mes missions m'ont amenée vers d'autres espèces, je ne connais pas grand-

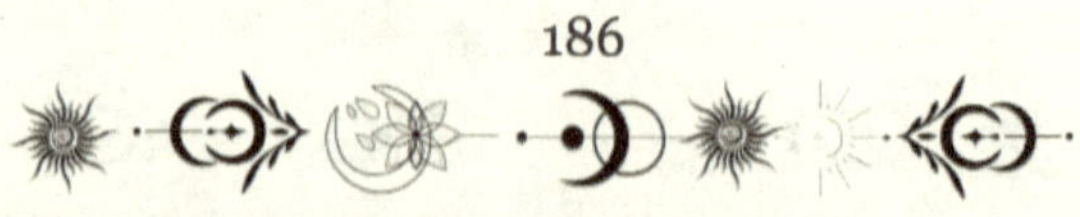

chose de vous. Je parle de vraies infos, pas de ce que vous avez laissé filtrer.

Il était temps de faire marche arrière, je pensais qu'il était plus prudent d'éviter toutes relations charnelles avec ces deux-là.

— Tu crois donc que ce qui se trouve dans les archives des Euménides n'est pas la réalité ? Et pourquoi ça ?

Je ramassai les dernières gouttes de ma sauce avec un bout de pain, surtout ne pas gâcher. Une fois cela fait, je leur répondis.

— Aucune de nos archives ne mentionne des capacités comme celles que vous avez : la possibilité de détecter des afflux de puissance, sur un territoire aussi grand que la France au minimum. Je suis certaine que nous ne connaissons que ce qui se rapporte à des vampires de 200 ans, environ... J'ai tort ?

— Non, tu as raison, reconnut Lucius. Le savoir donne le pouvoir, comme je te l'ai déjà dit.

— Et tu cherches le pouvoir ?

— Non, je protège les miens, et j'essaye de maintenir la paix entre les surnaturels, comme toi. Je n'ai pas besoin de plus.

Son regard était franc, il pensait réellement ce qu'il déclarait.

— Et tu me communiques ces informations parce que ?

— Il faut que nous nous fassions confiance. T'en dire plus te montre que je veux instaurer une relation sincère entre nous. Ça marche ?

— Tu es sur la bonne voie. Si tu pouvais éviter de m'envoyer des pics de décharge quand ce que j'énonce t'énerve, cela serait encore mieux.

Il prit un air contrit.

— Et si nous passions au salon pour le dessert ? Je pourrais t'expliquer un peu mon passé et tu comprendrais plus mes mouvements d'humeur.

— Pourquoi pas ?

Je me levai à sa suite. Il attrapa mon bras pour m'emmener, ce simple attouchement, directement sur ma

peau nue, accéléra les battements de mon cœur. Il s'arrêta net, Mathias fit de même.

— Tu n'es pas si insensible que tu le laisses voir...

— Eh, je suis une femme ! Que crois-tu ? Je n'ai pas dit que vous n'étiez pas sexy tous les deux, je tiens juste à garder une certaine distance entre nous. S'il faut que je vous rassure sur votre sex-appeal, c'est grave !

Je ne m'éloignai pas de lui, je répugnais à battre en retraite pour si peu. On a sa fierté ou on ne l'a pas. Je jetai un œil sur Mathias, il était tout heureux. Je soupirai.

— Non, mais, les gars, sérieusement ? Des vampires aussi vieux... et vous êtes tout contents parce que vous faites de l'effet à une jeune sorcière de 25 ans ? Moi qui trouvais les métamorphes puérils.

Lucius se raidit à ces mots et me lâcha le bras. Mathias étouffa un rire.

— Forcément, présenté comme cela, tu nous fais passer pour des adolescents libidineux ! dit-il.

— Non, enfin, pas complètement, pour l'aspect lubrique en tout cas.

J'en rajoutai, même Lucius finit par sourire. L'humour peut sauver de toutes les situations, non ?

— Eh bien, nous allons laisser notre côté adolescent au placard. Allez, viens prendre ton dessert, ajouta Mathias.

Il tenait un plateau avec trois coupes glacées arrosées de chantilly et saupoudrées de chocolat noir. Je me mis aussitôt à en saliver d'avance. Heureusement que mon métier me gardait en forme, la gourmandise était réellement mon plus gros défaut. Je suivis Lucius dans ma pièce préférée.

Je m'installai immédiatement sur le tapis, il m'appelait depuis que je l'avais vu. Lucius leva un sourcil.

— Tu as quelque chose contre les canapés ?

— Quoi ? Une chose que tu ne connais pas me concernant ? Eh bien, cher maître-vampire, sachez que j'aime me poser sur un tapis moelleux, adossée contre un canapé. Je trouve ça très confortable et reposant. Il ne fait pas assez froid pour le feu de cheminée comme spectacle, mais je pourrais revenir en hiver afin de coller à mon rêve.

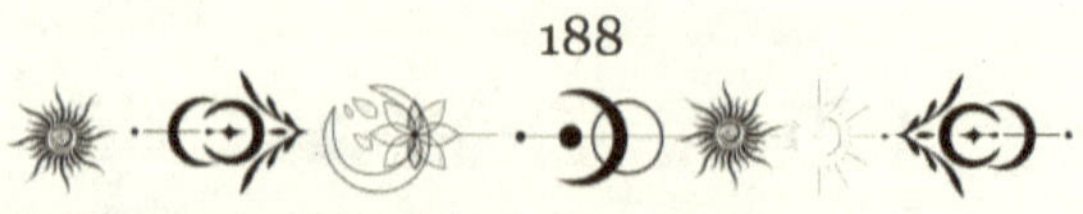

— S'il n'y a que ça pour te rendre heureuse, je peux l'allumer maintenant ? dit Lucius.

— Et si tu as d'autres idées qui te viennent, n'hésite pas à nous en faire part. Nous nous ferons un plaisir de les réaliser, ajouta Mathias avec un clin d'œil.

Message reçu, j'allais manger ce dessert et aller me coucher. Ils me donnaient chaud tous les deux. Je contrôlai de nouveau mes battements de cœur et tendis la main pour attraper cet appel au péché. Je parlais bien sûr de la glace. Mathias me remplit un verre de rhum, je le pris sans hésitation.

Devant mon mutisme soudain, les deux compères se sourirent, contents d'eux.

— Pas de feu alors ? Tu es sûre ? renchérit Lucius.

Je fis non avec la tête, cela ne se fait pas de répondre la bouche pleine. Ils s'installèrent tous les deux, un dans le fauteuil à côté de moi et l'autre derrière moi sur le canapé. Je les trouvai un peu trop près à mon goût, j'allais rappeler Isa dès demain pour qu'elle me donne des astuces. Il fallait que je résiste. Non, mes hormones n'allaient pas gagner ce combat ! Je repensai à Pedro, j'aurais dû imposer qu'il vienne avec moi. Cela aurait été mon bouclier.

— Alors, ce passé mystérieux, Lucius ? J'attends mon histoire avant d'aller dormir, demandai-je entre deux bouchées.

Il était derrière moi, légèrement sur la gauche. Il m'était difficile de le regarder et je ne souhaitais pas me retourner complètement. De plus, j'étais un peu pompette. Je ne me souvenais plus combien de verres de blanc j'avais bus. La fatigue devait jouer, aussi.

— Voyons, ce soir, nous allons te raconter l'histoire du vampire qui a voulu disparaître.

Chapitre 22

Lucius

— Il était une fois, un vampire de plus de 700 ans que l'on appellera…

— Lucius ! lança Tisha.

— Un peu facile, non ?

Elle se décala vers moi, une petite trace de chantilly présente sur ses lèvres. Elle fit glisser sa langue afin de tout récupérer. Mon désir pour elle s'enflamma.

— C'est bien ton histoire ? Alors, pourquoi adopter un autre nom ?

Tant d'innocence, elle ne se rendait même pas compte de l'état dans lequel nous étions tous les deux.

Je repris le contrôle et acquiesçai.

— Va pour Lucius. Donc, Lucius était un des plus puissants, non je corrige, le plus puissant des vampires marchant sur ce monde.

— Ben voyons, encore un que la modestie n'étouffe pas, marmonna-t-elle.

— Tu veux que je te raconte l'histoire, ou pas ?

Elle fit le geste de sceller sa bouche avec une clef et de la balancer. Elle se comportait parfois comme une vraie gamine, et j'adorais ça. Cela me stimulait.

— Lucius était respecté par ses congénères, et tout le monde suivait ses ordres. Il pouvait compter sur quelques amis fidèles ; Mathias, Alaric et Xavius. Ils étaient eux aussi assez âgés, mais surtout ils possédaient une puissance que beaucoup de vampires enviaient. Avec leur aide, Lucius régnait sur son espèce et tentait d'éviter les conflits avec les autres surnaturels. Les mortels ne nous connaissaient pas en ce temps-là. Nous étions des contes, des histoires qui faisaient peur, les monstres cachés sous les lits qui attaquaient à la nuit tombée. Nous nous nourrissions des hommes, mais pas seulement. Notre race appréciait aussi le sang de ceux de notre monde, il nous rendait plus forts. Louis XVI était roi de France à cette époque, c'était avant que les siens lui coupent la tête. Bref, Lucius souhaitait installer une paix durable avec les autres surnaturels et avait donc décidé d'interdire à son peuple de s'alimenter sur eux. Comme tu peux t'en douter, cela ne fut pas du goût de tous et je dus, avec mes amis, calmer bon nombre de rébellions. Au bout d'une dizaine d'années, mes détracteurs finirent par se tenir tranquilles. Beaucoup appréciaient la nouvelle entente que nous avions, d'ailleurs, tes ancêtres m'ont aidé à cette époque. En ce temps-là, j'avais une femme, Vélina. Elle était magnifique, blonde, les yeux verts aussi, mais ils étaient plus foncés que les tiens. Elle était également plus petite, avec plus de poitrine. Je l'aimais plus que tout, nous vivions ensemble depuis 150 ans. C'est moi qui l'avais transformée, sur sa demande, je te rassure. Enfin, ma vie prenait un tournant que j'appréciais énormément. J'avais mis du temps avant d'atteindre ce rêve, mes 700 premières années avaient été rudes. Nous n'étions pas très civilisés à cette époque, mais je savais que je pouvais compter sur mes trois lieutenants. Ils assuraient ma sécurité et celle de Vélina. Lorsque je m'absentais, c'était eux qui prenaient soin d'elle.

Je la vis jeter un coup d'œil à Mathias, oui, il était presque trop facile de comprendre où tout cela nous avait menés.

Je repris mon histoire.

— Alors que je rentrais d'une visite à la nuit tombée, Xavius me fit savoir qu'un émissaire des Faes était présent. Il demandait à me voir de toute urgence, dans la forêt la plus proche. Cette peuplade faisait partie de ceux qui ne voulaient pas discuter avec les vampires. La venue de ce représentant était de bon augure. Je partis sur le champ, sans informer qui que ce soit, et suivis mon ami. Arrivé sur place, je ne trouvais que ma femme. Elle m'expliqua qu'elle avait désiré me faire une surprise, elle avait préparé un dîner au clair de lune.

Je l'avais un peu négligée ces derniers temps, j'appréciai énormément qu'elle ait pris un moment afin de nous organiser un tête-à-tête. Alors que je l'embrassais, confiant, elle me planta un couteau dans le ventre. Au même moment, Xavius m'attaqua avec son épée, essayant de me couper la tête. Je n'étais pas au mieux de ma forme, ils le savaient tous les deux. Ils avaient aussi compté sur l'élément de surprise pour me tuer. Dommage pour eux, leur tentative avait échoué et, bien que blessé, j'étais toujours plus fort qu'eux.

Je me tus, revivant ce passé.

— Tu les as exécutés ?

— Pas tout de suite, j'ai voulu comprendre pourquoi, un de mes meilleurs amis et la femme que j'aimais, avaient pu s'allier et décidé de m'assassiner.

— Et ?

— Ils étaient tombés amoureux pendant mes absences, Xavius s'était aussi vu promettre le trône par certains des miens s'il renonçait à la loi sur le sang des surnaturels. Le plus drôle c'est que, s'ils m'avaient avoué leur amour, j'aurais été en colère, mais je ne les aurais pas tués. L'amour est un sentiment volage, il peut vous quitter tellement vite. Mais moi, je les aimais tous les deux.

— Qu'as-tu fait ensuite ? Tu as retrouvé les conspirateurs ?

— Non. Je suis parti. J'ai rejoint une grotte que j'avais aménagée des années auparavant et je me suis enfermé dedans. Je ne voulais plus interagir avec les autres. Ma vie parfaite s'était écroulée. Les personnes en qui j'avais le plus confiance m'avaient trahi. J'étais fatigué.

— Mais alors, combien de temps es-tu resté dans ta grotte ?

— Une centaine d'années, le temps qu'il a fallu pour qu'une guerre éclate entre les surnaturels et que les humains découvrent notre existence.

— Le temps qu'il a fallu à ses deux amis pour le retrouver et le convaincre de revenir au pouvoir, ajouta Mathias.

— Et cela a sonné la fin de cette guerre. Eh bien Lucius, s'il est une chose que tu dois garder en tête c'est que tu ne dois plus disparaître. Je n'ai pas connu cette guerre-là, mais je sais ce qu'elle a coûté à mon peuple ainsi qu'aux autres espèces.

— Le problème vois-tu, Tisha, c'est notre longévité. Cela fait plus de 150 ans que j'ai été réveillé par Mathias et Alaric, mais c'est un combat de tous les jours pour rester. Je dois me motiver tous les jours pour me lever et faire ce que l'on attend de moi. J'ai ces accès d'humeur que j'ai du mal à contenir. C'est pourquoi mes deux amis sont les seuls à vivre avec moi. Je pourrais tuer quelqu'un sur un moment de colère.

— C'est super rassurant pour moi. Bon, que puis-je faire pour te sortir de ta léthargie ? Tu devrais peut-être pourchasser toi-même ceux qui ont enlevé les tiens ? Je ne connais rien de plus excitant que la chasse. Enfin, si, mais je pense que tu as déjà essayé, fit-elle en rougissant légèrement.

Mathias lui avait servi un verre de rhum avec son dessert, et elle l'avait bu. Si j'en jugeai ses prunelles, elle était un brin pompette, ou fatiguée, ou les deux. J'étais tenté d'en profiter un peu, et je n'étais pas le seul. Mais elle était mon invitée, je ne pouvais donc pas, quel dommage.

— Je pense que nous reparlerons de tout cela demain matin. Tu es épuisée et nous avons un entraînement de prévu. Je te raccompagne jusqu'à ta chambre, lui dis-je, gentleman.

— Hein ? Mais non, je veux encore de ce rhum. C'est un délice. Et puis, tu as dit que tu me mettrais le feu ; enfin que tu allumerais la cheminée...

— Je pense que Lucius a raison, Tisha. Tu n'as pas l'air dans ton état normal. Une bonne nuit de sommeil te fera du bien. Tu auras du rhum demain soir.

— C'est un complot ? Vous n'avez qu'à aller vous coucher ensemble, bref... tous les deux, et ensemble si vous voulez. Après tout, je ne connais pas vos mœurs et je ne suis pas jalouse.

Elle assortit ce brillant discours d'une tentative de se relever assez originale. Elle se mit à quatre pattes, montrant son gracieux postérieur à Mathias qui ne la quittait pas des yeux ; et posa ses mains sur mes cuisses pour se redresser. Elle finit par s'écrouler sur le canapé, à côté de moi.

— Bon, vous avez gagné. Purée, il est fort ce rhum ! Je valide le fait d'aller au lit, et je veux bien de l'aide. Mince, si Isabella me voyait, je me ferais tirer les oreilles. Enfin, tant que je ne me fais pas tirer tout court. Oups, je parle à haute voix là ou c'est dans ma tête ? Ce n'est pas possible d'être aussi canon...

Elle continua de marmonner, je ne parvenais plus à distinguer quoi que ce soit, dommage. Je la pris dans mes bras afin de la porter vers sa chambre. Vu son état, c'était plus raisonnable. Mathias m'ouvrit les portes.

Arrivés devant son lit, nous échangeâmes un regard. Devions-nous la déshabiller ?

— Je ne crois pas qu'elle apprécierait que l'un de nous la voie nue. Retirons-lui ses chaussures et son jean, cela devrait suffire, me dit Mathias.

— Tu as mis quelque chose dans son verre pour qu'elle soit dans cet état ? lui demandai-je.

— Tu plaisantes ? J'ai juste eu le tort de le remplir quand elle le finissait. Je ne pensais pas qu'elle s'effondrerait. Elle a du sang de métamorphe, ils sont résistants à l'alcool, normalement.

— Pas notre petite sorcière visiblement. Nous le saurons pour le futur.

Je me penchai pour déboutonner son jean et tirai dessus. Je découvris un joli tanga noir en dentelle. Elle souleva gentiment ses fesses quand j'insistai un peu. Je vis apparaître ses longues jambes fuselées, je bloquai ma respiration.

Libérée de son jean, elle se mit sur le côté, nous laissant admirer deux belles bosses rebondies et musclées. Je n'eus pas besoin de regarder Mathias pour savoir qu'il contemplait le tableau. J'avais très envie de la toucher, de la caresser. Mathias posa sa main sur mon épaule.

— Allons nous coucher, mon ami. Je me fais l'effet d'un voyeur.

— Et c'est ce que nous sommes, mais je n'en ai même pas honte. Elle est vraiment magnifique.

— Je ne dirais pas le contraire.

Elle émit un petit ronflement alors que nous fermions la porte. Nous sourîmes tous les deux. Qu'il était bon de se sentir vivant !

Chapitre 23

Adrien

Je m'éveillai au bruit des voix dans la pièce d'à côté. Je n'étais plus que douleur. J'arrivai à peine à ouvrir un œil, l'autre était trop abîmé dans l'immédiat. Je tirai sur mes bras, les chaînes étaient trop solides et en argent en plus. Cela ne me permettait aucun mouvement. Ils ne m'avaient donné ni à manger ni à boire. Mon corps ne parvenait plus à se régénérer, j'allais crever si Marius n'envoyait pas quelqu'un me secourir rapidement. Je ne comprenais toujours pas comment ils m'avaient découvert. La potion faisait encore effet, mes mensonges sonnaient comme des vérités. Nous n'étions que trois à connaître le but de ma mission, Marius ne pouvait pas être le traître, alors Cassandra ?

J'avais du mal avec elle, mais parce que je connaissais Alex. Je n'aimais pas leur système d'éducation rigide, la façon dont elle l'utilisait. Elle méritait tellement mieux. Elle allait me maudire quand elle allait apprendre la vérité, j'espérais qu'elle me pardonnerait un jour. Bon, au vu de ma situation, elle allait devoir le faire devant ma pierre tombale.

Des pas se firent entendre, je fermai les yeux afin d'éviter une nouvelle séance de punchingball. Ils ouvrirent la porte.

— Putain, il est toujours dans les vapes ! T'as dû taper trop fort, si ça se trouve il va crever.

— Et ? Ce n'est qu'un *Guardian*, on peut s'amuser avec, elle nous a laissé carte blanche.

— Pas au point de le tuer !

Celui qui venait de parler s'approcha et souleva ma tête.

— Il ne se régénère plus, il va falloir le nourrir un peu si on ne veut pas qu'il nous claque entre les doigts.

— Hors de question, je ne lui donne pas ma bouffe. On peut le laisser tranquille quelques heures, cela devrait suffire.

— Et s'il y passe, tu lui annonceras sa mort ? Tu sais ce qui nous arrivera ? Elle ne plaisante pas !

La menace semblait d'importance, l'autre ne décrochait plus un mot.

— Ouais, c'est bien ce que je pensais. Va acheter ce qu'il faut !

Ils sortirent de la pièce. J'allais être nourri, c'était une bonne nouvelle. J'espérais juste qu'ils n'allaient pas recommencer, tout de suite après, leur séance de torture. Apparemment, ELLE me voulait vivant, pour le moment. Une femme était donc à la tête de cette organisation. Mais qui putain ?

Chapitre 24

Alexandra

Je montai dans l'hélicoptère avec Isa afin de rejoindre le site près de Gouze. J'étais contente d'échapper aux images de ce que les miens avaient enduré. Je me pensais forte, mais voir et entendre les tortures subies me bouffait littéralement.

Tout va bien, Alex ? Tu n'es pas très bavarde.

Je relevai la tête afin de répondre à mon amie.

Beaucoup d'évènements se succèdent et j'ai du mal à les assumer.

Tu ne le montres pas, veux-tu que nous en parlions ? C'est vrai que tout arrive tellement vite en ce moment.

J'ai peur.

De quoi ?

J'ai peur d'échouer, peur de m'effondrer, peur de constater que le temps que nous passons à résoudre ce problème pourrait finalement entraîner la disparition de Megan.

Je comprends, mais garde espoir. Nous allons finir cette mission et nous retrouverons ta sœur.

Je n'en avais parlé à quiconque, mais je me sentais différente depuis la nuit de dimanche. J'avais l'impression de perdre le contrôle de ma magie. J'aurais dû en discuter avec Tisha.

Tu as raison, Isa. C'est le contrecoup de ma presque fin, certainement, ou la présence de ma charmante demi-sœur.

Isabella me lança un regard perçant, pas du tout convaincu de mon explication.

Je vais faire comme si je te croyais. Tu sais que je suis là pour toi ? Si tu as besoin...

Je sais, tu es la meilleure amie du monde.

Elle ne se gargarisa pas de ce compliment, me démontrant ainsi à quel point elle était inquiète. Je m'appuyai contre mon siège et fermai les yeux. Il fallait que je trouve ce qui avait changé en moi, mais pas maintenant, pas dans un hélicoptère. C'était trop dangereux.

Nous restâmes silencieuses pendant tout le trajet. Arrivées sur site, nous retrouvâmes quelques *Guardians*.

— Bonjour Alexandra, content de te voir. Nous avons récupéré les dernières pièces et placé les charges. C'est quand tu veux, me dit Axel, de l'équipe 2.

— Donne le dispositif à Isabella et éloignez-vous. Je préfère ne pas prendre de risques.

Il tendit le boîtier à Isabella et fit passer le message. Je positionnai rapidement quelques bougies autour de moi et traçai mon cercle. J'étais oppressée, ma magie fusait en dehors de mon corps, comme pressée de sortir. Je lançai un regard à Isabella, elle avait l'air préoccupée en m'observant.

— Quelque chose ne va pas Alex ? Je te trouve étrange.

— Je ne me sens pas au meilleur de ma forme, mais ça va le faire. Éloigne-toi également, par précaution.

— Tu dois juste étouffer une explosion, pourquoi es-tu aussi fébrile ?

Je choisis de ne pas répondre et de me concentrer sur mon pouvoir. J'activai le cercle, il me protégerait autant qu'il préserverait Isa, cela me rassura. J'allumai les bougies et fermai les yeux. Je sentis Isa reculer, j'étais contente qu'elle fasse ce que je lui avais demandé. J'appelai ma magie qui réagit immédiatement, tout allait bien. Je les rouvris et créai dans mes mains une boule, je la laissai grandir, et grandir encore. Je m'étais inquiétée pour rien, tout semblait parfait. Je poursuivis jusqu'à la faire léviter et la positionnai au-dessus de l'entrepôt. Son diamètre paraissait suffisant pour encercler l'édifice, je la fis descendre dessus. Je tournai la tête vers Isa, et lui fit un signe, elle pouvait enclencher le dispositif.

Elle répondit à mon geste et appuya sur le bouton du boîtier.

L'explosion souffla le bâtiment, mais nous n'entendîmes aucun bruit, aucune fumée ne sortit de mon cercle de magie, je n'avais plus qu'à patienter jusqu'à ce que le feu s'éteigne. C'est au moment où je relâchai légèrement ma surveillance, que les problèmes commencèrent. Je ressentis une intense douleur, je me mis à trembler. Mes mains me brûlèrent puis se transformèrent. Ma peau devint plus sombre, plus épaisse, des griffes jaillirent en lieu et place de mes ongles. J'avais mal. Isabella fut près de moi en une seconde, mais elle ne pouvait pas pénétrer mon cercle.

— Alex, Alex ! Qu'est-ce que tu as ? Alex !

Je ne comprenais pas ce qui se déroulait et je devais maintenir le sort sinon les fumées allaient alerter le voisinage. Je me concentrai derechef, passant outre la douleur. Je n'avais pas vraiment peur. Ce qui me changeait venait de moi, de mon pouvoir. Il fallait juste que je me calme et que je me contrôle. La souffrance reflua, mes mains se métamorphosèrent à nouveau, j'avais réussi. J'accélérai le processus de destruction de l'entrepôt, je voulais en finir au plus tôt. Isabella était à côté de moi, impuissante à m'aider. Elle ne me quittait pas des yeux. Vingt minutes plus tard, c'était terminé. Je désactivai le cercle et sentis mon amie me prendre dans ses bras.

— Tu vas bien ? Putain, Alex, que s'est-il passé ? J'ai rêvé ou tes mains ont changé ?

— Tu n'as pas rêvé. Quelqu'un d'autre l'a vu ?

— Non, les *Guardians* étaient trop éloignés et tu leur tournais le dos.

— On en parle plus tard, à l'abri des oreilles indiscrètes. Tu dois créer tes témoins, je t'attends ici.

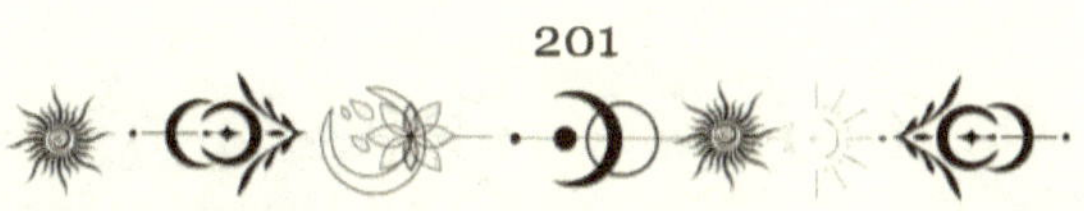

— Je n'en ai pas pour longtemps, tu es certaine que je peux te laisser ?

Elle avait eu peur, et je n'en menais pas large non plus. Je regardai mes mains, elles étaient tout à fait normales.

— Ça va aller, ne t'inquiète pas.

Elle posa sa main sur mon épaule en guise de soutien et disparut. Axel s'approcha.

— Il y a eu un problème ?

— Non, aucun. Isabella s'occupe de modifier les souvenirs de quelques villageois du coin. Elle sera vite de retour. Tu peux charger les hélicos et en faire partir un tout de suite ?

— À tes ordres, répondit-il, un peu hésitant.

Je ne pouvais pas lui raconter que je me transformais, et trouver une histoire pour expliquer le comportement d'Isa était compliqué : une grosse araignée lui avait fait peur ? Improbable !

Je me levai, mes jambes me soutenaient sans problème, bonne nouvelle. Je décidai de surveiller les environs afin de m'assurer que personne n'allait nous voir. Pas âme qui vive à des kilomètres, pour une fois, la chance était avec nous. Je discutai avec quelques membres de l'équipe 3, je savais qu'ils devaient retourner au campement, une fois cette mission terminée. J'avais l'impression de l'avoir quitté depuis des semaines, alors que cela ne faisait que quelques jours. Personne ne perçut l'inquiétude qui me rongeait face à cette transformation, je mis une chape de plomb sur mes émotions et décidai d'attendre d'être seule pour y repenser.

Isabella revint au bout d'une vingtaine de minutes. Elle me confirma avoir modifié la mémoire d'une dizaine de personnes afin que ces dernières assurent avoir entendu une explosion et vu de la fumée dans la nuit de dimanche à lundi. Je vérifiai une ultime fois que mon sort d'accélération du temps avait fonctionné sur le feu, tout laissait à penser que l'incendie avait eu lieu depuis deux jours. Parfait. Je remontai dans l'hélico avec Isa, il allait falloir que je m'occupe de mon problème maintenant.

On en parle ?

Qu'as-tu vu Isa ?

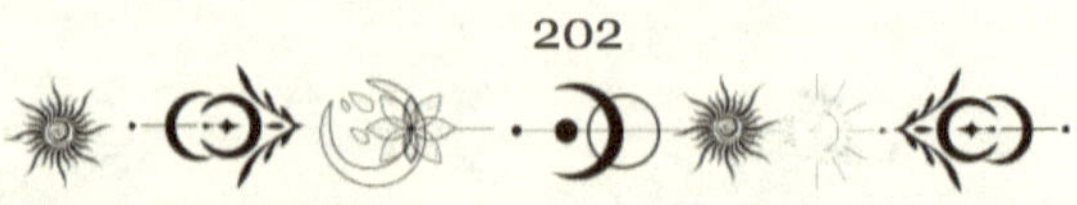

J'ai vu tes mains changer, ce sont tes gènes de garou qui s'activent ?

Je n'en sais rien, c'est possible. Mais je crois que c'est lié à ma magie.

Comment ça ? Tu n'aurais pas tout récupéré depuis lundi ?

Plutôt le contraire, j'ai la sensation d'en avoir encore plus. J'ai l'impression qu'elle tente de s'échapper. Je ne sais pas trop. Je dois en parler à Tisha.

Et à Cassandra ?

Pas dans l'immédiat, je préfère attendre un peu. Au pire, je peux m'adresser à ma déesse.

En tout cas, tu m'as fait flipper.

Qu'est-ce que je devrais dire ?

Elle resta silencieuse un moment, puis répliqua.

Il faudra te faire une manucure, parce que tes ongles, enfin, c'était pas très chouette, tu vois.

Je lui souris, elle essayait de dédramatiser. Comme à l'aller, je me retranchai dans mes pensées. Que m'arrivait-il ?

De retour à la résidence, j'avais pris une décision.

— Tu n'en parles à personne, Isa. Je vais devoir tester mes limites et je ne veux pas devoir rendre des comptes à qui que ce soit, pour l'instant.

— Mais c'est dangereux, si tu te transformes ? Ou si tu perds la boule et que tout explose ?

— Je vais faire mes propres recherches, et j'éviterai de me servir de mes pouvoirs dans l'immédiat.

De toute façon, consulter des vidéos ne me demandait rien, à part d'avoir le cœur bien accroché.

Elle acquiesça, je dus lui promettre de la tenir au courant. Arrivées en salle de contrôle, tout alla vite. Un rapide casse-croûte à base de sandwichs, nous avions passé l'heure du déjeuner de deux heures, puis, reprise du visionnage. Certains moments me firent regretter d'avoir mangé. À 16 h 30, je n'en pouvais plus, il fallait que je me dégourdisse les jambes. Je décidai d'aller faire un tour vers nos réfugiés et voir si mon amie Claire s'en sortait. Isabella choisit de m'accompagner. Mes loups se trouvaient devant,

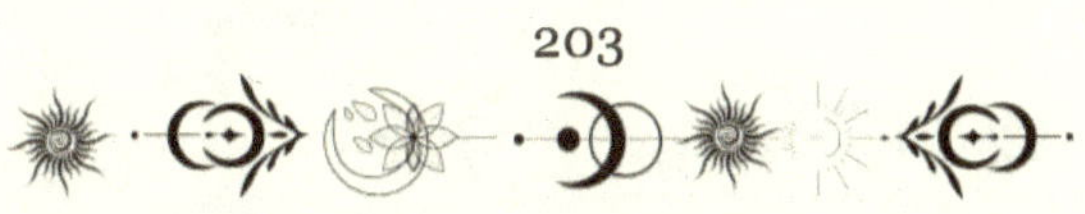

semblant m'attendre. Je leur fis un rapide câlin avant qu'ils ne s'éloignent de nouveau.

Nous allions en direction des tentes lorsque mon téléphone sonna. C'était Tisha.

— Oui, Tisha ? Tout va bien ?

— Et pourquoi est-ce que cela n'irait pas ?

— Voyons, tu es au cœur même de la communauté vampire, à deux doigts de rencontrer leur grand maître, que personne n'a vu depuis des centaines d'années... je continue ?

— Non, c'est bien résumé.

— Tu l'as déjà vu ?

— Non, j'ai été accueillie par un de ses lieutenants, Mathias. Il m'a conduit à moto et je loge chez Lucius, ce qui, semble-t-il, n'est encore jamais arrivé.

— Ah oui, quand même ! Tu te sens en danger ?

— Non. Selon ce Mathias, étant une invitée, je suis en sécurité.

— Oui, c'est l'une de leurs règles, ils risquent le déshonneur s'il t'arrive quelque chose alors que tu es chez eux.

— Me voilà rassurée. J'ai aussi tapé dans l'œil de ce Mathias, un canon d'ailleurs ! C'est Chris Pine, version vampire !

— Carrément ! Attends deux secondes. Isa ?!

Je mis le téléphone en haut-parleur et laissai Isa participer à la conversation. Une fois Tisha informée sur les pratiques vampiriques, je finis par raccrocher.

Isabella me transperça du regard.

— Tu ne lui as rien dit !

— Je ne pense pas que c'était le bon moment, elle avait l'air inquiète et elle a sa mission à gérer.

Elle me fit les gros yeux et mit ses mains sur ses hanches, impatiente.

— Ne t'énerve pas, je lui en parlerai la prochaine fois. Dis-moi, elle ne risque rien avec ton roi ?

— Comme je lui ai notifié Alex, tant qu'elle est son invitée, elle est la personne la plus intouchable qui existe. Lucius a un code de l'honneur très poussé. Mathias est

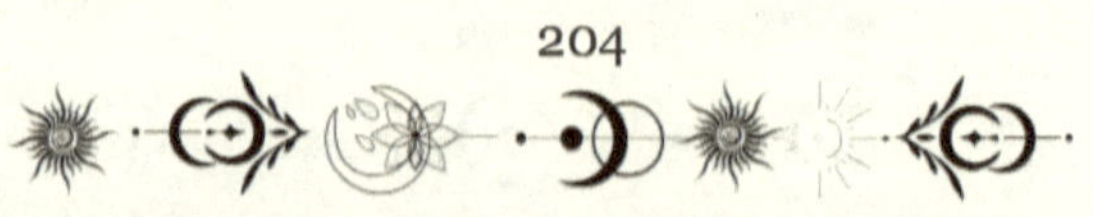

quelqu'un de bien. Ne te fais pas de souci pour elle. Elle est également mon amie, je ne la laisserais pas se mettre en danger si je pouvais l'éviter.

– Et cette allusion sur un éventuel partage de lit ? Je croyais ton espèce aussi machiste que celle des métamorphes. Tu ne m'avais pas déclaré que les plans à plusieurs ne concernaient que des femmes pour un homme ?

– Mathias a toujours aimé innover, il est assez connu pour cela. Quant à Lucius, avec l'âge qu'il a, je pense qu'il a dû tout essayer, histoire de ne pas s'ennuyer. Je ne dis pas qu'ils vont le lui proposer, j'informe juste Tisha qu'elle aura certainement deux admirateurs ce soir. Mais cela serait étonnant qu'elle résiste à Lucius, ce vampire a plus de sex-appeal que tous les Avengers réunis.

– À ce point ? Tu m'inquiètes...

– Mais non, ta sœur est une grande fille. Allons rejoindre Claire, comme prévu.

Je la suivis, un peu soucieuse pour Tisha malgré tout.

Chapitre 25

Victoire

— Mais pourquoi tu ne veux pas qu'on aille se promener dans le parc, m'apostropha Paméla pour la troisième fois depuis son arrivée.

— J'ai des consignes de mon père. Nous restons ici Paméla.

Je me demandais pourquoi je l'avais invitée, il était clair qu'elle avait plus envie de voir les *Guardians* que de prendre de mes nouvelles. Elle n'avait fait que parler de ses petits soucis depuis qu'elle était là, soit deux heures d'un monologue incessant. Patricia me fit un clin d'œil, elle avait bien compris mon agacement. Diplomate dans l'âme, elle s'adressa à Pam.

— Si ce sont les consignes, nous devons les suivre, Pam. C'est déjà super que nous ayons pu venir te voir, Vic, malgré les derniers évènements. Alors, l'Italie ? Dis-nous.

— C'est toujours aussi beau et j'ai été bien accueillie. Même si je me serais passée d'en croiser quelques-uns, ajoutai-je en pensant aux plus vicieux.

— Tu as fait des rencontres ? demanda Pam.

À part les mecs, je ne savais pas ce qui l'intéressait dans la vie ! Ah si, les fringues et les bijoux.

— J'ai revu quelques amis de ma mère, c'était agréable de pouvoir parler d'elle. Une de ses vieilles copines m'a même donné quelques photos.

— Elle était vraiment aimée par son peuple, me dit Patou en s'approchant avec un verre.

— Non, mais quand je disais rencontre, je pensais à des hommes de ton âge, insista Pam.

Elle me prenait pour une imbécile, bien sûr que j'avais compris. Je saisis le verre que me tendait Pat, j'allais en avoir besoin.

— Je n'étais pas là pour ça, Pam. C'était une mission diplomatique, pas un club de rencontres.

L'exaspération filtra dans ma voix, elle s'imaginait que je n'avais que ça à faire !

— Ne t'énerve pas Victoire ! Je pensais que tu pouvais avoir joint l'utile à l'agréable. Après tout, tu devras certainement te marier à un moment ou à un autre, non ?

— Pourquoi ? lui répondis-je.

— Eh bien, parce que... C'est ce qu'on attend de nous, non bredouilla-t-elle.

— Et tu fais toujours ce qu'on attend de toi ? répliquai-je, belliqueuse.

Elle recula et sa mine se renfrogna.

— Mais c'est quoi ton problème ? Pourquoi est-ce que tu m'agresses comme ça ? Écoute, vu que ma visite ne semble pas te faire plaisir, je m'en vais. Tu me rappelleras quand tu seras calmée.

— Faisons comme cela, bon après-midi, Pam, rétorquai-je.

Elle attrapa son sac et partit d'un bon pas.

— Tu l'as vexée, fit Rose.

— Je sais, mais je ne la supportais plus avec sa conversation insipide. C'est aujourd'hui en particulier ou ça vient de moi ? Je ne me souvenais pas qu'elle fût aussi égoïste.

— C'est l'hôpital qui se fout de la charité, chérie. Il ne me semble pas que tu sois très portée sur les autres, non plus, ajouta Julianne.

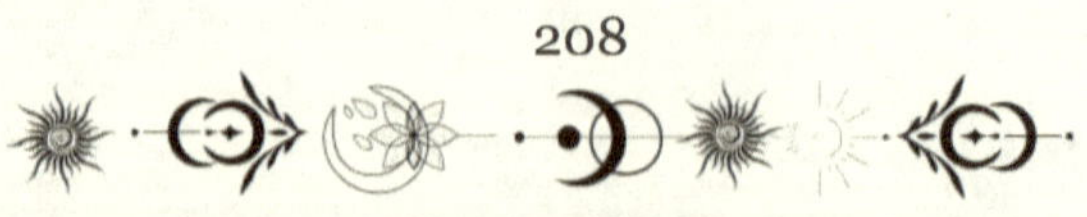

Je fis une grimace à son intention, elle marquait un point.

— Et si tu nous disais pourquoi tu mords aujourd'hui ? demanda Patou.

— Je ne vois pas de quoi tu parles.

Trois paires d'yeux me fixèrent, d'accord, elles me connaissaient trop bien.

— J'ai réclamé à mon père qu'il me laisse plus de responsabilités, dans le genre de celles qu'il donne à mes frères.

— Et il a refusé ?

— Non Rose, il n'a pas refusé. Il a juste prétexté que les missions qu'il me confierait seraient celles de son choix et que j'allais devoir mettre de côté ma vie sociale.

— Et ? ajouta Patou.

— Eh bien, je trouve qu'il exagère un peu. Mes frères ont une vie sociale aussi. Pourquoi est-ce que moi, je ne pourrais pas avoir les deux ?

Je vis mes amies échanger un regard. Julianne s'avança vers moi, aïe, elle ne mâchait jamais ses mots en général. J'allais en prendre pour mon grade.

— Tu es notre amie Victoire, et on t'aime comme tu es. Tu restes sur la défensive, tu penses à toi d'abord, on sait que c'est ta façon de te protéger. Mais si tu veux réellement tenir ta place, tu vas devoir suivre les règles de ton père, et mettre de côté les soirées endiablées.

— Sois franche, Vic. Tes frères bossent tout le temps. Je me doute bien qu'ils arrivent quand même à vivre de bons moments avec des amis, mais tu nous dis constamment qu'ils sont occupés quand on te voit, ajouta Patou.

J'avais eu raison de craindre le retour de flammes.

— Merci pour le soutien les filles !

— Nous ne sommes pas là pour te passer de la pommade. Si tu nous as parlé de ça, c'est que tu voulais notre avis. Et nous sommes franches entre nous, à défaut de l'être avec les autres, me rétorqua Rose. C'est notre pacte !

J'avais beau faire ma tête des mauvais jours, j'étais consciente qu'elles me donnaient ce que je demandais : une

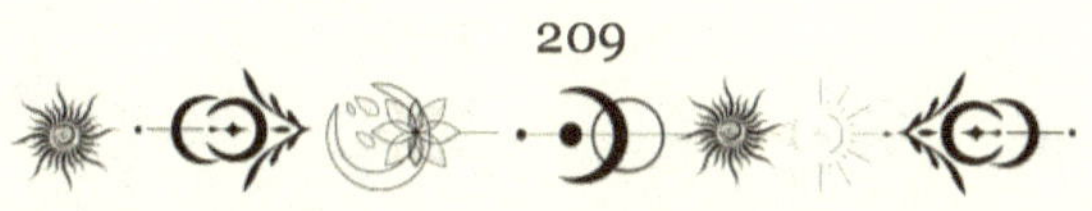

opinion simple, sans compromis, mais sans volonté de me blesser.

Ces trois femmes étaient les seules avec qui je pouvais me montrer telle que j'étais, défauts inclus. Je retournai m'installer dans un des transats, à côté de Rose.

— C'est vrai, je fais ma chieuse !

— Il n'y a pas que ça, Vic. Allez, crache le morceau ! rajouta Julianne.

Elles connaissaient tout de ma vie sauf pour mes demi-sœurs, c'était malheureusement quelque chose dont je ne pouvais pas discuter avec elles.

— La sorcière était là à mon retour, avec ses deux filles.

J'entendis Patricia soupirer. Elle s'installa au bout de mon transat.

— Tu sais Vic, je ne te comprends pas. Pourquoi es-tu tant remontée contre cette Cassandra ? Elle est présente pour Marius, et ses filles sont loin d'être désagréables quand tu prends la peine de bavarder avec elles. Bon, j'ai un peu plus de mal avec Tisha, elle a un regard qui me fait froid dans le dos, mais elles ne mordent pas. Tu ne penses pas que ton père a le droit d'avoir une compagne ? Tu voudrais qu'il reste fidèle à ta mère toute sa vie ?

Au fond de moi, je savais qu'elle avait raison. Ma mère était morte depuis si longtemps, mais j'aurais préféré qu'il se mette avec une autre femme. Cassandra venait le visiter en tant que représentante des Euménides bien avant qu'ils ne fassent connaissance. J'étais au courant qu'ils avaient eu une liaison. Je me demandais dans quelle mesure cette relation s'était réellement interrompue pendant leur mariage. C'était stupide de me poser autant de questions, je n'avais même pas connu ma mère, elle avait disparu alors que je n'avais que quelques mois.

— C'est compliqué, je ne sais pas. Bien sûr que mon père a droit au bonheur aussi, mais pourquoi elle ? Pourquoi pas une métamorphe ?

— Pour qu'il te fasse des frères et sœurs ? Au moins là, tu es tranquille. Je ne te pensais pas si conventionnelle Vic, les métamorphes avec les métamorphes, les sorcières avec les sorciers ? ajouta Julianne.

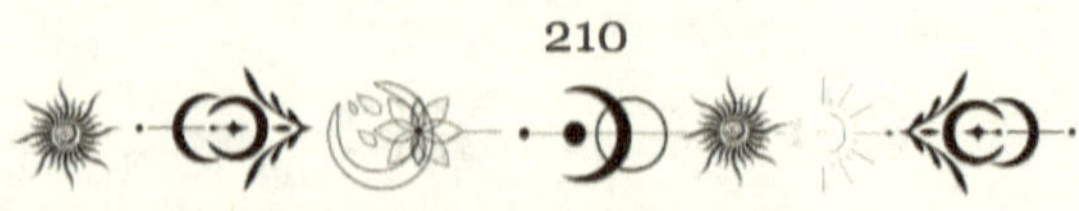

— Tu as raison, c'est complètement stupide, mais je n'arrive pas à passer outre. Enfin, de toute façon, elle ne va pas rester alors...

— Alors tu vas te bouger les fesses et sortir ces idées merdiques de ta tête ! Tu vas arrêter de te comporter comme une sale gosse et montrer que tu es une princesse badasse qui a à cœur d'aider son peuple ! finit Rose à ma place.

Elle mit sa main devant sa bouche, comme pour ravaler ses paroles. Puis, elle la posa sur mon épaule, plus calme.

— Je ne voulais pas le dire comme ça Vic, mais tu m'exaspères là. Tu pourrais avoir la vie que tu désires. Ton père est prêt à te confier un nouveau rôle, montre l'exemple ! Tu pourrais faire tellement pour la cause des femmes au sein de notre espèce. Regarde Pam qui pense qu'épouser un homme est le summum de ce qu'elle peut réaliser, c'est triste à en mourir, non ?

— Rose a raison, Vic. Tu peux nous aider à changer les choses. Tu te plains de la façon dont marche notre espèce, fais bouger le *statu quo* ! Tu en as le pouvoir ! renchérit Patou.

— Tu n'aimes pas les Euménides, mais vois leur fonctionnement. C'est peut-être un peu extrême dans l'autre sens, mais ces femmes ont une telle liberté ! Elles ont des métiers et sont libres de choisir qui elles veulent être, ajouta Julianne.

— OK les filles, j'ai compris le message ! Mais que je ne vous entende pas pleurer ensuite que vous ne me voyez plus !

— Qui sait, si tu aides tes frères, ils auront plus de temps. Nous pourrons les croiser plus souvent... fit Rose en me faisant un clin d'œil.

— C'est vrai que c'est une super idée, va bosser Vic, on trouvera bien de quoi s'occuper ! ajouta Patou.

Elles éclatèrent de rire devant ma tête, je ne pus m'empêcher de les suivre. Elles avaient raison, je pouvais aider les femmes à prendre leur place. J'allais accepter le deal avec mon père. Nous passâmes le reste de l'après-midi à nous amuser dans la piscine, alternant baignade et papotage.

N'ayant pas envie qu'elles me quittent le soir venu, je m'absentai un instant afin de demander à mon père l'autorisation de les garder à dîner ainsi que pour la nuit. J'en profitai pour lui annoncer ma décision, il en fut tout ému. Il accepta qu'elles restent.

— Tu auras droit à ta dernière soirée du condamné, me dit-il en souriant.

— Une seule ? Tu es dur. Les *Guardians* seront aussi à notre table ?

— Je leur ai ouvert la résidence, ceux qui veulent venir doivent le signaler à Mme Bragon, ambiance décontractée. Je te laisse l'informer pour tes amies. Paméla sera présente ? ajouta-t-il en faisant la grimace.

— Non, elle est partie tôt. Nous nous sommes querellées.

— Je te mentirais si je te disais que j'en suis désolé. Alors, nous nous verrons au dîner. Je suis fière de toi, Victoire. J'étais certain que tu prendrais la bonne décision.

Il m'entoura de ses bras immenses, je me sentis redevenir enfant l'espace d'un instant. Je partis rejoindre mes amies, boostée comme jamais. Elles acceptèrent l'invitation et me pressèrent de questions sur la présence de mes frères et des *Guardians*. Je leur avouai ne pas savoir qui allait être là ou non. L'image d'un de ces hommes me vint à l'esprit. Il était temps de monter dans les chambres se préparer.

Chapitre 26

Raphaël

J'avais décidé d'accompagner les gars. Pedro avait eu, bien sûr, un petit sourire ironique quand je le lui avais annoncé, mais je l'avais ignoré. Je ne me voilais pas la face, cette femme m'obsédait. Je pensais sans cesse à elle, et ce malgré son caractère de cochon. Après tout, je pouvais très bien discuter avec elle sans plonger dans les ennuis. Je n'étais pourtant pas coutumier du fait. La prudence régissait ma vie en dépit de mon travail, et je n'aimais pas du tout les personnes capricieuses, ce qu'elle semblait être.

Ce soir, c'était tenue décontractée. Je m'étais donc habillé d'un jean noir et d'un simple tee-shirt bleu. J'avais fait l'effort de discipliner mes cheveux et de tailler ma barbe, cela devrait suffire. Liam et Hugo me montraient le salon du rez-de-chaussée lorsque j'entendis sa voix. Je me retournai et pris mon temps pour l'observer. Elle riait, accompagnée de trois amies. Elle était plus détendue que les dernières fois où nous nous étions rencontrés. Son regard croisa le mien, elle sembla heureuse de me voir. Elle s'excusa auprès des trois femmes et se dirigea vers moi. Mes deux collègues s'éloignèrent aussitôt.

— Vous avez finalement décidé de vous sociabiliser ? Je croyais que vous n'appréciez pas ce type de soirée ?

— J'ai choisi de faire un effort, il paraît que la cuisine est excellente.

Elle sourit, elle n'était certainement pas dupe du pourquoi de ma venue.

— Vous avez l'air heureuse, la présence de vos amies ?

— En grande partie, effectivement. L'autre provient du fait que j'ai pris une décision.

J'étais curieux et elle faisait tout pour que je le sois.

— Est-ce indiscret de vous demander laquelle ?

— Hum, peut-être encore en effet. Nous ne nous connaissons pas suffisamment pour cela, fit-elle mutine.

— Alors, faisons connaissance, je suis une tombe quand on me fait des confidences.

Elle se rapprocha légèrement de moi, un peu plus que ce qu'exigeait l'étiquette, j'étais cuit.

— Faisons cela, nous nous retrouvons plus tard ? Passez une bonne soirée, je ne peux pas abandonner mes amies.

— Je peux les présenter aux miens, nous pourrions ainsi rester ensemble.

— J'espère qu'ils ont le cœur bien accroché, les miennes peuvent être redoutables.

— Nous parlons de *Guardians*, chère Victoire, le danger est notre métier.

Elle se retourna afin de faire un signe aux trois femmes qui ne nous avaient pas quittés des yeux. Elles s'approchèrent.

— Patricia, Rose, Julianne, je vous présente Raphaël, un de nos valeureux *Guardians*. Il aimerait nous présenter ses amis, cela vous convient-il ?

Toutes les trois sourirent.

— Ce sera un plaisir, Raphaël. Nous sommes enchantées de faire votre connaissance.

— Le plaisir est partagé, Rose, c'est ça ?

La jeune louve rougit et hocha la tête. Je proposai mon bras à Victoire et à Rose, en adressant un mot d'excuse aux deux autres femmes, je n'avais que deux bras. Je les conduisis vers mon équipe, qui s'empressa naturellement

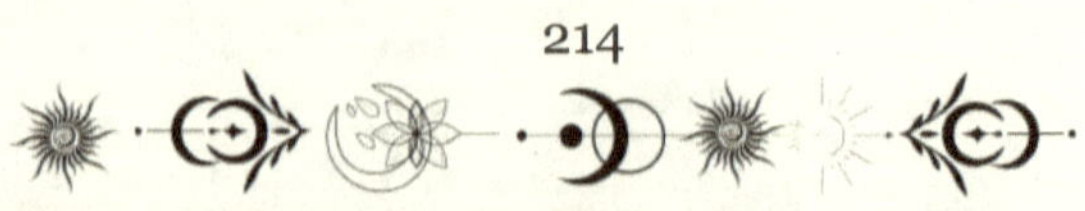

autour d'elles. Elles se retrouvèrent vite un verre à la main, j'en profitai pour m'éloigner avec Victoire.

— Très belle stratégie, me fit-elle.

— Vous ne pouvez pas m'en vouloir. Si je souhaite en savoir plus sur vous, il faut que nous soyons un peu seuls.

— Je ne vous en veux pas, mes amies sont aux anges. Alors, parlez-moi de vous, depuis quand servez-vous ?

— Depuis cinq ans environ, c'était un rêve de gosse.

— Vous allez rempiler ? La sixième année est proche.

— Je pense que oui, j'aime ce que je fais et je le fais bien. Et vous, Victoire, des projets ?

— Eh bien, oui, on peut dire ça. C'est la décision dont nous parlions plus tôt. Je veux être plus active. Les visites diplomatiques, « sois belle et tais-toi », j'en ai ma claque. Je vais pouvoir aider mes frères.

— Mais c'est une très bonne nouvelle, bien que la diplomatie soit importante et que je sois certain que vous excelliez dans ce domaine.

— C'est gentil de dire ça.

Son regard s'égara derrière moi et son expression changea. Son visage se durcit. Je me doutais de ce qui avait modifié son humeur. Je me retournai et en eus la confirmation, Alexandra venait d'arriver.

— Vous devriez apprendre à être plus discrète, on lit vos émotions sur votre figure.

Elle me dévisagea, surprise.

— Il est très clair que vous n'aimez pas Alex.

— En quoi cela vous gêne ? répondit-elle, le ton dur.

— En rien, sauf que vous le montrez un peu trop. Je ne sais pas de quoi seront faites vos prochaines missions, mais il faudra que vous maîtrisiez la dissimulation. Cela peut servir.

— Je joue pourtant à ça depuis toute petite, seules ces femmes ont le don de me faire perdre mon sang-froid. Mais j'imagine que vous êtes comme tous les autres, plein d'admiration pour nos chères sorcières.

Que la jalousie lui allait mal !

— Plein d'admiration ? Oui, on peut dire ça. Après tout, c'est grâce à elles que nous avons retrouvé nos disparus. Et

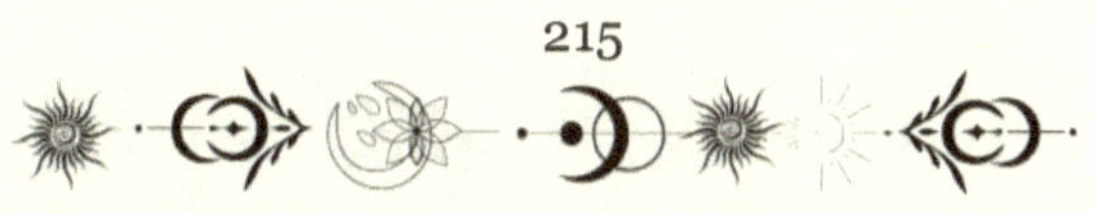

puis, je travaille avec Alex depuis longtemps, c'est une de mes amies.

J'aurais pu être plus léger dans mes propos, lui jeter mon lien avec sa demi-sœur au visage n'allait pas aider à ce que nous développions une relation. Mais je n'aimais pas mentir, et j'appréciais énormément Alex, elle était des nôtres.

— Je vois, alors je vais vous laisser vous joindre à la cohue de ses admirateurs.

Elle était vexée, et peut-être aussi blessée. Je ne lui permis pas de me planter et lui attrapai le bras.

— Et c'est tout ? Je suis ami avec votre sœur et donc, je ne peux pas l'être avec vous. Nous sommes à la maternelle ?

— Vous ne pouvez pas dire ce genre de choses, je vous rappelle que certaines personnes ici ne sont pas au courant de notre lien de parenté. Je ne suis pas une gamine, je refuse juste d'être comparée à elle. Maintenant, lâchez-moi !

— Avez-vous donc tellement peur que la comparaison ne soit pas en votre faveur, si comparaison il y a ? C'est puéril !

Je finis par la lâcher et elle rejoignit les autres. Elle plaqua un sourire factice sur ses lèvres et joua de son charme avec mes collègues, certainement à mon intention. Je souris en la regardant faire. Pedro arriva avec un verre de bière qu'il me tendit.

— Tu joues un jeu dangereux. Tu aimes les chats sauvages et capricieux ?

— Elle m'attire et m'énerve en même temps. Habituellement, j'évite ce type de femme, mais là, c'est plus fort que moi.

Je saisis la pinte et en bus une gorgée.

— Alors, tu es foutu, mon ami. Ce genre de louve n'amène que les ennuis.

— Peut-être, mais je vais quand même gratter un peu.

Pedro m'entraîna vers James, Gabriel et Luc. Isabella et Alexandra étaient avec eux. Cette dernière m'observa un moment, allait-elle aussi me mettre en garde contre sa sœur ?

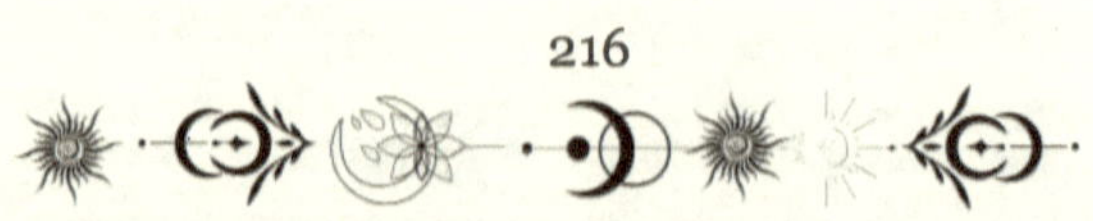

— Tu vas bien, Raphaël ?

— En pleine forme ! Je m'ouvre aux autres.

— J'ai vu ça. Ce serait bien si tu pouvais y arriver, elle a besoin de vrais amis.

Je n'aurais pas dû douter d'Alex, elle n'était ni mesquine ni jalouse.

— C'est pas gagné, Alex. Mais je vais essayer, elle a un petit quelque chose qui me donne envie d'en savoir plus.

— En tout cas, tu ne lui es pas indifférent si j'en juge les regards meurtriers qu'elle m'adresse depuis que nous discutons, me répondit-elle en souriant.

— Au risque de paraître légèrement imbu de moi-même, j'avais noté que je lui plaisais. Apparemment pas suffisamment pour passer outre l'amitié qui nous lit tous les deux.

Alex prit un air triste.

— Elle ne nous a jamais appréciées, je pensais qu'avec l'âge, cela lui passerait.

James l'attira dans ses bras, elle lui sourit. Ils étaient vraiment bien assortis tous les deux.

— Enfin, si tu peux la sortir de cette solitude qu'elle s'impose, tu auras toute mon admiration.

— J'accepte la mission, lui répondis-je avec un clin d'œil.

Anthony et Louis nous rejoignirent et la conversation bifurqua sur nos dernières découvertes. Gabriel cherchait sur le net toutes les informations liées à la société Cristal ainsi que le groupe Pur'humanité. Pour celui-ci, les données se trouveraient certainement sur le darknet. Le dénommé Cayden était mis sous surveillance constante. Cela avançait, certes plus doucement que ce que nous l'aurions souhaité, mais c'était toujours un progrès. Les interrogatoires allaient s'intensifier, nous devions croiser les indications de façon à avoir une vision générale. Louis aussi était positif. Malgré les souffrances subies, la plupart des métamorphes allaient pouvoir rentrer chez eux, au sein de leur meute, d'ici une semaine. Ils seraient sous surveillance pendant quelque temps afin d'éviter toute mauvaise surprise.

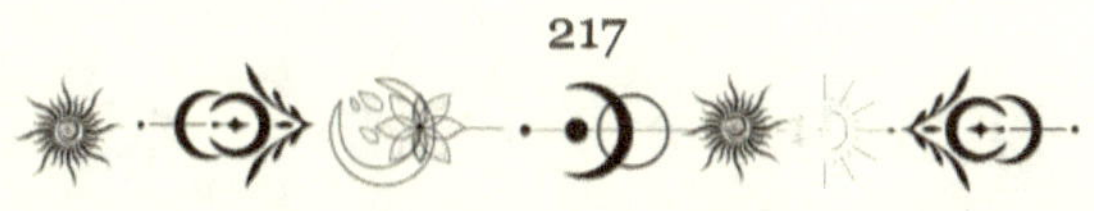

La jolie pédopsychiatre nous rejoignit au moment où nous passions à table. Je vis rappliquer illico Liam et Hugo, il était évident qu'elle leur avait tapé dans l'œil. La nourriture était bonne et l'ambiance détendue. Je sentais régulièrement le regard de Victoire sur moi, mais j'en fis abstraction. J'étais installé à côté d'Alex, nous parlions moto, un sujet que nous appréciions tous les deux. À la fin du repas, Gabriel et Luc proposèrent un billard. J'acceptai le défi avec Pedro, j'adorais ce jeu.

Victoire et ses amies s'assirent dans le canapé, près de nous. Mes coéquipiers discutaient avec elles, les plaisanteries fusaient.

Alors qu'Alex était prise à parti par Anthony, Victoire se leva et engagea la conversation avec James. Je sentis immédiatement Pedro se tendre. Je lui jetai un regard surpris.

— Un problème ?

— Pas encore, je surveille ta petite copine. Tisha est persuadée qu'elle va tenter quelque chose avec James, pour énerver Alex.

— Cela ne te semble pas un brin exagéré comme réaction ? Elle lui parle juste.

— Tu devrais mieux observer Raph, regarde son langage corporel. Ce n'est pas celui d'une femme qui veut seulement discuter.

Je me tournai légèrement, Victoire était en effet proche de James. Ce dernier était coincé contre le mur et ne pouvait donc pas reculer. Elle joua avec ses cheveux, posa sa main sur son bras, pencha sa tête de côté. Elle était clairement en train de faire du rentre-dedans au mec de sa sœur. Qu'est-ce qui n'allait pas bien chez cette femme pour chercher les ennuis comme ça ? Je vis les problèmes arriver au moment où Alex tourna la tête et bloqua son attention sur eux. Devais-je m'en mêler ? Je n'en eus pas le temps. Alex planta là son frère pour se diriger vers le couple. Sa démarche était conquérante, je craignais sa réaction.

Elle se plaça entre eux deux en bousculant Victoire.

— Prends du large, Victoire ! Il y a suffisamment d'hommes ici présents sans que tu te sentes obligée de venir ennuyer le mien.

— De quoi as-tu peur, Alex ?

— De rien, mais je n'aime pas ton attitude. Il faut que tu te fasses soigner, il y a un truc qui ne fonctionne pas dans ton cerveau.

Anthony avait suivi Alex.

— Allons, Alex, pourquoi tu t'énerves ? Victoire ne pensait pas à mal, j'en suis sûr.

— Que tu es naïf ! Ta sœur ne pense qu'à ça et tu ferais bien de lui rappeler qu'il ne fait pas bon m'exaspérer, surtout actuellement.

Un message sembla passer entre eux deux. Anthony hocha la tête et attrapa le bras de Victoire.

— Allez Victoire, viens donc avec moi. Nous n'avons même pas eu l'occasion de bavarder tous les deux depuis ton retour.

Elle se dégagea de son étreinte.

— Et pourquoi devrais-je m'éloigner ? Je discutais juste, n'est-ce pas James ? l'interpella-t-elle.

— Je pense que tu sais très bien ce que tu avais en tête en venant me trouver, Victoire. Et parler tranquillement n'en faisait pas partie, répondit James.

Victoire encaissa le coup, mais ne laissa pas tomber pour autant.

— Si vous me prêtez des intentions que je n'ai pas, je ne peux rien y faire. Je vais donc vous abandonner et rejoindre mes amies.

Elle s'éloigna, le dos raide, la tête haute.

— Quand je te dis qu'elle n'apporte que des ennuis, cette femme, reprit Pedro.

— Elle doit réellement se sentir seule pour réagir comme ça, lui dis-je.

Mon frère se tourna vers moi.

— Et tu la plains en plus. Elle est remplie de haine et de jalousie. Elle va devoir faire attention. Alex n'est pas dans son état normal en ce moment. Elle est bloquée ici alors qu'elle voudrait chercher sa sœur. C'est téméraire de la titiller. En tout cas, moi, je ne m'y risquerais pas.

Elle rejoignit ses amies sans accorder un regard à qui que ce soit. Je décidai de me désintéresser d'elle dans l'immédiat. Pedro avait raison, cette femme était dangereuse.

Chapitre 27

Tisha

On frappait à ma porte, certainement Alex. Je devais être en retard pour l'entraînement. J'ouvris péniblement les yeux, le décor ne correspondait pas à ma chambre. On insistait. Je me levai, le cerveau embrumé, et l'entrouvris. Chris Pine, non, Mathias me toisait. Mes méninges se réenclenchèrent : vampires, soirée, rhum... Je m'adossai au chambranle, mon royaume pour un café.

— OK, tu n'es visiblement pas du matin, précisa Mathias tout en me déshabillant du regard.

Je pris conscience de ma tenue : bustier et petite culotte. Tant pis, il devait en avoir vu d'autres.

— Disons que sans ma caféine, je ne suis pas très sociable. Une urgence ?

— Non, mais tu as ton rendez-vous dans ¾ d'heure avec Lucius. Je voulais être certain que tu serais à l'heure.

Ah oui, mon entraînement avec Lucius.

— Merci pour le rappel, à plus.

Je tentai de fermer la porte, mais il la bloqua.

— Le rhum ne te réussit pas, apparemment. Tu ne vas pas te recoucher, Tisha ? Lucius serait très énervé de ne pas te voir au rendez-vous.

Je soupirai.

— Je ne retourne pas dans mon lit, mais le matin c'est minimum un café avant de communiquer avec qui que ce soit. Donc, cher Mathias, à tout à l'heure.

Je lui envoyai une pichenette de pouvoir afin qu'il recule et que je puisse fermer ma porte. Je l'entendis rire, puis s'éloigner. Je jetai un œil à mon lit qui me tendait les bras... Malheureusement, titiller un maître-vampire d'un millénaire ne me semblait pas être une bonne idée. J'ouvris les rideaux donnant sur l'extérieur et je restai figée.

Au lever du jour, la montagne était encore plus magnifique. J'admirai au loin le soleil, percé au milieu des pics, m'éblouissant par son intensité. Des nuages étaient posés plus bas et paraissaient tapisser de coton la vallée, rendant ce paysage complètement vierge de toute activité humaine. J'ouvris la double porte en grand, il faisait frais. Ma peau se couvrit de chair de poule, mais je n'en tins pas compte. Je respirai un grand coup en fermant les yeux. L'air pur, très ionisé, l'odeur des sapins, des épicéas et des fleurs, le léger tintement des cloches des vaches ; tout cela me donnait envie de me poser. Je n'avais malheureusement pas le temps, ce matin, de profiter de toute cette beauté. Je m'accordai cinq longues minutes de contemplation puis je fermai la porte. Il était l'heure de se doucher et de partir à la recherche de mon café.

J'étais fin prête dix minutes plus tard et me dirigeai vers la cuisine. J'avais repéré hier la cafetière, j'espérais trouver aussi le café pour aller avec. Heureusement, Athéna était avec moi, je le localisai facilement et pus m'offrir un mug géant. On avait laissé à ma disposition, sur la table de la salle à manger, des croissants ainsi que des pains aux raisins et des chocolatines. Je restai raisonnable, ne sachant pas à quoi m'attendre pendant la séance avec Lucius, un seul croissant. Je dégustai mon petit déjeuner face à la montagne. Tout était silencieux autour de moi, pas de trace de mes deux hôtes. Cela me donnait le temps de me préparer à les côtoyer. Il avait été difficile de me contrôler la veille, leurs magnétismes étaient tels que réfléchir était compliqué. Par contre, j'avais pu apprendre énormément de choses, dont cet afflux de pouvoir que je ne maîtrisais pas. Je me demandais encore une fois si c'était notre connexion avec Megan qui l'avait déclenché. J'étais curieuse de voir ce que Lucius allait me proposer. J'avais aussi prévu de faire un tour à Gap en vue de chercher Adrien, qui restait ma principale mission. Quant à ces vampires disparus, je ne savais pas trop comment gérer ça. Sans ordre du conseil, je n'avais normalement pas à m'en mêler. Je pris le mot que m'avait laissé Mathias afin de me situer la salle d'entraînement, je devais passer par les appartements privés de Lucius. Après un aller-retour rapide à la salle de bain, pour me brosser les dents, j'entrai.

Après un petit couloir, je devais prendre la dernière porte du fond. Le problème, c'est que j'étais curieuse. J'avais très envie d'ouvrir les portes de chaque côté, j'avais encore dix minutes avant ma session, j'avais le temps. Je pesai le pour et le contre, mais décidai finalement de rejoindre le vampire. Je ne voulais pas entacher le début de notre relation pour de la curiosité. Je verrais bien, peut-être me ferait-il visiter son antre à un moment ou à un autre. Bien m'en prit, j'arrivai en pleine séance d'entraînement entre Mathias et Lucius. Ils étaient vêtus d'un pantalon noir ample, en tout et pour tout. Leur rapidité était prodigieuse, j'avais du mal à suivre leurs mouvements. Ils cognaient fort et vite. C'était à la fois effrayant et magnifique. Je restai à l'écart, assise contre un des murs, à observer ce ballet étonnant. J'espérai que Lucius n'envisageait pas ce type d'entraînement avec moi, j'allais être à terre en moins de dix secondes. Je compris d'un seul coup à quel point j'avais été naïve de considérer que les vampires n'étaient pas plus dangereux que les métamorphes. Il était clair que les plus anciens pouvaient nous détruire en très peu de temps.

Ils s'arrêtèrent brutalement. Ils n'étaient pas essoufflés, leurs canines n'étaient même pas sorties. À croire que, malgré ce degré de violence, ils se contrôlaient encore. Leur attention se porta sur moi et je me sentis dans la peau d'un lapin sur le point de se faire bouffer pendant quelques secondes. Ils se maîtrisaient certes, mais visiblement, cela les avait aussi excités. Je ne bougeai pas, attendant de voir si j'allais devoir me défendre ou non. L'instant passa, la pression descendit. Je me surpris à inspirer goulument, j'avais dû oublier de le faire.

— Tisha, bien dormi ? me demanda Lucius.

— Comme un loir, je vous présente mes excuses pour hier.

— Vous, je croyais que l'on avait décidé de se tutoyer ? Et ne t'inquiète pas pour hier, nous n'avons pas pris en compte ton état de fatigue ainsi que le fait que tu sois une hybride. Les métamorphes ne ressentent pas les effets de l'alcool, je pensais que c'était la même chose pour toi.

— Malheureusement, non. Je tiens normalement assez bien, mais le rhum était de trop pour mon organisme.

Ils s'approchèrent de moi et je ne savais pas où poser mon regard. Ils se mouvaient comme les prédateurs qu'ils étaient, leurs muscles, plus que visibles, étaient merveilleusement dessinés. Je sentis les battements de mon cœur s'accélérer, j'avais réussi la veille à donner le change, il fallait que je me reprenne. Je décidai de parcourir la salle d'entraînement, beaucoup moins dangereuse.

— Belle superficie ta salle, on ne s'en douterait pas en voyant le chalet de l'extérieur.

Il s'accroupit devant moi, je ne pus faire autrement que de le regarder.

— Je vais te dire un secret, la magie cache énormément de choses autour de moi.

— Tu as donc une sorcière à ton service ?

— Pas exactement. Tu es prête ?

— Oui, mais j'espère que tu n'envisages pas le même type d'entraînement que celui que tu viens d'avoir avec Mathias ?

Il échangea un regard avec ce dernier, qui le salua avant de quitter la pièce.

— Non, pas dans un premier temps en tout cas. Je vais déjà t'apprendre à visualiser ta magie, la contrôler sera ainsi plus facile. Tu me suis ?

Il me tendit la main, je la saisis. Des frissons parcoururent mon corps, cela allait être chaud. Il ne fit aucun commentaire alors que je savais bien qu'ils les avaient perçus. Il me releva et me dirigea vers le tatami.

— Jolie tenue, fit-il sans se retourner.

— Merci.

J'étais habillée simplement : un bas de survêtement noir et une tunique large sur mon bustier de sport. J'avais mis au pied des baskets en toile que j'avais retirées en approchant le tapis. Rien de sexy à mon goût, juste un habit confortable dans lequel j'avais l'habitude de m'entraîner en salle.

— Nous allons nous asseoir et, comme hier, tu me donneras tes mains.

— OK.

Je suivis ses indications à la lettre : fermer les yeux, laisser son pouvoir me pénétrer et rester calme. Je n'eus pas de mouvements brusques cette fois-ci, je savais à quoi m'attendre. Lorsque je rouvris les yeux, ma magie tournoyait, pleine de couleurs.

— C'est beau n'est-ce pas ? me dit-il.

C'est vrai que toutes ces teintes changeantes étaient magnifiques, je me baignais dans un arc-en-ciel bariolé.

— Maintenant, je veux que tu le maîtrises. Concentre-toi et modifie les vagues. Je reste connecté à toi afin que tu puisses voir le résultat.

Ça avait l'air facile en l'écoutant, mais je me doutais bien que j'allais avoir quelques difficultés.

— J'ai besoin de mes mains, Lucius.

— Non, tu peux te retrouver immobilisée. C'est la force de ton mental qui doit prévaloir. C'est une très mauvaise habitude que vous avez, vous, les sorcières. Pense simplement à ce que tu veux réaliser.

— D'abord, je n'utilise pas constamment mes mains ! J'en ai besoin quand je débute un nouveau sort, ensuite, je n'ai plus qu'à y penser, rétorquai-je, un peu vexée qu'il me compare aux autres.

— Très bien, nous allons essayer ta méthode. Je vais passer derrière toi et te tenir différemment. Cela te convient ? répondit-il, amusé par ma réaction.

Ce diable d'homme percevait toutes mes émotions, et cela me gonflait.

— Parfait !

Il changea de position sans me lâcher et fit glisser ses mains le long de mes bras jusqu'à mes épaules. Les frissons s'intensifièrent.

— Tu le fais exprès, n'est-ce pas ? lui demandai-je.

— De te toucher ? Oui, j'avoue que j'aime ça. Et puis, tes bras sont nus, alors j'aurais tort de me gêner, non ? Cela te dérange réellement ?

— Cela n'aide pas à ce que je me concentre. C'est ton pouvoir ou c'est toi ?

— L'un ne va pas sans l'autre, ma chère Tisha. Mais j'aime que tu y sois sensible.

— Comme si tu avais besoin de ça ! Bon, on réessaye.

J'essayai de faire abstraction de ses mains sur moi et me focalisai sur les volutes multicolores qui m'entouraient. Je fis comme si je voulais attraper une des vagues devant moi et la dirigeai vers ma droite. À ma grande surprise, cela marcha tout de suite.

— Continue !

J'obéis à mon nouveau professeur et persévérai à modifier le sens de ma magie. Je fis cela pendant plus d'un quart d'heure avant que Lucius décide que c'était suffisant.

— Parfait, maintenant sans moi.

Il s'éloigna de moi. Je n'apercevais plus rien.

— Tu sais que ton pouvoir est là, il faut que tu le ressentes et que tu le diriges. Tu en es tout à fait capable, Tisha ! ajouta-t-il voyant que j'allais protester.

— D'accord.

Il m'énervait à me parler comme ça, j'avais l'impression de me retrouver dans mon village en train de subir les entraînements de nos anciennes. Je savais qu'il faisait cela pour me soutenir, mais cela ne m'empêchait pas de réagir,

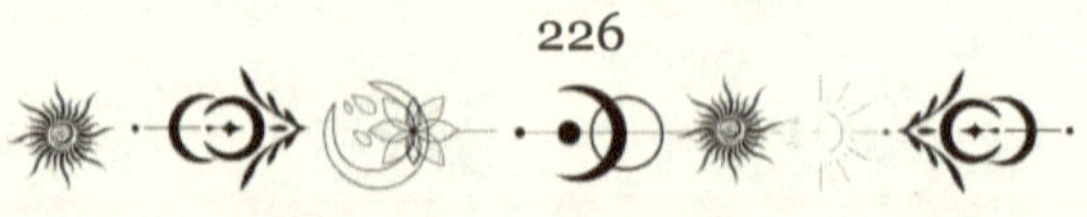

question d'orgueil, certainement. Je m'efforçai de visualiser mes belles vagues, savoir qu'elles étaient là devait m'aider. J'essayai, et essayai encore, sans résultat. C'était frustrant.

— Ne t'énerve pas, ta magie répond à tes émotions. Tu cherches à la voir n'est-ce pas ?

— Bien sûr, si je veux la diriger, il le faut bien.

— Petite question, Tisha : aperçois-tu celle que tu utilises habituellement ?

Je me retrouvai un peu bête. Non, en effet, j'avais toujours manipulé mes pouvoirs sans les visualiser. Il haussa un sourcil, sa bouche s'étira en un sourire. Je faillis lui tirer la langue comme une gamine, mais je me retins.

— D'accord, tu as raison ! Mais si j'utilise ma magie, comment savoir que c'est celle que je viens d'acquérir et pas celle que j'avais déjà avant ?

— Tu peux tenter de me faire reculer par exemple.

— C'est quelque chose de facile, qui ne nécessite pas énormément de pouvoir !

— Au risque de te décevoir, tu n'as aucune chance. Essaye donc !

Je me relevai afin d'être face à lui, à nous deux, monsieur le roi des vampires ! J'utilisai la force du vent et la jetai contre lui. Il ne bougea pas d'un iota !

— Merde !

— N'oublie pas à qui tu as affaire...

Il était très content de lui, et cela m'agaçait. Je me concentrai, cherchant au plus profond de moi la magie des Euménides et la lui balançais violemment. Je n'obtins aucun résultat. Je renouvelai mes essais, y ajoutant des incantations, toujours rien au bout de vingt minutes !

— Tu es énervée et tu commences à fatiguer, nous allons faire une pause.

— Hors de question, il faut que j'arrive à te faire bouger.

— Je pense que c'est suffisant pour aujourd'hui, Tisha. Ne fais pas l'enfant.

— Ne me traite pas comme une gamine, je sais que je peux y parvenir.

J'étais folle de rage, je me maîtrisais difficilement.

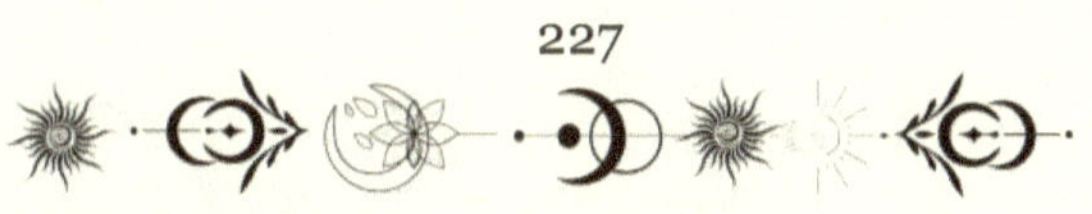

— Si tu ne reprends pas le contrôle, je vais le faire pour toi.

Sa posture s'était modifiée, je n'avais plus le vampire aimable et attentif en face de moi, mais bien le prédateur dangereux.

— Essaye un peu pour voir ! Je n'arrêterai pas tant que tu n'auras pas bougé un minimum.

Je le défiais alors que je savais parfaitement bien qu'il pouvait me mettre à terre en un dixième de seconde. C'était plus fort que moi, je n'échouerais pas !

— Corsons donc le jeu, alors ! Si tu gagnes, je t'offre le cadeau de ton choix ; si tu perds, je te mords.

— Quoi ? Je croyais qu'en étant ton invitée, j'étais protégée.

J'avais instinctivement reculé devant sa proposition. Le laisser me goûter allait créer un lien entre nous, je le savais bien grâce à Isabella et Alex. C'était hors de question !

— Oh, mais tu l'es. Abandonne tout de suite, accepte de te reposer et je laisse tomber.

J'étais partagée entre ma volonté de le vaincre et la crainte qu'il me batte. Je sentais bien qu'il ne me voulait pas de mal, peut-être ne le ferait-il pas, même si je perdais.

— N'imagine pas que tu pourras éviter de remplir ta part du contrat en cas d'échec, Tisha. Je ne suis pas un de tes gentils métamorphes !

Et en plus, il lisait mes pensées.

— Alors, Tisha ? On fait une pause ?

Je devais être plus intelligente que ça, le défier n'allait m'apporter que des problèmes. Je hochai la tête, irritée comme jamais.

— Brave petite, tu sais te montrer raisonnable. Tu n'avais aucune chance, Tisha. Et si nous allions boire un café ?

Il me cherchait, c'était visible. Et c'était vraiment difficile de ne pas répliquer. Ce côté paternaliste me tapait sur les nerfs, mais l'attaquer allait m'amener là où je ne voulais surtout pas me risquer. Je pris la direction de la cuisine, sans me donner la peine de lui répondre.

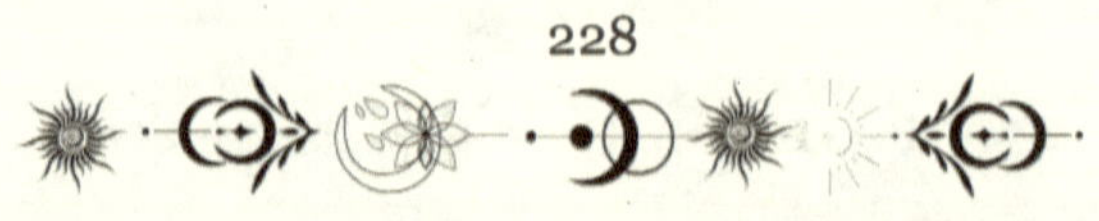

Mathias était installé sur la table de la salle à manger avec un ordinateur. Il m'observa attentivement.

— Entraînement plus difficile que prévu, Tisha ? Je te sens au bord de l'explosion.

— Elle n'arrive pas à utiliser ses nouveaux pouvoirs, elle ne les trouve pas. Je lui ai bien proposé un petit jeu, mais elle a refusé.

— Quel petit jeu ?

— Si je t'attrape, je te mords. Ton roi a de drôles de divertissements, Mathias. Tout ça parce qu'il ne voulait pas que je continue, fis-je.

— Vu ton état, il a eu raison, Tisha.

Je haussai les épaules et m'avançai vers la machine à café. Lucius, pourtant à l'opposé de la place une seconde plus tôt, me saisit par-derrière et m'enchaîna entre ses bras. Il approcha sa bouche de mon oreille, son souffle me fit frissonner.

— Je suis plus que coulant avec toi, Tisha, mais ne me pousse pas à bout. Au risque de me répéter, je ne suis pas du style à m'écraser. Si tu me cherches, tu vas me trouver.

Je sentis ses crocs contre mon cou, le temps d'un tremblement plus prolongé, puis plus rien.

— Eh bien, voilà qui est intéressant... me dit Mathias.

Je peinai à reprendre mes esprits. Cela avait été si soudain ! Je me tournai vers lui.

— Mais qu'est-ce qui lui arrive ?

— Tu ne vois vraiment pas ? Il n'a pas l'habitude d'être bousculé par qui que ce soit, à part moi et Alaric. Ajoute à ça le désir que tu lui inspires, et tu obtiens ce résultat ! C'est super !

Mathias affichait un grand sourire. Son roi avait failli me mordre et il trouvait ça génial. Il était peut-être temps que je mette fin à mon séjour parmi eux.

— Je ne vois pas ce qu'il y a de bien dans le fait que je tape sur le système de Lucius et qu'il ait été à deux doigts de m'attaquer, brisant les règles de l'hospitalité vampire.

— Il ne l'aurait pas fait, Tisha. C'est un avertissement, c'est tout. Il a une bien plus grande maîtrise que ça.

— J'aime ton optimisme, mais je pense écourter mon séjour. Je ne veux pas créer de problèmes, nous en avons déjà suffisamment en ce moment.

— Ne fais pas ça.

Il avait glissé jusqu'à moi soudainement. Ils allaient avoir ma peau à me faire sursauter toutes les deux minutes.

— Et pourquoi ? Je te rappelle que j'ai une mission. Je ne suis pas prisonnière, n'est-ce pas ?

— Absolument pas ! Mais tu oublies que tu dois apprendre à gérer tes nouveaux pouvoirs, tu peux mettre les autres en danger.

Il me scrutait, les sourcils froncés.

— J'ajoute que je te pensais plus courageuse. Tu bats vite en retraite pour une Érinye...

— Je sais ce que tu fais, Mathias, et ça ne marchera pas. Je suis fière, c'est vrai, mais pas au point de négliger ce qui est important. Si ma présence génère des réactions explosives, il vaut mieux que je disparaisse.

— Écoute, fais ce que tu avais prévu, et reviens en fin de journée. Tu prendras ta décision à ce moment-là, d'accord ?

J'opinai du chef et partis me préparer dans ma chambre. Je devais quitter cet endroit.

Chapitre 28

Mathias

Bon, cas Tisha géré, il fallait que j'aille voir Lucius maintenant. J'attrapai mon ordi, et mon courage, j'allais en avoir besoin pour calmer mon ami.

Je toquai à la porte, par respect, et entrai dans son bureau. Ouverture non bloquée, c'était bon signe.

— Tu viens me faire la leçon ? m'aboya-t-il dessus.

Ah ! Interprétation erronée, il n'avait pas digéré.

— Je ne me le permettrais pas, Lucius. Surtout que, vu ton humeur, je pense que tu es au courant que tu as merdé !

Un objet me frôla et s'éclata contre le mur à côté de moi. Ah, tant pis pour l'œuf Fabergé.

— Cette femme aura ma perte, elle ne sait pas où est sa place !

— C'est-à-dire ? Allongée, nue et à ta merci ?

— Garde ton ironie pour toi. Je parle de sa façon de me contrer. Elle n'en fait qu'à sa tête !

— Et lui proposer une partie de : si je t'attrape, je te mords ; une riche idée. Pas du tout lié au fait que tu crèves de désir pour elle.

— N'exagérons pas. Elle est belle, c'est sûr. Sa magie m'attire, mais je ne crève pas de désir pour elle. Tu prends ton cas pour une généralité.

— C'est ça. Et c'est moi qui ai été à deux doigts de la mordre dans la cuisine ? C'est dingue, je ne me souviens pas de cette scène-là !

— Je me contrôlais parfaitement bien !

— Non, ça, c'est le baratin que je lui ai servi afin qu'elle ne fasse pas ses bagages dans la minute.

Une lampe suivit l'œuf. Pas grave, elle ne valait pas grand-chose celle-là.

— Quand tu auras fini de faire semblant de me viser avec des objets, on pourra peut-être en discuter sérieusement et voir ce que nous allons faire ?

Il était toujours dos à moi, en train de regarder par la porte-fenêtre. Je soupirai.

— Lucius, il faut que tu décides : nous essayons de la retenir ou tu la laisses partir ?

— Je n'aime pas ça.

— Quoi ?

— Toutes ces émotions que je retrouve à côté d'elle, je déteste ça. Elle a 25 ans, je me fais l'effet d'être un vieux pervers à la désirer.

Il se retourna enfin, il avait encore les yeux légèrement rouges, mais il reprenait le contrôle.

— Tu es un vieux pervers, mais peut-être que cela ne la gênerait pas.

— Elle est réceptive, je ne suis pas idiot. Mais elle réagit aussi avec toi, c'est nos pouvoirs vampiriques qui la font nous convoiter.

— Peut-être que oui, actuellement. Mais si tu lui laisses du temps, elle apprendra peut-être à apprécier qui tu es.

— Et toi ?

— Je ne me mettrai pas en travers de ton chemin, Lucius. La mer est pleine de poissons.

— Et qui raconte des bobards à l'autre, maintenant ? Elle est unique, tu le sais.

— Faux ! Elles sont trois, et Alexandra est tout à fait à mon goût aussi.

— Sauf qu'elle est avec ce lycanthrope, James.

— Elle n'est pas parfaite, moi non plus, ça tombe bien. Franchement Lucius, je n'ai aucune chance face à toi, je ne

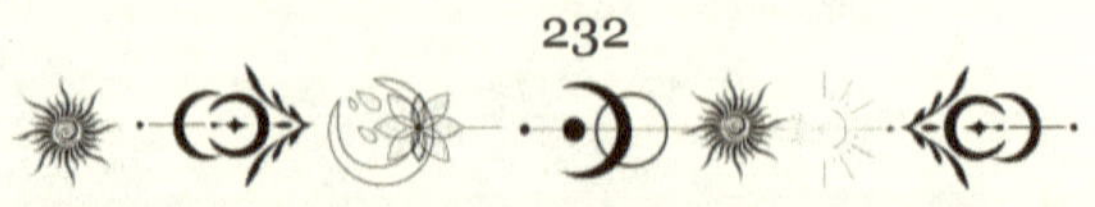

vois pas l'intérêt de me bercer d'illusions, lui répondis-je, un peu blasé.

— Tu penses en termes de pouvoir, moi je te parle d'âme et de cœur. Elle te fait plus confiance qu'à moi. Elle se tourne vers toi quand elle a un doute.

Et cela le mettait en colère, c'était visible. Quel bonheur de le voir de nouveau réagir, même si c'était pour se montrer jaloux de ma soi-disant relation avec Tisha !

— Je suis moins imposant que toi et je n'ai pas tenté de la croquer. Ceci explique cela.

Il continua à m'observer, je patientai tranquillement. Il parlerait quand il en aurait envie, pas avant. J'allais m'asseoir dans le canapé, j'avais appris la persévérance depuis 500 ans.

— Elle est où ?

Ah ! Ça avait été plus rapide que prévu.

— Certainement dans sa chambre, en train de se doucher et de s'habiller. Elle a planifié de sortir, je pense. C'est sûrement en lien avec sa mission d'origine.

— Je ne veux pas qu'elle soit sans protection, tu vas avec elle, m'ordonna-t-il.

— Hors de question ! Elle a besoin d'être seule, la mettre sous la surveillance de l'un de nous va la faire fuir encore plus vite. À moins que ce soit ce que tu souhaites, et dans ce cas-là, il est plus simple de le lui demander.

— Je ne désire pas qu'elle parte.

— Eh bien, tu vois, ce n'était pas si difficile à avouer.

— Et je veux qu'elle soit protégée !

— Lucius, c'est une Euménide, pas une demoiselle en détresse. D'après nos informations, elles sont très indépendantes. Lui imposer un garde du corps serait complètement stupide. Si tu es si inquiet, occupe-t 'en ! Moi, j'ai déjà mon planning de bouclé pour aujourd'hui.

Je me levai et le laissai cogiter. À lui de voir ce qu'il convenait de faire. Alaric devait faire un point sur sa recherche de Megan d'ici midi et j'avais des rendez-vous à honorer d'ici là.

Après m'être assuré que Néphélia était toujours sous surveillance, j'allais prendre la température de mes

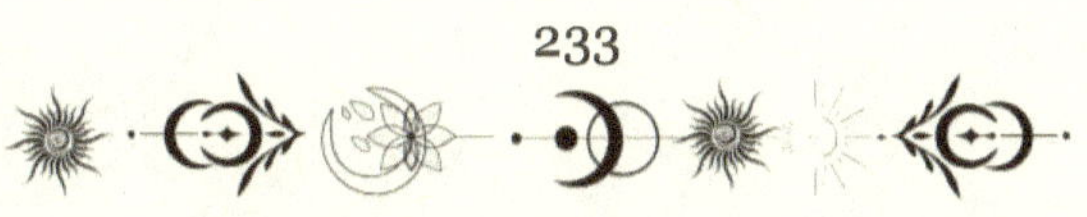

congénères. Je croisai Silas, souriant et enjoué comme à son habitude.

— Comment vas-tu, mon ami ? lui demandai-je.

— Plutôt bien, et toi ? Il semblerait que vous ayez une invitée ?

— En effet, c'est Néphélia qui te l'a dit ?

— Non, même si je sais que cela l'a rendue encore plus vindicative que d'habitude.

— Entre nous, Silas, comment peux-tu la supporter ? Je ne te comprends pas.

Silas avait plus de 300 ans, nous nous connaissions depuis longtemps. C'était quelqu'un de positif et de discret, sa liaison avec Néphélia m'avait beaucoup surpris.

— Elle me sort de ma zone de confort, elle me secoue. Ce n'est pas à toi que je vais expliquer les difficultés à rester éveillé à partir d'un certain âge ?

— Non, en effet. Et ça marche ?

Il éclata de rire.

— On peut le dire, elle sait rendre les choses intéressantes, nos soirées sont souvent épiques. Nous sommes tellement différents que nous sommes en désaccord sur énormément de sujets. La venue de cette sorcière en est un, d'ailleurs. Entre nous, Mathias, Lucius commencerait-il de nouveau à s'ouvrir au monde ? Ce serait une excellente nouvelle !

— Certains signes me laissent espérer... Nous verrons.

Nous nous saluâmes et je poursuivis mon tour. Toutes les personnes que je croisai m'interrogèrent sur la présence de Tisha, cet évènement ne se contentait pas de sortir Lucius de sa torpeur apparemment. Elle intriguait plus qu'elle ne dérangeait. En soi, c'était déjà positif. Je retournai au chalet une heure plus tard pour constater la disparition de Tisha et de Lucius. J'espérai que, s'il la surveillait, il allait au moins se montrer discret sous peine de faire face à une explosion de colère. Je travaillai durant les deux heures qui suivirent, sans interruption. Alaric me contacta comme prévu par téléphone.

— Bonjour, Mathias, je viens au rapport.

— Bonjour, mon ami, comment se passe ta mission ?

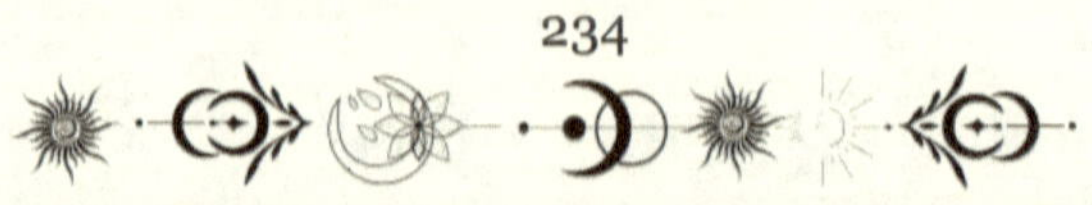

— Pas aussi simple qu'il n'y paraissait. J'ai trouvé où elle habitait, mais elle a vidé les lieux depuis peu.

— Mince, tu as une piste ?

— Elle est dure à suivre, ses pouvoirs ne sont pas complètement réveillés. Je ne pense pas qu'elle s'en serve.

— As-tu des informations sur son environnement ?

— Elle vivait dans une maison isolée, avec un homme, un médecin d'après mes renseignements. Je t'envoie son nom pour que tu lances les recherches. Très peu d'interactions avec qui que ce soit, pas d'amis, cette femme est un fantôme.

— Cela ne va pas nous aider à la retrouver.

— Je vais pousser jusqu'au village. Peut-être que quelqu'un en saura plus, je te tiens au courant. Comment va le patron ?

— Complètement chamboulé par notre Euménide, c'est divertissant !

— Chamboulé ? Que veux-tu dire ?

Je pris quelques minutes pour lui raconter nos différents échanges.

— Intéressant, en effet. Elle semble être à ton goût également ?

— Il faudrait être difficile. D'ailleurs, méfie-toi lorsque tu rencontreras Megan. J'ai peur que leurs pouvoirs aient une incidence trop importante sur notre perception.

— C'est une gamine, aucun risque.

— Tisha aussi en est une, et pourtant je suis constamment en train de me contrôler pour ne pas lui sauter dessus. L'âge n'a rien à y voir, c'est une combinaison de son âme, de son caractère, de sa beauté et de sa magie. L'ensemble est addictif.

— Tout ça ! Il n'y a pas que Lucius qui est accroché. J'en prends note, Mathias. Transmets mes amitiés à Lucius.

— Ce sera fait.

Je raccrochai, frustré de l'échec d'Alaric. J'avais pensé qu'il lui serait aisé de la repérer. L'explosion de magie avait été tellement importante qu'il nous avait été facile de cibler les lieux concernés. Maintenant, si Megan n'utilisait pas ses pouvoirs, il allait être plus complexe de la dénicher. Enfin,

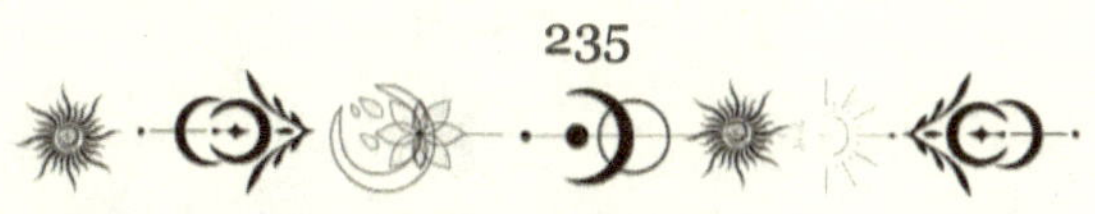

Alaric était fort à ce jeu. Si quelqu'un devait la retrouver, c'était lui. Je récupérai le nom du médecin, Docteur Villera. Je contactai Mason, notre geek attitré, et lui demandai de me trouver tout ce qu'il pouvait sur cet homme, le plus rapidement possible. Je me préparai un café et repris le fil de mon programme de l'après-midi.

Chapitre 29

Tisha

Je me douchai et me changeai rapidement. Il fallait que je m'échappe d'ici très vite. Je sortis du chalet sans rencontrer qui que ce soit, tant mieux. La YZF m'attendait sagement. Je l'enfourchai et la démarrai. L'engin vibra entre mes jambes, je respirai déjà mieux. Je tombai un rapport et avançai le long de la route, me remémorant le chemin pris la veille par Mathias. J'avais une solide mémoire visuelle. Je fus l'objet de nombreux regards tout au long du trajet jusqu'à ce que j'atteigne la fausse maison à traverser. J'ouvris les gaz et fonçai en direction de Gap. La distance qui se creusait entre moi et ces vampires augmentait proportionnellement ma bonne humeur. Je dépassai largement les limitations de vitesse dès que je sortis des agglomérations, l'allure me grisa. J'arrivai en 30 minutes et me garai sur la place Saint-Arnoux. Le dernier positionnement d'Adrien était près de la cathédrale, j'allais partir de là. J'entrai et m'assis sur un des bancs à l'écart. Je ne tenais pas à ce qu'on me remarque, je changeai donc d'apparence en me vieillissant de 20 ans avec des cheveux châtains longs. Je ne pris pas la peine de modifier mes yeux, il serait étonnant que quelqu'un me reconnaisse. Une fois cela fait, je lançai à nouveau le sort de localisation, sans résultat. Je réitérai sans rien de plus. Cette organisation devait avoir une sorcière à ses ordres, ce n'était pas possible autrement. Et sans Alex pour m'aider, j'allais devoir trouver un autre moyen.

Je pouvais essayer de le contacter par télépathie, le rayon était de 40 km à 50 km d'après Pedro, c'était une éventualité. J'aurais bien aimé pouvoir tout faire à moto, afin d'aller plus vite, mais cela risquait de me faire remarquer dans le centre-ville. Tant pis, j'allais arpenter les rues principales jusqu'à avoir une réponse. Je n'étais pas certaine que mon idée soit la meilleure, mais dans l'immédiat, je n'en voyais pas d'autres. J'y passai la journée, sans résultat. J'avais récupéré la moto dans le but d'élargir mon rayon dès que cela avait été envisageable, Adrien n'était plus à Gap. Il était fort possible qu'il soit dans un des villages voisins, j'allais devoir faire la même chose demain. Il était 17 h quand je repris le chemin du chalet. Il fallait que je réfléchisse à ce que je voulais faire : rester ou partir. J'étais plus calme que ce matin, ma réaction me semblait exagérée par rapport à Lucius. Mathias m'avait assuré qu'il se contrôlait, j'avais tendance à lui faire confiance. Par contre, je devais appeler Alex pour lui parler de cet ajout de pouvoir, savoir si elle faisait face aux mêmes difficultés que moi me réconforterait un peu.

Une fois la fausse maison traversée, je fus de nouveau l'objet de toutes les attentions. Je me tins sur mes gardes en garant la moto. Ma nuque me brûlait, signe que quelqu'un m'observait en détail. Je me retournai pour rencontrer le regard d'une très belle femme. Elle ne sembla pas gênée que je la surprenne en pleine inspection et amorça un pas vers moi. Elle fut immédiatement bloquée par un homme qui s'interposa. Je n'entendis pas la nature de leur conversation, mais j'eus la très nette impression qu'on lui interdisait de m'approcher. Je décidai de ne pas m'en préoccuper et entrai dans le chalet. Cette fois encore, je regagnai ma chambre sans rencontrer personne. Je posai tout mon barda et jetai un sort de silence. J'appelai Alex.

— Tu ne peux plus te passer de moi ? dit-elle en décrochant.

— C'est ça, t'avoir au téléphone tous les jours est devenu indispensable à mon bien-être, sœurette. Trêve de plaisanterie, peux-tu t'isoler ?

— Je pense que je sais de quoi tu veux discuter, attends un instant.

Je l'entendis marcher, ouvrir et fermer une porte.

— C'est bon, tu peux parler.

— J'ai de nouveaux pouvoirs !

— Tu as tes mains qui se sont transformées, toi aussi ?

— Quoi ? Non ! Tes mains se sont transformées ? C'est quoi cette histoire ?

Elle me raconta l'incendie qu'elle avait voulu déclencher et la perte de contrôle pendant un instant.

— Super ! Je n'ai pas encore eu droit à ça et j'aimerais autant éviter. Moi, c'est Lucius et Mathias qui me l'ont montré.

— Montré ? Et depuis quand tu appelles le roi des vampires par son prénom ?

— Il me l'a demandé et je le tutoie aussi. Quant à la démonstration, je t'explique.

Je lui racontai ma soirée d'hier, en omettant la partie où je m'étais écroulée lamentablement, minimisons les reproches. J'enchaînai sur mon entraînement de ce matin et son résultat navrant.

— Je suis certaine que tu ne me dis pas tout, mais bon, je laisse filer. Et donc, d'après Lucius, Megan aussi aurait été impactée ? Étrange, non ?

— Il est sûr de lui.

— Cette histoire de contrôle m'inquiète, tu leur fais confiance ?

— Plus ou moins. Ils ne m'ont donné aucune raison de douter d'eux jusqu'à présent, mais je reste prudente. Les réactions de Lucius me préoccupent un peu, je l'avoue.

— Ma petite sœur a fait craquer le roi des vampires, c'est excitant et effrayant à la fois.

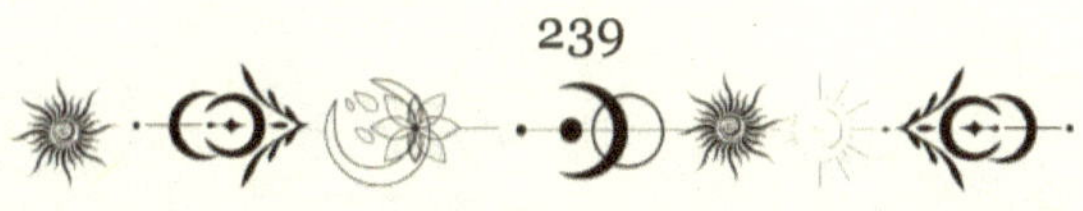

— Comme lui !

Le silence se fit quelques secondes.

— Il te plait, n'est-ce pas ?

— Il faudrait être difficile. Il a une telle prestance, il est magnifique, vraiment. Et sa vie n'a pas été facile, je ne me rendais pas compte avant, de ce que pouvait signifier l'immortalité. C'est dur à vivre !

— Que penses-tu faire ?

— Je vais rester encore quelque temps, essayer de maîtriser ces pouvoirs et découvrir si je peux en apprendre un peu plus sur Megan. Je vais aussi aller voir ton Philippe demain, histoire de le sonder par rapport à Adrien.

— Ce n'est pas mon Philippe, mais c'est une bonne idée. Et pour Lucius ?

— Garder mes distances autant que je le peux. Je ne suis pas stupide, il est dangereux.

— Si tu arrives à maîtriser cette magie grâce à lui, je te rejoindrai. Je ne sais pas par quel bout commencer...

— Pourquoi pas ? On se tient au courant.

— Bonne soirée, Tisha.

— Bonne soirée à toi aussi, et ne t'attaque pas trop à la peste !

— Si tu savais ce que j'ai envie de lui faire par moment... Enfin, bises.

Je raccrochai et levai le sort de silence. Je me déshabillai pour passer sous la douche. J'y restai une vingtaine de minutes, profitant des jets puissants pour me détendre avant le repas de ce soir. J'espérai que Lucius serait plus calme, et j'allais éviter l'alcool. C'était plus prudent ! Une fois vêtue, j'écrivis un petit rapport de ma journée à mon père et au conseil. Mission accomplie, pas de risque de coup de téléphone intempestif !

Je décidai d'aller dans le salon, avec ma liseuse. Il n'était pas encore 19 h, j'avais le temps de profiter d'un moment de détente. Enlevant mes chaussures, je me calai confortablement sur le canapé. Je pris quelques coussins que je glissai sous ma poitrine. Allongée sur le ventre, ma *Kindle* en main, j'attaquai ma lecture. La voix de Mathias me fit sursauter, j'étais tellement plongée dans mon bouquin que je ne l'avais pas entendu arriver.

— Je vois que tu t'es bien installée ?

Je levai la tête pour lui répondre, et eus le souffle coupé devant sa tenue, ou plutôt son absence. Je déglutis et finis par lui déclarer :

— Tu n'aurais pas oublié de mettre une chemise, par hasard ?

— Désolé ma belle, mais en l'absence de bruit, je pensais que tu étais dans ta chambre. Je ne t'ai pas captée avant. Cela te dérange ? Profites-en pour mater, c'est offert par la maison, ajouta-t-il, sourire aux lèvres.

— Tu fais gigolo aussi ?

Oups ! Je plaçai ma main devant ma bouche, les mots étaient sortis tout seuls. Il éclata de rire et s'assit à côté de moi. Je me poussai légèrement afin d'éviter tout contact physique. Il planta ses yeux dans les miens.

— Ne t'inquiète pas, jeune Tisha, je ne suis pas vexé. J'aime bien ton sens de la répartie, personne ne se moque de moi comme ça.

— Bonne nouvelle ! Alors si papy pouvait aller s'habiller, ce serait super, insistai-je.

— Je te fais tant d'effet que ça ? Pour une femme qui a vécu avec des métamorphes, je te trouve bien pudique. Tu l'étais moins ce matin quand tu m'as ouvert en petite tenue.

Aïe, j'avais oublié cet épisode. Je décidai de me redresser, afin de ne plus avoir à lever la tête pour le regarder. L'ambiance venait de changer, je devais revenir à la plaisanterie.

— Pour ma défense, je n'étais pas réveillée. Je ne suis pas moi-même sans mon café du matin. Et tu n'es pas un métamorphe, donc tu n'as pas à te comporter comme eux.

— Tu n'as pas répondu à la première question, je te fais tant d'effet que ça ? insista-t-il en se rapprochant un peu plus.

Je ne savais plus trop où regarder, ses pupilles me harponnaient littéralement, mes mains me démangeaient, son corps dégageait une chaleur contre laquelle j'avais envie de me blottir, j'étais foutue. Je me forçai à me

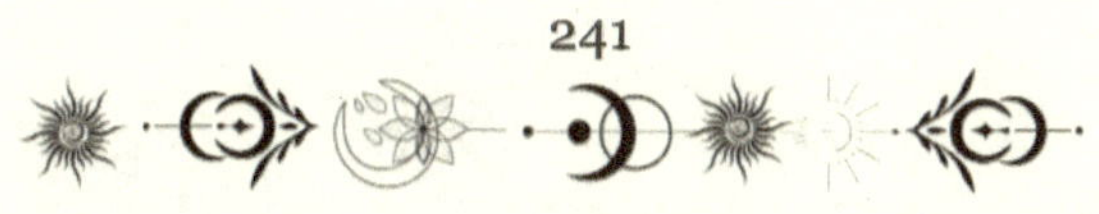

concentrer, ils étaient trop puissants, trop dangereux pour que je me laisse aller. Je me mordis les lèvres, ses yeux suivirent le mouvement.

— OK, c'est chaud là, tu peux t'éloigner un chouia ? chuchotai-je.

Ma voix aussi me lâchait.

— Pourquoi ferais-je ça ? Je te trouble, petite sorcière ?

Ce satané vampire savait pertinemment ce qu'il faisait. Où était mon cerveau quand j'avais besoin de lui ?

— Tu n'es pas censé être celui qui me met à l'aise ? Parce que là, t'es plutôt à côté de la plaque, Mathias ! fis-je, essayant de m'énerver pour combattre cette attraction.

— Je peux changer de rôle, j'aime bien celui-là, pas toi ?

Je me levai soudainement afin de placer de la distance entre nous et me tournai vers la montagne pour ne plus le regarder. Manque de chance, la nuit était tombée et je voyais son reflet dans la vitre. Il se redressa à son tour et se positionna derrière moi. Il ne me touchait pas, mais je devais réellement prendre sur moi pour ne pas me retourner. J'avais envie de vérifier si ses lèvres étaient aussi douces qu'elles le semblaient, si son corps était aussi dur que je l'imaginais. Je serrai les poings et lui ne dis pas un mot. Le silence entre nous était assourdissant. Il finit par reculer d'un pas et par s'éloigner en direction des chambres.

— Je vais passer une chemise, belle Tisha, mais nous n'en avons pas terminé tous les deux.

Je respirai plus librement dans la seconde. Il fallait que je me maîtrise. J'attrapai ma liseuse sur le canapé et me repliai dans mon coin. Quelques minutes, juste quelques minutes pour reprendre le contrôle de mes hormones. Moi qui commençais à trouver Mathias plus « gérable », j'avais eu tout faux. Comment se prémunir contre ça ? Je m'étais laissé berner par son côté « je suis le médiateur, ne me vois que comme un ami ». Quelle idiote ! Il était aussi dangereux que Lucius, voire plus, car il savait cacher son jeu. Je ne pouvais pas rester dans ma chambre toute la soirée, je devais retourner dans le salon et lui faire face. Il ne devait pas comprendre à quel point il me troublait. Je fis

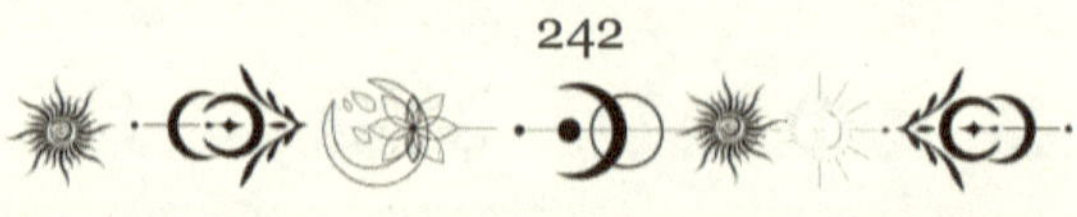

quelques exercices de relaxation et m'humidifiai le visage. Mes pupilles étaient encore dilatées, pour la discrétion, il fallait oublier. Je décidai de tricher et modifiai mon apparence : une copie de moi en plus calme, pupilles normales. Un dernier regard dans le miroir, tout était sous contrôle, je pouvais y retourner.

Lucius était arrivé entre temps, ce qui m'évita certainement un moment de gêne. Nous n'avions pourtant rien fait, mais je savais qu'il s'en était fallu de peu. J'acceptai le verre que Mathias me tendit, avec le sourire. Il m'observait attentivement, je vis Lucius faire de même.

— Comment s'est passée ta journée, Tisha ? me demanda ce dernier.

— Couci-couça, et toi ?

— La routine habituelle, répondit-il. As-tu fait de nouvelles découvertes ?

— Aucune, malheureusement. Ce sera peut-être mieux demain.

J'étais tendue comme un string, je détestais ressentir cette attraction envers ces deux hommes. L'attention de Mathias était tellement focalisée sur moi que c'en était physique. Je décidai d'être franche.

— Arrête de me regarder comme ça, Mathias !

— Et comment est-ce que je te regarde, Tisha ?

— Comme si tu allais me sauter dessus !

Lucius tressaillit, mais ne pipa pas un mot. Mathias me scrutait toujours.

— Le problème, c'est que j'ai vraiment envie de te sauter dessus, entre autres choses...

— J'ai compris, mais c'est toujours non. Mets-y du tien, je ne suis pas là pour ça. Si tu as certains besoins, je suis certaine que tu trouveras quelqu'un d'autre pour y répondre !

Lucius se figea et Mathias me lança un regard noir.

— Tu m'insultes maintenant ? Tu penses...

— Stop ! Ça suffit ! Calmez-vous tous les deux. Mais qu'est-ce qui vous arrive ? tonna Lucius.

Mathias s'arrêta net, j'allai m'asseoir dans le fauteuil à côté de Lucius.

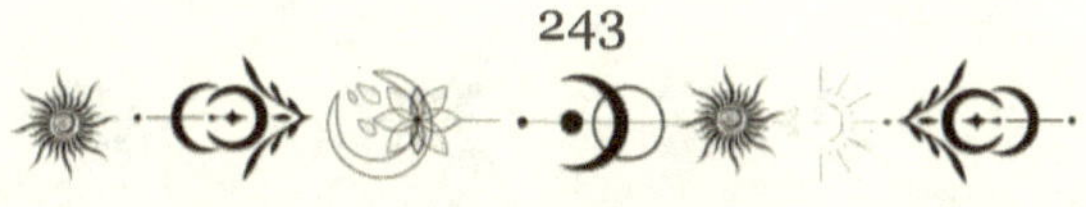

— Je pense qu'il serait raisonnable que j'aille prendre une chambre dans un hôtel à Gap, ce serait plus sage, leur dis-je.

— Tu préfères donc fuir ? lança Mathias.

— Je ne comprends pas vos réactions face à moi, ce n'est pas logique. Lucius ce matin, toi maintenant, c'est trop. Ma magie doit vous attaquer ou quelque chose comme ça, vous n'avez pas un comportement normal.

Je n'étais pas stupide, je savais à quoi je ressemblais. Je ne déclenchais pas ce type de sentiment, cette passion, ce besoin ! Je ne voulais pas avoir à combattre mes pulsions en plus de ce que j'avais déjà à gérer. Ils discutaient entre eux par télépathie, c'était plus que visible. Je posai mon verre, inutile de rajouter un facteur de risque. Lucius se tourna finalement vers moi et s'assit sur le canapé.

— Tu te rappelles quand tu m'as demandé de quoi nous nous alimentions.

Je hochai la tête.

— Le sang, la nourriture traditionnelle nous sont toujours nécessaires, mais dans des quantités très faibles. Notre source principale nous provient des émotions qui nous entourent et nous sommes aussi réceptifs à la magie.

J'encaissai l'information, je venais de leur fournir un vrai festin !

— Vous vous moquez de moi depuis le début ? Vous m'avez utilisée pour vous alimenter à mon insu ?

Là, j'étais folle de rage. Je m'étais fait avoir comme une bleue.

— Calme-toi, Tisha. Nous n'avons pas joué avec toi ni ne t'avons utilisée. Ce que je t'ai dit est vrai, tu dois apprendre à te maîtriser sous peine de blesser accidentellement quelqu'un. Mais nous ne pensions pas que cela nous impacterait de cette manière.

Il la jouait homme sérieux et calme, alors que je mourais d'envie de leur exploser la cervelle. L'expression de Lucius se modifia et ses yeux se braquèrent sur mes mains. Je suivis son regard et constatai que mes ongles avaient considérablement poussé. Ma peau était devenue plus foncée, mes avant-bras étaient en train de changer. Merde, je perdais le contrôle comme Alex. Je créai tout de suite une bulle de protection afin de ne blesser personne et tentai de me contenir. Mathias et Lucius me surveillaient, ne pouvant plus rien faire pour moi du fait de mon isolement. Je fermai les yeux, si je ne les voyais plus, je me calmerais certainement plus vite. Depuis quand ma vie était devenue aussi merdique ?

Je repris mes exercices de relaxation et me focalisai sur le nœud au creux de mon ventre. J'avais l'impression que tout venait de là, qu'il suffisait que je le défasse pour que tout revienne à la normale. Le calme se fit en moi, je percevais tout mon environnement avec une acuité phénoménale. Je savais combien de personnes étaient autour dans un rayon de plusieurs centaines de kilomètres alors que mon rayonnement habituel était en dizaines. Je savais qu'il y avait des métamorphes parmi les vampires, ce qui m'étonna un peu, je distinguais même le degré de puissance des plus vieux alors que je n'en avais jamais été capable. J'ouvris les yeux sur mes deux compères et pus observer à quel point je les avais sous-estimés. Mais je n'avais pas peur, non. Ma force était telle que je pouvais les anéantir si je le voulais. Je jetai un coup d'œil sur mes mains, tout était redevenu normal. Je fis disparaître ma bulle et regardai les deux hommes.

— Tu as réussi à te maîtriser, incroyable ! dit Lucius.

— Tu vas bien Tisha ? me demanda Mathias, inquiet.

— Je vais très bien.

— Tu ne sembles pas être toi, pourtant... ajouta Mathias.

Je me levai et me rapprochai du miroir afin de constater cette soi-disant différence par moi-même. La femme qui me regardait était froide, glacée même. Aucune expression ne se lisait sur son visage. Elle paraissait prête à tuer toute personne qui se mettrait en travers de sa route. Mon reflet me faisait un peu peur, mais je prenais du plaisir également à être aussi détachée.

— On va dire que je suis une version améliorée de moi-même...

— Je ne pense pas, tu sembles... figée ! Et dangereuse... ajouta Mathias.

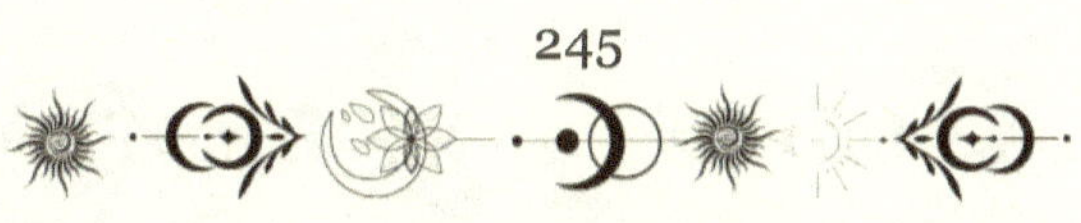

— Donc vous allez me donner des réponses.

Ma voix était plus rauque, sans intonation.

— Tisha, nous ne sommes pas tes ennemis, ton pouvoir te monte à la tête. C'est lui qui te contrôle, pas l'inverse. Tu as oublié ton humanité en chemin, retrouve-la. C'est ce qui nous différencie d'un tueur, nos émotions ! tenta Lucius.

J'entendais ce qu'il disait, mais je n'avais pas envie d'y prêter attention. Je voulais des réponses à mes questions : quels étaient leurs véritables objectifs en me faisant venir ? Comment connaissaient-ils autant de choses sur ma famille et moi ? Où était Megan et que savaient-ils sur elle ? Alors que j'énumérai une par une mes interrogations, je les obligeai à s'asseoir sur le canapé. Ils étaient à ma merci, les essais loupés de ce matin étaient loin.

— Je veux bien répondre à tes questions, mais tu dois laisser la place à la vraie Tisha, pas à cette créature dénuée d'émotions, insista Lucius.

Chapitre 30

Lucius

Que peut-on faire Lucius ?

Il faut la raisonner, la forcer à redevenir elle-même.

Comment ?

Je n'en sais rien, tu peux bouger ?

Juste mes mains dans l'immédiat, et toi ?

Elle se fatigue vite, je peux remuer mes jambes et mes bras. Encore quelques minutes et nous pourrons nous approcher.

Elle va prendre ça comme une attaque, c'est risqué.

Je vais répondre à ses questions, gagnons du temps.

— OK, Tisha ! Concernant ta sœur, je ne sais pas où elle est actuellement. J'ai lancé Alaric sur ses traces, mais il ne l'a pas trouvée. Pour ce qui est de votre passé, je suis au fait de ce que la plupart des personnes proches de vous connaissent. Elle est née sans pouvoir, elle a été enlevée avant ses 15 ans et vous n'avez pas été en mesure de la retrouver. Il y a quelques jours, quelque chose s'est déroulé dans vos vies, je ne sais pas quoi, mais je pencherais sur le fait que vous avez entendu Megan. À la suite de quoi, nous avons vu émerger trois pics de pouvoir. Nous avons enquêté et découvert que vous en étiez les détentrices. Je me suis douté que vous ne seriez pas en mesure de gérer cet afflux de magie, surtout toi, au vu de ton caractère. Lorsque ton père m'a contacté, et qu'il m'a dit que tu venais, j'ai décidé d'observer cela de plus près. Mets cela sur de la curiosité, un moyen de tromper mon ennui. Je n'avais pas anticipé la façon dont nous réagirions, je te le jure.

Elle ne m'avait pas quitté des yeux pendant toute mon explication. Je voyais son pouvoir tourbillonner autour d'elle, les couleurs devenaient plus douces.

— Et comment puis-je te croire ? Vous vous nourrissez d'émotions et de magie ! Et vous ne me l'avez pas dit !

Elle se laissa tomber sur le fauteuil, ses sentiments lui revenaient, son expression changeait. Je ressentis sa déception, son impression de trahison. Elle avait raison, j'aurais dû être plus franc.

— J'avais peur de ta réaction Tisha, c'est pour ça. Tu n'étais déjà pas rassurée quand tu es arrivée, te le dire t'aurait fait fuir. Et ta sécurité et celle des autres étaient plus importantes que notre régime alimentaire.

Nous pouvions bouger maintenant, mais je n'osais faire un geste de peur qu'elle se braque de nouveau. Mathias n'eut pas ma patience et se précipita vers elle. Il attrapa doucement sa main, il était inquiet.

— Elle est gelée, Lucius. Tisha, Tisha ? Tu m'entends ?

— Frooiiid... chuchota-t-elle.

Son souffle même se transforma en fumée, comme si elle était en train de se glacer de l'intérieur. Je me retrouvai à côté d'elle dans la seconde. Je saisis la bouteille de rhum près de moi et l'obligeai à en avaler une gorgée. Ses yeux se fermaient, elle était en hypothermie. Je la reposai immédiatement, l'alcool n'était pas la solution.

— Prépare vite un thé, elle doit boire chaud. Je l'emmène dans son lit.

Je la pris délicatement dans mes bras, le moindre contact pouvait lui faire mal. Arrivé dans sa chambre, je l'emmitouflai sous la couette, toujours pas de réaction. Il ne fallait pas qu'elle s'endorme. Je jetai mes chaussures et me glissai avec elle sous les draps. Je ne devais pas la frictionner, mais c'était tentant. Je me contentai de me coller contre elle afin de lui communiquer un peu plus de chaleur.

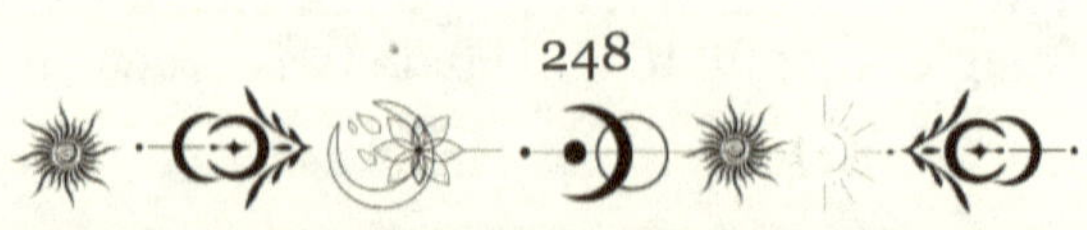

— Tisha ! Tisha ! Ouvre les yeux, ma douce, tu ne dois pas dormir. Mathias va venir et te donner du thé, Tisha ? Tu m'entends ?

— Inutile de me hurler dans les oreilles, murmura-t-elle.

— Je ferai bien pire si tu n'ouvres pas les yeux immédiatement.

Elle fit ce que je lui demandais, lentement. Je laissai échapper un soupir en observant ses prunelles vertes en face de moi.

— Tu as le truc pour me foutre la trouille.

Elle esquissa un sourire.

— Je peux dormir maintenant, Je suis fatiguée, Lucius.

— Si tu fermes les yeux, je te jure que tu ne vas pas apprécier ce que je vais te faire, la menaçai-je.

— Tu ne peux pas, je suis ton invitée, dit-elle en s'endormant.

— Tu viens de m'attaquer sous mon toit, j'ai tous les droits.

Elle ne réagit pas à mon intimidation. Que pouvais-je bien faire ? Je la serrai un peu plus contre moi, j'avais une idée. Bon, elle allait certainement être folle de rage après, mais c'était la meilleure solution.

J'arrachai ma chemise afin d'être torse nu et lui retirai la sienne. Joli soutien-gorge ! Elle bougea légèrement.

— Qu'est-ce que tu fais ? chuchota-t-elle.

— Je nous mets à notre aise. Vu que tu ne veux pas m'obéir, je dois trouver un moyen pour que tu restes éveillée.

Sa peau était toujours gelée, je frissonnai en la tenant contre moi. J'attrapai son visage et commençai lentement à lui embrasser la joue, puis le coin des lèvres. Elle tressaillit à son tour et entrouvrit les yeux.

— Tu ne peux pas m'embrasser, Lucius, murmura-t-elle.

— Alors, parle-moi. Sinon je continue.

— Laisse-moi tranquille.

Je repris mon exploration. Sa peau était douce, j'atteignis son cou et le mordillai, essayant de la faire émerger, sans résultat. Je caressai délicatement son dos, je ne voulais pas que mes attouchements lui soient

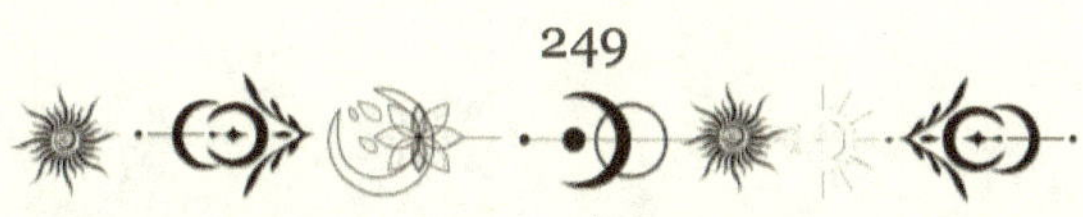

douloureux. Je persévérai, ses frémissements s'intensifiaient. Elle réagissait et c'était déjà pas mal. Sa main se crispa sur mon bras et elle gémit faiblement. Je pris sur moi pour me souvenir de la raison de notre rapprochement. Je mourrais d'envie de la découvrir plus intimement, mais ce ne serait pas pour cette fois.

— Tisha, ouvre les yeux ! Si tu ne veux pas que ça dérape, obéis !

Elle ne bougea pas, pourtant, j'entendais son cœur battre bien plus vite. Cela ne suffisait pas.

Mathias, où en es-tu ?

J'arrive !

Mon ami marqua un temps d'arrêt en me trouvant torse nu, avec Tisha, dans mes bras.

— Elle est toujours froide, même si les battements de son cœur se sont accélérés. Enlève ta chemise et mets-toi contre elle. Il faut qu'on la réchauffe.

Il passa à l'action sans discuter et se glissa dans le dos de Tisha. Il posa son bras droit sur son ventre.

— Purée, elle est vraiment gelée !

— Tisha ! Nous sommes tous les deux dans ton lit et si tu ne veux pas vivre une nouvelle expérience, je te conseille d'ouvrir les yeux tout de suite.

— J'ai... trop frooiiid, dormir...

— Mathias t'a apporté du thé, il faut que tu en boives.

Elle ne réagit pas à ma proposition. Mathias attrapa la tasse qu'il avait posée sur la table de chevet, il avait pensé à prendre une paille, très bonne idée. Je redressai Tisha contre moi. Mathias goûta le thé et me fit un signe de tête. Il glissa la paille dans sa bouche, mais elle n'aspira pas.

— Tisha, ma belle, il faut que tu boives, lui dit-il.

Elle frémit puis se mit à avaler. Nous échangeâmes un sourire. Son corps devint légèrement plus chaud, nous étions sur la bonne voie. Elle s'arrêta de boire, Mathias se recoucha et nous la prîmes entre nous. Elle me surprit en passant son bras autour de ma taille. Elle cala sa tête contre mon cou, je sentais son souffle, plus tiède. Ses cheveux me chatouillaient le visage, je laissai mes doigts s'égarer, elle frissonna de nouveau. Je posai un baiser dessus, elle allait

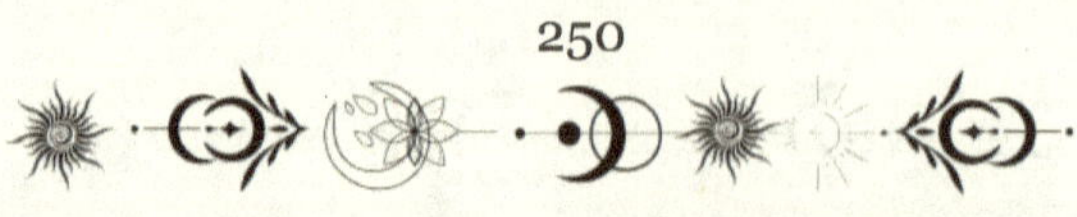

s'en remettre. J'échangeai un sourire avec Mathias, nous pouvions nous détendre. Je fermai les yeux un moment, rassuré de la trouver plus chaude.

Je me réveillai dans le noir total. Tisha était toujours calée contre moi, bien chaude, Mathias avait disparu. Je tentai de me dégager d'elle, mais elle me retint. Je ne savais pas quelle heure il était, certainement le milieu de la nuit. J'essayai de joindre mon ami par télépathie, mais il devait être loin, car il ne me répondit pas. Je cherchai de nouveau à quitter ma belle endormie, elle grogna.

— Arrête de bouger, je suis bien là, murmura-t-elle.

J'avais de sérieux doutes sur le fait qu'elle sache que c'était contre moi qu'elle se serrait. Cela me fit sourire.

— J'aimerais vraiment rester contre toi, mais je ne suis pas certain que tu pourrais me regarder en face au matin, fis-je en lui caressant les cheveux.

— Je sais que c'est toi, Lucius.

Je me figeai. Elle était consciente que c'était moi et elle n'était pas en train de hurler pour que je sorte de son lit ?

— Tu te sens bien ? fis-je en lui relevant la tête.

— J'ai mal partout dès que tu bouges, reste tranquille et dors.

J'observai son visage, toujours un peu pâle, ses grands cils, son nez, légèrement en trompette. Je caressai ses pommettes, passai mon doigt sur sa bouche pleine, me reposer ne faisait plus partie de mes pensées. Ses yeux s'entrouvrirent, interrogatifs.

— C'est douloureux, là aussi ? chuchotai-je.

Elle fit non de la tête.

— Tant mieux.

J'approchai mon visage du sien, lui laissant tout le loisir de me repousser. Je m'arrêtai quand ma bouche ne fut plus qu'à quelques centimètres de la sienne, je mourrai d'envie de l'embrasser. Elle respira plus fort, j'entendais son cœur s'accélérer, l'excitation ? Ou la peur ? Elle regarda ma bouche et ce fut elle qui combla la distance entre nous. Je découvrais finalement le goût de ses lèvres. Je passai ma langue dessus jusqu'à ce qu'elle les entrouvre. J'entrai enfin et j'approfondis notre baiser. Je ne pus m'empêcher

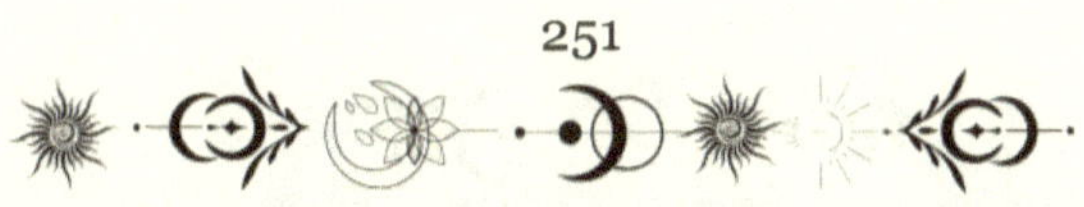

de gémir quand elle lécha mes incisives. Mes sens s'enflammaient, il fallait que je mette le holà. Je me reculai et posai ma bouche sur son front.

— On va arrêter avant que tu ne me détestes vraiment. C'est plus prudent.

Elle embrassa ma mâchoire et s'employa à me caresser le dos. Une de ses jambes remonta vers ma taille pour me coller contre elle, son bassin oscilla contre le mien. Elle allait me tuer.

— Tisha, tu n'es pas dans ton état normal, je ne pense pas que tu veuilles réellement que nous en arrivions là ?

— Je n'ai pas envie de réfléchir, j'ai envie de toi, c'est tout.

— Et quand tu mettras de nouveau en route ton cerveau, tu vas te souvenir que tu me détestes et partir en claquant la porte. La petite séance d'hier a failli te tuer, hors de question que tu nous quittes tant que tu ne maîtriseras pas mieux ta magie.

Elle soupira dans mon cou, m'arrachant un frisson.

— Tu n'es pas marrant, d'accord tu as gagné. Je reconnecte mon cerveau et te demande de foutre le camp de mon lit. Ça te va, là ?

— Pas du tout, mais c'est plus raisonnable.

Je souris en me détachant d'elle, j'adorais son caractère de chien.

— J'ai faim ! lança-t-elle.

— Nous pouvons aller faire réchauffer le repas d'hier, tu dois avoir besoin de recharger tes batteries.

Je me levai du lit. Elle bascula sur le côté en grimaçant.

— J'ai l'impression d'avoir été tabassée pendant des heures.

— Attends, je vais t'aider.

Je la saisis doucement et la mis debout. Elle ne me lâcha pas du regard.

— Joli, ton soutien-gorge !

— Sexy, tes tablettes de chocolat ! répondit-elle du tac au tac.

Elle frissonna. Je cherchai un vêtement à lui passer. Je vis la chemise de Mathias juste à côté. Hors de question

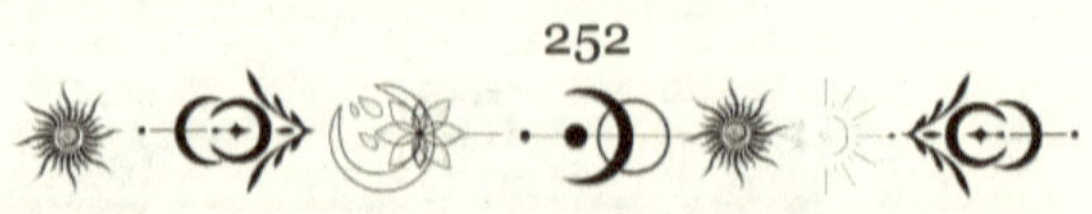

qu'elle porte un de ses habits. Je fis le tour du lit pour récupérer la mienne et lui donnai. Elle la noua pour la fermer.

— Ça va ?

— Je m'en remettrai, j'en ai vu d'autres.

Je l'aidai à avancer jusque dans le salon. Je l'installai dans le canapé et la recouvris d'un plaid. Je passai rapidement en cuisine et sortis de la bisque de homard du frigo. J'en versai dans un mug et la mis au micro-ondes. Une fois réchauffée, je rejoignis ma sorcière préférée. Elle avait fermé les yeux, mais les ouvrit à mon approche.

— La bisque de homard de madame est servie, annonçai-je, façon maître d'hôtel.

Elle sourit, sa manière de m'observer avait changé, elle était plus tendre. Je lui passai le mug, elle le porta à ses lèvres. Elle but doucement, je n'arrivai pas à la quitter des yeux.

— C'est un délice !

Elle en prit encore quelques gorgées et me dévisagea :

— Arrête de me fixer comme ça Lucius, je vais finir par rougir.

— Désolé, c'est indépendant de ma volonté, vraiment. Termine donc tranquillement, tu veux quelque chose de plus solide après ?

— Non, ça suffira. Merci.

Je m'éloignai d'elle et allai de nouveau en cuisine. La situation avait dérapé, et pas qu'un peu. J'attrapai une poche de sang et en bus quelques gorgées, mes idées devaient s'éclaircir. Jamais je n'aurais pensé que sa magie pouvait la blesser. Je l'entendis remuer et jurer, je me précipitai pour la retrouver par terre.

— Besoin d'un coup de main, peut-être ? fis-je un brin moqueur.

— Marre-toi, mes jambes ne m'obéissent plus.

Le ton était triste, les larmes perlaient à ses yeux. Mince, je compris qu'elle avait peur de rester dans cet état. Je me rapprochai et la soulevai dans mes bras.

— Je te ramène au lit, il va te falloir un peu de temps, mais tout va redevenir normal. Ne te fais pas de souci.

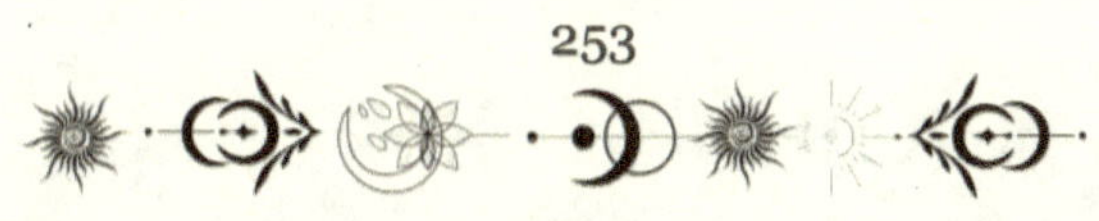

— Ah oui ? Et qu'est-ce que tu en sais, toi ? m'agressa-t-elle.

— Tu as abusé de ta magie, tu aurais dû t'arrêter quand tu as compris que tu la contrôlais. À la place, tu as eu envie d'obtenir des réponses par la force, c'était trop tôt.

— J'ai des choses à faire demain, je ne peux pas rester comme ça.

— Dors un peu, si cela ne va pas mieux tout à l'heure, je te proposerai une autre solution.

— Pourquoi pas maintenant ?

— Parce que l'on peut essayer la méthode douce avant de faire appel à autre chose. Tu es vraiment insupportable, tu sais, la grondai-je.

— Tu ne disais pas ça, tantôt, quand ta langue fouillait ma bouche !

— C'est parce que tu avais la bouche pleine, tu ne pouvais plus parler.

Ses lèvres formèrent un O et elle me lança un regard noir. Je ris à son expression, elle l'avait bien cherché.

Je l'installai confortablement dans son lit, elle ne m'adressa pas la parole.

— Tu boudes ?

Elle me fixa, toujours sans s'exprimer.

— Je peux te laisser ? Tu te sens mieux ?

Un frisson la parcourut, ses yeux se firent suppliants.

— Tu sais que si tu préfères que je reste, tu peux me le dire ? Je me comporterai en gentleman, je te le promets.

Elle était gênée, mais finit par hocher la tête. Toujours torse nu, je me glissai dans son lit. Elle se cala contre moi et murmura un faible merci. Son souffle dans mon cou, sa main contre mon cœur, je me préparai mentalement à une fin de nuit blanche. Heureusement que nous avions tous les deux gardé nos pantalons !

Chapitre 31

Anthony

La conduite de Victoire m'inquiétait. La confirmation de James me laissait à penser qu'elle cherchait réellement à créer des difficultés. Je savais bien qu'elle n'avait jamais apprécié nos sœurs, mais aller jusque-là, quel intérêt ?

Je la gardai à l'œil le reste de la soirée, mais elle se comporta correctement. Elle rit avec ses amies, fit quelques parties avec les *Guardians*. Je remarquai Raphaël qui avait souvent le regard posé sur elle. S'il pouvait lui changer les idées, cela ne lui ferait pas de mal. Quand je pense qu'elle demandait à avoir de nouvelles responsabilités, il faudrait qu'elle grandisse pour ça !

— Tu as bien l'air sérieux, Anthony ?

Tout à mon observation, je n'avais pas vu arriver Patricia, la meilleure amie de Victoire.

— Victoire me fait du souci, lui répondis-je.

Elle suivit mon regard et soupira.

— Peut-être qu'elle va finir par les accepter, un jour.

Je me tournai vers elle, les sourcils froncés. Elle n'était pas censée savoir le lien qui nous unissait avec Alex et Tisha ; or, sa phrase laissait entendre le contraire.

— Tu me prends vraiment pour une imbécile ? Votre secret est un secret de polichinelle, Anthony. Tout le monde peut additionner deux et deux. Les voir chez vous pendant les vacances, l'intimité entre Cassandra et Marius, il ne faut pas être sorti de Saint-Cyr pour comprendre, lâcha-t-elle.

— J'espère que tu vas tenir ta langue, parce que...

— Je n'ai jamais dit à Vic que j'étais au courant pour elles, je ne vais pas aller le chanter maintenant. Je sais à qui va ma loyauté, Anthony. Pas la peine de m'agresser !

Elle commença à s'éloigner, je fus pris de remords. Je la rattrapai rapidement.

— Je te présente toutes mes excuses, Patricia. Tu es quelqu'un de fiable et d'honnête. Que puis-je faire pour me faire pardonner ?

Une flamme apparut dans ses yeux, je craignais le pire.

— Occupe-toi un peu plus de Victoire et nous verrons.

— Hein ? Pourquoi dis-tu cela ?

Je l'entraînai à l'écart, dans une autre pièce. Je n'aimais pas le sous-entendu de sa demande.

— Explique-toi, en quoi je ne me préoccuperais pas assez de ma sœur ?

— Tu ne t'en rends même pas compte, mais tu préfères la compagnie des deux autres à la sienne. Et ce, depuis qu'elles sont nées, m'assena-t-elle.

— C'est faux ! J'aime toutes mes sœurs.

— Je ne te parle pas d'amour, Anthony. Je te parle d'attention, de discussion. Je te parle de savoir ce qu'elle ressent quand elle vous voit toi, ton père et ton frère en train de mettre en avant les qualités merveilleuses des Euménides, de votre absence de questions la concernant. Vous ne vous êtes jamais demandé si le rôle que vous lui aviez donné lui convenait. Je conçois qu'Alex et Tisha méritent tous les compliments auxquels elles ont droit. Elles se battent pour défendre la paix au péril de leurs vies, sans tenir compte de leurs propres besoins, mais Victoire a toujours fait ce que l'on attendait d'elle, ce que vous escomptiez d'elle.

Je pris un moment pour réfléchir à ce que Patricia venait de me balancer en pleine tête. Je repensais à toutes nos discussions, nos réunions de famille... elle avait raison. Mon père l'avait souvent exhibée, et je n'avais jamais rien fait pour changer cela. Je me rappelais qu'elle m'avait demandé à 20 ans de l'entraîner, elle voulait pouvoir se battre comme ses demi-sœurs, je l'avais rabrouée en lui disant qu'elle n'en aurait jamais besoin. Quel idiot !

— Elle ne voit pas où est sa place, elle sait juste que celle que vous lui avez laissée ne lui convient pas. Titiller Alex, ça a au moins le mérite de vous faire réagir, ajouta-t-elle.

J'attrapai sa main et la lui baisai.

— Merci, Patricia, tu es une vraie amie pour ma sœur. Je m'engage à suivre tes précieux conseils. Tu m'avais caché tes talents de psychologue ?

Elle rougit légèrement et retira sa main.

— J'aime Victoire, malgré ses défauts. Qui n'en a pas ? N'est-ce pas Anthony ? Je voudrais qu'elle soit un peu plus heureuse, c'est tout.

Je la regardai attentivement, souriant à ses mots.

— Puis-je te demander la liste des miens ? Tu as l'air de savoir de quoi tu parles.

Elle releva la tête avec un petit sourire bravache.

— Ce serait trop long à énoncer, nous en aurions pour toute la nuit, au moins, répondit-elle.

— Hum, intéressant comme concept. Je suis prêt à te laisser tout le temps nécessaire afin de m'aider à mieux me connaître, c'est la moindre des choses, lui répliquai-je, en voulant la charmer.

Elle se leva du canapé dans lequel nous nous étions installés.

— En voilà déjà un qui pointe le bout de son nez ! Tu ne peux pas t'empêcher de faire du rentre-dedans à n'importe quel jupon que tu croises sans penser aux conséquences. Commence donc par celui-là, nous discuterons plus tard des autres !

Elle me planta là sans un regard en arrière. Quelle mouche l'avait piquée ! Je croyais qu'elle m'aimait bien... Je me levai à mon tour et rejoignis nos invités. Patricia me

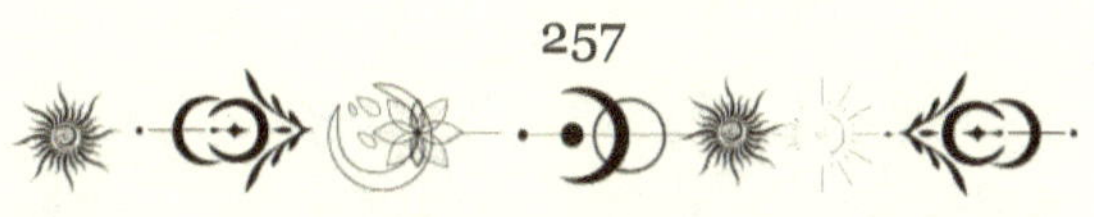

lança un regard noir en me voyant arriver puis m'ignora tout au long de la soirée, riant aux blagues de quelques *Guardians*, enchantés de sa présence. Bien que son comportement me froissât, je pris soin de l'éviter jusqu'à la fin.

Le lendemain matin, nous poursuivîmes les interrogatoires. À part le docteur Dubois, les personnes arrêtées étaient de vrais fanatiques. Seule la potion d'Alex nous donna des éléments. Ils refusaient de parler au début, mais la douleur finissait par leur rafraîchir la mémoire. Tout nous conduisait vers ces deux sociétés : Cristal et Pur'humanité. Les deux équipes étaient sur leurs traces, nous cherchions tout : leurs employés, leurs bulletins de paye, leurs communications internes et externes... Tout devait être épluché afin d'obtenir un maximum de preuves et de stopper définitivement la menace.

Je n'avais pas oublié les reproches de Patricia concernant ma sœur. J'avais été voir mon père et lui avait demandé de me laisser carte blanche pour m'occuper de Victoire. Il avait accepté, soulagé, semble-t-il. Je le trouvai fatigué et triste, je ne pus m'empêcher de lui en faire la remarque.

— Allier vie de famille et devoirs royaux n'est pas simple. J'ai l'impression de n'avoir fait que des erreurs ces derniers temps.

— Ne sois pas trop dur avec toi-même, papa, nous savons tous que tu fais de ton mieux.

— Ce n'est pas encore assez, Tisha et Alex n'adressent plus la parole à leur mère, à peine plus à moi. Victoire semble m'en vouloir, quelles que soient les décisions que je prends. Il est peut-être temps que je te passe la main.

J'étais surpris. Jamais mon père n'avait réellement évoqué sa démission jusque-là.

— Tu devrais partir te reposer avec Cassandra quand nous aurons fini cette mission. Tu es juste fatigué, tu es un bon roi papa, et un très bon père !

Je le pris dans mes bras, il me serra un peu fort en me remerciant.

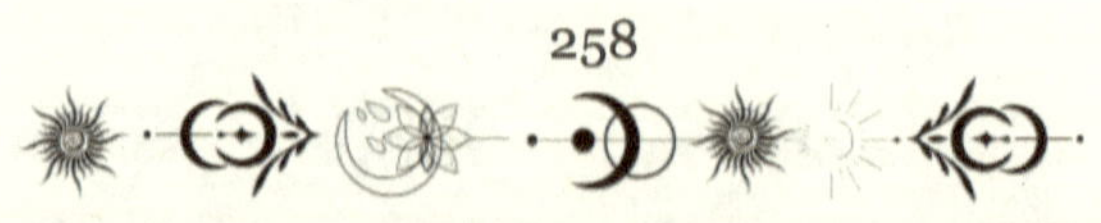

— Allez, va bosser ! J'ai encore des choses à faire, en attendant de te passer la main !

Je le laissai là et partis à la recherche de ma sœur. Il était temps que je m'occupe d'elle. Je la découvris avec Patricia en train de discuter vers la piscine.

— Je constate que la visite s'éternise, lançai-je, énervé de les trouver ensemble à se prélasser.

Elle était où sa volonté de s'intégrer dans nos affaires ?

— Ne te fâche pas Anthony, je profite de Patou une dernière journée. J'ai vu avec papa.

— Changement de programme, petite sœur, père m'a donné carte blanche pour me charger de toi. Nous devons donc avoir une discussion franche sur ce que tu attends de moi, et je te rendrai la pareille.

Je jetai un coup d'œil à Patricia qui me fit un grand sourire. Eh oui, j'avais bien pris en compte ses remarques, elle pouvait en être fière.

— Oh ! Maintenant ? Mais...

— Laisse tomber Vic, je vais aller nager un peu pendant que vous papotez tranquillement tous les deux. Sois franche avec ton frère. Mon petit doigt me chuchote qu'il est prêt à t'écouter cette fois-ci, acheva-t-elle, moqueuse.

— Ah bon, si tu le dis, fit Victoire, stupéfaite.

J'observai Patricia se lever. Elle enleva le paréo qui l'enveloppait. Sans un regard pour moi, vêtue d'un bikini qui me laissait bien voir ses formes pleines, elle se dirigea vers la piscine.

— La terre à la lune ! Anthony ! Patricia t'a tapée dans l'œil, on dirait ! ricana Victoire.

— Elle a des arguments, si je peux dire. Bon, revenons-en à nos moutons. Qu'attends-tu de moi ?

— ...

— Le chat a mangé ta langue ? Tu te plains que nous ne sommes pas à ton écoute, je suis là pour apprendre ce que tu veux faire. Quels sont tes rêves ?

Elle me regarda suspicieuse.

— Où est le piège ?

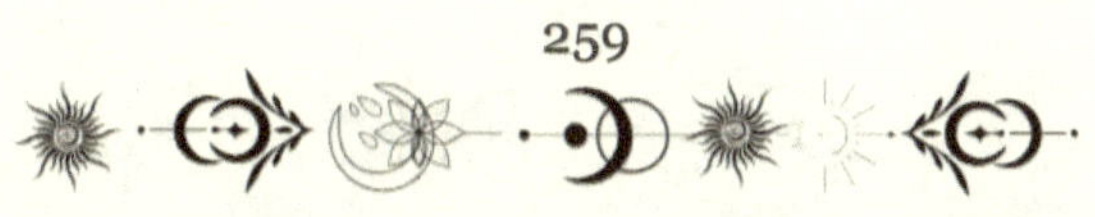

— Il n'y a pas de piège. Je comprends que la diplomatie ne t'éclate pas, je souhaiterais connaître ce qui serait susceptible de t'intéresser ?

— Hormis de me marier afin de favoriser nos relations avec un pays voisin, tu veux dire ?

— Où as-tu été prendre cette idée ? Tu as quelqu'un en vue ?

— Je sais très bien que c'est ce qui m'attend au bout du compte. Ne fais pas l'innocent, je suis certaine que vous en avez déjà discuté avec papa.

— Mais jamais de la vie ! Tu n'as que 35 ans, pourquoi devrions-nous nous en mêler ? Et contre ton gré en plus ? Mais tu nous prends pour des arriérés ?

Je me laissai tomber sur le transat déserté par son amie, anéanti. Ma sœur pensait sérieusement que c'était ça son futur ?

— Vous ne voulez pas vous servir de moi pour asseoir nos relations avec l'Italie ? Pourquoi m'y avoir envoyé tant de fois alors ?

— Nous cherchions à te faire plaisir. Maman était italienne et tu as tellement tenu à apprendre cette langue que nous nous sommes toujours dit que tu aimais ce pays. En plus, le roi en place a plus de 150 ans et ses fils sont des imbéciles. Tu crois vraiment que nous te ferions ça ? Tu es ma sœur, je veux que tu sois heureuse.

Les larmes pointaient au bord de ses yeux, je n'aurais jamais imaginé qu'elle puisse avoir des idées pareilles. Je lui attrapai la main, souhaitant arrêter les chutes d'eau.

— Je suis sidéré que tu penses cela de nous, je ne sais plus quoi dire.

Je me levai pour l'attirer vers moi et la prendre dans mes bras. À côté de combien de choses j'étais passé ? Je croisai le regard de Patricia, elle me sourit. Je baissai la tête pour lui dire merci, heureux qu'elle m'ait interpellé sur Victoire hier soir. J'emmenai ma sœur un peu plus loin et lui proposai de marcher dans le parc. Maintenant qu'elle avait compris que nous n'avions pas de projets arrêtés la concernant, la discussion était plus facile. Elle me parla de sa passion pour l'informatique et les réseaux. Elle m'apprit

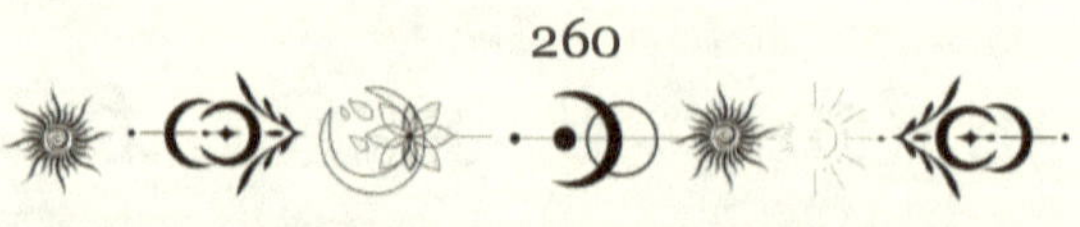

son affection pour les chiffres et la comptabilité. J'étais plus que stupéfait par ce que j'entendais. Elle avait toujours désiré être plus forte, elle voulait qu'on lui enseigne les arts martiaux. Je prenais des notes dans ma tête de tout cela. Elle avait tant de talents que nous pouvions mettre à profit, je devais vraiment y réfléchir.

— J'ai bien compris, Victoire. Dans un premier temps, je peux te trouver un professeur. Je ne me sens pas légitime pour t'apprendre quoi que ce soit là-dessus. À côté de ça, si tu t'en crois capable, tu pourrais nous aider à analyser les comptes des sociétés que nous ciblons actuellement. Cela te conviendrait ?

— Je travaillerai avec toi ?

— Oui, et avec les *Guardians* aussi.

— Ah !

Son visage se ferma, nous en venions à Alexandra et aux efforts qu'elle allait devoir faire pour améliorer leurs relations.

— Je sais à qui tu penses, Vic, et tu vas devoir t'y faire. Il est hors de question que je change quoi que ce soit à l'organisation des *Guardians*. Alex est un de leurs atouts et elle est excellente dans ce qu'elle fait.

— Pourquoi est-ce qu'on en revient toujours à elle ?

— Il est temps que tu crèves l'abcès avec elle et avec Tisha. Elles ne sont pour rien dans les décisions que nous avons prises. Nous ne t'avons pas assez écoutée. Elles n'ont rien à y voir.

— Elles sont encensées par toutes les personnes qui les rencontrent.

— N'exagérons pas, elles ont aussi leur caractère, tu sais.

— Anthony !

Quand on parlait du loup, je vis arriver Alex qui me faisait de grands signes.

— Je suis désolée d'interrompre votre discussion, mais Tonton te demande. Nous avons de nouveaux éléments sur le dirigeant de Cristal.

— OK, merci Alex.

Je me tournai vers Victoire.

— Nous poursuivrons cette discussion ce soir, réfléchis à ce que je t'ai proposé. Tu veux bien ?

Alors que je m'éloignai, j'entendis Victoire s'adresser à Alex.

Chapitre 32

Alexandra

J'allais suivre Anthony quand Victoire m'interpella.

— Il a fallu que tu viennes interrompre notre discussion, c'était plus fort que toi ! cracha-t-elle.

Je pivotai lentement vers elle, la petite princesse commençait à me courir sur le haricot.

— Le monde ne tourne pas autour de toi, Tonton avait un message pour Anthony, il m'a demandé de le trouver, point. Je ne savais pas que vous étiez ensemble.

— Tu parles. Ça te dérange que nous soyons proches tous les deux. Tu voudrais avoir mes frères et mon père rien que pour toi, avoue !

— Par Athéna, Victoire ! Tu as quel âge ? 35 ans, et tu te conduis comme une adolescente en pleine crise. Au risque de te surprendre, je ne me sens pas menacée par ta relation avec notre famille, je les aime, ils m'aiment. Je ne peux malheureusement pas en dire autant de toi, c'est certain. Mais nous savons toutes les deux qui ne veut pas de l'autre. Tiens-toi loin de moi et de mon homme, et tu n'auras pas de vrais problèmes à t'occuper !

Je lui tournai le dos avant de m'emporter encore plus. Mes mains me démangeaient, je devais me contrôler. Je vis qu'Anthony s'était stoppé.

— Ne me tourne pas le dos, pétasse !

Je reçus un caillou entre les omoplates. Non, mais j'hallucinais, elle me lançait des pierres maintenant ?

— Arrête ça tout de suite Victoire, sinon ce n'est pas un caillou que tu vas récolter en pleine face.

Elle recommença, je levai la main et le lui retournai. Dans la figure ! Bien visé.

— Les filles, ça suffit ! Victoire ! Qu'est-ce qui te prend ? cria Anthony, en courant pour nous rejoindre.

— J'espère que Megan est morte et que vous allez bientôt la retrouver toutes les deux. J'espère qu'elle a souffert, comme je souffre tous les jours à vous voir me voler ma vie ! Putain, mais pourquoi est-ce qu'ils ne vous ont pas enlevé vous aussi, je serais tellement mieux sans vous.

Je me sentis blêmir au fur et à mesure qu'elle parlait. Elle avait osé souhaiter mort et souffrance à ma sœur. Cette salope méritait un châtiment. Je fus sur elle en une seconde, ma vitesse décuplée par ma rage. Je lui décrochai la mâchoire d'un bon uppercut. J'entendis Anthony arriver, il voulait m'arrêter. Je l'immobilisai aussitôt.

— Désolé, grand frère ! Mais là, ça ne va pas être possible !

— Alex, calme-toi ! Elle ne sait pas ce qu'elle raconte !

— Je m'en fous ! J'ai tout supporté de sa part, mais pas ça, pas ma sœur. On ne touche pas à Megan. Je suis là à remplir une putain de mission alors que je devrais être en train de la chercher et cette enfant gâtée me dit que je lui ai volé sa vie ? Tu veux que je te montre ce qu'est ma vie, Victoire ? Tu veux que je te montre par quoi je suis passée pour en arriver là ?

Elle était par terre et paniquait. Oui, elle avait été trop loin cette fois-ci et je n'avais pas l'intention de tendre l'autre joue. Mon corps avait complètement changé, mes mains étaient devenues plus foncées, recouvertes d'une peau dure. Mes ongles avaient poussé, encore plus longs que la dernière fois. Je m'en foutais, elle allait comprendre.

Je la fis léviter vers moi et saisis son joli visage entre mes deux mains. Elle était effrayée, les larmes coulaient de ses joues, mais je n'en avais rien à faire. Je me concentrai et je

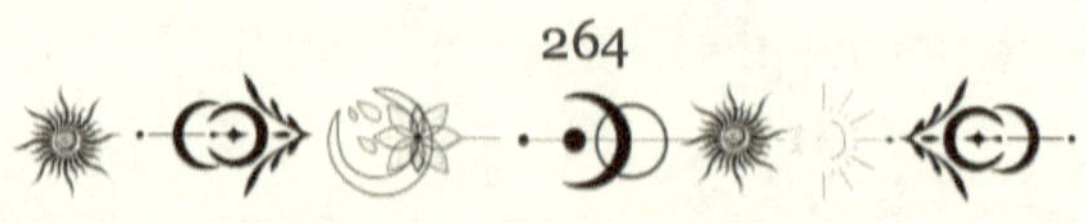

lui offris un condensé de mon existence : l'apprentissage au sein de mon peuple, qui n'acceptait pas l'échec, les sanctions, la disparition de Megan, la souffrance que cela m'avait apporté, la douleur lorsque nous avions tenté le sort avec Tisha, les missions dans lesquelles j'avais failli y laisser ma peau, le vide créé par mon absence de vie autre que celle à laquelle j'étais destinée, les dernières trahisons de notre père et de ma mère… Je lui montrai tout, je lui donnai tout !

— Elle était belle ma réalité ? Idyllique ? Tu en étais si sûre ?

Je la fis tomber et m'effondrai à côté d'elle. Elle me regardait, les yeux toujours pleins de larmes. Sur qui pleurait-elle ? Sur elle ? Sur moi ? Je m'en foutais. Je libérai Anthony qui se précipita vers nous.

Je vis James arriver en courant, il avait dû ressentir à travers notre lien que je n'allais pas bien. J'avais froid. Ma peau était redevenue blanche, mes ongles normaux.

— Putain Alex, mais qu'est-ce qui t'a pris ?

— Elle n'a rien Anthony. Juste un bleu qui va disparaître d'ici peu.

James se jeta par terre pour m'enlacer.

— Comment tu te sens ? J'ai compris que quelque chose n'allait pas…

— J'ai froid, mais ça va. Ramène-moi dans notre chambre s'il te plaît, chuchotai-je, me laissant aller contre lui.

— On en reparlera Alex ! envoya Anthony.

Je le fixai, ma colère ne demandait qu'à revenir. Je voulais qu'il saisisse.

— Je m'en fous Anthony. Elle a cherché, elle a trouvé. Je ne lui ai pas fait de mal, j'aurais pu, mais je me suis retenue. Je lui ai juste montré ma vie de rêve, celle qu'elle m'envie par-dessus tout.

Je me tournai vers Victoire et l'interpellai.

— Alors Victoire, tu la veux toujours ?

Appuyée contre Anthony, elle fit non de la tête. Ses larmes coulaient sans interruption, je me demandai à nouveau pour qui elles étaient. James m'aida à me relever et nous prîmes le chemin vers la résidence. Je commençais à grelotter, ce nouveau pouvoir me tapait sur les nerfs. J'allais devoir rappeler Tisha, peut-être serait-il plus raisonnable que je la rejoigne pour que Lucius m'apprenne à le maîtriser aussi.

Arrivé dans la chambre, James me fit m'asseoir sur le lit puis fonça mettre en route la douche et la soufflerie de la salle de bains. Il revint pour me déshabiller, je me sentais geler de l'intérieur. Il se dévêtit en vitesse et me poussa sous le jet chaud. Je gémis sous sa puissance et la différence de température.

— Ce n'est pas normal, Alex. Qu'est-ce qui t'arrive ? Même ton souffle est froid.

Parler était trop difficile, je privilégiai la télépathie.

Nouveau pouvoir depuis que nous nous sommes connectées avec Megan, Tisha a aussi ce problème. Je suis désolée.

J'aurais aimé que tu m'en touches un mot, dois-je appeler Tisha ?

Inutile, tu vas l'inquiéter pour rien, je dois juste me réchauffer, hypothermie.

Si tu as trop mal, tu me le dis.

Non, ça va mieux.

J'entendis frapper, puis quelqu'un entra.

— C'est moi, cria Isabella. Je t'apporte un chocolat bien chaud pour Alex comme tu me l'as demandé, James. Tout va bien ?

— Pose-le sur la table, Isa. Non, elle est gelée. Un problème avec ses nouveaux pouvoirs.

— Merde, ses mains ont encore muté ?

Isa est au courant et pas moi ? Il va falloir que nous discutions tous les deux ma belle, dès que tu iras mieux ! Et c'est quoi cette histoire de mains ?

Je t'expliquerai, je te le promets.

Il me sortit de la douche et m'emmitoufla dans un peignoir tout chaud. Il appela Isabella pour qu'elle me récupère.

Tu es à poil, mets quelque chose !

Franchement, je n'en ai rien à faire qu'elle me voie tout nu, je me fais plus de souci sur ton état de santé.

Il encercla, quand même, sa taille d'une serviette, je le remerciai d'un sourire. Isabella me récupéra et me soutint afin que j'atteigne le lit pendant que James se séchait. Elle me tendit la tasse, puis finalement m'aida à la tenir. Je n'avais plus de force. La chaleur du chocolat me fit immédiatement du bien, le glaçon qui me comprimait le corps sembla commencer à fondre. Je bus tout jusqu'à la dernière goutte. James revint dans la chambre.

— Je m'occupe d'elle. Si besoin est, je t'appelle Isa.

— N'hésite pas, quelle que soit l'heure !

Mon amie me fit un petit signe de la main et sortit. James retira la serviette et fit de même avec mon peignoir. Il me mit au lit et se glissa contre moi. Il m'entoura de ses bras, je soupirai de plaisir. Sa chaleur m'encerclait, je commençai à me sentir mieux. Je tentai un peu d'humour.

Un peu tôt pour se coucher, non ?

Je suis fâché, Alex. Tu me caches beaucoup d'autres choses comme ça ?

Quelques-unes, mais la plupart ne sont pas de mon fait.

Et combien peuvent avoir un impact sur ta santé ?

Juste celle-là.

Raconte-moi.

Le ton était plus modéré, il s'était fait du souci pour moi.

Victoire m'a cherchée.

Pas ça, explique-moi comment tu t'es rendu compte que tes pouvoirs avaient augmenté.

Je lui montrai en image l'explosion de l'entrepôt et la transformation de mes mains, puis les informations venant de Tisha et de Lucius. Je terminai par mon altercation avec Victoire. Je ne savais pas exactement à quoi je ressemblais lorsque ma magie avait été à son maximum, mais je me doutais que la majeure partie de mon corps avait muté.

Tu dis que ce Lucius essaye d'aider Tisha à se maîtriser ? Tu penses qu'il pourrait t'aider, toi aussi ?

Je ne sais pas, il faudra le lui demander demain.

Il soupira et me serra fort contre lui.

Ne me fais plus jamais ça, Alex. J'ai eu la trouille de ma vie !

Je suis désolée, je peux tenter de me faire pardonner ?

Tu vas devoir ramer, ma belle.

Je savais très bien ce qui le mettrait de bonne humeur. En plus, ça allait me réchauffer. Autant allier l'utile à l'agréable.

Je passai une excellente nuit, mais j'étais affamée le lendemain matin. J'avais aussi écopé de quelques courbatures, comme si je m'étais entraînée pendant des heures. James m'aida à m'habiller et nous descendîmes à la salle à manger. Il était déjà 8 h, ça faisait tard. Tous les yeux se braquèrent sur moi à notre entrée, Isa se précipita.

— Comment tu te sens ?

— Comme si on m'avait passée à tabac, mais ça va.

Anthony me suivit du regard, un peu inquiet.

— Tu es certaine que nous ne devons pas appeler Cassandra ? demanda-t-il.

— Et ajouter ma mère et le conseil à ce problème, non merci.

— Victoire va bien, si cela t'intéresse, répliqua-t-il légèrement agressif.

— Je m'en doute, je ne lui ai rien fait d'irrémédiable à la petite princesse, crachai-je.

Tout le monde sembla surpris de ma réponse. Quoi ? J'en avais marre de lui servir de paillasson à celle-là.

— Elle m'a dit ce qu'elle t'avait balancé, je comprends que tu aies été fâchée Alex, mais franchement...

— Stop, Anthony, je te déconseille fortement de revenir sur le sujet. Souhaiter la mort de Megan dans d'horribles souffrances, regretter que nous n'ayons pas connu le même sort... Tout ça parce qu'elle pensait que nous avions une vie de rêve avec Tisha... Putain, rien que d'en parler... Fâchée ? Non, Anthony, tu es loin du compte. Si je n'avais pas eu des années d'entraînement, de maîtrise, je lui aurais arraché les yeux et déchiré son beau visage. Tu ne sais pas, toi non plus. Tu ne sais rien ! Au moindre mot en sa faveur, je te jure que je prends mes cliques et mes claques et que je me casse définitivement. Plus d'Euménides, plus de missions,

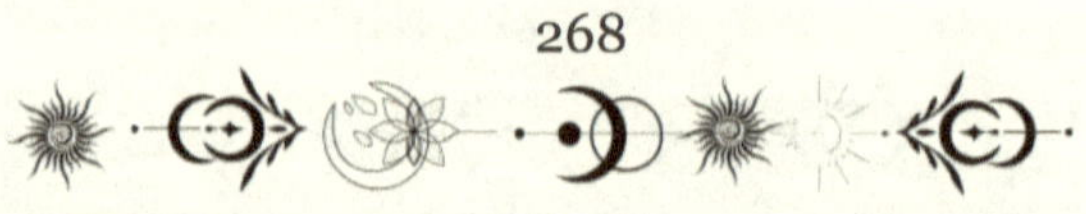

plus d'obligations ! Je cherche Megan avec Tisha et vous vous démerdez !

Je ne ressentais plus mes courbatures, je jetai un coup d'œil à mes mains, non aucun changement. James resta à mes côtés, son soutien me fit du bien. Je m'assis à la table, on pouvait entendre les mouches voler. Isa m'apporta des pancakes, des brioches et un café.

— Tu deviens agressive quand tu n'as rien mangé, bon appétit, fit-elle en me lançant un clin d'œil.

— Tu m'étonnes, ajouta Pedro. Et moi qui pensais que c'était Isabella la plus dangereuse sans nourriture, je vais revoir mon classement.

J'appréciai leurs tentatives d'humour, la tension se relâcha autour de la table et les conversations reprirent. Anthony ne dit plus rien jusqu'à ce qu'il se lève.

— Quoi que tu lui aies montré, ça l'a changée. Elle n'a pas arrêté de pleurer pendant des heures.

— Tu sais quoi, je m'en fous ! Je lui ai exposé ma vie, elle ne pourra plus se plaindre de la sienne, maintenant, rétorquai-je, en ricanant.

Anthony sortit sans ajouter un mot. Je ne ressentais aucun remords, même pas un tout petit. J'en avais ma claque des donneurs de leçons. J'essayai d'être quelqu'un de bien, une personne sur laquelle on pouvait compter. J'obéissais depuis 25 ans, il était peut-être temps que les choses changent.

Tu es toujours avec moi ?

Bien sûr, tu es mon roc. Sans toi, je serais déjà partie.

Tu me fais peur, Alex. Parler comme ça, ce n'est pas toi.

Il n'allait pas s'y mettre lui aussi. J'arrêtai de manger et me tournai vers lui.

C'est qui moi ? Celle qui se laisse mener par le bout du nez par un conseil de vieilles sorcières ? Celle qui s'écarte de sa propre sœur pour les besoins d'un peuple qui ignore son existence ?

Non, c'est celle qui fait preuve de bienveillance au quotidien, celle qui aime les autres et que les autres aiment. Tout cela ne te ressemble pas.

Je ne peux pas changer ? Je n'en ai pas le droit ?

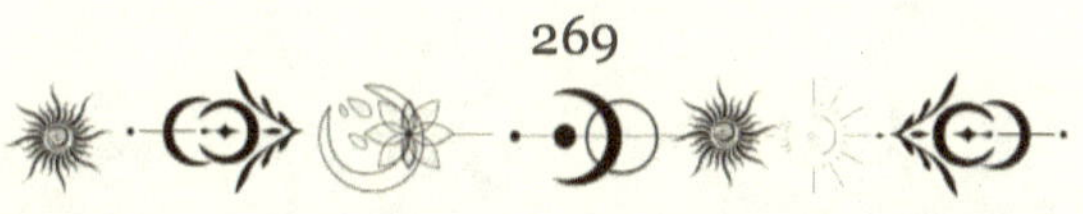

Tu as tous les droits. Et je comprends que la pression que l'on exerce sur toi depuis que tu es toute petite finisse par t'étouffer. Mais tu n'aimes pas faire du mal aux autres, tu viens de rejeter ton frère d'une façon... c'était violent, et inutile.

Je me levai.

Puisque ce que je fais ne te convient pas, je vais aller m'aérer un moment. Avant de faire encore quelque chose que tu jugerais inapproprié.

Alex, ne réagis pas comme ça !

Je ne l'attendis pas et sortis de la maison. Je fus aussitôt rejointe par Gwendal. J'allai jusqu'à notre cabane, mais restai en bas, Gwendal tout contre moi. Il gémissait contre moi, je ne comprenais pas pourquoi. Cela m'énerva rapidement.

— Toi aussi, tu as quelque chose à me dire ?

Bien sûr, il ne me répondit pas et continua de m'observer tout en geignant. Je fis mine de l'attaquer, il ne bougea pas d'un iota. Ses grands yeux me fixaient, remplis d'amour. Je sentis quelque chose se fendre à l'intérieur et je me mis à pleurer. Gwendal se cala contre moi, je cachai mon visage dans ses poils. Je restai comme ça pendant un bon moment. Peu à peu, mes sanglots se calmèrent. Je m'étais libérée. Je sortis mon téléphone et contactai Tisha. J'avais besoin d'aide, ce nouveau pouvoir me changeait en quelqu'un que je ne voulais pas devenir. Elle me répondit à la quatrième sonnerie, la voix ensommeillée.

— Ne me dis pas que tu dormais encore ?Tout va bien, Tisha ?

— Léger problème de gestion de magie hier, qui a failli mal se terminer. Mais grâce à mes deux vampires sexy, je m'en suis tirée !

J'entendis une voix râler sur le terme de deux vampires sexy. Je souris en comprenant.

— Tu n'es pas toute seule dans ton lit, petite sœur ?

— Disons que j'en ai gardé un comme garde-malade, mais en tout bien tout honneur, hein. Et toi ? Pourquoi m'appelles-tu de bon matin ? On s'est parlé hier, il y a un problème ?

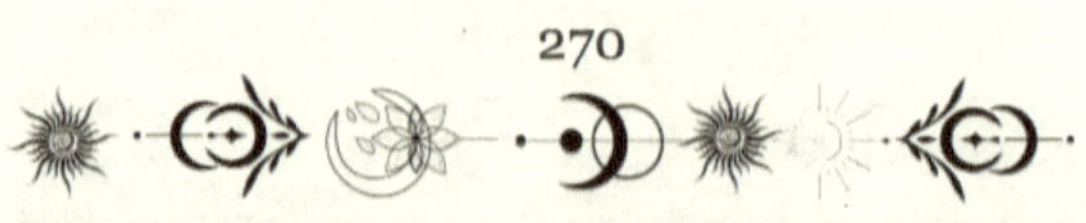

— Eh bien, idem que le tien. Moi, j'avais James heureusement. Mais je viens juste de récupérer mes émotions, j'ai été horrible avec tout le monde ce matin. Il faut que l'on m'aide !

— Attends, je demande à Lucius.

C'était donc Lucius qui se trouvait dans son lit, intéressant. J'entendis la conversation. Elle me le passa au téléphone.

— Bonjour, Alexandra, enchanté de faire votre connaissance.

Je frémis au son de sa voix. Purée, qu'est-ce que cela devait donner en vrai ?

— De même Lucius, merci de vous être occupé de ma sœur.

— Je vous en prie, je lui suis très attaché. Pour en revenir à votre problème commun, les évènements d'hier soir ont démontré qu'il n'allait pas être aussi facile que ça de lui apprendre à se maîtriser. Je ne sais pas si je vais pouvoir vous aider, au final.

Je soupirai.

— Mais je suis prêt à faire de mon mieux, Alex. Et si votre famille ne voit pas d'inconvénient à cela, je serai enchanté de vous inviter chez moi.

— Merci, Lucius, pour l'instant, vous êtes mon seul espoir. Je pense qu'il faut que nous soyons ensemble avec Tisha. Je ne saurais pas vous dire pourquoi, mais je le sens.

— Alors, suivez votre intuition, elle fait partie de votre magie. Tenez-moi au courant de votre arrivée. J'enverrai quelqu'un vous récupérer.

— Merci, Lucius, à tout à l'heure.

Tisha reprit le téléphone.

— Tu ne viens pas avec James ?

— Je ne pense pas que ce soit approprié. C'est un *Guardian*, il doit poursuivre l'enquête.

— Des nuages au paradis ?

— Je te raconterai, je suis contente de te rejoindre.

— Fais attention à toi et bon courage avec la famille.

Je raccrochai, un peu plus calme. Il ne me restait plus qu'à annoncer à tout le monde mon départ, une partie de rigolade.

Chapitre 33

Cassandra

Mon téléphone sonna, Marius m'appelait. Je décrochai aussitôt.

— Bonjour, Cassandra, tu viens toujours ce matin ?

— J'arrive dans 5 minutes à la résidence, pourquoi ? Il y a un souci ?

— Je crois qu'Alex a des problèmes avec son pouvoir. Elle ne veut pas en parler. J'ai pensé que toi...

— Je suis bientôt là, je te rejoins dans ton bureau.

— OK, à tout de suite.

Je soupirai, qu'est-ce qui nous tombait encore dessus ? Après notre accrochage pendant la réunion, les filles ne m'avaient plus adressé la parole. Je les avais déçues, encore une fois. J'aimais mes enfants de tout mon cœur, mais mes responsabilités me poussaient à prendre des décisions qui allaient à l'encontre de mes devoirs de mère. Elles avaient du mal à l'admettre. Avoir grandi près des métamorphes leur avait montré ce que pouvait être une famille. Avais-je eu tort de laisser Marius jouer son rôle ? Certainement si on se basait sur les préceptes du conseil, mais Marius était un bon père, attentif à ses enfants. Si ma décision devait conduire mes filles à s'éloigner de moi pour être plus heureuses, je l'acceptais.

Le portail s'ouvrit dès mon arrivée et la voiture avança jusqu'à la résidence. Je vis que l'activité battait son plein et que nos rescapés reprenaient le sourire, bonne nouvelle. Je descendis du véhicule et me rendis directement dans le bureau de Marius. Je toquai à la porte et entrai.

Il se leva immédiatement, par Athéna, il était toujours aussi beau. Il me serra dans ses bras et m'embrassa. Des frissons de plaisir se propagèrent dans tout mon corps, lui seul me faisait réagir comme ça. Je restai un moment contre lui, ces moments-là étaient tellement rares. Il finit par se détacher de moi.

— Bonjour, me dit-il la voix un peu rauque.

— Bonjour, murmurai-je.

Je me sentais systématiquement plus heureuse près de lui.

— Alors, quel est le problème ? enchaînai-je.

— Toujours droit au but, comme d'habitude Cassandra. Viens t'asseoir, un thé ?

— Avec plaisir.

Je pris place dans le coin salon et attendis qu'il veuille bien m'expliquer ce qui l'inquiétait à ce point. Il me tendit ma tasse et s'installa en face de moi.

— Alex a un problème, sa magie semble hors de contrôle.

— Comment ça, hors de contrôle ? Cela fait des années qu'elle la maîtrise parfaitement.

— Elle s'est attaquée à Victoire hier, en fin de journée, et ce matin, elle était froide et vindicative. Elle paraissait être quelqu'un d'autre.

— Où est-elle maintenant ?

— Elle est partie se balader dans le parc, elle s'est même fâchée avec James et a envoyé promener Anthony.

J'étais surprise, Alex avait toujours été la plus compatissante, la plus bienveillante de mes trois filles.

— Tu sais ce qui s'est passé avec Victoire ? Elles ne s'aiment pas beaucoup...

— L'attaque est venue de Victoire d'après ce que j'ai appris. Elle a reproché à Alex de se mettre entre elle et nous, puis elle a tenu des propos horribles sur Megan, je ne te les répéterai pas. Elle a fini par accuser Alex de lui avoir volé sa vie, cette dernière l'a alors agressée. Un bel uppercut selon Anthony.

— D'après ce que tu me racontes, elle l'avait mérité !

— Je suis d'accord avec toi, mais ça ne s'est pas arrêté là. Elle a immobilisé Anthony qui voulait se placer entre elles deux et a saisi la tête de Victoire. Elle l'a bombardée d'images, de sensations... Victoire a pleuré pendant des heures après ça. D'après ce qu'Alex a laissé entendre, elle lui aurait montré ce qu'était réellement sa vie, si idyllique selon Victoire. Je ne sais pas ce qui m'effraye le plus : qu'Alex ait pu attaquer sa demi-sœur de cette manière sans éprouver de remords ou que son existence soit tellement horrible que mon autre fille ne s'en soit pas remise.

Je vis bien la question dans ses yeux, mais je ne pouvais pas lui répondre. Oui, l'apprentissage était rude au sein de mon peuple. L'obéissance et la discipline étaient omniprésentes. Les larmes pouvaient couler, les blessures pouvaient être graves, mais tout avait un prix. Notre magie était létale, il fallait être forte pour la maîtriser.

— Encore une chose, elle s'est transformée.

— Quoi ? Elle s'est changée en métamorphe ?

— Non, pas d'après ce qu'Anthony m'a rapporté. Sa peau serait devenue plus foncée et ses mains... je pense qu'il est nécessaire que tu en discutes avec elle, le plus rapidement possible.

Les mouvements d'humeur, je pouvais comprendre. Elle en avait bavé ces derniers temps, mais se transformer. Je sentis un afflux de puissance s'approcher, je me tournai vers la porte. On toqua et Alex entra. Elle ne parut pas surprise de me trouver, elle semblait être comme d'habitude. Enfin presque. Son pouvoir avait augmenté, c'était incroyable.

— Je vois que l'on t'a appelée à la rescousse, maman.

— Bonjour Alexandra. Non, pas réellement. Il était prévu que je vienne aujourd'hui. Comment vas-tu ?

— En pleine forme ! Cela tombe bien que tu sois là, je vais devoir m'absenter, répondit-elle.

Elle nous regardait, du défi plein les yeux. Je ne savais pas ce qui se passait ici.

— Ton père vient de m'expliquer ce qui est arrivé hier, on peut en parler ?

— Tout dépend. Es-tu là pour m'écouter ou pour me demander de suivre les ordres du conseil ?

— Je suis ici pour t'écouter, je ne suis pas ton ennemie, Alex. Je ne te comprends plus.

— Nous sommes deux.

Elle avança et s'assit à côté de moi. Elle lança un sort de silence, bonne idée.

— Premièrement, il faut que vous sachiez que je ne suis pas la seule impactée par cet afflux de pouvoir. Tisha a le même problème et Megan aussi, selon toute vraisemblance.

— Megan n'a jamais eu de pouvoir, comment cela pourrait-il être possible ? demanda Marius.

— Maman ne t'a pas raconté ? Je vois, encore des cachotteries, ajouta-t-elle déçue.

— Je n'en ai pas eu le temps, c'est tout. Tu as failli mourir, je te rappelle. Et James avec toi !

Je criai presque, tout cela commençait à faire trop, même pour moi. Marius m'attrapa la main pour me la serrer.

— Je suis désolée, j'ai l'impression que quoi que je dise ou fasse, tu me juges. Je n'ai pas systématiquement pris les bonnes décisions Alex, mais j'ai toujours fait de mon mieux.

Elle sembla comprendre que je n'étais pas de bois et me sourit.

— Tu donnes tellement la sensation de tout contrôler, de savoir exactement où tu dois aller, ce que tu dois faire... C'est difficile d'être à ton niveau, tu sais ?

— Si seulement Alex... je fais comme toutes les mères, je m'adapte et essaye d'allier ma vie de maman avec celle de femme et de sorcière.

Je me tournai vers Marius.

— Peu de temps après l'enlèvement de Megan, Alex et Tisha ont invoqué la déesse et elles ont passé un marché

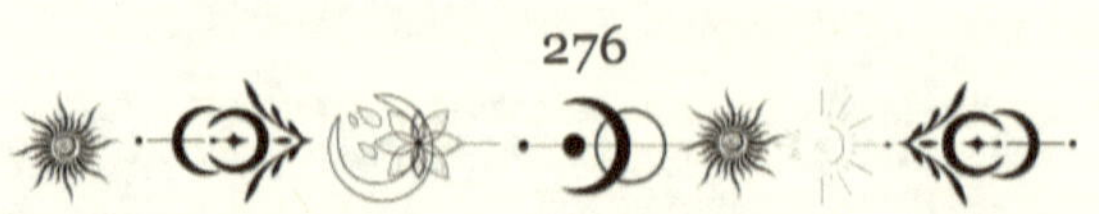

avec elle : leurs magies contre sa libération. Megan a reçu les pouvoirs de ses sœurs ainsi que de l'aide d'Athéna. Elle les a utilisés, mais elle n'a pas dû pouvoir se libérer. Peut-être les a-t-elle encore en partie ? Je te donnerai tous les détails après, ajoutai-je, voyant qu'il s'apprêtait à parler.

Comment lui dire que notre bébé avait été torturé ? Je n'en avais pas la force.

— Comment sais-tu pour Megan ? Tu l'as de nouveau contactée ?

— Non, nous tenons cette information de Lucius. Il a certaines capacités, dont une est la détection de puissances. Dans la nuit de dimanche à lundi, lorsque nous avons entendu Megan, il a vu émerger trois pics de pouvoirs. Après quelques recherches, il en a déduit que c'était nous.

— Et ta sœur qui est avec lui... Il faut qu'elle rentre, dit Marius, inquiet.

— Non papa, il la soutient. Et il va essayer de m'aider aussi. C'est chez lui que je vais.

— Mais pourquoi ? Alex, c'est nous ton peuple. L'assemblée peut certainement vous épauler et canaliser cette magie.

— Je ne veux plus avoir affaire au conseil, maman. Si elles avaient accepté ta proposition à l'époque, Megan serait avec nous depuis 10 ans. Tisha a confiance en Lucius, et j'ai confiance en Tisha. Je sens qu'il faut que je sois avec elle.

Je restai silencieuse un moment, sa décision était prise. Et si Lucius pouvait les aider, je ne m'en mêlerais pas.

— Je vais te couvrir auprès du conseil. J'ai foi en ton intuition, j'aurais dû suivre la mienne il y a dix ans.

— Merci maman. Si tu savais comme j'apprécie que tu te ranges de mon côté.

Elle m'enlaça. Je lui caressai les cheveux, comme quand elle était petite et que nous nous câlinions.

Au bout d'un moment, elle se redressa, les larmes aux yeux. J'avais enfin retrouvé ma fille.

— Et si tu me racontais dans le détail ce qui t'arrive et ce que tu as fait subir à Victoire ?

Elle hocha la tête et entreprit de tout m'expliquer, depuis l'explosion de l'entrepôt jusqu'à ce matin. Cette absence d'émotion fut ce qui m'inquiéta le plus, sans nos sentiments, nous devenions encore plus dangereuses.

— Tu pars avec James ? demanda Marius.

— Non, j'y vais toute seule. Et inutile de commencer à en débattre, précisa-t-elle, voyant son père sur le point de le faire.

— Mais pourquoi ? C'est lui qui t'a aidé la nuit dernière, insista-t-il.

— C'est vrai, mais je dois le faire seule. Il comprendra, ajouta-t-elle.

— Je n'en suis pas aussi certain que toi, mais si tu le dis. Quand veux-tu y aller ?

— Je vais aller en discuter avec James et je pars tout de suite après.

— Je demande que l'avion soit prêt.

— Merci papa.

Elle nous embrassa tous les deux et sortit de la pièce.

— Tu penses que c'est une bonne idée, Cassandra ?

— Je pense qu'il est temps pour nos filles de prendre le chemin qui leur convient le mieux, nous serons toujours là pour elles, c'est ce qui est important.

Je me laissai aller dans ses bras, plus inquiète que je ne voulais le lui montrer.

Chapitre 34

James

Lorsque je la vis arriver sous la tente de contrôle, je fus soulagé. Elle semblait aller mieux. Je m'avançai vers elle, elle m'embrassa aussitôt. Je lui dévorai la bouche, lui montrant mon inquiétude. J'entendis quelques commentaires des copains : trouvez-vous une chambre, il y en a qui bossent... Je n'y prêtai pas plus attention que ça. Je la gardai dans mes bras et chuchotai à son oreille.

— Tu vas mieux ?

Elle hocha doucement la tête puis me prit par la main. Elle voulait que nous sortions, j'eus un mauvais pressentiment. Après quelques minutes de marche, elle se tourna vers moi.

— Je sais que je n'arrête pas de te le dire, mais je suis vraiment désolée. Ce n'était pas tout à fait moi tout à l'heure. Tu avais raison.

— C'est pas grave Alex, tu as le droit de péter un boulon de temps en temps.

— Peut-être, ce n'est pas le souci. Je vais devoir m'absenter, James. Et je ne sais pas pour combien de temps.

— Une nouvelle mission ?

— Non, une nécessité. Je ne maîtrise plus rien en ce moment, j'ai peur de blesser quelqu'un. Lucius aide Tisha à gérer ses récents pouvoirs, je vais la rejoindre.

— Toute seule ? Tu ne veux pas que je t'accompagne ?

— Je ne préfère pas, me répondit-elle, droit dans les yeux.

— Puis-je te demander pourquoi ?

Je me sentais un peu rejeté pour le coup, assez désagréable comme sensation.

— J'ai le sentiment qu'il faut que j'y aille seule, c'est tout.

Eh bien, cela avait le mérite d'être clair.

— J'ai fait quelque chose de mal ? Tu m'en veux ?

— Non, non James. Tu es parfait. Ce n'est pas par rapport à nous, c'est juste... moi ! Je ne sais pas comment te l'expliquer, je ne le comprends pas moi-même. Je dois le faire, seule. Enfin, avec Tisha.

Je la regardai se dandiner, elle était gênée. Je n'avais pas encore tout saisi, mais j'étais certain que retenir cette femme ou lui faire une scène n'allait pas aider. Elle avait pris une place tellement importante dans ma vie, quelques jours sans elle allaient me paraître longs et tristes.

— Je ne te dirai pas que je suis content de ta décision, je n'ai pas envie de me séparer de toi, mais je comprends. Es-tu sûre d'être en sécurité avec ce vampire ?

— Tisha lui fait confiance.

Elle me sourit pour revenir dans mes bras.

— Tu pars quand ?

— Le temps de donner l'information à Tonton et à Isa, de faire mon sac et j'y vais.

— Pas de petits câlins avant par conséquent ? réclamai-je.

— Il me semblait que nous nous étions bien cajolés cette nuit ? Ou alors j'ai rêvé ? fit-elle moqueuse.

— Je n'en aurai jamais assez.

Je l'embrassai tendrement et la gardai un instant dans mes bras.

— Bon, je suis curieux de voir la réaction d'Isa, je pense que ça va être ta fête, ma belle !

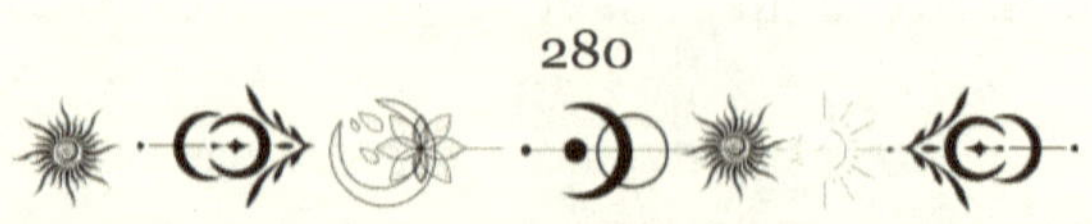

Elle grimaça à cette idée. Je décidai de ne pas la quitter jusqu'à son départ, autant lui éviter des remarques désagréables si je le pouvais.

De retour dans la tente, elle demanda à Tonton et à Isabella de lui accorder quelques minutes. Nous ressortîmes de nouveau, nous allions finir par créer un cratère avec tous ces allers-retours.

— Je vais devoir partir quelque temps, annonça-t-elle.

— Un problème ? questionna Tonton.

— Tu as bien dû être informé de mes récentes actions, en particulier avec Victoire ?

Il opina du chef.

— quelques difficultés avec mes pouvoirs, il est impératif que j'arrive à les maîtriser sous peine de blesser quelqu'un.

— Je comprends, tu en as parlé avec ton père ?

— C'est vu avec lui et ma mère. Je sais que cela tombe mal par rapport à notre enquête, mais...

— Ne te fais pas de soucis pour cela Alex, nous sommes suffisamment nombreux pour poursuivre le travail. Et en cas de besoin, je pourrai toujours t'appeler, non ?

— Bien sûr.

— Et sans indiscrétion, tu vas où ? demanda Isa.

— Je rejoins Tisha.

Je vis la surprise dans les yeux d'Isa, puis l'inquiétude. Ce n'était pas fait pour me rassurer.

— Tu vas chez Lucius ? Tu plaisantes ?

Euh, là, ce n'était pas bon du tout.

— Il semble être en mesure de m'aider à gérer, cela te pose un problème Isa ? répondit Alex, légèrement tendue.

— Je viens avec toi ! À moins que James ne t'accompagne ?

— Non, personne ne m'escorte ! J'y vais seule, et ce n'est pas négociable !

Le ton montait entre les deux amies, la réaction d'Isa m'inquiéta. Tonton me fit un petit signe, il préférait s'éclipser avant que cela ne dégénère.

— Pourquoi es-tu si préoccupée Isa ? Lucius n'est pas fiable ? réclamai-je.

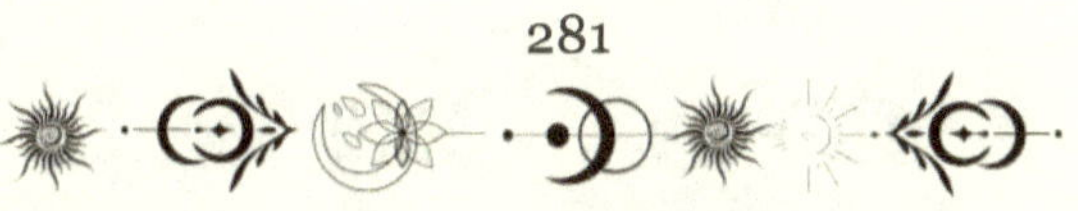

— Ce n'est pas ce que je veux dire… il a toujours respecté ses promesses. Non, je me demande juste pourquoi il se propose de vous aider ? me répondit-elle, un peu tendue.

— Je n'en sais rien et pour tout te dire, je m'en moque Isa. Le plus important c'est que je ne tue personne à court terme ! Je vais préparer mon sac.

Elle nous quitta rapidement, coupant court à sa discussion avec son amie.

— Tu me caches quelque chose ? Elle court un danger quelconque ?

— Non, si c'était le cas, je vous l'aurais déjà notifié et je n'aurais pas laissé Tisha y aller. C'est juste que je ne vois pas comment il peut les aider.

— Il est très âgé n'est-ce pas ?

— Il a plus d'un millénaire, donc on peut le dire.

— Alors, peut-être a-t-il des informations que personne d'autre n'a ? Si j'avais son expérience, j'aurais amassé des connaissances, je posséderais des livres anciens… c'est peut-être en cela qu'il peut être utile ?

Elle y réfléchit quelques minutes.

— Je n'avais pas pensé à ça, mais tu as certainement raison. Ça va, toi ?

— Je préfèrerais rester avec elle, mais elle ne m'a pas plus laissé le choix qu'à toi. Tu me jures que tu n'as pas plus d'inquiétude que ça sur le fait qu'elle rejoigne ton roi ?

— Le plus gros risque serait qu'elle tombe sous son charme, mais vu qu'elle est avec toi… Ne fais pas cette tête, James, Tisha a déjà retenu son attention d'après ce que j'en sais. Et Alexandra est folle de toi.

Mon animal me menait la vie dure, il ne voulait pas qu'elle s'en aille loin de nous. Notre relation était toute neuve, comment allais-je gérer son absence ? Je devais avoir confiance en elle, ses valeurs morales étaient ce qui me plaisait le plus. Elle ne me ferait pas ça. Je saluai Isabella et me dépêchai de la rejoindre. J'arrivai au coin du couloir, à l'étage de notre chambre quand j'entendis des voix, dont celle de ma chère et tendre. Je jetai un œil, Victoire était avec elle.

— Bien sûr que l'on peut parler Victoire, je me contrôle.

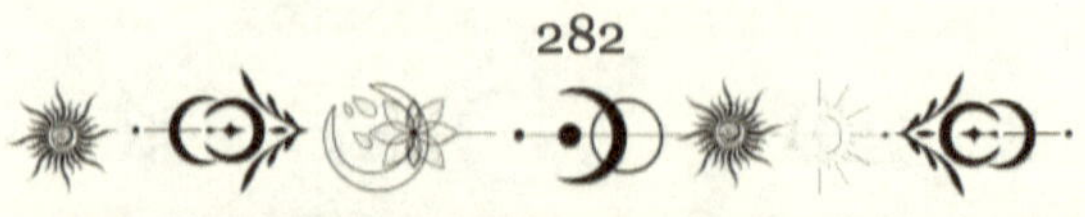

— Tu vas bien ? Je suis désolée Alex. Je ne savais pas, je me suis comportée comme une vraie salope avec toi, avec vous. Je vous ai jugées sans prendre la peine de m'intéresser à vous.

Je fus surpris. Qu'avait donc vu Victoire pour qu'elle change autant ?

— Tu n'as pas à t'excuser, ta pratique peut s'expliquer. Je n'aurais pas dû t'infliger ça. J'ai perdu la boule quand tu as évoqué Megan. C'est difficile en ce moment, mon contrôle n'est plus ce qu'il était.

Victoire s'était rapprochée d'elle, j'entendais clairement sa voix.

— Oui, j'ai vu pourquoi. Comment fais-tu ? Moi qui avais l'impression que ma vie ne m'appartenait pas, j'ai bien saisi que j'étais loin du compte par rapport à vous. Vous devriez être en train de la chercher et on vous oblige encore à remplir cette mission. Il y a de quoi péter les plombs !

— Et tu as vu le résultat, fit ma douce en riant.

— Veux-tu que j'intervienne auprès de papa ? Si les garçons vous soutiennent aussi, peut-être comprendra-t-il ?

— Merci Victoire, cette proposition me touche vraiment. Je ne peux pas tout te dire, mais je pars rejoindre Tisha. Ne te fais pas de soucis pour nous, nous allons gérer. Je te renouvelle toutes mes excuses pour hier.

— Tu n'as pas à le faire, c'est moi. J'étais aveuglée par mes petits problèmes, tu m'as ouvert les yeux. Il faut que je m'investisse, moi aussi. Peut-être que je pourrai compter sur ton soutien ?

Je jetai un coup d'œil, le temps d'apercevoir Alex serrant la main de Victoire. Si on m'avait annoncé ça hier, j'aurais fait interner la personne.

— Tu pourras faire appel à moi. Je suis heureuse que nous ayons enfin pu crever l'abcès toutes les deux. Je sais que ta vie n'est pas aussi rose que tout le monde le croit. N'hésite pas à me contacter si tu as besoin de quelqu'un pour te remonter le moral, ou si tu veux simplement discuter.

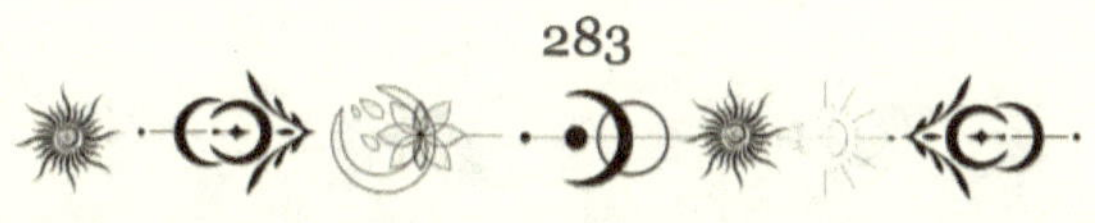

Elles échangèrent leurs numéros de téléphone, je décidai de sortir de ma cachette. Victoire eut un air gêné en me voyant, elle devait se rappeler sa séance de séduction...

— Bonjour, Victoire, tu vas mieux ?

— Oui James, merci de t'en inquiéter. Je profite de te trouver avec Alex pour te présenter aussi mes excuses. Mon comportement avec toi...

— Laisse tomber Victoire, il y a plus désagréable que de se faire draguer par une belle femme. Oublie ça.

Alex me fit un grand sourire, elle appréciait ma démarche. Victoire me tendit la main :

— Amis ?

— Amis ! fis-je en la lui serrant.

— Je vous abandonne alors, heureuse d'avoir pu discuter avec toi Alex. Transmets mes amitiés à Tisha. Enfin, si elle les accepte, dit-elle en riant.

Je l'observai s'éloigner de nous, elle était vraiment magnifique. Elle semblait libérée, solaire. Je me tournai vers Alex.

— Tu lui as fait un effet incroyable.

— Je dirais plutôt que ce qui s'est passé entre nous lui a démontré toutes les possibilités qui s'offraient à elle.

— Mouais, elle a surtout vu qu'elle n'était pas tant à plaindre que ça, par rapport à toi et à ta sœur.

Elle ne me répondit pas, préférant ouvrir la porte de notre chambre. Elle attrapa son sac de voyage et commença à y mettre quelques vêtements. Je m'assis sur le lit et la regardai faire. J'admirai sa silhouette, la grâce de sa démarche. Lorsqu'elle passa à côté de moi, je ne pus m'empêcher de la cueillir et de l'embrasser. Elle se laissa faire et me rendit mon baiser.

— Tu ne râles même pas ? lui demandai-je.

— Parce que tu m'embrasses ? Quelle petite amie je ferais si c'était le cas ! J'aime que tu ne puisses pas te retenir, James. J'ai le même problème.

Sa main se glissa sous mon tee-shirt, elle me griffa légèrement tandis que sa bouche envahissait la mienne. Je ne pus retenir un gémissement et je la fis basculer sur le lit. Je lui retirai son haut dans la foulée et profitai de l'accès

facilité à sa belle poitrine. Alors que je mordillai son cou, laissant mes mains explorer ses deux globes, je sentis tirer sur mon pantalon. Je relevai la tête, la petite coquine se servait de ses pouvoirs pour me déshabiller. Elle eut un sourire taquin lorsqu'il s'envola définitivement avec mes chaussures.

— Tu fais pareil avec les tiens ?

Elle bascula sur moi et se recula. Tout en me regardant droit dans les yeux, elle décrocha son jean et le fit doucement glisser sur ses hanches. Elle remonta ses mains sur ses seins, en partie cachée par son soutien-gorge, et se caressa. Je suivis, affamé, le chemin de ses doigts qui finirent par disparaître sous son tanga. Elle se faisait du bien devant moi, j'étais excité comme jamais. Je ne la laissai pas poursuivre et l'attrapai pour la jeter à nouveau sur le lit. Je libérai sa poitrine et la lui embrassai. Mes mains prirent la relève des siennes, elle était déjà humide de désir. Je finis par déchirer sa culotte. Ma bouche vint se placer au centre de sa féminité, je léchai et j'aspirai. Elle gémissait de plaisir et se tortillait. Je m'appropriai ce corps comme je voulais être dans son cœur, totalement, irrémédiablement. Je n'arrêtai que lorsque je la sentis jouir. Je remontai sur elle, lui arrachant encore quelques frissons. Elle me surprit encore une fois en me basculant d'un coup sec et en me retirant mon boxer. Sur moi, ses longs cheveux encadrant son visage, ses pupilles dilatées par le plaisir que je venais de lui donner, elle s'installa. Doucement, elle oscilla sur moi, montant, descendant, ne me lâchant pas des yeux. Je lisais tout le contentement qu'elle prenait à me dominer, ses mains me caressant encore et encore. Elle se pencha sur moi et m'embrassa amoureusement. Elle accéléra le rythme, je m'empressai de la suivre. Les yeux dans les yeux, nous criâmes ensemble quand le plaisir nous transperça. Je la gardai dans mes bras, je n'avais pas envie de la laisser partir.

— Ce n'était pas un adieu, James, murmura-t-elle.

— Je sais, mais je ne veux pas te quitter, lui répondis-je de la même manière.

Elle releva la tête.

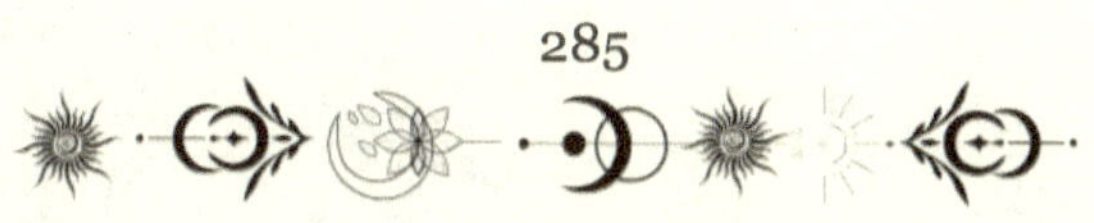

— Je dois le faire seule, mais je serai de retour dès que tout ira mieux. Je t'aime, James. N'en doute pas. Tu ne vas pas te débarrasser de moi comme ça.

Je souris à sa tentative d'humour, et l'embrassai de nouveau.

— Je t'aime aussi, princesse.

Je la laissai quitter mes bras pour se rendre dans la salle de bain. Je la rejoignis quelques minutes après. Elle râla pour le principe, à cette vitesse-là, elle n'était pas près de s'en aller.

Elle finit pourtant par s'habiller et par préparer son sac. Je l'accompagnai jusqu'à la voiture qui l'emmenait à l'aéroport et l'embrassai une dernière fois. Elle ne me quitta pas du regard alors que le véhicule s'éloignait, je dus tenir mon loup fermement, il n'acceptait pas de la voir disparaître. Marius posa sa main sur mon épaule, je l'avais entendu arriver.

— Tu vas le supporter, James ?

— Oui, mais cette séparation est difficile.

— Tu peux me croire quand je dis que te je comprends. Allez, viens boire un café avec moi. Je souhaite te parler d'Adrien.

— Adrien ? Un nouveau problème ?

— Je n'ai pas été tout à fait franc avec certains d'entre vous. Je ne veux pas obliger Alex à te mentir. Tu me suis ?

Je hochai la tête et le suivis jusqu'à son bureau.

Chapitre 35

Tisha

Je me réveillai blottie contre un torse solide, un bras autour de moi. Je mis quelques secondes à me rappeler où j'étais et surtout avec qui !

— Bien dormi, Tisha ?

Je relevai la tête pour me retrouver plongée dans des yeux verts magnifiques, assortis d'un sourire à se damner. *Houla-la, danger !*

Je reculai légèrement, tentant d'ajouter un peu de distance entre nous lorsque le téléphone sonna. Sauvé par le gong, bon prétexte pour s'éloigner. Alex était au bout du fil. Je finis par lui passer Lucius, après tout, c'était à lui de décider s'il acceptait que ma sœur me rejoigne ou non. Mon cœur battit plus vite quand il mentionna son attachement à ma personne, la situation devenait complexe. Je terminai avec elle, un peu surprise qu'elle ne vienne pas avec James.

— Comment te sens-tu ?

Je bougeai mes jambes, légèrement courbatue, mais en bien meilleure forme que cette nuit.

— Une bonne douche chaude et je pourrai reprendre mon travail.

Ses yeux s'allumèrent à la fin de ma phrase, c'était la douche ou la reprise qui le gênait ?

— Tu devrais rester tranquille aujourd'hui, attendre que ta sœur te rejoigne.

OK, donc mes activités.

— Ça va mieux Lucius. Regarde !

Je sortis du lit sans difficulté, et fis des mouvements avec mes jambes. Je me tournai à nouveau vers lui quand je constatai que son regard se portait sur mes seins. Oups, j'avais oublié que sa chemise était ouverte. Je la refermai rapidement et tentai une diversion.

— Je te la rendrai tout à l'heure, ne t'inquiète pas.

— Tu peux la garder, elle te va bien.

Il me donnait chaud à me parcourir comme ça. En plus, je n'avais pas bu mon café et mes hormones se rappelaient très bien les sensations dues à son baiser.

— Bon, euh, ce n'est pas que je veuille te mettre dehors… je vais aller prendre ma douche.

Il me fixa et son sourire s'accentua.

— C'est une proposition ?

— Hein, non ! Pas du tout !

— Dommage.

Il se rapprocha encore et passa sa main dans mes cheveux. Il m'attira vers lui, j'étais incapable de bouger. Par Athéna, qu'est-ce qu'il me faisait ? Je regardai sa bouche, mourant d'envie qu'il m'embrasse, ou pas. Je ne savais plus exactement ce que je souhaitais.

— Tu en as autant envie que moi, Tisha. Montre-moi ce que tu veux, je n'irai pas plus loin. C'est toi qui décides.

Oh oui, j'en crevais de désir. Mais je me rappelais également que c'était une très mauvaise idée. Je n'avais rien contre les hommes d'expérience, mais là, on ne parlait pas de 50 ans de différence. Et puis, était-ce moi qui l'attirais, ou mon pouvoir ? Il avait été présent pour moi, Mathias aussi, mais je ne savais toujours pas dans quelle mesure je pouvais leur faire confiance. Il vit dans mes yeux ma décision et me relâcha. Il soupira.

— Tu ne te fies pas à moi, n'est-ce pas ?

— Vous m'avez caché des choses tous les deux, mets-toi à ma place, Lucius. Je ne saisis pas dans quelle proportion mon pouvoir ne détermine pas ce que je ressens, et inversement.

— Tu penses que c'est ta magie qui m'intéresse ? dit-il d'un ton dur.

Mince je l'avais encore vexé.

— Peux-tu me jurer que cela ne t'influence pas ? Que l'attirance que tu éprouves ne vient pas d'elle ? Regarde-toi, putain ! Et regarde-moi !

Et voilà, je m'énervais de nouveau. Je me concentrai sur ma respiration, voilà, ça allait mieux. Il n'avait pas bougé, il n'avait définitivement pas l'instinct de conservation pour un vieux vampire.

— Je te laisse te doucher tranquillement, je m'occupe de ton petit déjeuner.

Et il sortit calmement, sans tenir compte de mon éclat. Je me mis à rire devant la porte fermée. Il allait me préparer mon petit déjeuner... Le roi des vampires, vieux d'un millénaire, allait me faire couler mon café... Je devais être en train de rêver. Je me pinçai énergiquement, aïe ! Non, je ne rêvais pas. Je me laissai choir sur mon lit. Tout cela devenait dingue.

Je regardai attentivement mes mains, elles étaient tout à fait normales. Mes pensées me ramenèrent à hier, à ce que j'avais réussi à faire : immobiliser deux vampires bien plus puissants que moi. D'accord, pas très longtemps, et j'avais morflé derrière. Sans eux, je serais certainement morte. Mais quand même, que pouvais-je faire d'autre encore ? Je jetai un coup d'œil au réveil, assez rêvassé ! Je retirai à regret sa chemise et le reste de mes habits pour me diriger dans la salle de bains. Alex allait venir et elle pourrait m'aider à comprendre ce qui nous arrivait. Je pris mon téléphone pour lancer Pink à fond et passai sous la douche. Ma peau était encore très sensible, je modifiai la puissance du jet. Voilà, c'était mieux. Je me frictionnai doucement.

Je m'habillai décontractée, je n'allais pas pouvoir sortir tant que ma sœur ne serait pas arrivée. Je me rendis au salon et tombai sur Mathias.

— Je venais voir si tout allait bien, Lucius se faisait du souci.

— On ne peut mieux, et toi ? Tu as disparu cette nuit ?

C'était stupide, mais je voulais savoir pourquoi il était parti sans attendre que je sois réveillée.

— Ta température était revenue à la normale et Lucius s'occupait de toi. Je n'ai pas souhaité m'imposer, fit-il légèrement taciturne.

— Merci encore Mathias. Sans vous deux, je serais certainement morte.

— Tu nous as effrayés, et je ne te parle pas de ta petite séance d'interrogatoire. Tu aurais dû arrêter d'utiliser ta magie dès que tu la contrôlais.

— Je sais, ton pote m'a fait les mêmes reproches, je n'étais plus moi-même.

— Ton autre toi fait peur. On dirait que tu ne ressens plus aucune émotion. Heureusement que tu t'es vite fatiguée.

Une fois dans la cuisine, je découvris Lucius assis en train de consulter son téléphone. Il ne leva pas la tête à mon approche. Mathias me proposa des gaufres en plus du pain, je refusai gentiment. Le silence s'installa pendant que je mangeai. Je surpris le regard étonné de Mathias sur Lucius et vis ce dernier le toiser. Ils papotaient en douce, je n'allais pas faire ma curieuse.

— Alors Tisha, il paraît que ta sœur nous rejoint ? En voilà une bonne nouvelle !

Je lui jetai un œil suspicieux.

— Tu vas être sage, hein ?

Il éclata de rire, cela me mit une fois encore le frisson. Enervant !

— As-tu oublié que j'étais un vrai gentleman ? J'irai la chercher.

— À moto ?

— Pourquoi pas ? Elle aime ça aussi, non ? J'apprécie quand les femmes me serrent de près.

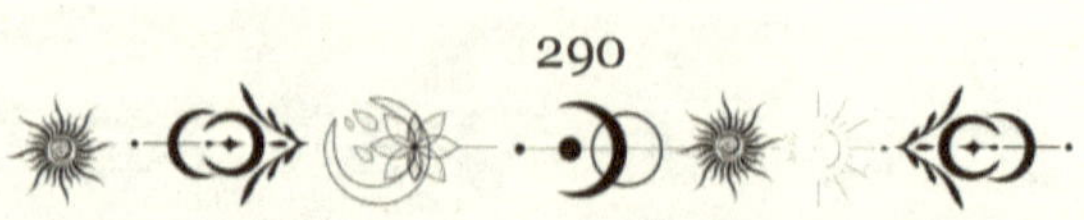

— Je peux très bien y aller moi-même.

Mon ton était un brin vif, il fallait que je me contrôle un peu mieux.

— Ne sois pas jalouse, Tisha. Un mot et je ne m'occupe plus que de toi !

Je haussai les épaules, ce mec était irrécupérable. En attendant, je n'allais pas rester les bras croisés toute la journée.

— L'un de vous aura-t-il le temps de m'entraîner avant l'arrivée de ma sœur ? Vu que Sa Majesté ne veut pas que je m'éloigne du chalet.

Lucius releva la tête et posa son téléphone.

— Je ne suis pas certain que ce soit une bonne idée. Et si tu réagis de la même manière ?

— Dans le genre interrogatoire ou dans le genre, je suis gelée et vous devez me réchauffer ? Je ne sais pas ce qui est le plus dérangeant...

— J'aime mieux te réchauffer, personnellement. Mais ça n'engage que moi, ajouta Mathias devant le regard glacé de Lucius.

Je souris à sa phrase, il adorait me taquiner. Lucius, lui, n'apprécia pas.

— D'accord, nous allons faire un essai. Après tout, tu t'es maîtrisée un moment hier avant de jouer à la méchante fille, dit-il.

Méchante fille, j'allais lui montrer moi ce que c'était une méchante fille ! Je me levai à sa suite et pris le temps de ranger ma vaisselle.

— Je vais me changer, retrouve-moi dans la salle.

— À vos ordres, chef, répondis-je en faisant un salut militaire.

Sa lèvre supérieure frémit, mais il ne sourit pas à ma remarque. Je soupirai, fatiguée de cette alternance de chaud et de froid entre nous. Mathias n'en avait pas loupé un morceau.

— Il s'est passé quelque chose entre vous ? demanda-t-il.

Je me figeai une seconde. S'était-il passé quelque chose ? Oui, il m'avait embrassée. Et s'il ne s'était pas arrêté, je sais comment cela se serait terminé. En discuter avec Mathias ? Hors de question.

— À part qu'il m'a sauvé la vie ? Non.

— Tu sais que je détecte aussi quand les personnes me mentent, Tisha ?

— Il ne s'est rien déroulé dont je veuille te parler, cela te va comme ça ?

Je passai un coup d'éponge sur la table et me gardai bien de me tourner vers lui. Il m'arrêta quand je me préparai à quitter la cuisine.

— Tu n'as pas à te sentir gênée de quoi que ce soit avec moi, vous êtes adultes tous les deux, fit-il.

Botter en touche était difficile avec ces deux-là.

— Ce n'est pas de la gêne, Mathias. C'est juste que ce n'est pas ce que je veux, OK ? Je ne cherche pas à vivre une aventure avec un beau vampire sexy, là. J'ai d'autres choses en tête qui sont largement prioritaires à ça. Et vous deux, vous ne m'aidez pas à rester concentrée.

— Tu comprends que nous ne le faisons pas exprès ? Cette attraction que nous subissons, nous ne la maîtrisons pas. Tu as réussi à sortir de leurs routines deux vieux vampires, je ne sais pas si tu vois le miracle ? ajouta-t-il en plaisantant.

— Je ne suis pas si orgueilleuse pour penser que c'est moi qui vous fais cet effet-là. Je reste persuadée que c'est ma magie qui vous attire. Quand Alexandra sera là, je suis certain que vous réagirez de la même manière avec elle. De plus, je me doute que vous n'êtes pas si seuls que ça.

— Tu nous vois tellement différemment de ce que nous sommes vraiment. C'est dingue !

Mon téléphone bipa à ce moment-là, m'évitant de répondre.

— Alex devrait atterrir dans moins de deux heures, tu veux que je te donne son numéro ?

— Envoie-le-moi. Je vais travailler un peu avant d'aller la récupérer, fit-il un peu sèchement.

Il sortit de la pièce sans un regard. Et voilà, j'avais réussi à le vexer aussi. Je partis retrouver Lucius et l'entendis me parler de sa chambre, porte grande ouverte.

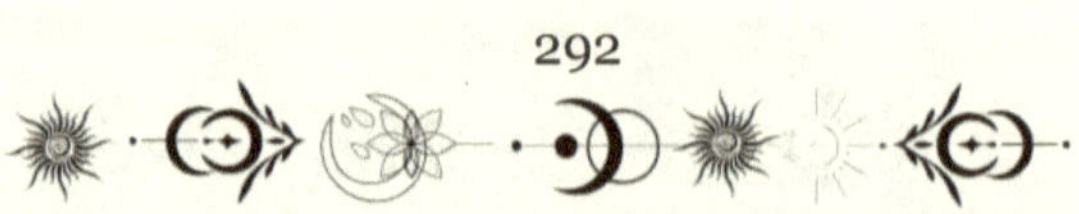

— J'ai dû répondre à un coup de fil, Tisha. Entre, j'ai presque fini.

Sa voix venait de ma droite, il devait être dans la salle de bain. J'entrai sans me faire prier, ma curiosité allait être assouvie. Décoration indubitablement masculine, mais classe : sur ma gauche, un lit immense et noir, seule la couette ajoutait un pic de couleur bleu nuit ; des tables de chevet avec des lampes en métal brossé, une vaste penderie, le tout réalisé en style industriel. C'était sympa.

Je m'avançai vers la porte-fenêtre, je ne me lassais pas de la vue. Je me retournai en sentant Lucius arriver, et fis demi-tour aussi sec. Il était en boxer, et sans rien d'autre. Putain qu'il était bien foutu !

Je l'entendis rire suite à ma réaction. Tant pis, je préférai éviter d'en rajouter sur la tentation. J'écoutai les bruissements, essayant de savoir quand il serait habillé afin que j'arrête de contempler les murs.

— C'est bon Tisha, je suis décent.

Je jetai un coup d'œil, décent, tu parles ! Il avait juste enfilé un bas de pantalon.

— Tu en as oublié.

— Nous allons nous entraîner, je reste comme ça. On y va ?

Je le suivis, ne pouvant m'empêcher d'admirer son dos et ses fesses. Il me précéda dans la salle, je quittai rapidement mes chaussures pour le rejoindre au centre.

— Alors, comment as-tu fait hier pour te maîtriser ?

— Je me suis axée sur un point dans mon corps, j'ai senti que mon pouvoir venait de là.

— Très bien, essaye à nouveau.

Je créai une bulle de protection en premier, cela amena un sourire sur ses lèvres.

— Quoi ? lui lançai-je.

— Rien, j'apprécie que tu veuilles me préserver...

Je ne répondis rien et me concentrai sur mon corps. Je retrouvai le nœud et le laissai se déployer. J'ouvris les yeux, Lucius était toujours à mes côtés et semblait observer ce qui se déroulait autour de moi. Il s'approcha et transperça ma bulle sans difficulté. J'en restai ébahie.

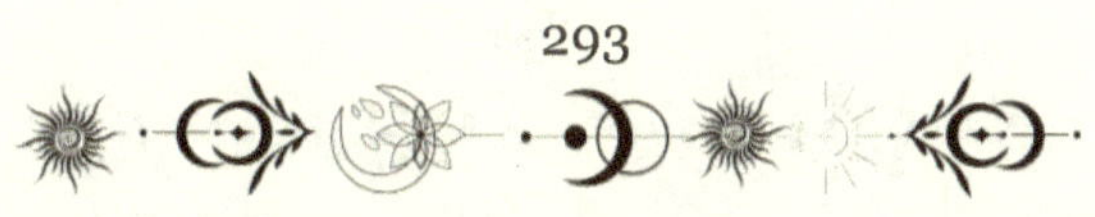

— u es loin de tout savoir sur moi, Tisha. Je veux te montrer ce que cela donne.

Il passa derrière moi et mit sa main sur ma nuque. Je pus de nouveau voir ma magie.

— Elle est bien plus fluide qu'hier, les vagues ne sont plus erratiques. Tu es sur la bonne voie, Tisha. Alors, vu que ce sont tes émotions qui te font perdre le contrôle, nous allons devoir travailler là-dessus : colère ou excitation ? me demanda-t-il.

— Quoi ?

— Tu préfères que je t'énerve ou que je t'allume ? chuchota-t-il à mon oreille.

Je vis une vague de pouvoir se soulever aussi sec, je détestai être aussi transparente.

— Quelle réaction ! Je crois que j'ai la réponse.

Il posa ses deux mains sur moi et les fit descendre le long de mon corps. Je frémis en le sentant s'appuyer contre moi. Les remous se déchaînaient.

— Un effort, Tisha. Le but c'est que tu te maîtrises, reprit-il.

Je respirai un grand coup et tentai de faire abstraction de ses mains qui me caressaient. J'arrivai à calmer la tempête jusqu'à ce qu'il me mordille le cou et qu'il me plaque contre lui.

— Pas très réussi, essaye encore !

Peut-être avais-je du mal à me contrôler, mais j'en connaissais un autre à qui ce petit jeu faisait de l'effet. Je décidai d'utiliser mes émotions pour l'éjecter, il s'envola littéralement contre le mur derrière moi, mais s'immobilisa avant de l'atteindre.

— Bien. On continue. Empêche-moi de revenir vers toi !

Je me focalisai sur lui, sans résultat. Il m'attrapa et me fit rouler par terre.

— Si tu ne m'arrêtes pas, je vais t'embrasser !

Monsieur s'amusait, et à mes dépens. Je n'aimais pas ça. Alors que sa bouche se rapprochait dangereusement de la mienne, un déclic se fit et il s'envola de nouveau loin de moi. Sans dommage, encore une fois, il arriva à freiner et à atterrir sur ses pieds.

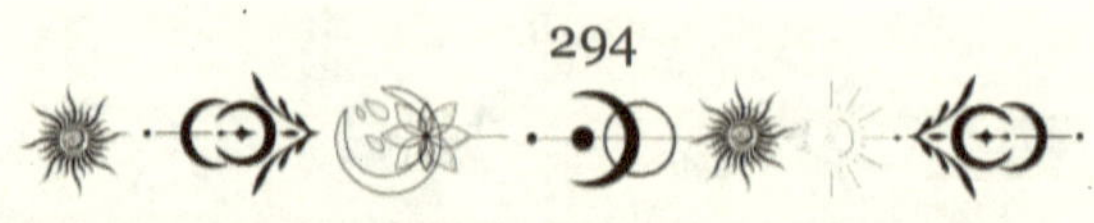

— Je croyais que tu ne volais pas ?

— Je t'ai juste dit que je ne me transformais pas en chauve-souris, répondit-il en souriant. Je ne vole pas, Tisha, je peux utiliser l'air qui m'entoure.

— Intéressant.

— On reprend !

Il fonça sur moi, mais cette fois je savais comment le repousser.

Chapitre 36

Mathias

Elle m'agaçait à me prendre pour un assoiffé de sexe. Comme tous les miens, j'avais eu ma période pendant laquelle j'avais privilégié la quantité à la qualité, mais c'était terminé. Je réintégrai le bureau afin d'avancer sur mes rapports. Pas de nouvelle de Mason concernant le docteur qui vivait avec Megan. J'avais espéré qu'il me trouve quelque chose d'intéressant plus vite.

J'avais de quoi m'occuper un bon moment, nous avions pris du retard avec Tisha sur place. Et Alexandra qui venait également, j'étais curieux de la rencontrer. Elle paraissait moins explosive que Tisha. Je contactai notre espion afin de connaître les dernières nouvelles du clan des métamorphes. Apparemment, j'avais sous-estimé le côté impulsif d'Alex au vu de ce qu'elle avait fait subir à sa demi-sœur. J'étais aussi surpris qu'elle laisse son James sur le carreau, ils semblaient tellement complémentaires tous les deux. Je travaillai encore pendant une heure avant de me décider à partir. Voiture ou moto ? Je choisis cette dernière afin de voir la réaction de la demoiselle, un petit comparatif avec sa sœur n'était pas pour me déplaire. J'ajoutai casque, blouson et gants dans le top case de la YZF, et me dirigeai vers l'aéroport. Je passai les contrôles avec la bécane et arrivai juste à temps pour l'atterrissage. Une belle brune descendit tranquillement de l'avion, les photos ne lui rendaient pas justice. J'observai les vagues de pouvoir qui tournoyaient autour d'elle, aussi colorées que celles de sa sœur. Je ressentis l'attraction, peut-être que Tisha avait raison finalement. Je la laissai approcher.

— Mathias, je suppose ? fit-elle en me tendant la main.

— Bien deviné, enchanté de vous rencontrer, Alexandra.

Une décharge me traversa quand je lui serrai la main.

— Électricité statique ?

— On va dire ça, lui répondis-je.

Son sourire en coin me fit comprendre qu'elle avait saisi l'allusion. Elle avait de l'humour, c'était déjà ça.

— J'ai pris la moto, cela vous convient-il ?

— J'adore ça, mais je pense que vous le saviez avant ? C'est celle que ma sœur a conduite ? fit-elle en s'approchant.

Je validai en hochant la tête.

— Belle machine, on doit pouvoir s'amuser avec elle.

— Je vous le confirme, nous en avons plusieurs au chalet, vous pourrez aussi en profiter.

— Merci Mathias. Nous y allons ?

J'ouvris le top case afin de lui donner son attirail et posai son sac à la place. Je m'installai et fis démarrer la moto. Elle l'enjamba sans hésiter et se colla contre moi.

— Prête ?

— Vous pouvez foncer. Et ne craignez pas de mettre de la musique, apparemment nous avons des goûts similaires, ajouta-t-elle un peu moqueuse.

— OK.

Elles se racontaient tout, ces deux-là, je me demandai jusqu'où étaient allées les confidences de Tisha. J'enquillai la première et quittai l'aéroport. J'accélérai rapidement, elle me suivit sans problème. On voyait bien qu'elle avait l'habitude d'en faire. Je décidai de faire un détour en bifurquant à Chorges en direction d'Espinasses, il y avait un peu plus de virages.

— Ça va toujours ? lui demandai-je.

— Parfait, vous avez fait un crochet, non ?

— En effet, je profite un brin de votre présence pour me faire une échappée à moto. Cela ne vous dérange pas trop ?

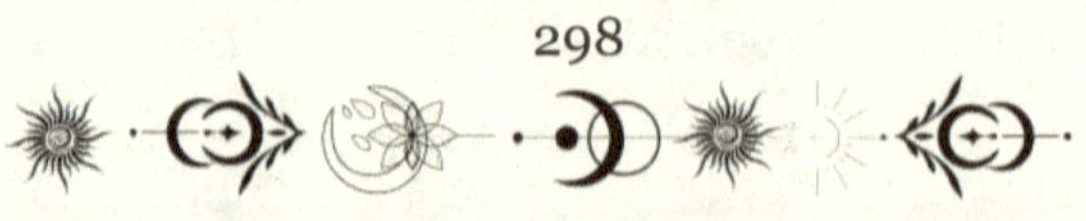

— La balade est sympa, on a tous besoin d'un peu de décompression de temps en temps. Tisha vous fait des misères ?

— Vous êtes proches n'est-ce pas ?

— Aussi proches que peuvent l'être deux sœurs, je suppose.

— Elle vous a parlé de moi ? Et de Lucius ?

— Oui et oui.

— Vous n'êtes pas très bavarde, fis-je un peu grognon.

— Je réponds aux questions que vous posez, pas à celles que vous n'osez pas me demander.

Alexandra 1 — Moi 0. Je venais de me prendre un joli retour. Je ris dans le casque, elle se tendit légèrement. Je décidai de laisser tomber les interrogations, je n'étais pas certain d'apprécier les répliques. J'accélérai encore plus et atteignis le chalet rapidement. Je me retournai vers elle alors qu'elle retirait son casque à côté de la moto, je vis Néphélia l'observer. Je lui sortis son sac et lui fit signe de me suivre, contrairement à sa sœur, son regard ne s'égara pas sur ma personne. Oserais-je dire que j'étais déçu ? Oui, sans aucune honte.

Je la laissai pénétrer dans le salon, une tornade me dépassa pour la saisir : Tisha. J'observai les deux sœurs s'embrasser, entourées d'un halo de magie multicolore : très beau spectacle !

Elles finirent par se rappeler mon existence et je me retrouvai sous le feu de deux paires d'yeux verts.

— Vous avez faim, mesdames ?

— Tu m'étonnes, je mangerais un bœuf, répondit Tisha. J'emmène Alex poser ses affaires et on revient tout de suite, Mathias.

— Pas de problème. Le grand chef est dans son antre ?

— Je pense que oui.

Elles s'éclipsèrent rapidement, je me dirigeai vers le bureau pour voir si Lucius souhaitait nous rejoindre. Je le trouvai concentré sur son ordinateur. Il leva la tête à mon approche.

— Tu l'as récupérée ?

— Sans souci, tu te joins à nous pour midi ?

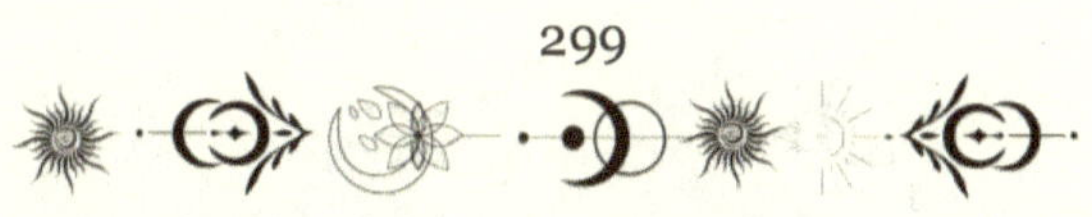

— Bien sûr, je suis curieux de faire sa connaissance.

— L'entraînement s'est bien déroulé avec Tisha ?

— C'est de mieux en mieux, elle arrive à me repousser sans perdre le contrôle, fit-il en souriant.

— Très bonne nouvelle, et vous deux ?

— Pas de « nous deux », nous sommes amis. Enfin, je crois. Elle a l'air de me faire confiance, c'est déjà ça.

Si Tisha arrivait à se maîtriser, Alexandra allait pouvoir apprendre avec elle. Tant mieux, j'aimais mieux ne pas avoir affaire à deux furies hors de contrôle !

— Néphélia m'a vu avec Alex, il faut faire passer le message sur le fait qu'elle est intouchable elle aussi.

— Tu as raison, je m'en occupe et je viens.

Je le laissai pour vérifier si les plats avaient été livrés. Tout était là, la table était mise, parfait ! J'entendis les deux jeunes femmes arriver avant de les voir, ça discutait sérieusement. Alex semblait détendue malgré sa prochaine rencontre avec Lucius. Je me rappelai le premier contact de Tisha avec lui, j'étais curieux de découvrir sa réaction. Je n'eus pas longtemps à attendre, Lucius se présenta. Elle marqua le coup à son entrée, elle respira plus vite, mais se reprit encore plus rapidement que Tisha. Ces femmes étaient incroyables.

— Enchanté de vous rencontrer enfin, Alexandra, vous avez fait bon voyage ?

— Calme, et la petite promenade à l'arrivée avec Mathias a été très sympa aussi. Merci de me recevoir et de vouloir m'aider.

Des coups d'œil furent échangés entre les deux sœurs, cela devait discuter ferme !

Elle est charmante, m'envoya Lucius.

Je suis d'accord, tu as vu sa magie ? Elle paraît plus ordonnée que Tisha.

Elle est celle qui se contrôle le mieux, son caractère est moins emporté que celui de notre amie.

— Alors Lucius, il semblerait que Tisha ait fait des progrès ce matin ?

— En effet, c'est prometteur. Je pense que vous n'aurez pas de difficultés à obtenir cette même maîtrise au vu de ce que j'observe.

— Et qu'observez-vous ?

— Votre magie, elle est bien moins erratique que celle de votre sœur. Je suis surpris que vous en ayez perdu le contrôle hier.

— Comment... ? Ah oui, Tisha m'a dit que vous connaissiez beaucoup de choses sur nous. Je n'ai pas perdu le contrôle à proprement parler, j'étais consciente de ce que je faisais quand j'ai remis Victoire à sa place. Au fait, elle te salue Tisha.

— Si tu savais, tu viens d'illuminer ma journée par cette seule information, répondit cette dernière avec emphase.

Je ris, elle ne la portait vraiment pas dans son cœur. Alex sourit.

— Elle a changé, tu verras.

— Vous n'avez pas perdu le contrôle ? Alors quel est le problème ? demanda mon ami.

— Mes émotions, mon empathie... Tout a disparu ! J'ai rejeté tout le monde, j'avais envie de tout casser, je me moquais de blesser les autres... Ce n'était plus moi !

— Ta sœur, pardon, votre sœur nous a fait le même coup, ajoutai-je.

— On peut se tutoyer, c'est plus simple ! Elle me l'a dit, en effet.

Je la vis frissonner. Visiblement, elle n'avait pas aimé ce qu'elle était devenue pendant ce bref instant. Tant mieux, il lui serait plus facile d'y remédier. Je les encourageai à passer à table, un buffet froid nous attendait. La conversation se poursuivit sur le même mode. On décortiqua les différentes étapes auxquelles elles avaient fait face, comment leurs pouvoirs s'étaient déclenchés, à quel moment elles avaient repris le contrôle... Globalement, leurs émotions étaient le catalyseur, la perte de maîtrise variait selon la circonstance.

Tisha regarda sa sœur :

— Vu que tu es là, nous pourrions en profiter cet après-midi pour rencontrer Philippe ?

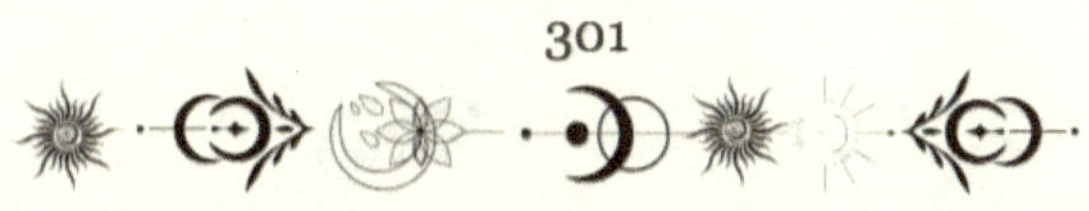

— Pourquoi pas ? Il sera plus en confiance si je suis avec toi.

— C'est qui ce Philippe ? demandai-je.

— L'Alpha de la meute d'Oura. J'ai des interrogations, répondit Tisha.

— Vous devriez peut-être attendre de mieux contrôler vos nouveaux pouvoirs, ajouta Lucius.

— Hors de question, j'ai un délai pour ma mission et il faut que cela avance.

Lucius sembla sur le point de contester, puis se reprit.

— Fais comme tu le penses, Tisha.

Notre amie ne releva pas, mais lui adressa un grand sourire.

Bravo, Lucius, bonne réaction !

Moque-toi ! Elles sont en danger toutes les deux…

Tu n'as qu'à les accompagner.

Elles ne voudront pas.

Qui sait ?

Lucius ne prononça plus un mot et finit par nous quitter, il avait un rendez-vous téléphonique. Les filles m'aidèrent à ranger. En même temps, Alex me posa des questions.

— Tu as donc plus de 500 ans ?

— Eh oui, je ne suis pas trop mal conservé pour mon âge, non ?

Elle prit le temps de me détailler, elle y mit une application qui me laissa rêveur.

— Je confirme, en effet. C'est le fait d'être un vampire ? Ou tu étais déjà comme ça avant ?

Tisha pouffa.

— On peut dire qu'avec ta sœur, vous faites la paire ! Le vampirisme ne te transforme pas à ce point, il gomme certaines imperfections et te permet de conserver ce que tu étais. Les années ne m'ont pas changé. Je n'ai pas grossi ni maigri, c'est tout !

— Donc tout ça, fit-elle en me montrant de sa main, c'était déjà toi ?

— Et tu ne vois pas tout, mais si tu le demandes gentiment…

Elle éclata de rire, je ne pus m'empêcher de la suivre.

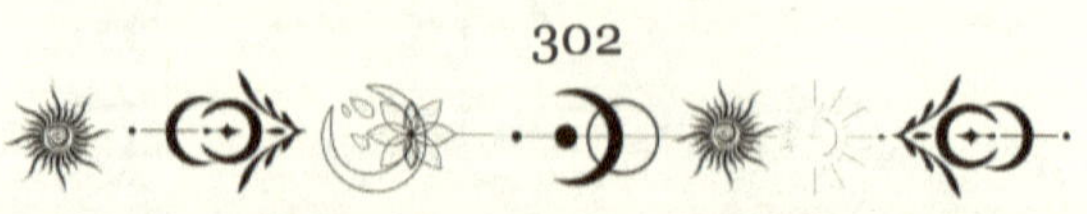

— Quelle proposition, je ne sais pas comment je fais pour y résister… finit-elle par avouer.

Ses yeux verts pétillaient, elle était vraiment très belle. Je surpris Tisha en train de me regarder.

— L'offre vaut aussi pour toi, Tisha, tu le sais.

— Monsieur est gourmand, répliqua-t-elle.

— Non, gourmet ! Mesdames, votre présence, bien que charmante, me distrait de mes obligations. Je vais devoir vous laisser. Si cela vous convient, nous vous proposons une sortie ce soir, dans un excellent restaurant de la région. Pourriez-vous être de retour pour un départ à 19 h 30 ?

— Ce sera un plaisir, Mathias, me rétorqua Alexandra.

Je commençais à trouver cette femme plus qu'intéressante. Je la regardai s'éloigner avec sa sœur, elle se retourna pour me faire un clin d'œil. Je savais déjà que nous allions devenir de bons amis.

Je rejoignis Lucius au bureau. Mason m'avait enfin répondu à propos du médecin. Il travaillait dans un laboratoire au nom d'un groupe : Cristal. Il avait 45 ans et aimait beaucoup les femmes. Je me demandai quelle était sa relation avec Megan. Je passai un coup de fil à mon geek préféré.

— C'est tout ce que tu as trouvé ?

— Bonjour à toi aussi Mathias. Oui, pour le moment. Il est louche ce mec, ses informations personnelles et professionnelles sont trop bien cachées. Je peux déjà te dire que ce n'est pas un mec lambda :

— Et ses liens avec la jeune Megan ?

— Rien sur le papier, bien que tu m'aies dit que la boîte aux lettres était au nom de monsieur et madame. Pas de mariage enregistré, pas de pacs. Elle n'a pas de compte bancaire, pas d'abonnement téléphonique, rien ! Cette fille est un fantôme !

— Continue de fouiller Mason, en particulier sur l'homme, et son employeur.

— C'était prévu, je te tiens au courant.

— Merci Mason.

Je contactai Alaric et mis le haut-parleur afin que Lucius suive la conversation.

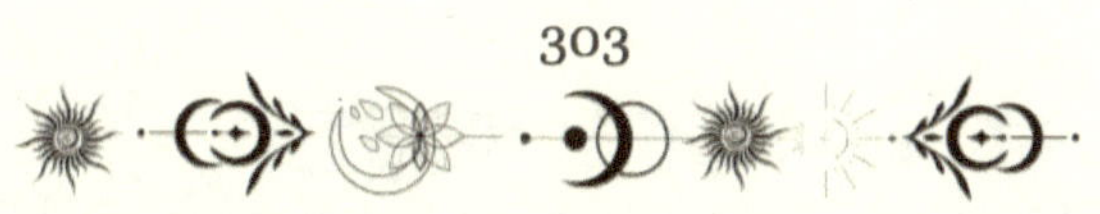

— Salut frangin !

— Salut, Alaric, je suis avec Lucius. Tu as des nouvelles ?

— Un peu. D'après une femme, la seule qu'elle pourrait considérer comme une amie d'ailleurs, elle se serait enfuie il y a deux jours. Je n'ai pas encore tous les détails, car elle n'était pas très bavarde sur sa vie privée, mais son mari l'aurait frappée une fois de trop.

— Pardon ?

— Oui, j'ai très envie de le retrouver pour lui apprendre la vie, mais bref, celle que nous cherchons serait une femme battue.

— Des idées sur sa destination ?

— Aucune ! Son amie lui a donné tout le liquide qu'elle avait. C'est tout ce que je sais.

— Merde ! Comment tracer quelqu'un sans téléphone et sans carte bleue ?

— Nous devrons solliciter l'aide des filles, dit Lucius. Elles seules peuvent la retrouver.

— Et leur annoncer aussi que leur petite sœur se faisait tabasser par son soi-disant mari ? Avec le peu de maîtrise qu'elles ont, nous allons au-devant d'un tsunami !

— Pourquoi soi-disant, Mathias ? me demanda Alaric.

— Il n'y a aucune trace d'un mariage ou d'un PACS avec ce docteur Villera. Mason continue les recherches. Notre avis est que ce médecin est louche, ses informations personnelles sont trop bien dissimulées.

— Peut-être devrai-je m'occuper de lui ? Il pourrait me donner des indications sur Megan.

— C'est une bonne idée, Alaric. Fais le nécessaire. Nous allons devoir en parler avec ses sœurs ce soir. On se fait un point demain matin, ajouta Lucius.

Je mis fin à la conversation, Megan, une femme battue, je n'en revenais pas.

— Elle ne devait pas avoir ses pouvoirs, ce n'est pas possible autrement. Elle l'aurait éliminé en deux secondes sinon.

— Tu penses à ce Villera ? Oui, je suis d'accord avec toi. Ça amène encore plus de risques, si elle n'a jamais su maîtriser sa magie, comment peut-elle faire, avec ce qui

vient de lui tomber dessus ? Il devient d'autant plus important de la retrouver.

– Appelons-nous les filles pour leur en parler tout de suite ?

– Non ! Laissons-les continuer leur mission. Nous verrons ce soir.

Chapitre 37

Alexandra

J'avais observé le comportement de ma sœur avec ses deux nouveaux amis, cela avait été instructif.

— Les deux te plaisent ! Avec une certaine préférence pour Lucius, il me semble.

Nous étions dans sa chambre, elle se changeait pour qu'on parte à moto. Elle me jeta un coup d'œil par-dessus son épaule et se retourna complètement.

— Tu trouves ça anormal ?

Elle se laissa choir sur le lit et tomba le masque, elle était fatiguée. Tout ce qui nous était arrivé depuis quelques jours l'avait énormément impactée, comme moi.

— Non, hormis leur physique que je n'évoquerai même pas, ils sont très attentifs à ton bien-être. Je n'ai pas encore eu l'occasion de mieux cerner le grand roi, mais Mathias me plait beaucoup.

Elle sourit à ma phrase, je me doutais déjà de ce qu'elle allait me dire.

— Il te plait beaucoup, hein ? À quel point ? Tu te dévergondes ?

— Il a de l'humour, il te met à l'aise. Si je n'étais pas avec James, peut-être, oui. Mais là, je le vois plus en ami. Ça a immédiatement collé avec lui, je ne saurais pas t'expliquer pourquoi...

— J'ai encore du mal à le cerner. Il se positionne le plus souvent en ami, il a tout de suite senti que quelque chose n'allait pas après ma petite séance de questions. Et puis, d'autres fois, cela m'écrase. Il me regarde différemment, avec ce besoin dans les yeux et je ne sais plus comment réagir.

Elle finit de mettre ses chaussures.

— Bon, ce n'est pas le moment ! Allons donc interroger ton beau gosse.

Je levai les yeux au ciel, inutile de lui signifier que ce n'était pas mon beau gosse, elle le faisait pour m'agacer. Je la suivis à l'extérieur, les deux motos nous attendaient. Je sentis de nombreux regards peser sur nous, tout en ne voyant personne aux alentours. J'échangeai cette impression avec Tisha qui me dit de laisser filer. Je m'équipai et montai sur la bécane. Je la mis en route, j'adorai le bruit du moteur. J'avançai, Tisha sur mes talons, demeurant concentrée sur mon environnement. L'atmosphère était menaçante, je préférais rester sur mes gardes. Nous arrivâmes à la maison fantôme sans intervention de qui que ce soit, j'accélérai sitôt passé le coin de la rue. Le trajet dura moins d'une heure, on en profita pour s'amuser un peu avec Tisha, se tirant la bourre par moment. Nous n'avions jamais eu l'occasion de réaliser des missions ensemble et être avec elle me ravissait.

Parvenues devant le camp de la meute d'Oura, nous nous fîmes connaître. La surveillance avait augmenté depuis ma dernière visite. J'avançai au ralenti vers la place centrale, le casque posé sur le réservoir. L'atmosphère avait changé aussi, je vis des visages souriants, des enfants courir autour de moi. Philippe devait être le responsable de tout ça, notre père avait bien choisi. Je me garai, Tisha se fixa à côté de moi. Il arriva le sourire aux lèvres, il semblait heureux de me retrouver.

— Alexandra, quel plaisir de vous trouver ici !

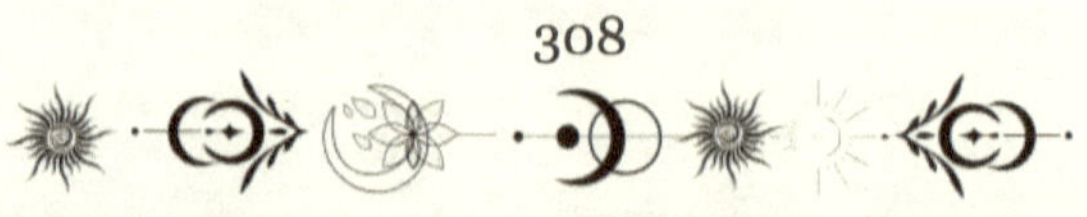

Il s'avança pour me faire la bise. Surprise, je le laissai faire. Il me fit un clin d'œil et se tourna vers ma sœur.

— Enchanté mademoiselle, je suis Philippe, l'alpha de la meute d'Oura.

Tisha se pencha et lui fit la bise, malicieuse.

Je saisis mieux pourquoi tu lui as filé ton 06, Isa n'avait pas tort !

Je ne répondis pas et la lui présentai comme ma sœur. Il comprit qu'elle faisait partie des *Guardians*, je ne le détrompai pas.

— Vous n'avez pas votre équipe avec vous aujourd'hui, j'avoue que je préfère. Et votre amie vampire ?

— En pleine mission pour le moment, je vais la retrouver d'ici peu. J'accompagne Tisha, car elle a des questions à vous poser. Pourrions-nous trouver un endroit au calme afin de discuter ?

— Mais bien sûr, suivez-moi.

Il nous conduisit à la salle du conseil, à quelques mètres. Chaque meute en était équipée, c'était le lieu où toutes les décisions étaient prises et entérinées. Pour la meute d'Oura, il s'agissait d'une grande maison pourvue d'une vaste pièce. À droite de celle-ci, plusieurs pièces étaient ouvertes, des bureaux au vu des ordinateurs présents. Il nous emmena encore un peu plus loin, nous passâmes devant une kitchenette.

— Un café, ou une boisson fraîche peut-être, nous proposa-t-il.

J'acceptai la boisson fraîche, Tisha fit de même. Ainsi équipées, il nous fit entrer dans ce que je compris être son bureau. Il fit le tour et nous suggéra de nous asseoir.

— Alors, qu'est-ce qui vous amène à Châteauroux ?

— Je suis à la recherche d'un homme, un des vôtres, sur les ordres de notre roi, dit Tisha.

— Adrien, je suppose ?

— Vous supposez bien. Différentes sources l'auraient localisé dans les environs, au vu des récents évènements avec Régis, je me suis demandé si tout cela était dû au hasard.

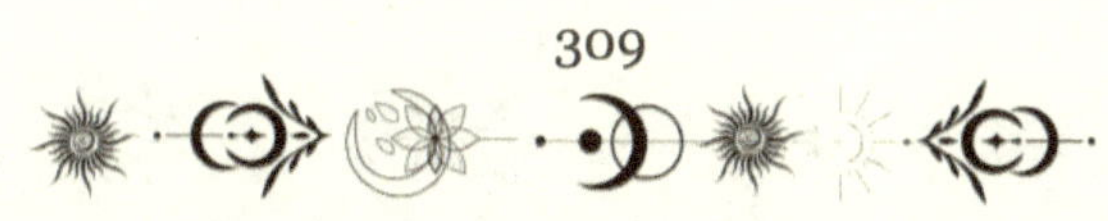

Philippe fronça les sourcils. Forcément, pour lui Adrien était un traître, alors lui être associé, ce n'était pas bon du tout.

— Je ne cache pas de renégat ici, mais vous êtes libres de fouiller le village si vous le souhaitez.

Elle me l'avait énervé, pas diplomate pour un sou, ma sœur.

— Ne vous agacez pas Philippe, Tisha ne pense pas que vous le cachiez. Nous avons besoin de vos informations. Vous a-t-on rapporté des évènements étranges ? Avez-vous vu de nouvelles personnes dans le coin ? C'est plus ça qui nous intéresse.

— Je ne vous connaissais pas ce talent de négociatrice, Alexandra. Notre première rencontre a été plus… expéditive, je dirais. Je n'ai rien vu ou entendu, mais je peux interroger les miens ? Certains bougent à cause de leur travail… Toujours à plusieurs, Alex, nous suivons les consignes, ajouta-t-il pensant que j'allais le reprendre.

Je lui souris et bus un peu de mon thé glacé.

— Pourriez-vous avoir un retour rapide ? Nous n'avons pas tout l'après-midi !

Je levai les yeux au ciel, Tisha dans toute sa splendeur. Philippe rit et dit qu'il s'en occupait de suite. Le silence se fit pendant quelques minutes, il contactait chaque membre de sa meute afin de leur poser la question.

— Voilà chère Tisha, nous n'avons plus qu'à patienter un peu. Puis-je vous suggérer de visiter le village en attendant ?

— Pourquoi pas ?

Nous nous levâmes à sa suite. Il me proposa son bras que j'acceptai. J'aimais les manières de Philippe, très galant. Il me fit penser à Claire, elle serait bien avec un homme comme lui. Il prendrait soin d'elle.

— Vous semblez loin ?

— Oh ! Désolé Philippe, je songeais à une de mes amies.

— À quel sujet ?

J'étais un peu gênée, je me voyais mal lui annoncer de but en blanc que je voulais le caser avec Claire. Cela

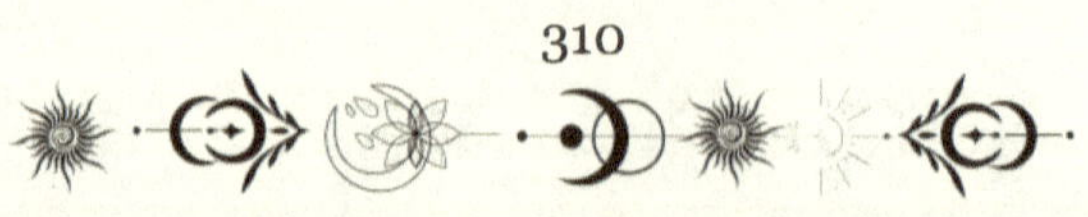

n'embarrassa pas Tisha, avec qui j'avais échangé le fil de mes réflexions, de le faire.

— Elle pense que vous seriez parfait pour elle. Je rejoins ton avis, Alex. Par contre, Philippe, que dites-vous des femmes qui travaillent ?

— Que du bien, si c'est ce qu'elles désirent. Vous êtes bizarres toutes les deux. Vous voulez me caser, Alex ? Je suis peut-être déjà en couple ?

— J'espère pour vous que non, vu votre façon de contempler ma sœur, lui envoya Tisha.

— Je plaide coupable. D'un autre côté, je ne fais que regarder. Mais oui, en effet, je suis célibataire en ce moment. Avec mes nouvelles responsabilités, je n'ai plus de temps pour autre chose. Intéressée Alex ?

— Je suis en couple, donc, non merci.

— Tant pis pour moi.

— Parlez-moi un peu de ce que vous avez mis en place depuis que vous êtes le chef. L'atmosphère a changé depuis ma dernière venue, quoi que vous ayez fait, ça rend les gens heureux.

Je vis son regard pétiller de joie.

— Vous ne savez pas le bonheur que vous me faites en me disant cela.

Il enchaîna sur les règles qu'il avait abolies. Régis estimait que 50 % de ce que les ours gagnaient devait lui être versé. Il était donc difficile de vivre avec seulement les 50 % restants. Il avait réduit ce montant à 10 %. De plus, Régis avait un droit de cuissage sur les femmes du clan. Je n'en revenais pas que personne ne lui soit tombé dessus plus tôt.

— Nous avons essayé, mais certains profitaient de cet avantage. Nous ne pouvions pas défier Régis en combat singulier sans devoir nous battre contre 6 ou 7 de ses gars avant. Arrivés à lui, nous n'étions plus en état.

— Pourquoi ne pas avoir saisi le conseil ? Le roi vous aurait donné raison !

— Pas de téléphone portable avant que je ne les distribue. Tout passait par lui, il contrôlait les communications, sans compter les menaces sur nos proches.

— Je suis heureuse que nous soyons intervenus.

— Et moi donc !

— Quand avez-vous programmé les élections ?

— Elles n'auront pas lieu. Ils m'ont tous reconnu comme leur alpha le lendemain de votre venue.

Tisha lui jeta un regard suspicieux.

— Et qui nous dit qu'ils ne l'ont pas fait sous la contrainte ? demanda-t-elle.

— Posez-leur la question, vous verrez bien, lui répondit-il du tac au tac. De plus, j'ai fait noter les coordonnées du conseil des métamorphes dans chaque habitation. Ils sont libres de les contacter. Je ne suis pas un dictateur. Je veux juste que les miens soient heureux.

— Et cela se ressent, Philippe. Vous êtes un bon alpha, lui confirmai-je en plaçant ma main sur son bras.

Il l'attrapa et la baisa, très distingué.

— Vous nous avez sauvés avec les *Guardians*, vous serez toujours accueillis en amis ici.

Je le remerciai, un peu confuse.

Tu sais comment te faire des amis, toi !

Ce n'était qu'une mission, mais je suis enchantée du résultat final.

Tu ne trouves pas cela inquiétant que ce type de despotisme puisse avoir lieu au nez et à la barbe de notre père ?

Si, et nous lui en toucherons deux mots. Il faudrait faire des contrôles.

Je valide !

Après une heure de balade, pendant laquelle nous avions pu échanger avec certains membres, nous regagnâmes son bureau.

— Un des miens a des informations à vous communiquer. Il ne sait pas si c'est pertinent, mais il arrive.

J'espérais que nous allions pouvoir avancer. J'étais inquiète pour Adrien. La potion faisait-elle encore effet ?

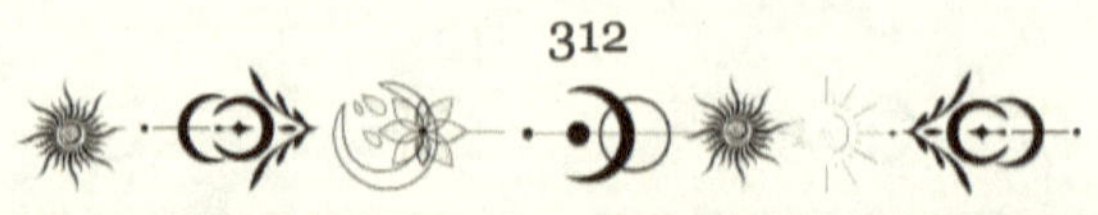

Ce fut un tout jeune garçon qui vint, un peu intimidé par notre présence.

— Je vous présente Zaz, un de nos adolescents de 16 ans. Alors, jeune homme, qu'as-tu donc à raconter à nos deux amies ?

— Bonjour, mesdames, vous cherchez un cougar c'est ça ?

— Tout à fait, un cougar, 1m90, cheveux bruns tirant sur le roux, yeux verts, baraqué. Tu as vu cet homme ?

Tisha lui sortit la photo d'Adrien. Le garçon hocha rapidement la tête.

— Très bien, où ? lui demandai-je.

— À Avançon, pas très loin. J'y suis allé lundi pour m'amuser avec Chris, un copain. Maman m'a emmené. L'après-midi, on s'est promené dans le village et je l'ai croisé. Il y avait deux hommes avec lui, des lions. Je les ai remarqués parce que nous ne voyons jamais ce type de garous dans le coin.

C'était en effet très étonnant. D'après ce que je savais, seulement une dizaine de lions vivaient en France. Et certainement pas près des Alpes.

— Merci beaucoup pour ton aide. Par contre, comment se fait-il que tu te sois promené sans adulte pour t'accompagner ?

Le garçon baissa les yeux, pris en flagrant délit de désobéissance.

— Je laisse ton alpha gérer ça. Il faut que tu comprennes Zaz : tant que nous n'aurons pas mis la main sur ceux qui enlèvent les nôtres, vous êtes en danger. Vous devez respecter les règles, même si elles vous ennuient. Ce n'est que temporaire.

— Je sais me défendre !

Il était mignon, avec ses yeux d'ours en train de me regarder, fâché que l'on doute de sa force.

— Es-tu aussi fort que Philippe, ton Alpha ? demanda Tisha.

— Ben non, pas encore, lui répondit-il. Mais je peux battre des humains très facilement.

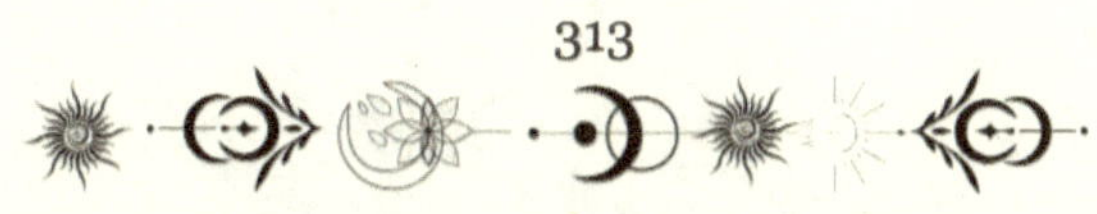

— Des métamorphes adultes comme ton alpha ont été enlevés et retenus pendant des semaines avant que nous les libérions. Je sais que tu es costaud, et que tu vas l'être bien plus dans quelques années, mais il faut dans l'immédiat que tu restes sous la protection des grandes personnes.

— Nous en discuterons plus tard Zaz, merci pour ton aide, dit Philippe.

Je regardai ce petit bout d'homme sortir, il se tenait bien droit malgré la sanction qui allait certainement tomber.

— Il promet ! lui dis-je.

— Ne m'en parlez pas, mais c'est un bon gars.

— Cela se voit. Merci, Philippe, pour votre assistance. Nous avons une nouvelle piste.

— Pouvez-vous ne pas laisser s'ébruiter l'information ? Nous voudrions découvrir avec qui il est, avant d'intervenir, ajouta Tisha.

Bel effort de diplomatie.

— Pas de problèmes, mesdames. Je comprends.

Il nous raccompagna jusqu'à nos motos. Juste avant que je n'enfile mon casque, il me glissa.

— Si jamais votre statut évolue en célibataire, n'hésitez pas à venir me voir...

— Et si je ne le deviens pas ?

— Vous serez toujours la bienvenue Alex, vous et tous vos amis.

Je l'embrassai sur la joue et finis de me protéger. Après un dernier salut, je suivis Tisha qui avait déjà mis les gaz.

Chapitre 38

Victoire

Alexandra m'avait ouvert les yeux. Comment avais-je pu les croire plus heureuses que moi ? Et cette peine, ce manque qu'elle ressentait depuis l'enlèvement de Megan. On l'avait littéralement amputée d'une partie de son cœur, c'était à hurler. Notre discussion m'avait fait du bien. J'allais certainement devoir ramer avec Tisha, Alex pardonnait plus facilement. En attendant, il fallait que je remplisse mes nouvelles fonctions. Je me dirigeai donc vers la tente de contrôle afin d'employer mes compétences au service des *Guardians*. J'étais agitée et un peu mal à l'aise. Ils étaient tous proches de mes demi-sœurs et surtout, mon comportement passé pouvait me les avoir mis à dos.

En entrant, j'aperçus immédiatement Gabriel. Et Isabella juste à côté de lui. Elle, elle me foutait les jetons.

— Mais qui donc nous honore de sa présence ? lança-t-elle, ironique.

OK, j'allais devoir faire mes preuves, je m'en doutais. Mais il ne fallait pas me prendre pour un paillasson non plus !

— J'arrive pour vous aider, vampirette. Anthony ne vous a rien dit ?

— Je vais t'apprendre…

— Tu tombes bien Victoire. Il paraît que tu es douée en compta. Je ne parviens pas à trouver la faille, viens me voir, la coupa Gabriel.

Isabella fit la grimace, mais resta silencieuse. Gabriel m'établit près d'un ordinateur et me montra les relevés qu'ils avaient pu récupérer.

— Ça, c'est la société Cristal. Nous cherchons un lien avec le groupe extrémiste Pur'humanité. Ce sont ceux qui retenaient les nôtres et qui les ont torturés. Je ne mets pas la main sur leur flux financier, tu peux essayer ?

— Bien sûr. Je m'installe ici ?

— Oui, je te laisse la place. Merci pour ton aide Victoire.

— Je t'en prie, je suis heureuse de me rendre utile.

Gabriel s'éloigna vers un autre bureau, je sentais le regard de la vampire qui ne me lâchait pas. Je décidai de ne pas en tenir compte et me lançai dans mes recherches. Je relevai la tête au son de la voix de Raphaël. Il avait l'air épuisé. À la discussion qu'il avait avec Anthony, je compris qu'il avait dû retourner interroger les prisonniers. Il finit par me voir et sembla étonné, Anthony lui glissa quelques mots à l'oreille ; une lueur de compréhension apparut dans ses yeux. Il s'approcha, sourire aux lèvres.

— Quelle belle surprise de te retrouver ici.

Il était automatiquement passé au tutoiement, cela devait être le fait que je sois dans son monde. Il s'assit sur le bord de mon bureau.

— C'est gentil de dire ça. Tu vas bien ? Tu as une sale tête.

— Merci pour le compliment, les interrogatoires ne sont pas ce que je préfère. Même si les potions de nos Euménides me permettent d'éviter le côté boucherie, il n'est pas agréable de voir des hommes se tordre de douleur, parce qu'ils ne veulent pas répondre.

— Vu ce qu'ils ont fait, tu serais en droit de trouver cela normal, la loi du talion !

— Oui, ils mériteraient bien pire… Alors, as-tu découvert quelque chose ?

— Non, pas encore. Mais cela ne fait que…

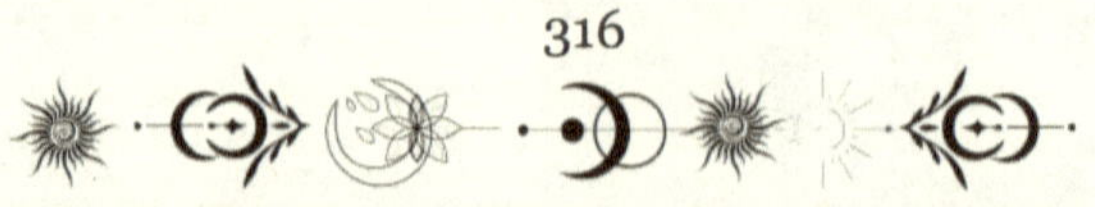

Je consultai l'heure et me rendis compte qu'il était déjà 14 h.

— Mince !

— Eh oui, on ne voit pas le temps passer quand on s'amuse. Tu as mangé ?

— Non, je vais aller me chercher un sandwich à la cuisine.

— Je peux t'accompagner ? Je n'ai pas déjeuné non plus.

— Avec plaisir.

Il se leva et me laissa avancer devant lui. Je sentis sa main entre mes omoplates, je ne pus retenir un frisson.

— Tu as froid ? Tu n'aurais pas dû rester sans bouger aussi longtemps.

Je préférai ne pas le contredire.

— Tu vas bien ? Je veux dire après ce qui s'est passé avec Alex...

Il était gêné, vraiment trop gentil cet homme.

— Je vais bien. J'ai eu du mal à encaisser ce qu'elle m'a montré, mais ça a le mérite de m'avoir remis les pendules à l'heure.

— Ah bon ?

— Oui, je ne me suis jamais réellement intéressée à leurs vies. Je peux te dire une chose, je préfère la mienne à la leur ! J'ai pu aussi discuter avec Alex, je me suis excusée. Tu seras heureux d'apprendre que notre relation démarre sous de meilleurs auspices.

— Je suis content que tu n'aies rien. Et enchanté que tu développes de nouveaux liens avec ta famille. Quand tout va réellement mal dans ta vie, les seules personnes auxquelles tu peux te raccrocher ce sont eux et tes vrais amis.

Nous n'arrivâmes pas jusqu'à la cuisine, madame Bragon nous intercepta avant.

— Je n'ai pas vu mademoiselle dans la salle à manger ce midi, souhaiteriez-vous vous restaurer maintenant ?

— Merci, madame Bragon, nous allions nous faire un sandwich en cuisine.

— Pardon mademoiselle ? Je vais vous faire apporter des en-cas dans la salle à manger. À moins que vous ne préfériez la terrasse sud ? Il fait encore bon, vous devriez profiter du soleil tant que nous en avons.

— C'est une excellente idée, madame Bragon, pouvez-vous en ajouter aussi pour moi ? Je n'ai pas vu le temps passer, moi non plus.

— Mais bien sûr monsieur Raphaël, avec grand plaisir. Allez vous installer, je m'occupe de tout.

Je n'avais pas pu placer un mot. Normalement, j'aurais pesté, je détestais que l'on prenne des décisions sans me consulter, mais c'est vrai que profiter du soleil en mangeant serait agréable.

— Pas de reproches ?

— Et pourquoi devrais-je t'en faire ?

— Une idée, comme ça. Je t'ai forcé la main.

Je m'esclaffai.

— Tu penses réellement que tu pourrais me faire faire quelque chose que je ne voudrais pas ?

— ... Tu as raison, je suis un peu présomptueux sur le coup. Donc tu avais envie de déjeuner avec moi ?

— Pourquoi pas ? Tu n'es pas désagréable à regarder, tu te comportes comme un gentleman, tu as de l'humour... J'aurais pu tomber sur bien pire !

— Ah oui, tout ça. Je me sens valorisé comme jamais, rétorqua-t-il en riant.

J'étais bien avec lui. Le fait que je sois mieux dans ma peau y était aussi pour beaucoup. Je ne cherchai pas à l'intimider ou à me faire passer pour quelqu'un d'autre, il était temps que les gens apprennent à me connaître telle que j'étais réellement. Et si cela ne plaisait pas à certains, tant pis. Il rit à mes blagues, me questionna sur mes attentes. C'est quand je lui parlai des arts martiaux qu'il me proposa son aide.

— Tu penses que mon frère serait d'accord ?

— J'entraîne des aspirants *Guardians*, je peux bien m'occuper de toi aussi. Enfin, le temps où je serai là.

C'est vrai, il allait finir par repartir. Il fallait que je le garde en tête sous peine de trop m'attacher.

— Je demanderai à Anthony. Nous y retournons ?

— C'est parti.

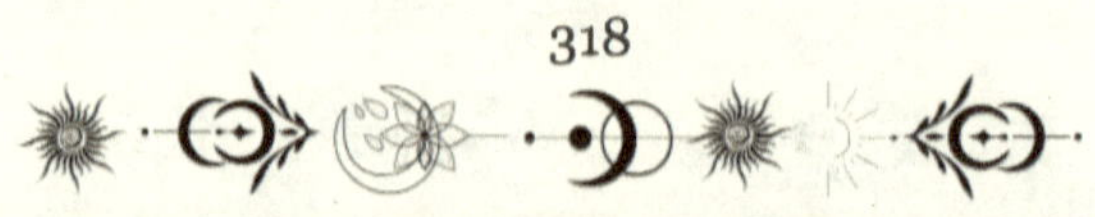

Je réintégrai mon bureau et repris le travail. Ils savaient y faire pour brouiller les pistes, mais j'allais trouver. C'est seulement une heure plus tard que je mis le doigt sur ce qui pêchait. Ils étaient malins, ils effectuaient des dons à une association, qui elle-même finançait le groupuscule. Ces salopards pouvaient même faire des déductions d'impôts !

J'en parlai immédiatement à Gabriel.

— Super ! Maintenant, nous pouvons engager des procédures plus agressives. Peux-tu voir quelles autres entreprises bénéficient des cadeaux de cette association ?

— Bien sûr, je te cherche ça.

Je continuai sur ma lancée jusqu'à 18 h, le moment où Anthony me dit qu'il était temps que je m'arrête. J'avais déjà quelques noms, mais il fallait que je vérifie à quoi cela correspondait. C'était passionnant. Je profitai de ce qu'Anthony était là, pour lui parler de la proposition de Raphaël de m'entraîner.

— Pourquoi pas, tu as l'air à l'aise avec lui. Par contre, tu n'as pas choisi le plus facile. Il est réputé pour ne pas faire de cadeaux aux aspirants.

— Je ne veux pas qu'il m'en fasse, je veux apprendre.

— Alors c'est parfait ! On se voit pour le dîner ?

Je validai de la tête et partis me doucher. Patricia devait me rejoindre ce soir, elle désirait que je lui raconte comment s'était déroulé mon premier jour. Elle me retrouva dans ma chambre alors que je m'habillai. Pas besoin de me mettre en frais, nous étions entre nous.

— Alors ? Cette première journée ?

— Super ! J'ai pu travailler sur les comptes d'une société-écran. Très intéressant.

— Et j'imagine que tu ne peux pas m'en dire plus ?

— Non, désolée Patou, mais c'est confidentiel.

— Je comprends. Ce n'est pas grave, me dit-elle en souriant.

— Par contre, je peux te dire que je vais commencer mon entraînement aux arts martiaux.

— Oh ! Anthony t'a déjà trouvé un professeur ?

— Non, Raphaël s'est proposé.

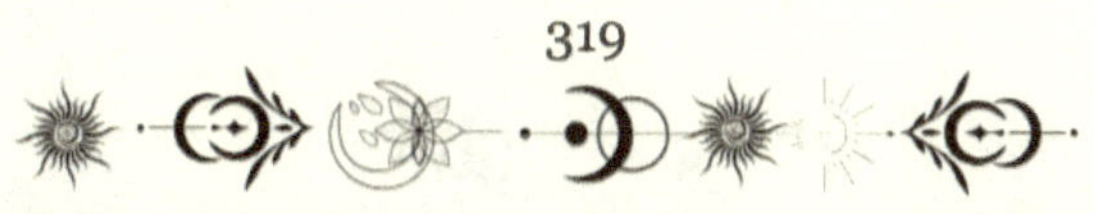

— Tiens donc, le beau Raphaël. Étrange... Hum, tu vas pratiquer le corps à corps avec lui, ça va être chaud !

Je la poussai sur le lit pour la faire taire et l'assommai avec les coussins.

— Tant que ça ! Dis donc, il te fait de l'effet celui-là, pour que tu me tombes dessus.

Elle réussit à me chatouiller à la taille, j'étais foutue. Je sautai du lit pour arrêter la torture, je ne les supportais pas.

— J'ai gagné !

Patricia fit le tour de la chambre, les bras en l'air en signe de victoire. Je la regardai faire en riant. Je finis de me préparer en vitesse : body légèrement échancré, jean slim, basket en toile, j'étais parée. Anthony et Louis étaient déjà à l'apéritif quand nous arrivâmes. La physionomie de Pat changea, avait-elle un souci avec un de mes deux frères ?

Alors que Louis était parti nous chercher deux verres de chardonnay, Anthony questionna mon amie sur sa vie. Elle était entre deux jobs en ce moment, elle avait envie d'autre chose, mais elle ne savait pas encore quoi.

— Tu as des passions, j'imagine, lui demanda-t-il.

— La cause des femmes m'interpelle. D'ailleurs, pourquoi n'y en a-t-il pas au conseil ? attaqua-t-elle.

Mon frère eut un mouvement de recul, puis lui sourit.

— Tu as raison, ce serait une bonne idée. Une fois que tout se sera calmé, nous pourrions en discuter.

— Pourquoi attendre ? Vous avez aussi interrompu toutes les autres actions en cours depuis les enlèvements ? s'énerva-t-elle.

— Euh, non. Mais tu dois bien te douter que cela ne fait pas partie de nos priorités...

— OK donc si je comprends bien, 50 % de ton peuple ne t'intéresse pas ? Et si nous nous mettions à refuser de faire quoi que ce soit pour vous, les hommes. Deviendrions-nous une de tes priorités ?

Patricia était lancée, Anthony allait passer un sale quart d'heure. Mon frère l'observait, je détectai une lueur de curiosité dans son regard et peut-être aussi du désir... Amusant !

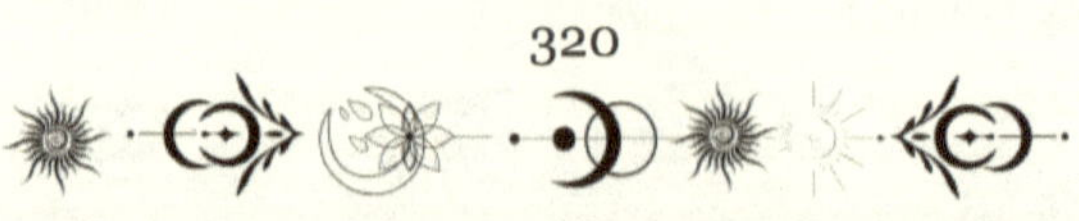

— Je ne pense pas qu'il faudrait aller jusque-là, Patricia. En plus, je ne suis pas certain que toutes les femmes te suivraient.

— Non, c'est sûr ! Après tout, nous sommes sous contrôle depuis des siècles. Même les humains sont plus avancés sur ce sujet que nous. Je connais tellement de métamorphes cantonnées dans les rôles que des hommes leur ont assignés, c'est à hurler. Je pensais que tu valais mieux que ça, Anthony. J'espérais que tu aurais à cœur de faire évoluer les mœurs.

Elle le planta sur ces derniers mots, attrapa le verre que Louis était en train de rapporter et s'éloigna vers les *Guardians*.

— Mais qu'est-ce que j'ai fait ? me demanda-t-il, penaud.

— Tu es sérieux ? La cause des femmes n'est pas une de tes priorités ? On ne dirait pas que tu as des sœurs. Il serait peut-être temps de rentrer dans le XXIe siècle !

Je rejoignis mon amie, tout en ayant aussi saisi ma boisson au passage. J'entendis Anthony prendre Louis à témoin en traitant toutes les femmes de furies.

— Ton frère m'agace !

— Ça ne s'est absolument pas vu, fis-je moqueuse.

— Non, mais tu te rends compte ? Pas une priorité. Je lui en foutrais des priorités.

— Tu sais que tu as eu une très bonne idée, il est en effet temps que nous fassions bouger les choses.

— Comment veux-tu faire ?

— Il faut que nous communiquions plus, que nous soyons entendues. Tous les métamorphes ne sont pas de gros machos maniaques du contrôle. Certains ont envie que les femmes aient leur place dans notre société. Il serait temps que je joue mon rôle, vous aviez raison.

— Génial, j'ai plein d'idées !

Je passai le reste de la soirée à discuter avec elle de nos options, aidée par quelques *Guardians*.

Chapitre 39

Adrien

J'avais complètement perdu la notion du temps. J'étais toujours au même endroit, mais je n'étais plus seul. J'entendais des voix, non loin de moi. Ils avaient encore dû faire des prisonniers. J'essayais de me concentrer sur eux, mais le son n'était pas assez puissant. La porte s'ouvrit brusquement, je sursautai.

— Te voilà réveillé, mon petit cougar. Parfait, nous allons pouvoir nous amuser tous les deux.

Ce mec était pourtant des nôtres, c'était un métamorphe.

— Pourquoi ?

— Pourquoi quoi, mon pote ? Pourquoi tu es là ? Tu as voulu faire tomber la reine, tu payes ton erreur.

— Qui ? Qui est-elle ?

J'avais la gorge sèche, ils ne m'avaient plus laissé boire depuis un moment.

— Ah, tu aimerais le savoir ? Mais ça ne te servira à rien, tu ne sortiras pas vivant d'ici. Des discussions sont en cours et je pense ne pas trop m'avancer si je te dis que ton sort est scellé. On va bientôt me donner le feu vert pour t'éliminer.

Il attrapa sa lame en argent et commença à me découper le muscle de la cuisse.

— Je vais encore m'amuser avec toi un petit moment, j'adore ça. Tu avais peut-être déjà remarqué ? Vu que tu ne te régénères plus, tu succomberas à tes blessures. Saleté de *Guardian*, tu te crois toujours aussi supérieur aux autres maintenant ?

Je ne me fatiguai pas à lui répondre, je glissai peu à peu dans l'inconscience.

— Hors de question que tu t'endormes !

Ma tête partit sous le coup de sa gifle, un craquement se fit entendre juste après. Je hurlai de douleur, il venait de me casser la jambe une nouvelle fois. Il y avait des limites à ce que je pouvais endurer. Mon cougar ne répondait plus, épuisé de devoir sans cesse me soigner.

— Putain, mais tu es un vrai timbré !

Un autre homme était entré dans la pièce en interpellant mon bourreau.

— Elle te demande au téléphone. Je t'avertis, elle n'est pas de bonne humeur.

— Quelle chieuse ! Si elle n'était pas si proche de la couronne, je me ferais un plaisir de l'éliminer !

— Comme si tu avais une chance. Elle ne ferait qu'une bouchée de toi avec les pouvoirs qu'elle a.

Mon tortionnaire ne répondit pas et attrapa le téléphone. Il s'éloigna. L'autre homme me regarda, de la pitié dans les yeux. Il jeta un coup d'œil autour de lui, empoigna la bouteille qui traînait et me soutint la tête afin que je puisse boire.

— Désolé mon gars, je ne peux pas faire mieux.

— Qui... autres ?

— Quoi ?

— Qui... sont... les autres ?

— Les prisonniers ? T'inquiète pas de ça, ce sont des vampires.

Il reposa la bouteille et sortit en fermant la porte. J'essayai de me concentrer sur ce que je venais d'apprendre. Je sombrai dans l'inconscience avant d'y parvenir.

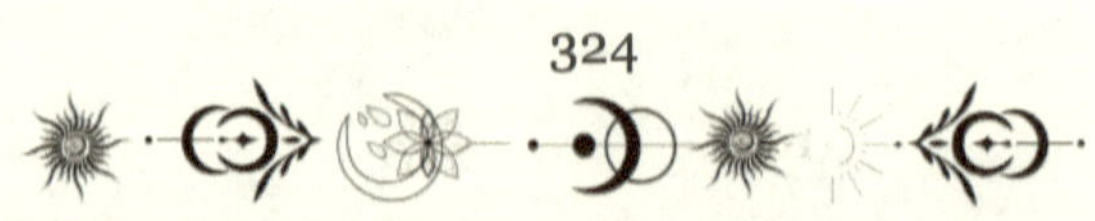

Chapitre 40

Tisha

Enfin un peu d'information, notre visite avait été instructive. Arrivée devant le chalet, je descendis de la moto. Le téléphone d'Alex se mit à sonner. Je compris à sa mine que cela devait être James, elle me fit un petit signe pour me dire qu'elle s'éloignait pour discuter. Je posai mon blouson et mon casque et décidai de faire le tour du chalet. La vue était magnifique, le soleil étant descendu sur les montagnes. Accoudée à une rambarde, j'étais en train de planifier notre journée de demain, quand un frisson me parcourut. Je n'eus pas le temps de me retourner, une violente douleur irradia dans mon épaule. Quelqu'un m'avait saisi par le bras en le tirant vigoureusement, on voulait me mettre à terre. Je lançai mon poing gauche, mais ne tapai que du vent.

— Pauvre petite sorcière, tu n'as pas ta place parmi nous. Tu aurais dû rester chez toi !

Je tentai de me dégager en jetant un sort d'éloignement, elle ne bougea que de quelques centimètres. Je reconnus la femme qui m'avait regardée bizarrement la dernière fois. Je puisai dans mon nouveau pouvoir, elle devait être âgée pour ne pas réagir à ma magie habituelle. Elle ne me laissa pas le temps de lancer quoi que ce soit, je sentis mon bras se déchirer. Elle me bascula à terre et me tint avec son pied sur le dos tandis qu'elle continuait de tirer. Je hurlai de douleur, incapable de contrôler ma sorcellerie pour me défendre. Alors que je pensai perdre mon bras, j'entendis un rugissement, une bourrasque me frôla. Mon bourreau venait de disparaître.

Je me retournai, les larmes coulaient le long de mon visage. Je n'osai pas regarder les dégâts, je saignais et la souffrance pulsait. Une créature s'était jetée sur la vampire et ne lui faisait pas de cadeaux. Elle avait un corps de femme. Sa peau, très épaisse, était foncée, elle avait des griffes énormes avec lesquelles elle déchirait la poitrine de son adversaire. Des ailes ressortaient entre ses omoplates, elle était magnifique. C'est quand je vis les vêtements qui pendaient de chaque côté que je compris que c'était Alex qui était venue à mon secours. Ma sœur s'était complètement transformée et attaquait sans relâche celle qui m'avait lacéré le bras. Je la perçus dans une semi-conscience, sa voix faisait froid dans le dos.

— Œil pour œil, ma belle ! Tu as agressé la mauvaise personne.

Alors que la vampire tentait de se défaire de la poigne d'Alex, cette dernière lui saisit le bras et tira violemment dessus. J'entendis le bruit de l'os qui se cassait, de la chair qui se déchirait et surtout le hurlement de la femme. Bien fait ! Elle l'attrapa d'une main autour de la gorge et la souleva. Ses griffes transperçaient son corps, la vampire ne faisait plus un geste.

Je me sentis partir, la douleur était insupportable. Je me laissai tomber sur le sol. Lucius me récupéra avant que ma tête atteigne le bas.

— Tisha, Tisha, tient le coup. Je suis là, je vais t'aider. Mathias ! Occupe-toi d'Alex !

Il porta sa main à sa bouche et se la coupa. Il l'amena près de mes lèvres m'exhortant à boire.

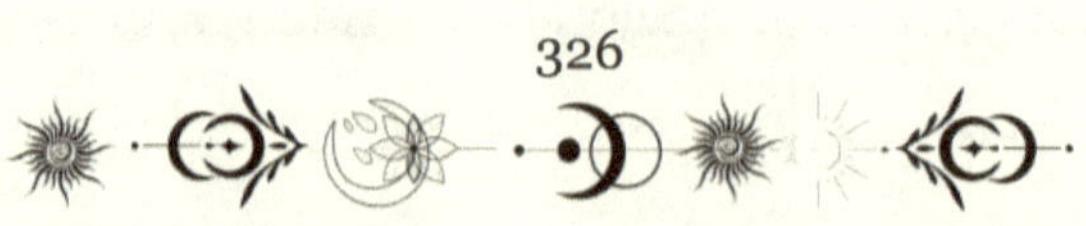

— Non... Je ne veux pas, chuchotai-je.

— Putain Tisha, ton bras pendouille sur le côté. Mon sang va te régénérer en quelques secondes. Qu'est-ce qui est le plus important ? Garder ton bras ou tes idées préconçues ? Bois !

Vu comme ça, je l'aimais bien mon bras. J'ouvris la bouche et suçai sa plaie. Je fis la grimace en sentant le goût du sang, pas un truc que j'appréciai plus que cela visiblement. La douleur se fit plus intense, je tournai mon visage, les larmes coulèrent deux fois plus.

— Ça va aller ma douce, il se reconstitue. Je sais, ça fait mal.

Il me tenait précautionneusement, essuyant maladroitement mes larmes qui ne se tarissaient pas. Je tentai de me focaliser sur ma sœur afin d'oublier la souffrance. Elle gardait toujours la vampire entre ses griffes. Mathias s'était approché d'elle, mais restait à distance respectable. Alex ne le quittait pas des yeux, son attitude montrait qu'elle n'était pas prête à renoncer à sa proie.

— Alex, lâche-la s'il te plaît. Je vais m'en occuper.

— Pourquoi ? Elle a attaqué Tisha, elle doit mourir.

— Elle va être punie, je te le promets, mais tu dois te contrôler.

Alex me contempla, une part d'elle était présente dans cette créature. Elle grimaça à la vue de Lucius, visiblement, elle n'aimait pas me voir dans ses bras.

— Alex, regarde-moi. Je te jure qu'elle sera durement sanctionnée, mais tu ne dois pas la tuer. C'est à nous de faire ce qu'il faut. Tu dois rejoindre ta sœur, elle a besoin de toi.

Son expression changea, elle se dirigea vers Mathias. Elle me faisait flipper même à cette distance. À la place de Mathias, je ne l'aurais pas laissée se rapprocher autant. Lui ne broncha pas. Elle tenait toujours la vampire à la force du bras, elle ne tremblait toujours pas.

— Tu vas la punir ? lui demanda-t-elle.

— Je te jure qu'elle ne va pas aimer ce que nous allons lui faire. Elle a enfreint nos ordres. Lucius ne plaisante pas

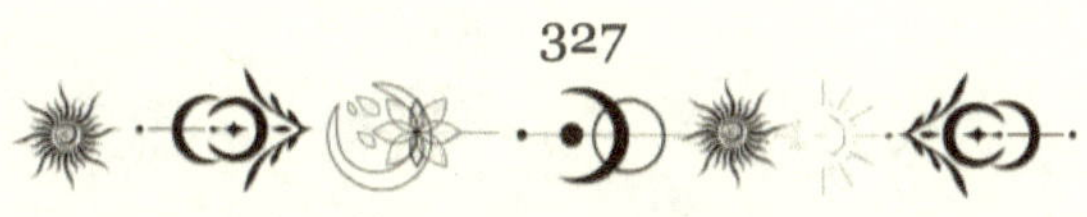

avec l'autorité. Tu as fait ce qu'il fallait. Tu as sauvé Tisha, maintenant elle a besoin que tu sois à ses côtés.

La vampire n'avait plus dit un mot depuis qu'Alex la transperçait de ses griffes, ses yeux étaient révulsés. Elle avait dû s'évanouir. Je constatai aussi que l'altercation avait amené du monde, une dizaine de vampires demeuraient à distance et observaient ma sœur, effrayés.

Tu es badasse, grande sœur ! Fais donc ce que demande Mathias et viens me tenir la main.

Je n'étais pas certaine que nous pouvions encore communiquer quand elle était sous cette forme.

D'accord.

Bon apparemment si ! Je vis Alexandra ouvrir sa main et laisser tomber sa proie. Elle se débarrassa des derniers lambeaux de vêtements qui s'accrochaient à son corps et s'avança pour me rejoindre. Mathias récupéra la femme et fit un signe. Deux autres vampires s'approchèrent pour l'emmener. Il suivit Alex.

Une fois près de moi, elle s'accroupit.

— Ça va ?

— Merci Alex. Sans toi, je crois qu'elle m'aurait tuée.

Je vis son regard se durcir et se porter sur Lucius.

— Tu étais censé la protéger !

— Je sais. Je suis désolé Alex. Mathias m'avait pourtant averti, je ne pensais pas qu'elle oserait s'en prendre à l'une de vous deux.

— Tu as eu tort, Lucius, et je ne pardonne pas les erreurs.

— C'est toi qui parles Alex ? Ou la créature dépourvue d'empathie ? demanda Mathias.

— Nous deux ! Je suis aux commandes Mathias. Si ce n'était pas le cas, ta petite vampire serait morte !

Mathias échangea un regard avec Lucius. Ils avaient intérêt à marcher sur des œufs avec elle. Je la soupçonnais d'être à un cheveu de les agresser. Je lui tendis ma main valide, elle s'en saisit aussitôt.

Détends-toi Alex, tu m'as sauvé la vie et je suis en train de récupérer mon bras.

J'osai enfin le regarder, il était de nouveau collé à mon corps. Le sang avait séché, ce n'était toujours pas très beau à voir.

— Je peux ? demanda Mathias.

Je compris ce qu'il voulait faire lorsqu'il se coupa aussi la main pour la placer au-dessus de mon épaule. Lucius gronda, je hochai la tête en guise d'acceptation. Il étala doucement son sang sur les boursouflures, j'eus soudain très chaud. Je laissai échapper un sifflement de douleur, Alex me serra la main. Une chaleur intensive se diffusa dans mon corps, la souffrance disparut d'un seul coup.

— Tu dois t'allonger un moment, et boire de l'eau, dit Mathias.

— Je vais te transporter à l'intérieur. Tisha, ça te convient ? me demanda Lucius.

— Oui, merci les gars.

Je jetai un œil à ma sœur. Elle était toujours en mode combat.

— Alex, il faudrait que tu replies tes ailes, lui dis-je un peu moqueuse.

Elle sourit. Elle prit plusieurs grandes inspirations, je compris qu'elle essayait de revenir à son état normal. Elle se crispa, aucun changement n'était visible.

— Je n'y arrive pas !

Elle commença à paniquer. Mathias lui attrapa l'épaule, ce mec était complètement givré.

— Je vais t'aider Alex. Il faut certainement que tu sois dans un endroit plus calme pour te métamorphoser. Es-tu partante pour que Lucius se soucie de Tisha ? Et moi, je m'occupe de toi.

Elle s'était crispée à son contact, mais finit par accepter sa proposition.

— D'accord, je te suis, Mathias.

— Prends ton temps grande sœur. Le plus dur est passé, nous ne sommes plus en danger, ajoutai-je.

Lucius se releva en me saisissant dans ses bras, Mathias se plaça devant lui pour lui ouvrir la porte d'entrée. J'entendis cette dernière claquer, je me sentais vidée. Il me déposa précautionneusement sur le canapé, je frissonnai.

— Tu es en état de choc.

Il me couvrit d'un plaid et s'éloigna vers la cuisine. J'ouvris de nouveau les yeux quand il me caressa la joue. Lucius était assis à côté de moi, une tasse de thé munie d'une paille à la main.

— Ça devient une habitude, lui dis-je.

— Bois, cela va te réchauffer et t'hydrater.

— Alex ?

— Toujours avec Mathias. Ta sœur a du mal à quitter le mode combat. Elle a eu vraiment peur, moi aussi d'ailleurs. Je suis désolé, Tisha. Jamais je n'aurais pensé qu'une des nôtres allait t'attaquer malgré mes ordres.

— Une de tes anciennes maîtresses, je suppose ?

— Oui, comment as-tu deviné ?

— Il n'y a qu'une femme amoureuse et jalouse pour réagir avec autant d'excès. Elle a dû s'imaginer des choses. Elle m'a prise par surprise, je n'en reviens pas de ne pas avoir senti venir l'agression.

— Néphélia a des capacités hors du commun pour se camoufler. C'est son petit plus, elle n'est pas loin des 300 ans… Sans ta magie additionnelle, tu n'avais aucune chance. Heureusement qu'Alex était là.

— Et il y en a d'autres qui risquent de débarquer afin de me faire la peau parce qu'elles se font des films sur nous ?

— Nous savons tous les deux qu'il ne s'agit pas seulement de films, Tisha. Mais non, tu n'as plus à t'inquiéter.

Je frissonnai de nouveau, Lucius s'en rendit compte.

— Désires-tu que je t'emmène dans ta chambre ?

Je n'avais plus envie de bouger. Je voulais juste arrêter d'avoir froid et que ma sœur revienne. Il se glissa contre moi et m'attira dans ses bras. Je me calai contre lui, pourquoi étais-je aussi bien près de lui ?

Mes yeux se fermèrent tout seuls. Je sentis une dernière caresse sur ma joue et m'endormis.

Chapitre 41

Mathias

Une fois Tisha à l'abri avec Lucius, je me tournai vers Alex.

— Nous allons passer par une autre entrée, tes ailes sont trop grandes.

Son regard resta froid, mais j'y décelai de l'inquiétude. Ses yeux verts ressortaient d'autant plus sur cette peau plus cuivrée. Elle était vraiment magnifique. C'était toujours elle, mais différente.

Je contournai le chalet, je la sentis me suivre. Arrivé côté ouest, je me coupai la main afin de permettre l'ouverture de la porte secrète et la plaçai contre le bois. Aucune serrure n'était visible. Seuls Lucius, Alaric, Orion et moi pouvions entrer, grâce à notre sang. La porte glissa doucement sur la gauche, je fis signe à Alex de me précéder. Je l'observai tandis qu'elle avançait. Son corps avait pris cette couleur plus foncée, sa peau semblait plus épaisse. Elle n'avait plus aucun vêtement, ses muscles étaient merveilleusement bien dessinés. Ses ailes repliées ressemblaient à celles d'une chauve-souris géante, je repensai à notre conversation avec Tisha. Finalement, c'était elles qui volaient.

— Prends à droite, il y a une grande pièce. Nous y serons à l'aise.

Elle suivit mes indications sans m'adresser la parole, je commençai à m'inquiéter. Il ne fallait pas qu'elle reste trop longtemps sous cette forme, je n'avais pas très envie qu'elle m'attaque. Elle entra dans le salon et se tourna vers moi.

— Et maintenant ? me demanda-t-elle.

— Comment te sens-tu ?

— En colère, effrayée... Je dois me battre pour demeurer consciente. J'ai l'impression que l'on souhaite m'enterrer dans mon propre corps.

— Nous ne te laisserons pas faire, Alex. Continue de me parler.

— Que veux-tu que je te dise ?

— Je ne sais pas, parle-moi de l'homme que tu aimes par exemple. Cela pourrait aider à ce que tu oublies cette colère.

— James ? Tu espères que je vais te parler de James ? Tu n'as rien de mieux comme idée ?

— Je crois que c'est récent tous les deux, tu l'aimes ?

— Oui, enfin j'imagine. Il était mon ami avant d'être mon amant. Il a toujours été là pour moi depuis que nous nous connaissons. Il a accepté des choses... il aurait pu en mourir plusieurs fois.

— Pourquoi n'est-il pas venu avec toi ?

— Je n'ai pas voulu. Il fallait que je le fasse seule.

— Pourquoi ?

Elle me fixa, droit dans les yeux, encore énervée. Je ne les baissai pas non plus. Certes, sa puissance était indéniable, mais ce n'est pas par crainte que je n'étais pas intervenu tout à l'heure. J'avais préféré que ce soit elle qui décide, qu'elle garde le contrôle jusqu'au bout.

— Regarde-moi.

— Oui et ?

— Non, Mathias, tu n'as pas compris. Tu as vu à quoi je ressemble, là ? Que crois-tu qu'il penserait en me découvrant comme ça ?

Elle accompagna sa tirade d'un mouvement de la main pour se montrer, elle. Je pris le temps de la détailler une nouvelle fois, elle frémit sous la caresse de mon regard.

— Comme tu as pu le ressentir, je te trouve belle, impressionnante, étonnante... Je ne connais pas ton James, mais sans être amoureux de toi, je ne peux pas te lâcher du regard. Je ne vois pas pourquoi il en serait autrement pour lui.

Elle sourit à ma tirade.

— Belle, impressionnante et étonnante... Avec tout ça, mes chevilles vont enfler.

— En attendant, tes ailes ont déjà disparu, c'est un signe.

Je l'observai se tourner pour se rendre compte par elle-même de leur disparition. Sa peau devenait rose, oups, nous allions avoir un nouveau problème. Je regardai autour de moi, pas de couverture ni de plaid. Et de deux ! Je défis les premiers boutons de ma chemise, les deux sœurs allaient me coûter cher à force. Quand elle me vit en train de me déshabiller, elle ouvrit grand ses yeux.

— Euh, Mathias, tu fais quoi ?

— Pour rappel, ma belle amie, tu as déchiré tes vêtements quand tu t'es transformée. Vu que tu reprends ton enveloppe d'origine et bien que je te trouve très désirable, je pense que tu préfèreras être couverte, non ? Si tu veux rester nue devant moi, sache que je n'y vois aucun inconvénient !

— Merde ! Mais grouille-toi de me passer ça, fit-elle en allant se cacher derrière le canapé.

— Très beau fessier ! Tu t'entretiens. Bravo.

Je riais encore en lui donnant mon vêtement. Elle me lança un regard noir, puis se mit à en rire aussi. J'étais fan de ces deux nanas. Elle tremblait tellement qu'elle avait du mal à boutonner ma chemise, je m'approchai et finis par l'aider.

— Par Athéna, Mathias ! Vous devez en avoir marre de nous deux, me dit-elle en remontant ses manches, trop grandes pour elle.

Je détaillai son joli visage, son sourire encore présent.

— Non, loin de là. Si tu savais le bien que vous me faites toutes les deux...

— Tu es masochiste ? Après tout, chacun ses perversions...

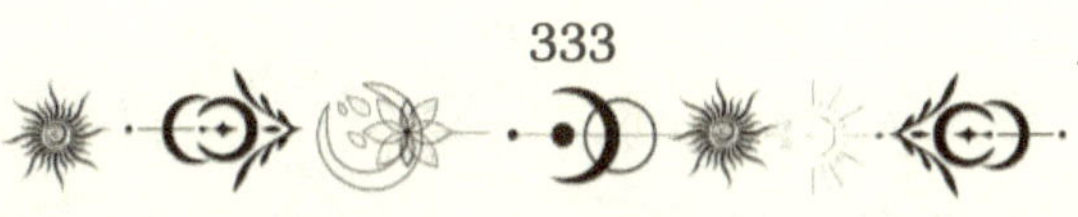

Je ris à sa réponse. Elle ne comprenait pas. J'attaquai les boutons près de ses seins, je me concentrai afin d'éviter un effleurement inadapté.

— Non, je ne suis pas masochiste. Tu te rappelles mon âge ?

— Oui, un peu plus de 500 ans ?

— C'est ça. J'aimerais te faire ressentir l'effet de ces années sur moi. Physiquement, je suis en pleine forme, mais émotionnellement, je suis endormi. Peu de choses retiennent mon attention. Vous deux, ici, j'ai l'impression de revivre. Et cela fait le même effet à Lucius.

— Je suis heureuse de t'avoir rencontré, Mathias. Tu es quelqu'un de bien !

Je terminai d'enclencher le dernier bouton et me reculai.

— Tu donnes trop vite ta confiance, Alexandra. Je ne suis pas quelqu'un de bien. Je suis un vampire. Il n'y a rien de pire que notre espèce. Notre longévité nous rend insensibles. Nous pourrions vous séquestrer rien que pour nous amuser.

— Je ne parle pas de votre espèce là, je parle de toi. Tu as été présent pour Tisha et aussi pour moi. De plus, je ne crois pas que tu sois insensible, tes réactions envers ma sœur le prouvent.

— Quelles émotions ? Tisha est sexy, je regarde, c'est tout. Lucius, lui, est bien accroché.

— J'ai vu, oui. Pourquoi a-t-il grogné quand tu l'as soignée ?

— Il lui a fait boire son sang pour qu'elle guérisse. C'est très intime, surtout devant les nôtres. Le fait que je fasse de même… Cela pourrait être considéré comme un défi. La présence de Tisha dans le chalet, beaucoup la croient en couple avec lui. Ils parlent d'elle comme de sa femme.

— Sa femme ? Ou sa maîtresse ?

— Non, sa femme. Les échanges de sang sont rares chez nous. Heureusement que ce n'en était pas un. Mais le simple fait que Lucius l'ait fait sans hésiter montre à quel point il tient à elle.

— Mouais, je ne suis pas sûre. Je n'arrive pas à le cerner. Ce sont de vraies commères, tes compatriotes... Avec toi, ça a tout de suite collé. Mais lui... il cache quelque chose, et cela peut nous mettre en danger.

— Lucius ne m'a rien dit. Il vous aide parce qu'il sait que c'est important. Ne vois pas un motif différent dans sa démarche. Je te jure que tu peux lui faire confiance. Je le connais depuis longtemps.

Elle se laissa tomber sur le canapé, je pris le fauteuil.

— Si tu savais que ça allait gêner Lucius, pourquoi l'as-tu fait ?

Merde, têtue cette jeune femme.

— Pour qu'elle aille mieux ? Je l'aime beaucoup.

— Essaye encore ! Tu l'as dans la peau, et même si tu te plies en quatre pour abandonner la place à ton ami, ça te déchire de ne pas tenter ta chance. J'ai tort ?

Têtue et futée, elle avait toutes les qualités.

— Tu te fais des idées, je voulais juste qu'elle souffre le moins possible.

— Si cela avait été le cas, tu aurais demandé à Lucius de le faire. Or, tu t'es adressée à elle. Tu étais conscient que si elle acceptait, il ne pourrait rien dire.

— ...

— Ce n'est pas la peine de dire oui ou non, Mathias. Je sais ce que j'ai vu. Tisha elle-même ne comprend pas où elle en est avec vous deux. Si tu te retires du jeu, même par amitié, demande-toi si tu ne le regretteras pas plus tard.

Je ne relançai pas la conversation, je savais qu'elle avait raison. Mais d'un autre côté, l'attrait n'était plus aussi fort.

— On peut aller rejoindre Tisha ? finit-elle par dire.

— Bien sûr, je te conduis. Pas trop fatiguée ? Tu as froid ?

— Contrairement à la dernière fois, non. J'ai un petit coup de pompe et mes jambes ne me semblent pas très sûres, c'est tout.

— Veux-tu que je te porte façon chevalier ? lui proposai-je en faisant une révérence.

— Ça va aller. Tiens-toi prêt à me récupérer si je tombe, cela suffira, monsieur le marquis.

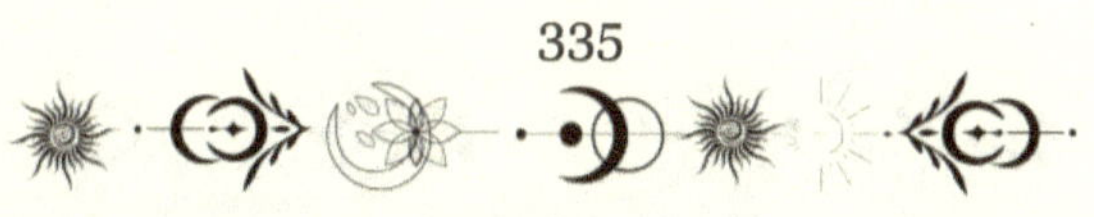

— Erreur, j'ai été duc. On ne mélange pas les torchons et les serviettes.

— Oh ! Je vous présente toutes mes excuses, monsieur le duc Mathias, me dit-elle en me renvoyant ma courbette.

La chemise remonta, je détournai le regard. Elle oscilla sur ses jambes et je dus la retenir pour qu'elle ne s'effondre pas.

— Bon, on va en revenir à ma proposition, d'accord ? Je ne veux pas que ta sœur m'étripe parce que tu seras tombée sur la tête.

Elle rit de bon cœur et acquiesça. Je la soulevai, ma main gauche pouvait sentir la chaleur émaner de sa cuisse. Elle eut un frisson, je ne relevai pas, j'avais eu le même. C'est dans un silence un peu gêné que je pris l'escalier intérieur pour la conduire au salon. Arrivé à l'étage, je la déposai délicatement devant la porte qui y menait, voulant éviter des questions auxquelles je n'avais pas envie de répondre.

Elle avança doucement, se tenant au mur. Nous découvrîmes ensemble Tisha, endormie contre Lucius dans le canapé.

— Comment va-t-elle ? demanda Alex.

— La blessure est juste rose maintenant et elle dort depuis quelques minutes seulement. Ne t'inquiète pas Alex, elle va s'en remettre.

— Il vaudrait mieux pour toi. Elle a été agressée. Or, tu nous avais assuré que nous ne risquions rien ici. Nous n'étions pas sur nos gardes.

Je vis les yeux de Lucius briller. Je ne savais pas s'il était en colère contre lui ou contre Alex qui ne lui faisait pas de cadeau. Je me rapprochai d'elle au cas où.

— J'en suis conscient, et je te jure que Néphélia va payer. La mort à côté aurait été trop douce, je te le garantis. Vous assisterez à la sanction si tu veux. Tu pourras constater par toi-même.

— Nous verrons. Je pense que ma sœur serait mieux dans son lit, ajouta-t-elle.

— Si tu le dis.

— Mathias, peux-tu la prendre et l'emmener s'il te plaît ?

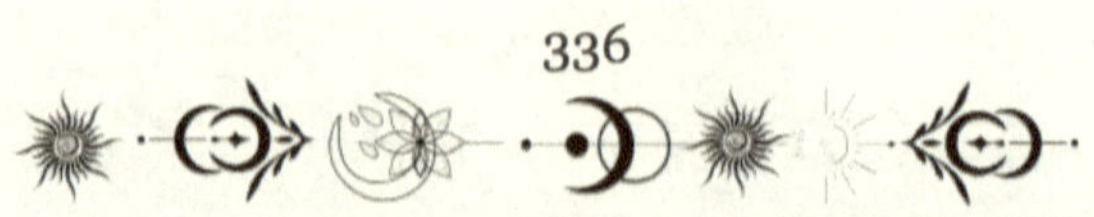

— Et toi ?

— Ça va mieux, ne t'inquiète pas. Je te précède pour ouvrir les portes.

Lucius fit le nécessaire afin de me confier notre amie. Son bras était en effet en bonne voie de guérison. Rien de tel que le sang de vampire pour se remettre d'une blessure.

— Je retourne dans mon bureau Mathias. Rejoins-moi, nous devons discuter.

— Pas de problème.

Je soulevai le précieux paquet et suivis Alex. Elle se mouvait mieux, mais restait raisonnable en se tenant au mur. Quand je disais qu'elle était têtue... Une fois Tisha bien installée, je me tournai vers ma nouvelle amie.

— Il va falloir que tu lui laisses une chance, tu sais ? J'ai bien compris ton petit jeu, et même si je suis flatté que tu me préfères à Lucius, je te réaffirme que tu peux avoir confiance en lui.

— Je me fie énormément à mon intuition Mathias, et quelque chose me dit qu'il ne nous a pas tout dit. Je vais prendre une douche pendant qu'elle se repose. Je reviendrai la voir tout de suite après.

— Ça va aller ?

Elle me fit un clin d'œil, mutine.

— J'arriverai à me doucher toute seule, Mathias. Si tu entends hurler, viens me sauver. Après tout, tu m'as déjà aperçue nue, je ne suis plus à ça près !

— J'adore ma vie !

— Allez, va voir ton grand chef.

Je la laissai dans la chambre, curieux de savoir de quoi souhaitait me parler mon ami. Je toquai à la porte et entrai. Lucius était sur le balcon, face à la montagne. Je n'arrivais pas à saisir son humeur, c'était bizarre.

— Me voilà ! Alors de quoi voulais-tu discuter ?

— Nous allons devoir sévir, Mathias. Je croyais que tu avais demandé à Jonas de la surveiller, que s'est-il passé ? fit-il agressif.

— Je n'en sais rien, Lucius. Je te rappelle que j'ai dû gérer Alex, je n'ai pas eu le temps de me préoccuper de lui. Essaye de le contacter, rétorquai-je.

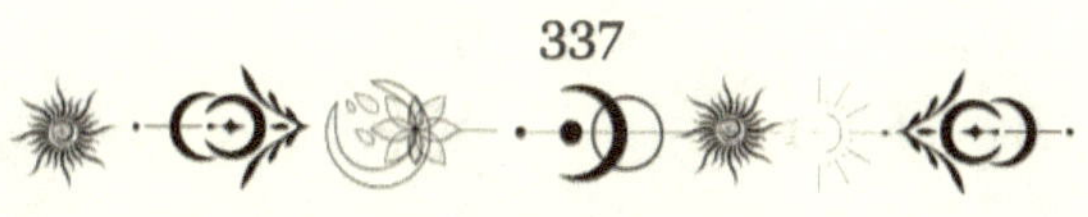

Le silence se fit. Je comprenais qu'il soit énervé, mais je n'y étais pour rien. J'avais dû insister pour qu'elle soit sous surveillance. Lucius eut un mouvement d'humeur, cela n'annonçait rien de bon.

— Il a été pris dans une bagarre avec six des nôtres.

— Une diversion ?

— Certainement, j'ai demandé à ce que ces vampires soient mis aux arrêts également. Le jugement sera public et exemplaire.

— Je comprends et je te rejoins à 100 %.

Il rentra et s'assit à son bureau.

— J'ai l'impression qu'Alex ne m'apprécie pas beaucoup. Sais-tu pourquoi ?

— Elle croit que tu leur caches tes réelles motivations. J'ai eu beau lui assurer qu'elle pouvait avoir confiance en toi, elle dit que son instinct la met en garde contre toi.

— Tu me défends donc ? questionna-t-il, ironique.

— Bien sûr. Pourquoi ? Je ne devrais pas ? Tu leur dissimules quelque chose ?

— Je pensais que tu ferais tout pour être dans ses petits papiers.

J'étais choqué, Lucius évita mon regard.

— Pourquoi ? T'ai-je donné à un moment ou à un autre l'impression de ne plus t'être fidèle ? Tu doutes de moi, Lucius ? De notre amitié ?

Il ne me répondit pas, cela me fit mal.

— Tu penses que nous sommes en compétition ? Je sais que tu tiens à ta petite sorcière, je ne ferai rien qui puisse te blesser. Je suis tellement content que tu ressentes à nouveau des émotions, que tu recommences à t'ouvrir à ce qui t'entoure… Tu me connais donc si peu…

— Je suis désolé, Mathias. Je ne suis plus moi-même. La jalousie me ronge, j'avais oublié ce que cela faisait. Quand ton sang a recouvert sa peau, j'aurais pu te tuer.

— Je n'aurais pas dû faire ça, tu n'es pas le seul à combattre ton instinct. Souhaites-tu que je parte quelques jours ?

— Hors de question ! Et je ne veux pas non plus que tu te mettes en retrait sous prétexte que je suis ton ami. C'est

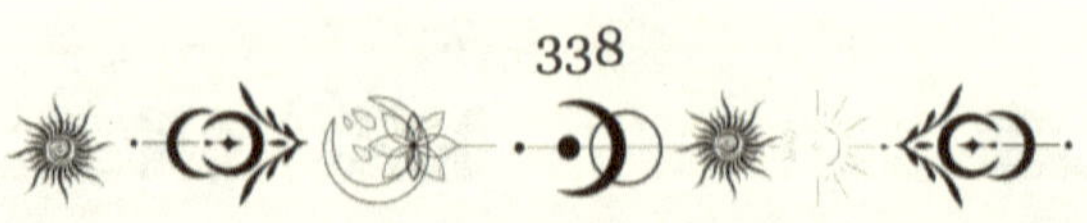

présomptueux de ta part de ne pas laisser le choix à Tisha. Tu ne sais pas ce qu'elle pense, elle est aussi attirée par toi.

— Certes, et alors ? Où cela peut-il nous mener ? De toute façon, je ne suis pas certain que Tisha est prête à passer un cap avec l'un de nous deux.

— Tu as raison, mon ami. Alexandra va mieux ?

— Elle a repris son corps, fort délectable au demeurant. Par contre, nous devions leur parler de Megan ce soir, je ne sais pas si nous allons pouvoir.

— Annule le restaurant. De toute manière, elles ne seront pas en état de sortir. Peux-tu demander à ce qu'ils nous livrent le repas ? Si elles sont suffisamment bien, nous leur dirons. J'ai peur que plus nous attendions, plus ce soit dangereux pour Megan.

— C'est d'accord Lucius, je m'en occupe.

Chapitre 42

Lucius

Je décidai d'aller dans ma chambre afin de réfléchir à tout ça. Il était peut-être temps que je la contacte. Tout s'enchaînait et ce qui devait être facile se révélait d'une complexité incroyable. J'attrapai mon téléphone et composai le numéro. Elle décrocha rapidement.

— Pourquoi m'appelles-tu ? Nous ne devions pas le faire avant deux jours.

— La situation se complique. Alex nous a rejoints, mais Megan est en fuite. Savais-tu qu'elle était battue ?

— Non. Je la croyais prisonnière, mais je pensais qu'ils auraient l'intelligence de ne pas l'énerver. Quels imbéciles !

— C'est tout ce que tu trouves à dire ? Cette jeune femme a dû subir des coups de la part de son soi-disant mari, et ce, depuis des années peut-être, et tu le traites d'imbécile ! Où est passé ton cœur ?

— Je l'ai muselé depuis plus de 30 ans. Je ne pourrais pas faire ce que je fais si je m'attendrissais devant chaque situation. La lignée de Marius et de Cassandra est forte, la gamine s'en remettra. Par contre, je ne voudrais pas être à la place de ceux qui lui ont fait du mal.

— Alex se doute que je lui cache quelque chose, elle ne me fait pas confiance.

— Une qui n'a pas succombé à ton charme Lucius ? Cela doit te faire drôle, reprit-elle en se moquant.

Je levai les yeux au ciel, comme si c'était ça le plus important.

— Tu ne dois pas évoquer notre accord. De toute façon, nous faisons ça pour elles et pour tous les surnaturels. Retrouve Megan au plus vite, Lucius. Elle pourrait faire des dégâts et se faire du mal aussi. Et ne m'appelle plus, je le ferai. Si je suis découverte, tu auras ma mort sur la conscience.

— Je pense que je pourrai vivre avec !

— Très drôle.

Elle raccrocha, je ne me retrouvai pas plus avancé qu'avant. Le plus important restait Megan, nous devions faire en sorte que les trois sœurs soient réunies. J'allais laisser de côté mes sentiments envers Tisha. À mon âge, je devais être en mesure de définir mes priorités.

Je pris une douche rapide et me changeai. Je retournai au salon et y trouvai nos deux Euménides.

— Tout le monde va bien ? demandai-je.

— La micro-sieste a aidé, mon bras est guéri. Pratique le sang de vampire ! Dois-je m'inquiéter d'effets secondaires ?

— Non, tu ne m'es pas liée, tu ne vas pas te transformer, rien du tout.

— Bonne nouvelle, ajouta Alex.

Toujours fâchée contre moi, il semblait.

— Nous mangerons ici, nous avons pensé que vous préfèreriez ?

— Merci Lucius. Oui, c'est plus prudent.

Mathias arriva sur ces entrefaites.

— Un petit apéritif ? Après toutes ces émotions... offrit-il.

Les deux femmes acquiescèrent, Mathias leur proposa différents liquides. Elles validèrent un moelleux pour changer. La conversation s'engagea sur les informations qu'elles avaient récoltées dans la meute du dénommé Philippe. Apparemment, la pêche avait été bonne. Elles prévoyaient de vérifier tout cela dès demain matin.

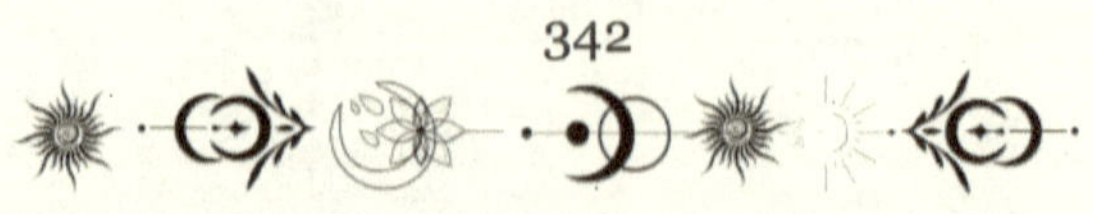

— Nous nous entraînons quand même demain matin, mesdames ? demandai-je.

— Bien sûr. Alex maîtrise tout bien mieux que moi, je veux voler moi aussi !

— Finalement, Tisha, c'est toi qui auras les ailes de chauve-souris, rit Mathias.

— Mince, ça devait être prémonitoire !

Alexandra se détendit visiblement. Nous passâmes rapidement à table, j'attendis le dessert pour évoquer le sujet qui allait fâcher.

— Je souhaitais vous faire un retour sur notre recherche de Megan, lançai-je.

L'attention des deux femmes fut tout de suite focalisée sur ma personne. Le sérieux se lisait sur leur visage.

— Alaric, que j'ai envoyé à sa recherche est malheureusement arrivé trop tard, elle avait déjà quitté la maison dans laquelle elle habitait. Nous avons été surpris par le fait que la boîte aux lettres soit au nom de monsieur et madame. Cela laissait entendre que votre sœur s'était mariée. Après quelques investigations, nous n'avons trouvé aucune trace d'un mariage quelconque.

— Ça veut dire quoi ? demanda Alex.

— Je n'en sais encore rien, cela dépend si Megan croyait ou non qu'elle était mariée. Ce n'est malheureusement pas le plus grave. Nous avons appris que son conjoint la battait, elle se serait enfuie à cause de ça.

Alex eut tout de suite les larmes aux yeux, sa magie se fit plus intense. Le visage fermé de Tisha m'inquiéta encore plus, elle se contrôlait moins bien.

— Dis-nous tout Lucius, s'il te plaît, me demanda Alex.

J'expliquai tout ce que je savais aux jeunes femmes, Mathias m'aida à formaliser les choses avec tact. Je comprenais leur colère. Tisha finit par se lever et à marcher de long en large, sa magie tournoyait autour d'elle.

— Et Alaric n'a aucune piste ? fit-elle.

— Non, mais il va s'occuper de ce Cédric Villera.

— Connais-tu le nom du laboratoire dans lequel il travaille ? Nous avons découvert des liens entre les enlèvements et la société Cristal, est-ce le même nom ? ajouta Alex.

— Oui !

— Putain, elle était aux mains de ces psychopathes depuis tout ce temps si ça se trouve.

— Peut-être en effet. Notre unique chance, c'est vous les filles. Votre lien est la seule piste que nous avons. Elle ne se sert pas de sa magie dans l'immédiat, elle ne laisse pas de traces numériques... Nous sommes dans le noir complet ! précisa Mathias.

— Nous allons le faire, tout de suite ! dit Tisha.

— Bien que j'aimerais vous dire oui, je ne sais pas si c'est une bonne idée. La journée a été difficile et d'après ce que je constate, votre pouvoir n'est pas à son maximum. Il faut que vous vous reposiez. Demain matin ?

— Mais Lucius...

— Lucius a raison, Tisha. Je suis épuisée, je le sens bien. Il ne serait pas judicieux de nous lancer maintenant, je pourrais perdre le contrôle ou me retrouver dans le coma, comme la dernière fois.

Elles se regardèrent, elles devaient communiquer par télépathie. J'attendis qu'elles se décident. Tisha finit par hocher la tête, elles s'étaient mises d'accord.

— Lucius, je pense qu'il est temps que nous placions nos ressources en commun. Tu as appris des choses et tu les as partagées avec nous. Je t'en remercie. À moi de te faire un topo sur ce que les *Guardians* ont découvert, me dit Alex.

Je souris, elle commençait enfin à me faire un peu confiance. Je validai d'un signe de tête et écoutai son rapport.

Tout se recoupait, il était maintenant clair que Megan avait été, soit enlevée à l'époque par la même organisation, soit récupérée après le transfert de magie avec ses sœurs. Heureusement, son absence de pouvoir ne l'avait pas conduite directement à la mort ce qui aurait été logique. Après tout, ces types-là ne faisaient pas dans la dentelle, peut-être espéraient-ils toujours qu'elle devienne sorcière à part entière. Je me demandais dans quelle mesure ma

source n'était pas pour quelque chose dans la prolongation de sa vie.

— Donc Adrien ne vous a pas trahi, il a juste voulu jouer la taupe ? ajouta Mathias.

— Oui, et nous devons le retrouver rapidement. Il n'a pas donné de nouvelles depuis plusieurs jours, ce n'est pas normal. Les effets de la potion de mensonge devraient s'évaporer d'ici 2 jours, cela devient urgent, expliqua Tisha.

— Je comprends mieux votre explosion de colère de ce lundi, vous veniez de l'apprendre, je suppose ?

— Comment ? Ah oui, ton espion ! Dis-moi Lucius, vu que nous sommes maintenant amis, comment fais-tu pour recueillir toutes ces informations sur nous ?

J'échangeai un regard avec Mathias, peut-être était-il temps que je sois le plus transparent possible. Il hocha la tête, j'avais son accord.

— J'ai évoqué avec Tisha un peu de mon histoire personnelle, elle t'a mise dans la confidence ?

— Elle m'a transmis les grandes lignes sur la trahison d'un de tes trois plus proches amis ainsi que de la femme que tu aimais.

— En fait, ils n'étaient pas trois, mais quatre. Orion a plus de 700 ans, il est le plus vieux de mes lieutenants. Il a la particularité de pouvoir saisir à distance des bribes de pensées, des impressions, sans avoir à se connecter à qui que ce soit. Il est actuellement à quelques kilomètres de la résidence de votre père. Je l'avais chargé de vérifier que vous alliez bien. Il est resté sur place quand Tisha nous a rejoints.

— Comment se fait-il que nous ne l'ayons pas senti se glisser dans notre esprit ? demanda Alex.

— Il peut les percevoir sans forcément entrer dans ta tête, si tu y penses intensément. Il a su que vous vouliez vous détacher de votre clan par exemple, mais pas la cause. Ton altercation avec Victoire, c'est elle-même qui la lui a révélée...

— Il est toujours là-bas ?

— Pour le moment oui. Mais je vais lui enjoindre de rentrer ou d'aller prêter main-forte à Alaric pour trouver Megan plus vite.

— Et toi ? Qu'as-tu donc comme petites particularités que nous ne voyons pas ?

Je souris à sa tentative d'en apprendre plus, cela me rappela Tisha le premier soir.

— Tu les découvriras au fur et à mesure, je ne vais pas tout te dévoiler alors que nous venons de faire connaissance.

Elle me lança un regard curieux, mais sans animosité. Tisha s'esclaffa.

— Comment voulez-vous vous organiser pour demain ? demanda Mathias.

— En premier, je dirais trouver Megan, ensuite entraînement, et enfin Adrien. Cela te convient Alex ?

— Parfait !

— Accepteriez-vous notre aide pour Adrien ? Nous connaissons bien la région et nous avons également quelques aptitudes. Cela vous permettrait de gagner du temps. Surtout s'il a été démasqué.

— Pourquoi pas, Lucius ? Je n'ai rien contre, OK pour toi aussi, Alex ?

— Plus on est de fous... vous connaissez le proverbe ! Mais n'avez-vous pas des obligations ?

— Très franchement, Alex, cela ne nous fera pas de mal de nous dégourdir un peu les jambes en compagnie de vous deux, n'est-ce pas Lucius ? Je vais décaler nos rendez-vous, c'est tout. Je demande à Orion de revenir ?

J'hésitai un moment, où serait-il le plus efficace ?

— Non, nous attendrons de voir le résultat de la recherche de nos amies. Il ira aider Alaric.

— Et pour Néphélia ?

— Nous nous occuperons d'elle plus tard, elle n'est pas une priorité. La faire mariner lui permettra d'imaginer toutes les sanctions possibles, c'est encore mieux.

— J'ai plein d'idées si tu en manques, me précisa Tisha.

Je l'assurai de prendre en compte ses demandes, après tout, c'est elle qui avait été agressée. Nous décidâmes d'en

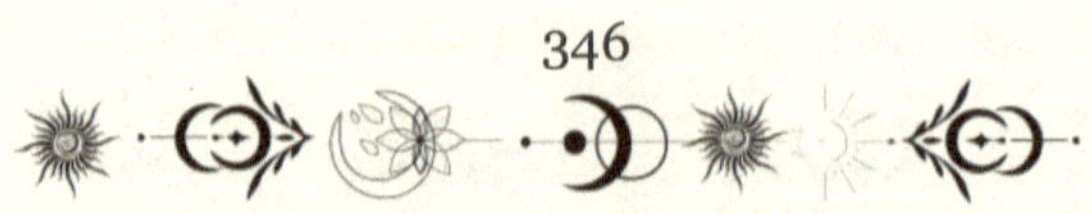

rester là et d'aller nous coucher. N'ayant pas besoin de beaucoup de sommeil, je choisis de retourner à mon bureau afin de pouvoir, effectivement, être plus disponible demain.

Chapitre 43

Alexandra

J'avais très mal dormi. Je m'étais réveillée à plusieurs reprises en nage, rêvant de Megan, en train de mourir sous les coups d'un homme ou de Tisha baignant dans son sang, la gorge déchiquetée, le bras arraché. Pas idéal comme nuit ! Je restai un long moment sous la douche, essayant de retirer tous ces scénarios de ma tête. Tisha allait bien et Megan s'était enfuie. Il fallait que je me focalise sur le positif sinon j'allais perdre tous mes moyens. En me regardant dans la glace de la salle de bain, je constatai un changement : une branche d'olivier était visible au-dessus de mon sein gauche. Je me rappelai qu'il était aussi apparu lorsque nous avions invoqué Athéna la première fois. Qu'est-ce que cela pouvait vouloir dire ?

Je m'habillai et rejoignis Tisha dans sa chambre. Je lui montrai la marque, elle n'en avait aucune.

— C'est certainement dû à ta transformation !

— Oui, le fait que tu ne l'aies pas me fait penser à la même chose. Bon, tu es prête ?

— Allons prendre le petit déjeuner, et après, nous localiserons Megan.

J'espérais que ce serait aussi facile que ça. Si Athéna voulait nous donner un coup de main, je n'avais rien contre. La cuisine était vide quand nous y entrâmes, mais tout était déjà disposé pour que nous n'ayons plus qu'à nous servir. Je me posai encore des questions sur nos hôtes. Lucius m'avait mise en confiance hier en me révélant ce qu'il savait ainsi que la présence de cet Orion près de mon père. Peut-être l'avais-je mal jugé... Je nous servis un café et m'attaquai aux viennoiseries. La vue sur la montagne était magnifique, déjeuner en face de ce panorama était un privilège. On ne parlait pas avec Tisha, nous étions chacune dans nos pensées. Elle se focalisait certainement comme moi sur le sortilège qu'il fallait que nous réussissions à tout prix. Je sentis arriver Mathias avant de l'apercevoir. Je le saluai, Tisha me regarda surprise.

Tu l'as entendu approcher ?

Non, je l'ai détecté, son pouvoir m'a frôlé. Pas toi ?

Non, je suis vraiment curieuse de voir ce que cette transformation va donner comme autres changements...

Mathias nous salua et se servit un café.

— Prêtes les filles ? Vous savez où vous allez vous mettre ?

— Crois-tu que nous pourrons lancer ce sort dans la salle d'entraînement ? C'est grand et relativement paisible.

— Je ne pense pas que ce soit un problème, Tisha. Vous ne préférez pas être à l'extérieur ?

— Ce n'est pas une obligation. Si nous n'y arrivons pas, nous changerons notre fusil d'épaule.

Nous finîmes tranquillement notre café en discutant puis je partis chercher quelques bougies. Je récupérai aussi une corde de chanvre afin d'éviter de salir les tapis de la salle, cela irait bien pour tracer le cercle.

Tisha m'attendait, Mathias et Lucius étaient avec elle.

— Les spectateurs vous dérangent-ils ? demanda Lucius.

— S'ils restent discrets, pas de souci.

— Je serai sage comme une image, répondit Mathias en me faisant un clin d'œil.

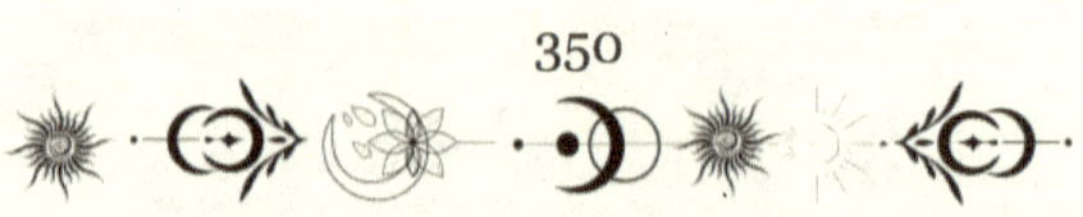

— Une fois n'est pas coutume, ajouta ma sœur.

Je disposai la corde en cercle pendant que Tisha s'occupait des bougies. Assises à l'intérieur, on se prit les mains. Je la sentais aussi anxieuse que moi, nous avions encore peur d'échouer. Je fis le vide dans mon esprit, m'obligeant à entrer en transe, Tisha se mit au diapason. L'extérieur disparut et nous nous retrouvâmes dans un lieu déjà visité.

— Heureuse de vous revoir, nous dit la déesse.

Elle avait choisi d'apparaître au milieu d'un champ, les cheveux au vent, drapée d'une autre de ses robes blanches. Je me demandai si elle possédait une penderie ou si elle sélectionnait ses tenues en y pensant.

Nous baissâmes toutes les deux la tête en signe de respect et la saluâmes à notre tour.

— Vous avez changé, c'est bien ! Je vois que tu portes ma marque, Alexandra, tu as effectué ta mutation complète.

— En effet, déesse. Devons-nous nous attendre à d'autres transformations ? Que sommes-nous donc en train de devenir ?

— Tu le sais déjà, Alexandra, réfléchis ! Et toi, Tisha, tu es en progrès ?

— J'ai plus de difficultés à me maîtriser, déesse. Mais je vais y arriver.

— Je n'en doute pas, vous êtes nées pour ça. Qu'avez-vous à me demander ?

— Deux choses : la première, nous voudrions que vous nous aidiez à localiser Megan. Elle a, elle aussi, été atteinte par la magie, d'après le roi des vampires, mais elle a disparu. Nous avons peur pour elle.

— Eh bien, vous avez reçu un soutien fort intéressant. Je vais vous épauler, il est temps que vous soyez de nouveau réunies. Quelle est la seconde demande ?

— Hors vous, peut-on nous retirer nos pouvoirs ?

— Personne ne le peut, Alexandra. C'est en vous ! Comme votre sang coule dans vos veines, la magie vous remplit. Le conseil n'a absolument pas le pouvoir de l'obtenir.

— Je m'en doutais, déesse. Merci.

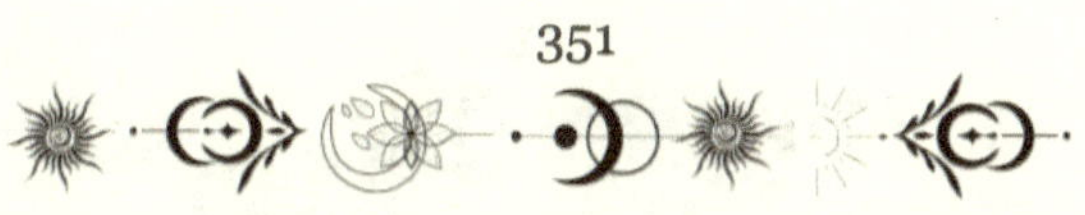

— Bien, il est temps de se consacrer à votre petite sœur. Approchez et donnez-moi la main.

Je tremblai un peu en la lui tendant. Je ressentis immédiatement comme une décharge, on m'avait branchée sur 100 000 volts, ma magie venait de faire un bond en avant.

— Contrôlez-vous ! Vous ne devez pas vous transformer ici, ce serait dangereux.

Je fixai Tisha, elle respirait difficilement, mais tenait le coup.

— Ne pensez plus qu'à Megan, parfait.

Athéna fit apparaître une carte de France. Il y avait un gros point près d'Avignon et je vis surgir des points de suspension. Cela devait être le trajet de Megan. Elle remontait vers le nord, rapidement, en direction de Paris peut-être. Il était difficile de faire mieux dans l'immédiat. C'était déjà un indice. Athéna libéra nos mains. Je ne pus m'empêcher de me les frotter, le choc avait été violent. Je repensai à ce que venait de dire Athéna, se transformer ici serait dangereux, mais nous n'étions pas vraiment présentes. Nous étions dans la salle d'entraînement de Lucius. Tout cela me donnait un peu le tournis.

— Il est temps de nous quitter. J'espère que votre prochaine visite se fera avec votre sœur. Allez maintenant.

Nous la saluâmes une dernière fois, notre environnement s'effaça, puis se reconstruisit différemment. Lucius et Mathias nous attendaient.

— Alors ? questionna ce dernier.

— Elle remonte vers le nord, rapidement. On doit consulter les lignes de trains, je me demande si elle n'est pas dans un TGV vers Paris.

— Alors il faut qu'Orion y aille tout de suite, il pourra la récupérer, proposa Lucius.

— Comment va-t-il la reconnaître ? Nous ne savons même pas à quoi elle ressemble aujourd'hui. Dix années, c'est long, ajouta Tisha.

— Si elle a de la magie en elle, Orion la trouvera, lui répondit-il.

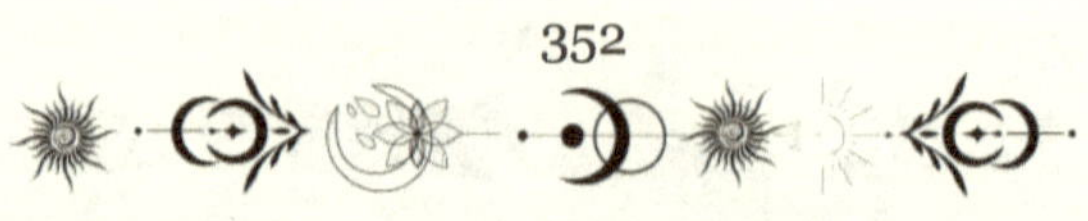

— Et si nous tentions de la contacter ? Comme tu l'as fait, Alex, par la pensée ?

— On ne risque rien à essayer.

Je rallumai les bougies et tendis les mains vers Tisha. Je me focalisai sur elle et sur Megan. J'entendis les réflexions de Tisha dans ma tête, parfait.

Megan, nous sommes tes sœurs, réponds-nous. Megan ?

Je ressentis un frémissement, mais aucune réplique. Tisha essaya à son tour, à plusieurs reprises. Plus la moindre sensation, comme si la ligne était de nouveau coupée.

J'ouvris les yeux, déçue. J'aurais tant aimé que ce soit plus facile pour une fois. Tisha avait le visage fermé, je sentais bien qu'elle était aussi mal en point que moi. Lucius attira Tisha contre lui dès qu'elle sortit du cercle. Mathias me prit par les épaules.

— Ce sera pour la prochaine fois, vous allez être de nouveau réunies, Alex. J'en suis certain. Vous pouvez compter sur nous pour vous aider.

Je le remerciai d'un sourire, la boule dans ma gorge m'empêchait de parler dans l'immédiat. Nos deux amis nous conduisirent dans leur bureau afin de vérifier le trajet constaté.

— Voilà le village dans lequel Megan habitait, à côté d'Avignon.

— Ça explique le gros point, après les pointillés étaient dans ce sens.

Je pointai sur la carte la direction. Lucius lança une recherche sur internet avec le tracé du TGV en direction de Paris, je reconnus tout de suite le circuit observé avec Tisha. Cette dernière confirma mon retour.

— Elle est encore dans le train, alors ? C'est en temps réel votre magie ?

Je validai.

— Donc, selon les horaires, elle devrait arriver à 11 h 30 à la gare de Lyon. Lucius ?

— Je contacte Orion de suite.

Lucius saisit son téléphone et laissa un message, Orion n'avait malheureusement pas répondu.

— Et Alaric ? demanda Mathias.

— J'aimerais qu'il aille au bout avec ce docteur, appelons-le afin de savoir s'il a pu lui parler.

Cette fois-ci, ce fut Mathias qui essaya, sans plus de résultat. Je sentis mon énervement monter.

— Bon, la prochaine étape, c'est votre entraînement. On embarque les téléphones au cas où l'un des deux nous contacterait. Allez, mesdames ! Haut les cœurs ! fit Mathias.

Il assortit sa phrase d'une grimace comique, cela nous fit tous rire. Il avait raison, nous devions garder espoir. Nous n'avions jamais été aussi près de retrouver notre sœur. Il fut décidé que Lucius travaillerait avec Tisha et moi avec Mathias. Bien que contente de m'entraîner avec lui, j'étais un peu déçue de son comportement. Quand je me remémorais les efforts continus de James afin d'entrer dans ma vie, Mathias était loin de l'égaler. Or, j'étais certaine qu'il conviendrait mieux à ma sœur.

Je me fis rappeler à l'ordre.

— Tu es avec moi Alex ?

— Excuse-moi, quelques digressions avec mon cerveau. Ne fais pas attention.

— OK. Tu as réussi à te transformer complètement, mais sous le coup de l'émotion. Maintenant, il faudrait que tu y arrives sur commande. Prête ?

J'acquiesçai et cherchai le nœud de cette nouvelle magie. Je la sentis, mais je ne parvins pas à modifier mon apparence. J'en discutai avec lui, il fallait trouver une solution.

— Nous savons que les sentiments sont fortement liés à vos mutations, essaye de te mettre en colère.

— Tu n'as rien de mieux ? Je n'aime pas quand je suis comme ça.

— Je peux t'attaquer ? Par contre, je ne retiendrai pas mes coups !

— Cela pourrait être amusant... D'accord.

Sa physionomie changea du tout au tout, ce n'était plus le même homme. Son sourire disparut, ses yeux devinrent plus froids, il n'avait pas l'air de vouloir plaisanter. Il se déplaça tellement vite que je ne le vis pas arriver sur moi, je me retrouvai éjectée contre le mur du fond. Aïe, ça faisait mal. Il me laissa le temps de me redresser.

— C'est tout ce que tu peux faire, sorcière ? m'envoya-t-il.

On en était donc là. Je débloquai une partie de ma magie et lui expédiai une rafale. Il recula de quelques mètres, mais ne tomba pas.

— Trop léger, ma puce, je te croyais plus forte que ça.

Je savais ce qu'il cherchait à faire, m'énerver, me mettre en colère afin que la transformation se fasse. Je voulais la même chose, mais je tenais à la contrôler. Alors qu'il fonçait de nouveau sur moi, mon nœud se libéra. Ça y est, il allait voir ce qu'elle allait lui faire la puce. Je lui envoyai une nouvelle rafale, bien plus puissante, et laissai mon corps muer. Les mains, les jambes, mon buste, je me sentis plus forte d'un seul coup. Mes vêtements se déchirèrent, mince, j'avais oublié ce problème. Tant pis ! Je fondis sur lui et tentai de l'attraper violemment.

— Trop instinctif ! Tu ne penses plus, là ! Utilise tes connaissances en les alliant avec cette puissance. Sinon, je vais te mettre KO en deux secondes, malgré ta plastique de rêve...

Il osait plaisanter ! Alors que j'avais réussi ma transformation. J'essayai une feinte sur sa gauche, il se déplaça automatiquement sur la droite, je lançai mon poing et le touchai à l'épaule. Il recula, mais il ne sembla pas plus affecté que ça.

— Mieux, j'aime bien quand tu te sers de ton cerveau.

Mes ailes me gênaient un peu dans mes va-et-vient, bien qu'elles soient repliées. Je décidai de faire avec et repartis à l'attaque. J'enchaînai quelques coups de poing qu'il bloqua sans grande difficulté. Je devais faire plus encore. Mes mouvements se firent de plus en plus rapides, de plus en plus forts. Je vis Mathias froncer les sourcils, son sourire disparut. Il était obligé de rester concentré pour absorber les chocs, mais je ne le loupais plus. Je terminai par un coup de pied retourné qui lui fit percuter le mur. Je ne m'arrêtai pas là et lui fonçai dessus. Je le bloquai contre, en plantant mes griffes dans son cou. Visiblement, mon côté sauvage adorait ça.

Mathias ne bougea pas.

— Tu sais que tu es hyper sexy comme ça, finit-il par dire.

Je penchai la tête sur la droite et le détaillai. Il n'était pas mal non plus. Je réussis à le lâcher et me secouai. Je n'aimais pas ces pensées bizarres.

Les traces de mes griffes disparurent en quelques secondes, impressionnant.

— Bravo, Alex, on peut dire que tu m'as bien eu. Tu étais tout le temps aux commandes ?

— Plus ou moins. Je me sens plus sauvage, plus agressive.

— Et ça te va très bien. J'ai encore plus apprécié ce petit regard à la fin, ton côté féroce me trouve à son goût apparemment, fanfaronna-t-il.

— Heureusement pour nous deux, ce n'est pas lui qui décide ! Tu n'aurais pas un peignoir à me prêter ?

Il me fit non de la tête. Je sentis mon corps prêt à reprendre forme humaine, je n'avais pas envie de me retrouver encore une fois à poil devant lui.

— Attrape Alex ! lança Lucius.

Je récupérai une grande serviette.

— Merci, Lucius, il va falloir que je m'habitue.

Je cherchai du regard ma sœur, elle s'était adossée contre le mur du fond, un linge l'entourait.

— Tu as réussi !

— Oui, mais non sans mal. Je crois que ta propre transformation m'a aidée.

— Tu lui as mis la pâtée ?

— Non, mais j'ai pu admirer ton style. Tu es pas mal en furie ! Je me suis demandé ce que tu allais faire de Mathias, à la fin... se moqua-t-elle.

— Ah, ah, ah. Je suis morte de rire.

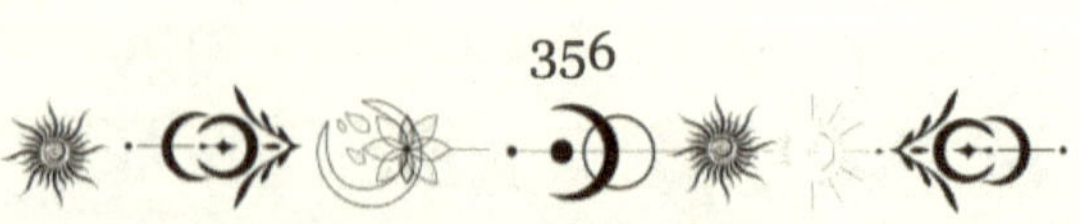

— À qui le dis-tu, Tisha. J'ai eu peur de devoir repousser ses avances, un comble pour moi !

— C'est fini vous deux ? Bon, je pense qu'une douche ne sera pas du luxe.

— On se retrouve dans vingt minutes au salon, si vous êtes toujours d'accord pour que l'on vous accompagne ?

— Toujours OK pour nous, Lucius. Allez sœurette, va te rafraîchir. Tu l'as bien mérité.

Je ne relevai pas, je sentais encore l'excitation provoquée par le combat avec Mathias. Le fait de l'avoir à ma merci, j'avais eu envie de lui pendant un court instant. Par Athéna, en quoi est-ce que je me transformais réellement ? Allais-je devenir une créature violente et sauvage, ne réagissant plus qu'aux *stimuli* ?

Chapitre 44

Tisha

Alex n'allait pas si bien que ça, je voyais bien à sa tête qu'il se passait quelque chose. Je la suivis rapidement afin de l'interroger.

Qu'y a-t-il Alex ? Tu as l'air mal en point ?

Je vais bien, ne te fais pas de souci.

Elle se retourna vers moi, son visage me montrait le contraire. Elle n'avait visiblement pas envie d'en parler, je pouvais le comprendre. Je la laissai partir vers sa chambre et entrai dans la mienne. Après une bonne douche, je me sentis de nouveau moi. Je rejoignis les autres dans le salon.

— Comment voyez-vous les choses, mesdames ? demanda Mathias.

— Il faut que nous restions discrets. Nous ne savons pas si Adrien a été découvert ou pas. Nous allons modifier notre apparence, qu'en penses-tu, Tisha ?

— Oui, on pourrait ressembler à des vampires ? Si nous nous promenons avec vous deux, cela fera plus vrai.

Alex valida ma proposition, nous allions altérer notre physionomie une fois sur place. Quatre motos nous attendaient à l'extérieur, toutes les mêmes.

Ils avaient eu un prix de gros ou quoi ?

Lucius prit la tête du convoi, Mathias se mit à l'arrière. Après un peu plus de trente minutes de route, on se retrouva dans le village. Avant même d'enlever mon casque, je modifiai mon apparence, je ne savais pas qui était dans les environs, et si c'était surveillé. Alex avait eu le même réflexe, elle s'était légèrement vieillie.

Lucius s'approcha immédiatement de moi, Mathias fit de même avec Alex. Ma sœur se figea puis se détendit. Elle semblait vraiment à cran. Nous allâmes d'abord dans le centre-ville, entretenant une conversation futile pour que nous ne soyons pas démasqués. Alex se taisait, je savais qu'elle essayait de joindre Adrien par télépathie. Elle avait plus de chance que moi qu'il lui réponde. Elle avait laissé le canal ouvert afin que je puisse l'entendre s'il répliquait.

Adrien ?? C'est Alex, réponds-moi.

Elle répétait cela à l'infini, sans retour. Sachant que le rayon d'action était de plus de 40 kilomètres, je commençais à m'inquiéter de son absence de réponse. Avait-il bougé depuis qu'il avait été vu par le gamin ?

Alex décida de continuer, elle nous éloigna du centre-ville. Elle fit bien, car Adrien se réveilla enfin.

Alex… qu'est-ce que tu… fais là ? Il faut… tu t'en ailles… dangereux !

Sa voix était fatiguée, ses paroles entrecoupées, il ne semblait pas très en forme.

As-tu été démasqué ? Je ne suis pas seule, nous pouvons t'extraire.

Trop de monde… des otages… sauve-toi…

Peux-tu me dire où tu es ? Je peux avoir des équipes sur place en quelques heures.

Entrepôt… En sortant du village… dangereux…

Je me tournai vers Lucius et fis semblant de lui chuchoter des mots doux à l'oreille afin de le tenir informer. Il m'enlaça, je ne pus retenir un frisson. Il transmit à Mathias et me demanda ce que nous souhaitions faire. J'échangeai avec Alex.

Il faut le sortir de là rapidement, ainsi que les otages.

Quels otages ? Je n'ai pas eu d'informations concernant de nouveaux enlèvements... C'est bizarre. Adrien, qui sont les otages ? Des métamorphes ?

Vampires...

On avait donc retrouvé les vampires de Lucius, je lui en fis part. Mathias se rapprocha aussi d'Alex afin de communiquer en direct. Il fallait que nous restions en surveillance, au cas où ils décideraient de les changer de résidence. Lucius proposa de monter une équipe parmi les siens, nous validâmes avec Alex. Il voulait que je l'accompagne tandis que ma sœur demeurerait sur place avec Mathias.

Reste calme Adrien, nous allons te sortir de là. Juste le temps de réunir une troupe.

Fais attention...

Alex semblait très inquiète pour Adrien, le mieux était qu'elle continue de discuter avec lui. Nous nous éloignâmes, flânant de-ci de-là. Une fois sur les motos, on repartit tranquillement par la D11A. Alex et Mathias bifurquèrent sur la droite au bout d'un moment, ils allaient se trouver un endroit discret où dissimuler les bécanes et s'assurer que personne ne bougeait de cet entrepôt.

On fit le voyage retour très rapidement, Lucius voulait sélectionner scrupuleusement son équipe. Moi, je devais avertir mon père. Une fois dans le bureau, j'annonçai clairement la couleur à Lucius : finies les cachotteries ! Nous devions être transparents les uns envers les autres.

— Et votre traître ?

— Tu as eu un espion sur place et il n'a pas su trouver le responsable. Nous devons avancer, je ne communiquerai l'information qu'à mon père et il la gardera pour lui jusqu'au moment où Adrien sera parmi nous, avec tes vampires. Cela te convient ?

Je m'énervai quelque peu, il le comprit en validant ma proposition.

— Pas de nouvelles d'Orion ou d'Alaric ?

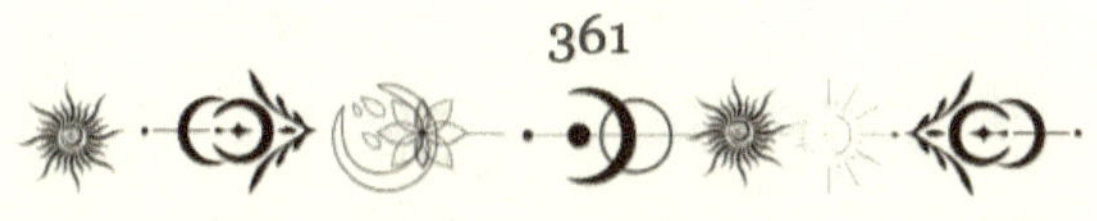

— Non, toujours pas. Mais si Orion a eu mon message, il sera parti directement vers Paris. Le timing était serré pour qu'il arrive avant le train...

Je laissai tomber, une fois de plus, Megan. Je sentis mes yeux s'embuer, j'en avais tellement marre de tout ce cirque. Lucius ressentit mon changement d'humeur et me prit dans ses bras.

— Allons, Tisha. Ta sœur a survécu à tout jusqu'à maintenant, et nous ne savons pas par où elle est passée... Nous nous rapprochons d'elle, reste positive.

— Je sais, donne-moi deux minutes.

Je me dégageai de lui en douceur, je le trouvais définitivement trop proche. Il me laissa m'éloigner, non sans me regarder bizarrement. Je sortis de son bureau pour m'isoler dans le salon. J'appelai mon père qui décrocha rapidement.

— Enfin ! Je commençais à m'inquiéter.

— Tout va bien, papa. Nous avons situé le colis. Je préfèrerais que nous restions vagues dans notre conversation vu les fuites et que cette discussion reste entre nous dans l'immédiat.

— Je comprends. Vous allez pouvoir le ramener ?

— Oui. J'aurai d'autres paquets avec moi, mais pas de la même catégorie. Je te rappelle rapidement.

— Parfait. Sois prudente !

— Je le serai.

Je mis fin à notre entretien et passai récupérer quelques couteaux supplémentaires dans nos deux chambres. Je les mis dans un sac à dos et rejoignis Lucius. Il était encore au téléphone.

— C'est ça, Jonas. Non, une dizaine devrait suffire, nous devons rester furtifs. Dans deux minutes devant le chalet.

Il raccrocha et se tourna vers moi.

— Tout est prêt !

— J'ai cru le comprendre, dix vampires ? Tu n'as pas peur de manquer de discrétion ?

— Non, ils vont prendre une camionnette et se garer loin. Je te rappelle que nous sommes indétectables quand nous le voulons. J'ai fait appel à des anciens, pas de risque

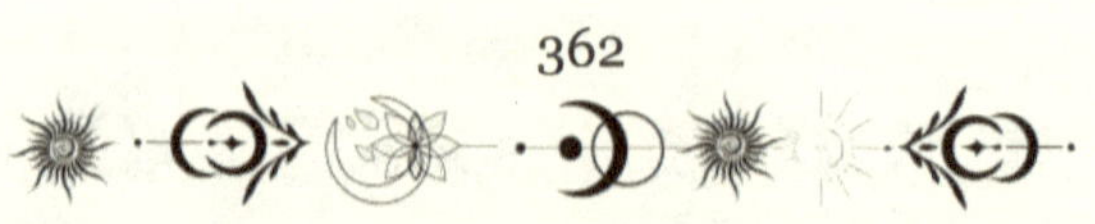

de boulette. Je n'ai pas envie de me mettre ta sœur à dos s'il arrive quelque chose à son ami.

— Tu n'as pas tort.

Il passa devant moi et se dirigea vers un meuble que je n'avais même pas vu. Il se coupa le doigt et le positionna sur une petite aspérité. La porte s'ouvrit, des dizaines de couteaux et de poignards me furent dévoilés.

— Waouh ! Tu as une belle collection...

— J'aime ça, tu pourras les admirer plus tard, pour le moment, nous y allons.

Je jetai un dernier regard vers le meuble fermé de nouveau, un peu déçue quand même, et le suivis. Dehors, une équipe attendait devant deux véhicules, ils saluèrent Lucius et me lancèrent quelques œillades curieuses.

— Jonas, tu les as briefés ?

Un grand blond baraqué répondit à Lucius.

— Ils sont au courant. Pas de tout, par contre, fit-il en me désignant du menton.

Lucius se tourna vers moi et me sourit. J'appréciai moyennement la façon dont son ami m'avait signalée.

— Je vous présente Tisha, c'est une sorcière très puissante avec des capacités que je qualifierai... d'étonnantes. Sa sœur est sur place avec Mathias. Elles doivent récupérer un cougar garou en mauvaise posture. Ne vous mettez pas en travers de leurs routes et tout ira bien. Une dernière chose. Ces femmes me sont chères, si elles sont en difficulté, je compte sur vous !

Les regards se firent encore plus curieux. Je laissai filer et commençai à m'habiller de nouveau pour prendre ma moto. Qu'ils se posent donc des questions, l'important pour moi était de retrouver Alex et de sauver Adrien. Le dénommé Jonas me fit un grand sourire, je le lui rendis sans trop savoir à quoi ce dernier était dû. Je montai sur la bécane et la fis démarrer. Lucius fit de même et me laissa passer devant. J'enquillai la première et avançai. La traversée jusqu'à la maison fantôme se fit sous le regard de beaucoup de vampires. Tous avaient un grand sourire, peut-être dû au fait de voir leur roi dehors ?

Le retour se fit à toute allure, nous bifurquâmes sur la même route que Mathias et Alex et j'aperçus cette dernière me faire signe. Je posai la moto à côté des leurs, Lucius me rejoignit. Les deux fourgonnettes se garèrent légèrement plus loin dans un chemin, près des bois.

— On est un peu trop à l'écart là, non ? demandai-je à Alex.

— Oui, mais ce sont des métamorphes qui gardent Adrien. Il vaut mieux prendre des précautions.

Je lui tendis deux de ses couteaux fétiches, elle me remercia d'un sourire. Elle se contracta en voyant les vampires jaillir.

— Combien ? me questionna-t-elle.

— Une dizaine, des anciens d'après Lucius.

— Je confirme Alex. Ils connaissent les risques, ont tous plus de 300 ans et seront très discrets. Aucun danger de nous faire repérer, Adrien va s'en sortir.

Alex hocha la tête. Elle nous fit signe de la suivre afin de rejoindre Mathias. Ce dernier était un peu plus loin, perché dans un arbre. Il disparut pour réapparaître juste devant nous.

— J'ai compté dix gardes à l'extérieur et d'après Adrien, il y en a au moins douze à l'intérieur.

— On sait où sont les otages et Adrien ?

— Adrien est tout au fond, enchaîné dans une pièce fermée dans l'immédiat. Personne d'autre dans sa cellule. Il pense que les vampires doivent être près de lui, il les entend parler de temps en temps. Lucius, il faut que tu les contactes afin qu'ils se tiennent prêts.

— Je m'en occupe.

Il s'éloigna de quelques pas. Je me tournai vers Mathias.

— Télépathie ? Toi aussi ?

— Je pourrais, mais je suis moins efficace que Lucius. Et puis, certaines choses doivent demeurer secrètes, me répondit-il en me faisant un clin d'œil.

— Alors pourquoi tu me le dis ?

— Je ne peux rien te cacher, je suis tellement faible en face de toi, ajouta-t-il en me prenant la main.

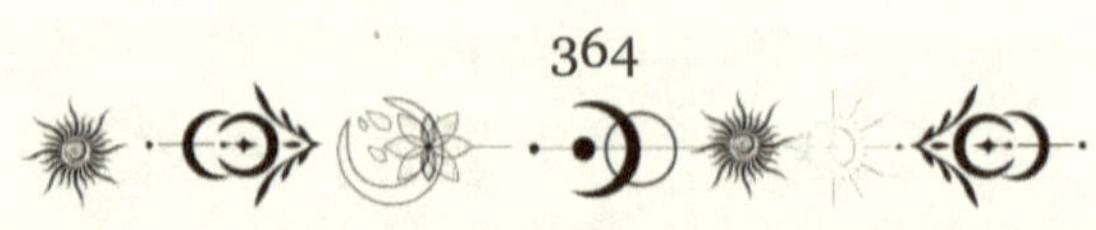

— Ce n'est pas possible d'être un comédien pareil ! Allez, au boulot !

Lucius revint vers nous et nous confirma la position des siens. Il fallait que certains passent par-derrière afin d'éviter que les otages soient exécutés. Alex se proposa.

— Je peux dégager un passage si vous ne pouvez pas vous téléporter.

— Il n'y a pas de porte, répondit Mathias.

Ma sœur lui lança son regard qui tue.

— Ah ! Tu veux dire « dégager un passage » ? OK, je n'avais pas compris, désolé, fit-il en se marrant.

— Je veux cinq hommes avec Alex, Mathias en renfort. Tisha, devant avec moi ?

— OK.

Il me saisit en même temps que Mathias attrapait Alex. Mince, je n'avais pas pensé qu'ils allaient utiliser ce moyen-là.

Chapitre 45

Mathias

Je saisis ma nouvelle amie et la fis réapparaître près de la porte.

— Prête ? Je passe de l'autre côté au signal de Lucius.

— Vas-y. Je créerai un bouclier si nécessaire.

Dès que je perçus le message, je nous téléportai. Notre arrivée fut une surprise totale pour nos ennemis, preuve que nous avions été suffisamment discrets. J'en vis certains sortir des flingues, Alex se chargea immédiatement de les faire voler à travers la pièce. Elle nous laissa ensuite gérer la suite pour se rapprocher des portes du fond. Deux des miens la suivirent, je gardai un œil sur elle. Hors de question que quelqu'un la touche. J'éliminai rapidement deux des garous qui s'étaient mis sur mon chemin en leur brisant la nuque. Alex était aux prises d'un énorme ours, mais elle l'envoya valdinguer au loin sans difficulté. Elle n'avait pas muté, signe qu'elle n'utilisait pas sa magie à 100 %. Je laissai mes collègues rejoindre Lucius afin de prendre nos ennemis en tenaille et me téléportai vers elle. Elle sursauta légèrement.

— Tu aurais pu m'avertir, j'ai failli te faire voler ! me gronda-t-elle.

— Et tu t'en serais tellement voulu après de m'avoir fait mal, tu m'aurais soigné tendrement et...

— Mathias ?

— Quoi, ma libellule ?

— Ta gueule !

J'éclatai de rire, ces Euménides allaient avoir ma peau. Le petit sourire en coin qui s'affichait maintenant sur son visage me montra qu'elle aussi aimait que je me moque. Elle redevint sérieuse en ouvrant une des portes sur sa droite. Une rafale partit immédiatement, je n'eus que le temps de me mettre entre elle et les balles.

— Putain ! Ça fait mal !

Elle claqua la porte et la tint fermée. Inquiète, elle se tourna vers moi.

— Ça va ?

— Ne te fais pas de souci, il en faut plus pour m'éliminer !

Je lui fis un clin d'œil pour la rassurer, mais putain, je douillais là.

— Merci Mathias. Je crois que je vais régler le problème définitivement.

Elle ferma les yeux une seconde et sa peau changea immédiatement. Ses ailes la recouvrirent, ses vêtements se déchirèrent. Elle se maîtrisait merveilleusement bien. Elle rouvrit la porte et s'engouffra, un bouclier devant elle. Les deux métamorphes furent tellement surpris de son apparence qu'elle put les supprimer sans grande difficulté. Au fond, un homme était enchaîné et en bien mauvais état.

— Adrien ! Adrien, c'est moi Alex ! Ouvre les yeux bon sang !

Je refermai la porte derrière nous, histoire d'éviter les mauvaises surprises. Je connaissais le passé qui la liait à cet homme. Il finit par réagir lorsqu'elle le toucha pour retirer les chaînes en argent. Visiblement, elle n'y était toujours pas sensible, bonne nouvelle. J'étais certain qu'elle ne s'était même pas posé la question deux secondes avant d'agir.

— Alex... c'est toi ?

— Oui, je t'expliquerai !

Je la laissai terminer, nous n'étions pas très friands de l'argent nous non plus, et elle se débrouillait tellement bien. Je me rapprochai afin d'éviter que le grand mâle lui

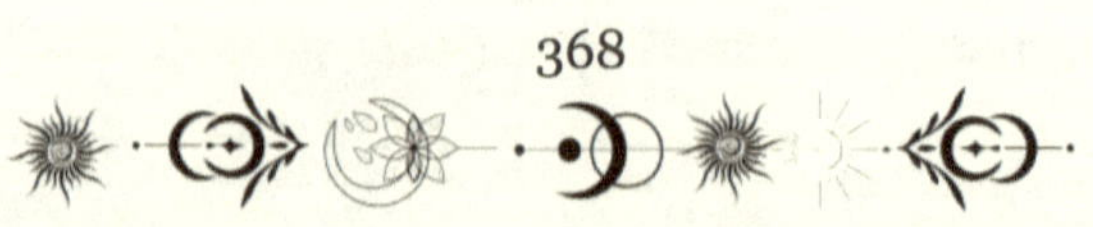

tombe dessus, une fois détaché. Il m'observa à travers ses paupières bien amochées. Ils n'avaient pas fait dans la dentelle pour qu'il soit dans cet état. Il s'écroula dans mes bras, quasiment nu. Je le laissai glisser doucement. Il devait s'asseoir un moment.

— Tu restes avec lui ? Je dois aller voir comment vont les miens.

— Vas-y, Mathias. Frappe avant d'entrer sinon tu risques de te faire démolir en passant de nouveau cette porte.

— Compris m'dame !

Elle sortit de l'eau de son sac à dos, j'eus mal au cœur de la laisser seule. Je me raisonnai, elle était bien plus forte qu'il n'y paraissait. Les combats continuaient au loin. Je me déplaçai vers la seconde pièce. Je tentai de me téléporter de l'autre côté sans résultat. Cela ne pouvait signifier qu'une seule chose, les miens étaient là. Je frappai durement contre la porte, elle ne bougea pas d'un iota.

— Un petit coup de main peut-être ? fit Tisha en apparaissant au côté de Lucius.

— Si madame veut bien se donner la peine, lui répondis-je en faisant une révérence.

Elle me fit un clin d'œil et se concentra. Une seconde après, la porte se dégondait toute seule.

— Facile, me fit-elle.

— Crâneuse ! lui rétorquai-je.

— J'avoue.

Lucius pénétra dans la pièce en premier, Tisha se tourna afin de surveiller que nous ne nous faisions pas attaquer par derrière. Je suivis mon ami, les nôtres n'étaient pas beaux à voir. Ils avaient visiblement été affamés, heureusement que Tisha était restée dehors.

— Protège-la ! me fit Lucius.

Il était, en effet, plus raisonnable que je reste à ses côtés. Je sortis de la pièce.

— Alors ? me questionna-t-elle.

— Ne t'approche pas d'eux, ils sont morts de faim. Ils pourraient perdre le contrôle et t'attaquer.

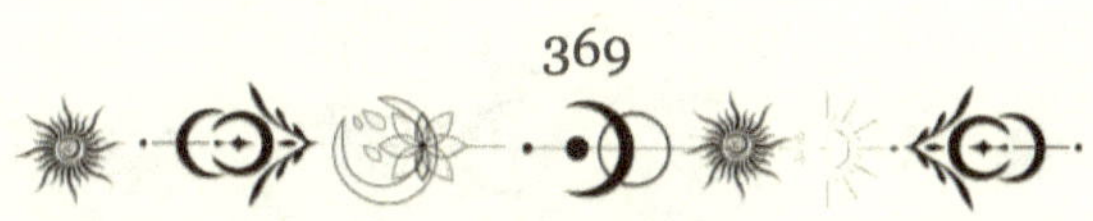

— OK, vous en gardez quelques-uns en vie pour savoir pourquoi ils s'en sont pris aux vôtres ? me demanda-t-elle en me montrant les gardes.

— Jonas a des consignes.

— Parfait, je vais rejoindre Alex.

Jonas arriva brusquement avec un sac, je savais qu'il contenait des poches de sang. Je suivis Tisha et retrouvai Alex à terre, tenant précautionneusement la tête de son ami sur son ventre.

— Tisha, il faut le transférer de toute urgence. Ses blessures ne guérissent pas et il ne m'entend pas quand je lui dis de se transformer.

Sa voix était rauque, ses yeux pleins de larmes. Elle avait vraiment peur de le perdre.

— Je peux l'aider ! Tu veux que je lui donne de mon sang ?

— Je ne peux pas te demander ça Mathias.

— Tu n'as pas à me le demander. Cet homme est visiblement important pour toi. Un peu de mon sang pourrait lui permettre de tenir.

Je ne cherchai plus à discuter et me déchirai le poignet. J'ouvris la bouche d'Adrien et fis tomber des gouttes à l'intérieur. Il finit par déglutir. Je continuai un moment, vu son état, ce n'était pas du luxe.

Au bout de trois minutes, sa respiration sembla déjà moins laborieuse, son visage reprit quelques couleurs. Je stoppai la distribution. Alex m'adressa un regard de remerciement qui me percuta littéralement. Je me détournai rapidement et partis à la recherche de Lucius. Je ne comprenais pas comment ces femmes pouvaient passer outre mes barrières émotionnelles aussi facilement.

— Un souci ? me demanda-t-il.

— Non, leur ami est dans un sale état, il faut le faire soigner très vite. Il doit être auprès des siens. Je lui ai donné un peu de mon sang.

Lucius me regarda, surpris, mais ne fit aucun commentaire.

— Tisha devrait appeler son père, tu vois avec elle ?

— OK.

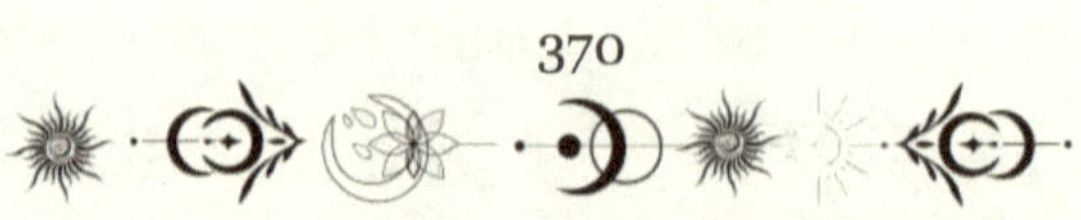

Je retournai donc de nouveau près de ces dames et passai la demande à Tisha.

— Je viens de le faire. Il m'envoie un hélicoptère. Il en a trouvé un avec pilote pas très loin.

— Ça va, Alex ?

Elle était complètement prostrée contre lui. Chose étonnante, elle ne s'était toujours pas retransformée. Elle leva les yeux vers moi, un peu perdue. Je m'approchai doucement, Tisha fronça les sourcils en réalisant l'état de sa sœur.

— Hé, ma belle ! Tu es avec nous ?

— Mathias ?

— Ton ami va bien, Alex, regarde. Tu peux lâcher prise maintenant.

Adrien ouvrit les yeux. Alex se focalisa immédiatement sur lui.

— Adrien ? Tu m'entends ?

— Alex ? Oui. J'ai juste mal partout, mais ça va.

Il eut un mouvement de recul quand il visualisa notre amie. Forcément, la première fois, ça peut surprendre.

— Mais qu'est-ce qui t'est arrivé ?

— Je t'expliquerai. Tu penses pouvoir te lever ? Tisha, tu peux l'aider ?

Tisha s'approcha, je fis de même. Je glissai mon bras sous le sien, il se releva avec difficulté. Je le lâchai pour me rapprocher d'Alex, son comportement m'inquiétait.

— À ton tour !

Elle me tendit la main, je la soulevai doucement. Une fois debout, je voulus la libérer. Elle oscilla immédiatement.

— Tisha, ta sœur a un problème. Alex ? Comment tu te sens ?

— J'ai mal...

— Où ? Tu es blessée ?

Je vérifiai rapidement, aucune blessure n'était visible. Tisha avait calé Adrien contre le mur.

— Parle Alex, où as-tu mal ? demanda Tisha.

— Mon cœur, j'ai mal...

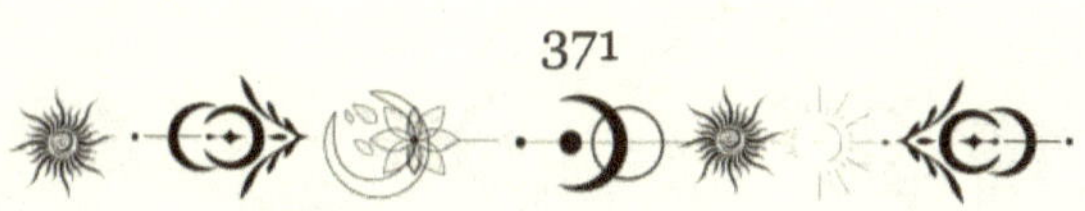

Elle trembla violemment, ses yeux se révulsèrent. Merde, mais qu'est-ce qui se passait ? Elle s'évanouit dans mes bras, je ne sus pas quoi faire. Son corps se mit enfin à changer, elle se retrouva nue. Tisha récupéra le sac à dos et en sortit une couverture dont elle couvrit sa sœur.

— Je la sors, elle va avoir froid dans l'entrepôt. Quand est-ce que l'hélico arrive ?

— Dans une vingtaine de minutes, je rappelle mon père.

J'appelai deux des miens à la rescousse afin qu'ils aident Adrien à nous suivre. Lucius nous rejoignit dehors.

— Qu'est-ce qu'elle a ? Elle est blessée ?

— Aucune idée ! Pas d'impact, pas de sang. Elle a juste parlé de son cœur, et qu'elle avait mal.

Lucius sembla inquiet.

— Cela pourrait être un souci avec sa sœur. Tisha, tu as mal quelque part ?

— Non, je vais bien. Pourquoi ?

— Vous êtes liées toutes les trois, je me suis dit que Megan avait peut-être un problème, mais tu le sentirais aussi...

Les yeux de Tisha s'agrandirent d'effroi. Elle sembla se replier sur elle-même, avant de respirer un grand coup.

— Non, ce n'est pas Megan. Le lien est toujours là, solide.

— Alors c'est autre chose... répondis-je.

Elle attrapa son téléphone et contacta son père.

— Où est l'hélicoptère, papa ? Cela devient urgent, là !

— Adrien va encore plus mal ? Il devrait être sur vous dans quelques minutes.

— Alex s'est évanouie et nous ne savons pas pourquoi. On a pensé que c'était lié à Megan, mais non, je la sens présente et en vie.

— ...

— Papa ? Qu'est-ce qui se passe ? Vous avez des problèmes ?

— Je ne voulais pas t'annoncer ça de cette façon, Tisha, mais James a disparu. Nous pensons qu'il a été enlevé.

— Quoi ? Mais comment ? Il est sorti de la résidence tout seul ?

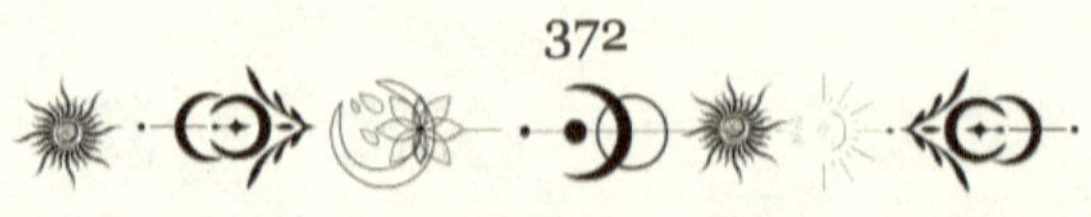

— Apparemment oui. Écoute, je t'en dirai plus à ton arrivée. Je vais voir avec Cassandra si cela peut être l'origine de son malaise. Je te rappelle si j'en sais plus.

Je regardai Alex, toujours évanouie entre mes bras. James... d'après ce que je savais, leur lien était fort... mais à ce point ?

— Tu penses qu'Alex a pu ressentir la disparition de James ? demandai-je à Tisha.

— Sa disparition, je n'en suis pas sûre. Mais s'il lui est arrivé quelque chose de grave, certainement. Je ne peux pas te donner tous les détails, mais leur relation a été amplifiée par la magie.

Elle prit une grande inspiration, les larmes au bord des yeux.

— Pas James, elle ne s'en remettra pas s'il lui arrive malheur.

Elle attrapa la main de sa sœur et caressa son visage.

— Allez grande sœur ! Ouvre les yeux ! Tu n'as pas le droit de me laisser toute seule.

Nous entendîmes au même moment le moteur de l'hélico. Lucius s'approcha de Tisha et tenta de la consoler.

— Ta sœur est une battante, Tisha. Vous n'avez jamais baissé les bras, elle ne va pas commencer maintenant.

Jonas nous interpella.

— Les nôtres sont à l'abri, dans les fourgonnettes. On les emmène comme prévu. Que fait-on des deux prisonniers ?

— Il y a combien de places dans ton hélico, Tisha ?

— Je pense que c'est un sept places, pourquoi ?

— Nous pourrions vous accompagner et faire transférer après les prisonniers dans la résidence de ton père ? Nous avons un ennemi commun, il est temps que nous le supprimions définitivement.

— Je n'ai rien contre, et je sais que mon père n'en aura pas non plus. Mais vous ne seriez que tous les deux ? Pas de gardes du corps ? Les tiens ne vont pas trouver cela bizarre ?

— Je fais ce que je veux, Tisha et nous n'avons pas besoin de gardes. Mathias et moi sommes suffisamment puissants pour nous en passer. Assure-toi que ton père n'y

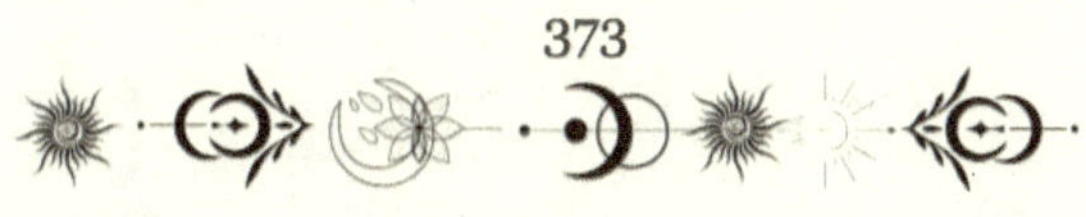

voit pas d'inconvénient pendant que j'organise le rapatriement de tout le monde.

Je décidai de m'éloigner un peu avec mon précieux paquet dans les bras et demandai à Tisha de me suivre. Je savais qu'Alex n'apprécierait pas que tout le monde la voie nue en arrivant.

— Aide-moi à l'habiller.

— Je peux le faire toute seule, Mathias.

Je soupirai, ma patience fondait comme neige au soleil.

— Écoute ! Je la tiens et je ferme les yeux si tu veux ! Ça te convient comme ça ? Tu crois que j'apprécie de la voir dans cet état ? Que cela m'excite ? Tu me prends pour qui, Tisha ?

— Toutes mes excuses, Mathias, fit-elle d'une petite voix. Je suis inquiète et je ne réfléchis plus vraiment. Merci de prendre soin de nous.

Elle sortit les vêtements de rechange qu'elle avait dû glisser dans le sac à dos lors de son aller-retour et se chargea d'habiller ma dormeuse. Je fermai les yeux, comme proposé, et ne les ouvris que sur sa demande. Je fis attention où je posai mes mains, le passage du jean se révéla un peu plus compliqué, mais nous y arrivâmes. Tisha échangea quelques textos avec son père, je sentis qu'elle était prête à fondre en larmes. Son énergie s'avéra encore plus erratique que d'habitude. Cela commençait à faire beaucoup pour ces jeunes femmes.

Lucius, viens nous rejoindre ! Tisha a besoin de toi. Elle est sur le point de craquer.

Il arriva immédiatement et s'empressa de la cajoler.

— C'est OK pour mon père, parvint-elle à prononcer.

— L'hélicoptère s'est posé dans le champ d'à côté, on y va.

Alex dans mes bras, Adrien aidé par deux des nôtres, Tisha soutenue par Lucius, notre procession devait faire peine à voir. Je passai en premier et installai délicatement Alex contre moi. Sa respiration était stable, j'entendais son cœur battre régulièrement, cela me rassura un peu. Adrien se mit en face de moi et me lança un sale regard. Il semblait reprendre du poil de la bête.

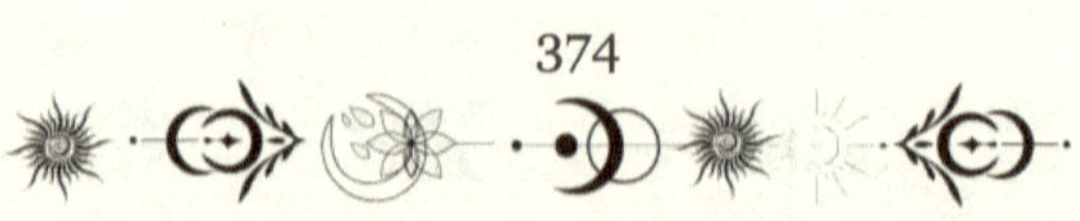

— Vous êtes qui ?

— Des amis.

— Je ne vous connais pas.

— Et pourtant tu as mon sang dans ton corps, on peut déjà se tutoyer, je pense.

— Ne t'inquiète pas Adrien, ce sont réellement des amis. Je suis Tisha, la sœur d'Alex. Contente de t'avoir retrouvé.

Il observa la main tendue et finit par la serrer. Il avait intérêt à changer très vite de comportement s'il ne voulait pas avoir d'ennuis avec Lucius ou moi. Tisha me lança un regard qui signifiait : on se calme ! J'allais l'écouter dans un premier temps. Je me rencognai et chuchotai des petits mots à Alex. Elle devait ouvrir les yeux, je n'en pouvais plus de la voir dans cet état. Je sentais le regard curieux et légèrement possessif de notre blessé sur moi, mais je m'en foutais. Tisha et Lucius discutaient à voix basse, ce dernier devait tenter de la rassurer. L'hélico décolla, je continuai de lui parler pendant tout le voyage.

Chapitre 46

Adrien

Je regardai ce vampire serrer Alexandra dans ses bras. Il avait l'air de bien la connaître et de tenir à elle. Je l'entendais chuchoter, mais ne comprenais pas ce qu'il lui disait. Sa sœur semblait aussi intime avec le second. Ils l'avaient appelé Lucius... le roi des suceurs de sang, rien que ça. Je me demandais ce qui s'était passé d'autre pendant mon absence. J'avais laissé Alex au camp, bien entourée avec ce James qui lui tournait autour. D'après ce que j'avais compris, ils étaient ensemble. Tisha avait aussi parlé d'un lien magique, je n'aimais pas la magie. Si Alex avait été une métamorphe, tout aurait été plus simple.

Le sang du vampire faisait son effet, aidé par ma bonne composition. Ils ne m'avaient pas loupé, je ne savais même plus quel jour on était. J'avais perdu le décompte quand ils m'avaient conduit dans l'entrepôt en me qualifiant de traître. Comment avaient-ils su ? J'avais mon idée, nous n'étions que trois au courant et j'imagine que Marius n'avait informé ses filles que lorsque je ne l'avais plus contacté.

— Quel jour sommes-nous ?

Tisha se tourna vers moi, surprise par ma question.

— Nous sommes vendredi. Ta fausse tentative d'évasion date de 12 jours. Ton précédent contact avec mon père date de jeudi dernier. Sais-tu comment tu as été découvert ?

— Non !Et c'est bien ce qui m'inquiète. Quand avez-vous su pour moi ?

— Lundi.

— Ils m'ont emprisonné samedi, le jour où je devais contacter votre père.

— Pourtant, il n'en a parlé à personne avant ce jour-là. Sache que les nôtres ont tous été libérés, nous les avons retrouvés avec Alex. Trois ne sont malheureusement pas revenus. La résidence a été transformée en hôpital de campagne. Les séquelles psychologiques restent les plus importantes.

— C'est une bonne nouvelle malgré tout.

Je fermai les yeux, ce bref échange m'avait déjà épuisé. Tisha n'ajouta plus rien. Je me réveillai à l'atterrissage, complètement perdu. Je laissai Lucius et Tisha sortir en premier, j'espérai que Marius avait informé mon ancienne équipe que je n'étais plus un traître. Je n'avais pas envie de prendre une balle par mégarde. Je m'étais inquiété pour rien, Marius était là avec quatre infirmiers et un médecin à l'évidence. Je vis Tonton juste derrière lui, un grand sourire aux lèvres. On m'aida à descendre, je n'étais pas très vaillant.

— Adrien ! Content de te voir en vie. Tu m'as fait peur mon garçon, me dit Marius.

Je ne répondis rien dans l'immédiat, je me battais contre la douleur de marcher.

— Mettez-le sur un brancard, cet idiot ne sait même pas reconnaître qu'il souffre le martyre, assena le vampire derrière moi.

Je ne pus pas démentir, j'avais trop mal. Une fois allongé, cela allait mieux. Tonton me scrutait, inquiet. Marius fit un signe au médecin qui commença à me palper. J'avais très envie de lui envoyer mon poing dans la gueule, si seulement j'avais pu le soulever... je me concentrai sur la discussion en cours.

— Enchanté de te rencontrer enfin, Lucius, merci de ton aide.

— Nous nous sommes aidés mutuellement. Tes filles m'ont permis de retrouver les miens. Elles sont incroyables toutes les deux.

— C'est vrai. J'imagine que vous êtes Mathias ?

— Enchanté Majesté. Alex n'a pas repris connaissance. Avez-vous pu en discuter avec sa mère ?

— Elle pense comme vous. Le lien avec James a été cimenté par la magie d'Athéna, il a dû lui arriver quelque chose. J'espère juste qu'il n'est pas mort. Elle nous attend. Messieurs ?

Je compris que les deux autres infirmiers s'approchaient afin de récupérer Alex. Je me tournai légèrement, le vampire n'avait pas l'air d'avoir envie de la lâcher.

— Mathias ? fit son roi.

Il se crispa, mais déposa délicatement mon amie. Tisha lui mit la main sur l'épaule et lui chuchota quelque chose à l'oreille que je n'entendis malheureusement pas. Nous avançâmes, Tonton ne me quitta pas d'un poil.

— Ça va commandant ?

— Je croyais que c'était toi le commandant, maintenant... fis-je moqueur.

Je connaissais le plan de Marius, obliger Tonton à me remplacer. Cela m'avait fait sourire quand ces salopards me torturaient. Je l'imaginais aux prises avec la bureaucratie, un pur moment de bonheur.

— Une autre bonne nouvelle de ton retour, je vais pouvoir me débarrasser de tout ça !

— Tu rêves, mon gars. Depuis le temps que Marius souhaitait que tu prennes le job.

Je tentai de rire, mes côtes me rappelèrent que tout n'était pas encore remis.

— Je te présente toutes mes excuses, Adrien. Je n'aurais pas dû y croire.

— Nous avons tout fait pour que cela soit le cas, tu n'as pas à t'en vouloir. S'il y avait eu une autre solution... J'aurais souhaité que tu sois mis dans la confidence, mais

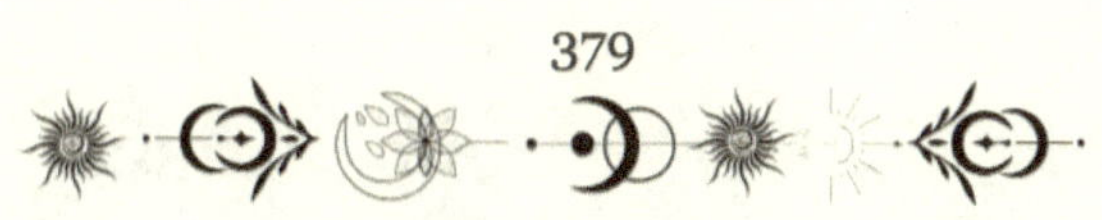

Marius préférait minimiser les risques pour moi. Finalement, ça n'a rien changé ! soufflai-je, épuisé.

J'ouvris de nouveau les yeux dans une grande pièce, on m'avait placé sur un lit d'hôpital, Alex était en face de moi, dans un autre lit. Encore une coupure du son et de l'image, ça m'énervait. Je regardai mon nouvel environnement, il y avait plus de monde. Mes gars étaient là, toute l'équipe 1 au complet. Le jeune Jason était là lui aussi, ils avaient dû l'intégrer... Ils se tenaient tous sagement à distance et écoutaient le médecin. J'entendis « en bonne voie... grosse fatigue... du repos... » Bref, mon cougar était en train de tout réparer, il allait juste me falloir du temps, mais visiblement nous n'en avions pas. Je me redressai et apostrophai le vampire qui ne quittait pas Alex des yeux.

— Eh toi !

Il releva la tête, surpris.

— Ouais toi, tu peux venir deux minutes ?

Il échangea un regard avec son roi et se dirigea vers moi.

— Qu'est-ce que tu veux ? lança-t-il.

Bon, apparemment il ne m'aimait pas plus que je ne l'appréciais, pas grave. Il tenait visiblement à Alex et ça, c'était le plus important.

— Tu pourrais m'aider à me rafistoler plus vite ?

Ses yeux s'arrondirent devant ma demande.

— Tu y as pris goût on dirait ? Désolé mon pote, mais je ne donne pas mon sang sur commande. Je l'ai fait pour Alex, pour qu'elle te perde pas.

— Exact, alors fais-le encore, pour elle.

Le médecin s'était rapproché inquiet.

— Monsieur, vous n'avez aucune raison d'accélérer quoi que ce soit. Vous serez comme neuf d'ici trois jours, deux si vous faites attention.

— T'es sympa doc, mais je n'ai pas l'impression que nous les avons, ces deux jours.

Je me tournai à nouveau vers le vampire.

— Alex va mal parce qu'elle est liée à ce James. Au mieux, il subit la même chose que moi et elle le ressent. Au pire... Tu veux qu'on fasse en sorte qu'elle revienne parmi

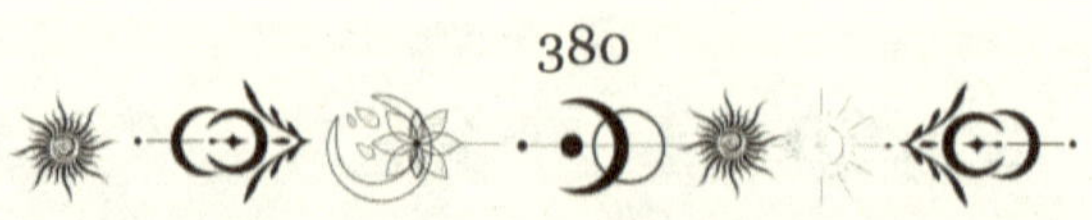

nous rapidement ou tu préfères lui tenir la main en attendant ?

Agresser un vampire dans mon état n'était pas la meilleure de mes idées, mais j'étais certain que ce mec s'était sérieusement entiché de mon amie. Il me jaugea du regard.

— En quoi le fait que tu sois en forme maintenant va nous aider ?

— J'ai eu le temps d'apprendre des choses, mais si je m'évanouis toutes les cinq minutes... Je risque d'oublier de vous dire des informations importantes. Rends-moi mon cerveau, je suis prêt à tout pour elle.

— Tu es conscient que boire de mon sang aussi rapidement après la première fois peut créer un lien d'asservissement ?

— Rien à battre ! Je ne sais pas s'ils vont s'amuser avec James ou décider de l'éliminer purement et simplement par représailles. S'ils apprennent que son sort est lié à celui d'Alexandra... À ton avis, qu'est-ce qu'ils feront ?

J'avais avancé les bons arguments. Il se coupa le poignet et me le présenta. J'entendis mon équipe qui voulut interférer. Tisha les immobilisa tous.

— C'est son choix, ne vous en mêlez pas !

Elles avaient leur utilité ces sorcières. J'avalai le sang de ce vampire, il ne me quittait pas des yeux. Je savais qu'il vérifiait que je ne vire pas fou furieux. En grosse quantité, il pouvait conduire les métamorphes à une sorte de démence. Je sentis sa puissance m'envahir, la douleur enfla puis s'arrêta brusquement. Il retira son poignet.

— Je pense que ça suffira.

Putain, il devait être fort celui-là. Je me sentais dix fois plus puissant qu'habituellement. Je contrôlai rapidement ma respiration, le cougar voulait sortir.

— Éloignez-vous tous ! Il a besoin de se transformer, cria Marius.

Je laissai ma bête prendre le dessus un court instant, et me retrouvai à quatre pattes. Que c'était bon ! Ils étaient sur le qui-vive, à part les deux vampires et Tisha. Je m'assis

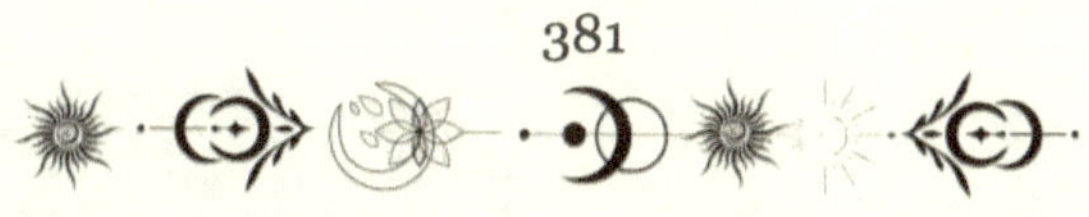

afin de leur montrer que j'étais aux commandes, tout le monde se calma.

— OK. Luc ! Gabriel ! Accompagnez Adrien dehors afin d'être certain que tout se passe bien pour lui et pour les autres. Adrien, tu as quinze minutes ! Après, on se met au boulot ! ordonna Marius.

Je laissai à mes deux compères le temps de se transformer aussi, et les suivis pour sortir de la chambre puis de la maison. Visiblement, j'avais été amené dans la demeure royale. Personne ne se mit en travers de notre route et je pus foncer à travers le parc. Gabriel et Luc m'encadraient, tout en me laissant libre de mes mouvements. Être enfermé, torturé sans pouvoir changer, il n'y avait rien de pire pour un garou. Encore plus quand votre animal était un prédateur, habitué aux grands espaces et à la liberté.

Je sentis une bonne odeur de lapin sur mon chemin, un casse-croûte ne me ferait pas de mal non plus. Je le pistai et lui tombai dessus rapidement. Je me délectai de ce repas, ma bête était de nouveau au diapason avec moi. Je repris ma course à travers les bois, respirant toutes les odeurs. Je décidai de m'amuser un peu avec mes potes et attaquai Gabriel. Habitué à ce qu'on se chahute, il réagit immédiatement. Luc resta à l'écart, certainement pour vérifier que je ne pétais pas un câble. Après divers coups de patte, sans griffes, et morsures légères, je me sentis enfin mieux. Je me couchai tranquillement dans l'herbe, faisant ainsi comprendre à Gabriel que le jeu était terminé. Luc fit demi-tour vers moi, il était visiblement l'heure de rentrer.

Les gars m'emmenèrent dans une autre chambre dans laquelle je pus me doucher et m'habiller. Ils m'escortèrent ensuite dans la grande salle. Mes deux équipes s'y trouvaient, ainsi que d'autres métamorphes. Je reconnus Anthony et Louis, mais j'eus un doute sur la femme magnifique qui se tenait à côté de Raphaël. Serait-ce la princesse ? Je vis aussi une femme qui ressemblait à Alex près de Marius, Cassandra ? Très bien !

Je pris place à côté de mes gars et serrai des mains à n'en plus finir. Tout le monde était content de me voir. Même

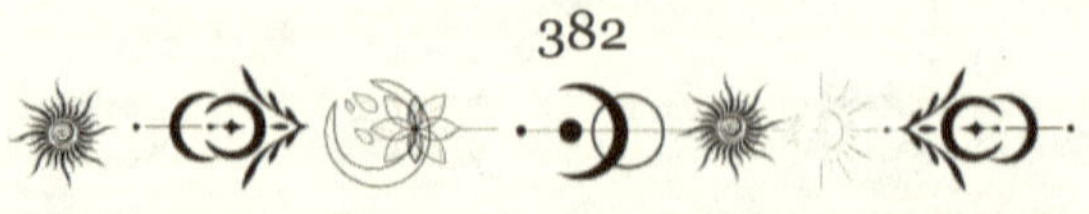

Isabella vint me faire la bise malgré ses yeux embués de larmes. Elle devait avoir du mal avec Alex dans cet état. Tisha était en face de moi, accompagnée de ses deux sangsues. Les lèvres de mon donneur frémirent, entendait-il mes pensées ? Il braqua son regard sur moi et hocha la tête.

Merde ! J'allais devoir réfléchir et bloquer mes pensées.

— Bon, tout le monde est là, on va donc commencer. D'abord petit tour de table afin que chacun sache qui est qui. Lucius à la droite de ma fille est le roi de son espèce, il vient de nous aider à sauver Adrien. Mathias à gauche de Tisha est un de ses lieutenants. Messieurs, merci encore d'être venus et de nous apporter votre concours.

— Nous sommes dans le même bateau, Marius. Pas besoin de nous remercier. Le plus important maintenant est de sauver vos deux filles et de trouver qui nous en veut.

Je vis plusieurs personnes sursauter à la mention des deux filles, parlait-il de Megan ? Tisha glissa sa main dans la sienne, visiblement elle avait apprécié son intervention.

— C'est ce que nous avons tous à cœur de réaliser.

Il présenta ensuite ses fils et sa fille, j'avais eu tout bon ainsi que Cassandra. Il termina par les équipes de *Guardians*.

— Adrien, tu as voulu être sur pied plus vite que prévu, j'imagine que tu as quelque chose à nous apprendre.

J'observai la sorcière dans le blanc des yeux, elle ne semblait pas du tout inquiète.

— En effet, j'ai appris qui était derrière tout ça.

Tous se tendirent, ils allaient enfin pouvoir mettre un nom et un visage derrière ces attaques.

— C'est une sorcière, proche de la royauté, très proche même.

Les regards se braquèrent sur Cassandra. Je souris en la défiant.

— Alors Cassandra, quel effet cela vous fait-il d'être démasquée ?

En exclusivité, le premier chapitre du tome 3

Ce tome trois vous fait découvrir Megan, juste après l'évasion d'Adrien, alors que celui-ci venait d'être emprisonné par Marius. Alexandra et Tisha n'ont pas encore entendu leur sœur, les métamorphes sont toujours enfermés.

Vous allez pénétrer dans le quotidien violent de Megan, avec son soi-disant mari, Cédric. Bien que je n'aie pas souhaité en rajouter, il me semblait important de préciser ce qu'elle subissait, ce que trop de femmes subissent encore de nos jours. Passer rapidement dessus m'a donc été impossible.

Alors oui, le début de ce tome est plus noir que les deux autres, j'espère qu'il ne vous heurtera pas trop. N'hésitez pas à survoler les pages si c'est le cas.

Enfin, je vous rappelle que ce livre est de la fantasy. La façon dont Megan réagit et se reconstruit, est directement en lien avec son statut d'Erinyes et complètement du domaine de l'imaginaire.

Avec toute mon amitié.

Liz

Chapitre 1 – Megan

Lundi – 7 jours avant la libération des otages

J'ouvris les yeux sur le plafond de notre chambre. Encore une journée monotone en prévision. Cédric n'était déjà plus là, il était parti tôt pour aller travailler. J'en avais marre d'être seule. Constamment ! J'aspirai à autre chose. Je comprenais que mon état de santé l'inquiète et nécessite que je reste à la maison, mais j'avais l'impression de mourir à petit feu.

Je me mis un coup de pied aux fesses et m'obligeai à me lever. J'avais des tâches qui m'étaient assignées, ce n'était pas en m'apitoyant sur mon sort que cela allait avancer. J'enfilai ma robe de chambre, mes chaussons et je partis me préparer mon petit déjeuner. J'avais rêvé de pancakes cette nuit, j'allais m'en cuisiner. Je mis en marche la cafetière et confectionnai la pâte en quelques minutes : 50 g de beurre, 300 g de lait, 2 œufs, 30 g de sucre en poudre, la levure chimique, 200 g de farine. Je mélangeai le tout et sortis ma poêle à pancakes. Une fois tout cuit, j'attrapai mon médicament. Son goût était horrible, mais Cédric insistait pour que je le prenne tous les jours. Cela boostait mes défenses immunitaires et m'évitait de retomber gravement malade d'après lui. Il était médecin, il savait ce qu'il disait. Armée de ma tasse de café, j'avalai rapidement la mixture. Pouah ! J'enchaînai vite avec une gorgée de café afin de faire passer le goût, c'était mieux. Le soleil perçait à travers la fenêtre de la cuisine, encore une belle journée en perspective. Pâte à tartiner, confitures, j'allais me faire un déjeuner de reine !

Je faisais des rêves bizarres en ce moment. Je me voyais en train de me battre contre des lycanthropes, mais dans le cadre d'entraînements. Ces personnes-là étaient mes compagnons et nous passions des moments super, tous ensemble. J'avais des pouvoirs de dingue dans ces songes, je pouvais faire voler un mec, l'immobiliser, mettre le feu à tout et n'importe quoi. J'avais aussi un ami, un homme qui m'attirait, mais que je maintenais à distance. Je ne pouvais pas parler de ça avec Cédric. La fois où j'avais évoqué certains de mes rêves, il avait modifié mon médicament. J'avais été léthargique pendant un mois avant de m'adapter à ce changement. Non, ce n'était que des utopies. À défaut d'avoir une vie pleine d'aventures, je la rêvais, c'était simple.

Une fois mon ventre rempli et mon premier café avalé, je fonçai sous la douche. Je m'habillai sobrement, un short en jean et un tee-shirt. Pas de visite aujourd'hui. Je rangeai la maison et la nettoyai, Cédric était très organisé dans son travail, mais pas chez nous. Il laissait tout trainer. Vu que je n'avais pas de métier, c'était mon rôle de faire en sorte que tout reste ordonné et propre. Je mis une lessive en route et préparai le déjeuner. Manger sainement, que des repas faits maison faisait partie de mon traitement ! Ce midi, ce serait ratatouille et escalopes de poulet. En dessert, une tarte aux pommes ferait son bonheur. Comme d'habitude, ces simples activités me laissèrent fatiguée. J'attrapai un livre et me posai dans mon fauteuil préféré, face au jardin. Nana, ma seule amie, m'avait prêté le dernier Rébecca Kean. Je le cachais, car mon cher époux n'aimait pas que je lise des histoires de sorcières. Pourquoi ? Je n'en savais rien, il ne me l'avait jamais expliqué. Plongée dans mon livre, je sursautai au son de l'alarme que j'avais programmée. Je dissimulai vite mon bouquin sous une lame du parquet de la chambre, autant éviter une dispute. Je mis la table, vérifiai la cuisson de ma ratatouille, parfait. Ma tarte refroidissait sur le plan de travail. Je cuisis mes escalopes, Cédric n'aimait pas attendre quand il arrivait.

Midi trente pile, il passa le pas de la porte. Blond, les yeux marron, mon mari était un très bel homme de 45 ans. Certaines des femmes du village lui avaient fait des avances, je le savais. Il m'embrassa sur la joue.

— Comment vas-tu aujourd'hui, Meg ?

— Très bien, j'ai pu faire mes corvées sans souci particulier. Et toi ? Ta matinée s'est bien passée ?

— Tout se déroule comme je l'avais prévu. Nous sommes dans les délais.

Je ne connaissais pas ses objectifs, mais il y mettait tout son cœur.

— Je suis heureuse pour toi.

— Tu as pensé à ton médicament ? me demanda-t-il.

— Bien sûr, je sais que c'est essentiel, Cédric. Ne t'inquiète pas, je m'y tiens malgré son goût horrible, lui répondis-je, en faisant la grimace.

— Je comprends, mais l'important est qu'il soit efficace. Nous passons à table ?

— Tout est prêt.

Il s'installa tandis que je le servais. Nous mangeâmes en silence. Vingt minutes plus tard, le repas était fini, je lui préparai un café.

— Tu dors bien ? Tu as beaucoup bougé cette nuit.

— Comme un loir, j'espère ne pas t'en avoir empêché ?

— Ne t'inquiète pas, je me suis vite rendormi. Alors pas de rêves bizarres ?

— Non, en tout cas, rien dont je ne me souvienne, mentis-je.

Il me regarda fixement, toute trace d'affection semblait avoir disparu dans ses yeux, je frissonnai. Je lui tendis son café et lui tournai le dos. Lorsque je revins à table avec le mien, il était sur son téléphone. Bien, mon secret n'était pas découvert.

— Je vais rentrer tard ce soir, veux-tu que je demande à Béatrice de venir à la maison ?

Cette pétasse, sûrement pas !

— Ne la dérange pas, je sais qu'elle a des choses plus importantes à faire. Je me sens bien et j'irai me coucher tôt. Dois-je te laisser de quoi manger dans le frigo ?

— Inutile, je dois dîner avec ma patronne.

— Très bien. Si je vois que cela ne va pas bien, je l'appellerai aussitôt. Tu es rassuré ?

— Je le suis.

Il reprit son portable et continua d'écrire à je ne sais qui. Je me demandai s'il avait une maîtresse. Nous ne faisions plus beaucoup l'amour, le cachet bloquait ma libido et nos

rapports m'étaient douloureux. Je me forçais de temps en temps, afin qu'il ne soit pas trop malheureux. Il avait déjà tant abandonné pour moi.

À 13 h 15, il se leva pour repartir. Il me prit dans ses bras et m'embrassa. Le baiser simple, auquel je m'attendais, fut bien plus profond. Il envahit ma bouche et se colla contre moi. Ses mains se glissèrent sous mon tee-shirt et il me caressa la poitrine.

— J'ai envie de toi, Meg.

Moi pas, mais cela n'entrait plus en ligne de compte depuis quelques mois. Il défit le bouton de mon short et le descendit. Je le laissai faire, son désir pour moi prouvait qu'il tenait à moi. Il était la seule personne à avoir accepté de s'occuper de moi, je lui devais bien cela. Je fis glisser ma culotte et m'attaquai à son pantalon et à son slip. Je savais ce qu'il attendait. Il me souleva pour me poser sur la table et me pénétra d'un seul coup. Je frémis sous l'invasion, mon corps n'était pas prêt à l'accueillir. Il ahanait en me pilonnant, je serrais les dents afin de ne pas gémir, c'était douloureux. Il me pressait les bras, j'allais avoir des marques. Sa main s'abaissa, il pinça violemment mes tétons, son regard était dur. Il adorait être brutal et semblait croire que j'aimais ça moi aussi. Il s'enfonça une dernière fois en me griffant les seins. C'était fini. Il se retira et partit dans la salle de bain sans aucune considération pour moi. Je descendis précautionneusement de la table, j'avais mal. J'attrapai ma culotte et la remis aussitôt, ainsi que mon short. J'irais prendre une douche dès qu'il aurait quitté la maison. Il revint rapidement et se planta devant moi.

— Je t'aimerais un peu plus réceptive, Meg. C'est frustrant pour moi que tu restes immobile comme ça, dit-il, agressif.

— Je suis désolée, Cédric, tu sais que j'ai besoin de plus de temps pour… enfin, tu sais.

— Sais-tu combien de femmes apprécieraient que je les saute ? Fais un effort, c'est tout.

Sans attendre de réponse, il sortit et monta dans la voiture. Je le regardai partir les larmes aux yeux, je n'étais

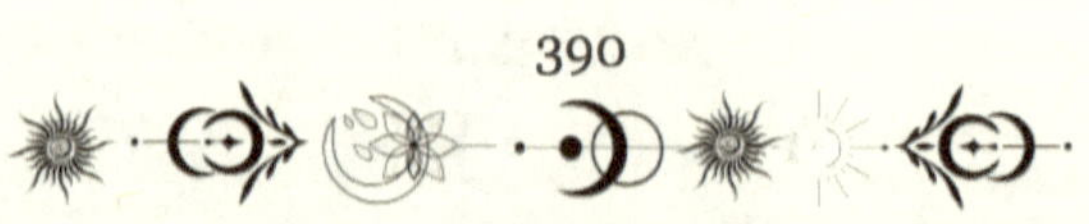

même pas bonne à ça. Je fermai la porte à clef et allai dans la salle de bain. Je me débarrassai rapidement de mes vêtements et me jetai sous la douche sans vérifier si l'eau était chaude. Je sanglotai un moment, souhaitant que la douche me lave aussi de mes pensées et de cette douleur sourde au creux de moi. J'attrapai le savon et entrepris de me frotter. Malgré la douceur de mes gestes, le nettoyage fut pénible. Je restai un instant assise sur le sol. Je n'avais plus goût à rien. Cela n'avait pas toujours été comme ça entre nous deux. Non, à une époque, il prenait son temps afin que je profite autant que lui de nos moments ensemble. Depuis plusieurs mois, il était plus agressif, son travail certainement. Et nos relations s'étaient dégradées. Il prenait, sans se soucier de moi, de mon plaisir.

Il m'avait sauvé la vie dans cette explosion, même si je ne me rappelais rien. Je m'étais juste éveillée avec lui au-dessus de moi, et attachée. J'avais eu des réveils agressifs plus tôt, et les médecins avaient préféré éviter que je me blesse, ou que je ne blesse quelqu'un. Je n'avais que 15 ans et il m'était apparu comme un héros.

Il s'était montré froid avec moi au départ. L'admiration d'une gamine de mon âge pour un homme de 35 ans, j'avais compris que c'était déplacé. Je dormais beaucoup à cette époque et subissais beaucoup d'examens, certains étaient très douloureux. Je ne pouvais pas sortir de la clinique et personne ne venait me voir. J'étais orpheline, m'avait-il dit, ma maladie l'intéressait, il voulait trouver le remède. C'est pour ça qu'il s'occupait de moi, il sauvait les gens. Je n'avais nulle part où aller, personne à qui parler, je n'avais que lui. Il m'apportait des BD, des livres. Je pouvais même écouter de la musique dans ma chambre, si je ne la mettais pas trop fort. Petit à petit, j'avais pu faire quelques pas à l'intérieur, puis dans le parc, toujours avec lui. De temps en temps, sa main me frôlait, je me sentais toute chose. Pour mon 16e anniversaire, il m'avait embrassé, puis s'était excusé. Je lui avais dit que c'était le plus beau des cadeaux, que je voulais qu'il recommence. Il avait refusé, prétextant que c'était contraire aux règles. Mais pendant les deux années qui avaient suivi, j'avais pu le toucher et il m'avait touchée et embrassée ; sans jamais aller trop loin alors que j'en mourais d'envie. Le jour de mes 18 ans, il m'avait emmenée chez lui et nous avions fait l'amour pour la première fois. J'étais folle de joie quand il m'avait proposé de l'épouser. Je savais que ma maladie était contraignante et que personne ne voudrait de moi, mais lui si ! Malgré tout, il me désirait à ses côtés. Nous avions été mariés par un de ses amis, maire du village et j'avais emménagé dans sa maison. Nous étions isolés des autres et cela m'avait parfaitement convenu au début. Mais maintenant, je me sentais seule trop souvent et nos rapports sexuels me laissaient, au mieux, frustrée, au pire, comme aujourd'hui.

Je finis par couper l'eau et par me sécher. Je me regardai dans le miroir, mes longs cheveux roux pendaient lamentablement de chaque côté de mon visage creusé. Mes yeux verts me semblèrent immenses et d'un vide abyssal. Comment pouvait-il avoir toujours envie de moi ? Ma silhouette était fine, trop fine certainement. J'avais encore de la poitrine, mais elle aurait pu être plus grosse si j'avais réussi à me nourrir un peu plus. Je ne gardais pas mes repas s'ils étaient trop copieux. Je me peignai et m'habillai. J'étais seule pour un long moment, je pouvais en profiter pour lire. Je sortis mon bouquin de sa cachette et m'installai de nouveau dans mon fauteuil préféré. Je laissai la porte fermée, au cas où Cédric déciderait de revenir au dernier moment. Ce n'était pas dans ses habitudes, mais il m'avait posé beaucoup de questions sur ma nuit. Je plongeai dans l'histoire, reprenant contact avec Rébecca, sorcière et Reine des Vikaris.

Je finis par m'endormir et je rêvai. Je me découvris, marchant dans une forêt, seule, apaisée. Je me vis en train de discuter avec une femme, je ne savais pas qui elle était, mais elle semblait douce. Elle me mettait en garde, elle me disait que je devais être courageuse. Je me visualisai en train de me réveiller, dans cette même forêt, et de lancer un sort de protection : une magnifique bulle qui engloutissait tout un camp. Lorsque je rouvris les yeux, je constatai qu'il était déjà 16 h. J'étais bien mieux que tout à l'heure, mon rêve m'avait apaisée. Je partis cacher mon livre et me préoccupai de la vaisselle. Une fois cela fait, je devais assurer le petit travail que m'avait déniché Béatrice, je lavais et repassais du linge pour leurs collègues. Ces derniers n'avaient pas le temps vu qu'ils avaient un vrai métier, utile à la société en plus. Cela ne me dérangeait pas plus que cela, j'avais au moins une occupation. J'en fis une bonne partie en musique, nous n'avions pas la télévision à la maison, Cédric était contre.

C'est malheureusement sans véritable surprise que j'entendis toquer à la porte à 18 h. Je l'ouvris sur Béatrice, tirée à quatre épingles.

— Je venais voir comment tu allais, je sais que tu es seule ce soir.

— Entre, Béatrice, j'avais précisé à Cédric de ne pas te déranger. Je sais que tu as beaucoup de choses à faire.

Elle s'assit sur le canapé, en prenant soin de l'épousseter avant. Il était parfaitement propre, c'était juste pour m'énerver.

— Pas de ça entre nous, Meg. Cédric peut absolument tout me demander, je lui dirai toujours oui. Ton mari est tellement charmant. Tu m'offres à boire ?

— Bien sûr, qu'est-ce qui te ferait plaisir ?

Je serrai les dents, je savais bien qu'elle le désirait, mais rien ne me prouvait pour le moment qu'il ait succombé.

— Une bière ? Tu as fait un gâteau ? Ça sent bon, j'en prendrais bien une part aussi.

— Si tu veux, c'est une tarte aux pommes.

— Oui, je suis au courant, Cédric m'en a parlé. Il avait besoin de bavarder, après ton petit souci de libido...

Je me figeai à ces mots. *Mon mari avait discuté de nos problèmes de couple avec elle ?* Je me retournai pour la regarder dans les yeux.

— Qu'est-ce que tu viens de dire ?

— Ne te fâche pas, Meg. Nous sommes amis depuis longtemps avec Cédric et il est inquiet, c'est tout.

Son faux sourire était affiché sur son visage de garce, elle buvait du petit lait.

— Au risque de te décevoir Béatrice, je n'ai pas l'intention de te parler de mes relations avec mon mari. J'estime que cela ne te regarde pas.

— Comment tu y vas ? Mais je désire seulement t'aider moi. Tu ne voudrais pas qu'il aille chercher ailleurs son plaisir ? C'est ce qui arrive quand les hommes ne sont pas satisfaits de ce côté-là.

Elle dépassait les bornes.

— Et tu en serais tellement heureuse, hein ? Depuis le temps que tu rêves qu'il te saute ! Fous le camp, Béatrice ! Pars et ne t'avise plus jamais de revenir chez moi !

— Oh, mais le petit chat sort ses griffes, on dirait. Allons chérie, ne fais pas l'innocente avec moi, tu te doutes bien qu'il m'a déjà sautée n'est-ce pas ? Et plus d'une fois. Et je ne me contente pas de rester immobile, moi, non. C'est sauvage entre nous et il adore ça !

— Sors – de – chez – moi !

Elle prit son temps pour se lever et partit. Je claquai la porte juste derrière elle. Elle mentait, j'en étais sûre !

Dernière morsure avant de refermer le cercueil

Vous voilà arrivés au bout de *Sortilèges & Révélations*.

J'espère que vous avez pris plaisir à retrouver Tisha, à faire connaissance avec ses nouveaux alliés vampires, et que cette aventure vous a donné envie de les suivre encore un peu plus loin... ou plus près.

Si vous ressentez une légère accélération du pouls, une fascination soudaine pour les canines bien affûtées ou une irrépressible envie de de partir visiter Orcières, ne cherchez pas : vous êtes mordus. Et oui, c'est parfaitement assumé.

Merci à vous, lecteurs et lectrices, amoureux des mondes cachés, des créatures de la nuit et des histoires où la magie se faufile là où on ne l'attend pas. Sans vous, ces personnages resteraient enfermés dans mon esprit — et honnêtement, ce serait beaucoup trop bruyant là-dedans.

Merci à celles et ceux qui me suivent depuis le tout début de l'aventure des *Euménides*. Vous avez vu naître cette saga, vous l'avez regardée grandir, évoluer... et parfois trébucher. Votre fidélité est une vraie magie.

Et bienvenue à ceux qui me découvrent depuis peu : installez-vous confortablement, vous faites désormais partie de la famille... ou du clan, selon votre degré de morsure.

Un immense merci à **Plumes & Pétillances**, notre pétillante maison d'édition artisanale, cofondée avec deux femmes formidables, **Isabelle et Audrey**. Nous n'avons pas fini de vous étonner.

Merci à mon mari, partenaire de vie et témoin privilégié de mes raisonnements d'autrice, capable de passer sans sourciller d'une discussion tout à fait banale à un débat passionné sur le sort (souvent funeste) d'un personnage. Ton calme est une force surnaturelle.

Merci à mes filles, véritables concentrés d'énergie, de créativité et d'idées folles, sans qui cette aventure serait bien moins lumineuse... et beaucoup moins drôle.

Et enfin, merci à vous tous, mordus d'Urban Fantasy, lecteurs de l'ombre et de la lumière. Que vous ayez frissonné, souri, pesté (un peu), ou tourné les pages trop vite, j'espère que cette lecture vous aura laissé l'envie de revenir.

Ne reposez pas vos grimoires.
Ne rengainez pas vos crocs.
Le tome 3 arrive dans quelques semaines.
La magie y sera plus présente, plus puissante… et elle n'a clairement pas dit son dernier mot. ✨💧

🐾 Pour rester dans la meute…
Si vous avez aimé ce roman (ou même si vous avez juste apprécié une réplique ou deux entre deux sorts et trois trahisons), n'hésitez pas à me le faire savoir !
Je traîne souvent (enfin presque) sur Instagram sous le nom **@liz.h_richardson** – venez papoter, râler sur les cliffhangers ou simplement dire bonjour (j'aime bien les gifs de loups et l'apéro).
Pour suivre l'aventure côté édition, retrouvez **Plumes & Pétillances** (editions.plumesetpetillances) sur les réseaux ou sur notre site :
👉 https://editionsplumesetpetillances.com/
Et pour les plus curieux, les impatients, ou les accros aux secrets bien gardés, il y a aussi la **newsletter** !
Des infos exclusives, des coulisses, des previews, des bêtises et parfois… des révélations en avant-première.
Inscription gratuite, sort d'attachement garanti.
On se retrouve là-bas ?
Bises à tous

Liz

Les romans chez Plumes & Pétillances

ROMANCE

Série Coup de chaud à Hourtin – Liz H. Richardson

Et pourquoi pas ? (mai 2025)

Toi depuis toujours (juillet 2025)

Tout simplement nous (décembre 2025)

À travers elles – Audrey Pasthi (juin 2025)

IMAGINAIRE

Saga Les Euménides – Liz H. Richardson

Tome 1 : Magie, Crocs & Trahison (octobre 2025)

Tome 2 : Sortilèges & Révélations (février 2026)

À paraître

Tome 3 (février 2026)

Tome 4 (mars 2026)

Série Ares Security – Liz H. Richardson

Retrouvailles indécentes (novembre 2025)